Paula Daly

Die Schuld einer Mutter

Paula Daly

DIE SCHULD EINER MUTTER

Thriller

Aus dem Englischen
von Eva Bonné

MANHATTAN

Die Originalausgabe erschien 2013 unter dem Titel
»Just What Kind of Mother Are You«
bei Bantam Press,
an imprint of Transworld Publishers, London

Dieses Buch ist auch als E-Book erhältlich

MIX
Papier aus verantwortungsvollen Quellen
FSC® C014496

Verlagsgruppe Random House FSC® N001967
Das für dieses Buch verwendete
FSC®-zertifizierte Papier *Munken Premium Cream*
liefert Arctic Paper Munkedals AB, Schweden.

Manhattan Bücher erscheinen im
Wilhelm Goldmann Verlag, München,
einem Unternehmen der Verlagsgruppe Random House GmbH

2. Auflage
Deutsche Erstveröffentlichung März 2014

Die Nutzung des Labels Manhattan erfolgt
mit freundlicher Genehmigung
des Hans-im-Glück-Verlags, München
Umschlaggestaltung und Konzeption:
Buxdesign · München,
unter Verwendung eines Motivs von
© plainpicture/BY
Redaktion: Eva Wagner
Satz: Uhl + Massopust, Aalen
Druck und Bindung: GGP Media GmbH, Pößneck
Printed in Germany
ISBN 978-3-442-54735-7

www.manhattan-verlag.de

Für Jimmy

Er hat jede Menge Zeit mitgebracht. Er parkt rückwärts ein; erst beim Aussteigen trifft ihn die Kälte. Sie schlägt ihm ins Gesicht und kneift ihn in die Wangen. Er riecht gut. Gepflegt.

Er hat am Aussichtspunkt geparkt, nur wenige Hundert Meter von der Schule entfernt. An klaren Tagen hat man einen uneingeschränkten Ausblick auf den See, bis zu den Bergen am anderen Ufer. Bei gutem Wetter steht hier ein Eiswagen, und japanische Touristen knipsen Fotos. Heute nicht. Nicht wenn die Wolken so tief am Himmel hängen und die herbstliche Dämmerung sich anschleicht.

Die Bäume spiegeln sich im Wasser des Sees. Ein schlammiges Kaffeebraun, das bald in Schiefergrau umschlagen wird. Kein Lüftchen regt sich.

Er denkt kurz darüber nach, sich einen Hund anzuschaffen. Einen mit einem freundlichen Wesen, einen Cockerspaniel vielleicht, oder einen von dieser weißen, wuscheligen Rasse. Kinder lieben Hunde, nicht wahr? Es wäre einen Versuch wert.

Er sieht sich nach Lebenszeichen um, aber noch ist niemand in der Nähe. Er ist ganz allein. Verschafft sich einen Überblick, wägt die Risiken ab.

Gefahrenanalyse gehört zu seinem Job. Das meiste denkt er sich nur aus, er bringt einfach zu Papier, was der Brandschutzbeauftragte lesen will. Mit ein paar kleinen Zusätzen natürlich, sodass der Eindruck entsteht, er würde sich tatsächlich Gedanken machen.

Aber das hier ist anders. Hier muss er wirklich aufpassen. Er kennt sich und weiß, dass er dazu neigt, überstürzt zu handeln.

Es an Gründlichkeit mangeln zu lassen, was ihn später teuer zu stehen käme. Das kann er sich nicht leisten. Nicht hier.

Er wirft einen Blick auf seine Armbanduhr. Bis zu seinem Termin hat er noch jede Menge Zeit. Das ist das Tolle an seinem Job, er hat jede Menge Zeit für sein … Hobby.

So betrachtet er es im Moment, als ein Hobby. Nichts Ernstes. Er schnuppert nur mal rein, um festzustellen, ob es ihm gefallen könnte. So, wie man sich einen Volkshochschulkurs ansehen würde.

»Kommen Sie doch unverbindlich beim Kalligrafiekurs vorbei, bevor Sie sich kostenpflichtig anmelden!«

»Vielleicht ist französische Konversation doch nicht das Richtige für Sie.«

Er weiß, er tendiert dazu, nicht lange an einer Sache dranzubleiben. Aber nur deswegen ist er so erfolgreich – ist es nicht so, dass alle erfolgreichen Menschen eine kurze Aufmerksamkeitsspanne haben?

Als Kind wurde ihm vorgeworfen, er gebe zu schnell auf, er könne nicht stillsitzen und sich konzentrieren. Er ist immer noch so, deswegen muss er sorgfältig prüfen, worauf er sich einlässt. Er will ganz sicher sein. Bevor er den ersten Schritt macht, will er sich davon überzeugen, dass er es durchziehen kann.

Er schaut wieder auf die Uhr. Zwanzig vor vier. Bald kommen sie, bald machen die Ersten sich auf den Heimweg.

Er steigt wieder ins Auto und wartet.

Er wird genau beobachten, wie er auf sie reagiert. Ob wirklich das eintreten wird, was er vermutet. Dann wird er es endlich erfahren, dann wird er Gewissheit bekommen.

Als er sie entdeckt, fängt sein Puls zu flattern an. Sie sind alle ohne Mantel unterwegs, ohne Mütze, und sie tragen für das Wetter ungeeignete Schuhe. Zuerst gehen ein paar Mädchen am Auto vorbei. Gefärbte Haare, mürrische Mienen, dicke, unförmige Beine.

Nein, denkt er, das ist es nicht. Das ist überhaupt nicht das, was er sich vorgestellt hat.

Dann zwei Grüppchen von Jungen. Vierzehn- bis fünfzehnjährige Jungen, die einander Schläge auf den Hinterkopf verpassen und grundlos lachen. Einer schaut kurz zu ihm herüber und reißt dann beide Mittelfinger in die Höhe. Er muss lachen. Harmlos, denkt er.

Und dann entdeckt er sie.

Sie ist allein. Sie geht, als hätte sie ein Ziel. Aufrecht und mit kleinen, koketten Schritten. Sie ist etwa zwölf, könnte aber auch älter sein. Vielleicht sieht sie einfach nur jung für ihr Alter aus.

Sie läuft am Auto vorbei, und wieder beschleunigt sich sein Puls. Ein wohliger Schauer strömt durch seinen ganzen Körper, als sie für einen Moment ins Stocken kommt. Sie wahrt Abstand zu den Jungs, wird unsicher. Entzückt beobachtet er, wie ihr Gesichtsausdruck sich verändert, wie sie sich zusammenreißt und mutig zum Überholen ansetzt.

Sie beschleunigt ihre Schritte und flitzt halb hüpfend, halb laufend über den Gehsteig. Wie ein Rehkitz!, denkt er. Er ist hingerissen. Zügig setzt sie eine schmale Fessel vor die andere, um der Gruppe zu entkommen.

Er schlägt die Augen nieder und bemerkt, dass seine Hände schweißnass sind. Und da weiß er es ganz sicher. Lächelnd gesteht er sich ein, dass es eine gute Idee war, hierherzukommen.

Er klappt die Sonnenblende herunter und betrachtet sich im Spiegel. Er sieht immer noch genauso aus wie vor zehn Minuten, aber er staunt über das neue Gefühl. Es ist, als wäre endlich etwas eingerastet, und zum vielleicht ersten Mal im Leben begreift er, was die Leute meinen, wenn sie davon sprechen, etwas fühle sich »einfach richtig« an.

Er startet den Motor, schaltet die Sitzheizung ein und macht sich, das verzückte Lächeln immer noch im Gesicht, auf den Weg nach Windermere.

Erster Tag

DIENSTAG

I

Ich wache noch erschöpfter auf, als ich eingeschlafen bin. Ich habe nur fünfeinhalb Stunden Schlaf bekommen und hebe den Kopf erst, nachdem ich dreimal auf die Snooze-Taste gedrückt habe.

Ich habe es aufgegeben, mir diese Art von Müdigkeit erklären zu wollen. Eine Müdigkeit, bei der man ganz am Anfang noch denkt: Was stimmt mit mir nicht? Sicher habe ich irgendeine seltene Stoffwechselstörung. Oder, schlimmer noch, ich habe mir eine gefährliche Krankheit zugezogen, denn so müde fühlt sich kein Mensch. Oder?

Aber ich habe mich durchchecken lassen. Meine Blutwerte sind in Ordnung. Mein Hausarzt – ein kluger alter Mann, der vermutlich mehr als genug Patientinnen hat, die sich über chronische Erschöpfung beklagen – teilte es mir mit einem Augenzwinkern mit: »Tut mir leid, Lisa«, sagte er, »aber diese Krankheit, an der Sie leiden, nennt sich das Leben.«

Manchmal komme ich mir vor wie in einer riesigen Versuchsanordnung. Als hätte sich irgendein Genie überlegt, alle Frauen der westlichen Welt in ein großes Experiment zu verwickeln: Wir bilden sie aus! Wir geben ihnen gute, erfüllende Jobs! Und dann beobachten wir, wie sie sich fortpflanzen. Wir schauen zu, wie ihnen alles um die Ohren fliegt.

Sie finden wohl, dass ich jammere?

Ich finde selbst, dass ich jammere.

Das ist das Schlimmste daran. Ich kann mich nicht einmal beschweren, ohne sofort ein schlechtes Gewissen zu bekommen, denn ich habe alles, was man sich nur wünschen kann.

Was man sich wünschen sollte. Und ich habe es mir tatsächlich gewünscht, alles davon.

Wohin bin ich verschwunden?, denke ich, als ich vor dem Badezimmerspiegel stehe und mir die Zähne putze. Früher war ich so ein netter Mensch. Früher habe ich mir Zeit für die anderen genommen. Jetzt befinde ich mich in einem gehetzten, gereizten Dauerzustand, und das ärgert mich.

Ich bin überfordert. Besser kann ich es nicht beschreiben. Das wird auf meinem Grabstein stehen.

Lisa Kallisto. Sie war ja so überfordert.

Ich stehe als Erste auf. Manchmal ist meine Älteste vor mir unten, wenn ihre Haare besonders widerspenstig sind und einer Spezialbehandlung bedürfen. Aber normalerweise bin ich um zwanzig vor sieben noch allein in der Küche.

»Stehen Sie einfach eine Stunde früher auf!«, lese ich in Frauenzeitschriften. »Genießen Sie die Stille, die Ruhe vor dem Sturm. Planen Sie in aller Ruhe Ihren Tag, legen Sie eine *To-do*-Liste an, trinken Sie heißes Wasser mit einer Zitronenscheibe. Das entgiftet, und Sie fühlen sich gleich frischer!«

Ich schalte die Kaffeemaschine ein und schütte Trockenfutter in die Näpfe. Wir haben Hunde, drei Staffordshire-Bullterrier-Mischlinge – nicht gerade meine erste Wahl, aber sie sind in Ordnung. Stubenrein, gutmütig und kinderlieb, und wenn ich sie morgens aus dem Hauswirtschaftsraum lasse, wo sie schlafen, schießen sie übermütig an mir vorbei, setzen sich vor ihre Schüsseln und sehen mich erwartungsvoll an. »Los«, sage ich, und sie stürzen sich auf das Futter.

Den Morgenspaziergang übernimmt meistens mein Mann; Joe arbeitet oft bis spät in die Nacht. Könnten Sie sich vorstellen, wie er mit gelockerter Krawatte in einem Büro sitzt und sich wegen einer Deadline die Haare rauft? Ich tue das hin und wieder. Ich hätte nie gedacht, dass ich mal einen Taxifahrer heiraten würde, schon gar nicht einen, auf dessen Van in großen silbernen Lettern »Joe le taxi« steht.

Gestern Abend hat er Fahrgäste zum Flughafen Heathrow gebracht. Ein paar Araber hatten ihm die doppelte Bezahlung geboten dafür, dass er sie während ihres Aufenthalts im Lake District herumchauffierte. Sie wollten das Übliche: einen Ausflug zum Wordsworth-Haus und zu Beatrix Potters Farm, Bootsfahrt auf dem Ullswater, Mint-Cakes von Kendal. Gegen vier Uhr morgens hörte ich, wie er sich ins Bett fallen ließ, denn ich war kurz zuvor aufgewacht in panischer Angst, ich könnte vergessen haben, die Glückwunschkarte an eine frischgebackene Mutter abzuschicken, die bei mir im Tierheim arbeitet.

»Haben sie dir wenigstens ein ordentliches Trinkgeld gegeben?«, murmelte ich und presste mein Gesicht ins Kissen, als Joe umständlich an mich heranrutschte. Er hatte eine Bierfahne.

Wenn er Nachtschicht fährt, hat er immer ein paar Dosen Bier im Handschuhfach. Er sagt, so kann er sofort einschlafen, wenn er spätnachts ins Bett geht. Ich habe ihm immer wieder erklärt, dass ein trinkender Taxifahrer keine gute Sache ist. Aber genauso gut könnte ich mit der Wand reden. Also habe ich es aufgegeben.

»Einen ganzen Hunderter haben sie springen lassen«, antwortete er und kniff mir in den Hintern, »und ich habe vor, sexy Unterwäsche davon zu kaufen, für dich.«

»Du meinst wohl, für *dich*.« Ich gähnte. »Ich brauche einen neuen Auspuff.«

Seit acht Jahren kaufe ich an Joes Geburtstag neue Unterwäsche – für mich. Jedes Jahr frage ich ihn: »Was möchtest du?«, und jedes Jahr sieht er mich an, als wollte er sagen: *Das weißt du doch!*

Einmal suchte er die Wäsche selbst aus. Wir beschlossen, es

bei diesem einmaligen Versuch zu belassen, nachdem er mit einem roten Etwas nach Hause gekommen war. Inklusive roter Netzstrümpfe. »Joe, das mache ich in Zukunft lieber selbst«, sagte ich, was er mit einem enttäuscht klingenden »okay« quittierte. Dabei wusste er eigentlich ganz genau, dass ich für Billigfummel nicht zu haben bin.

Die Hunde leeren die Näpfe und trotten im Rudel an die Hintertür. Ruthie ist mein Liebling. Sie ist eine Mischung aus einem Staffie und einem Irish Setter oder Ungarischen Vorstehhund. Sie hat das gescheckte Fell eines Staffordshire-Bullterriers, aber statt des üblichen, herbstlichen Schokobrauns leuchtet ihr Fell in wilden Rot- und Hennatönen, in Kupfer und Bronze. Außerdem hat sie unglaublich lange Beine, die aussehen, als gehörten sie zu einem anderen Hund.

Ruthie kam vor fünf Jahren ins Tierheim, zusammen mit einem kompletten Wurf unerwünschter Welpen. Die Hündin eines Züchters war ausgebüxt und bekam danach sieben Junge. Ruthie war das einzige, das wir nicht vermitteln konnten, und so landete sie, wie es oft passiert, bei uns.

Zum Glück ist Joe der geborene Hundeführer. Er strahlt eine unverkrampfte Autorität aus, die alle Tiere magisch anzieht. Er kann mit Hunden umgehen wie andere Leute mit Zahlen oder Computern. Selbst wenn ich einen Problemfall mit nach Hause bringe, sorgt Joe mit seinem Tier-Zen dafür, dass der Hund sich spätestens bis zum Schlafengehen eingewöhnt hat.

Ich öffne die Hintertür, und die Hunde stürmen hinaus. Im selben Moment drängen die Kälte und die Katzen herein. Dieses Jahr wird es früh Winter. Gestern wurde Schnee angesagt, und tatsächlich hat es in der Nacht heftig geschneit. Mir wird sofort eiskalt. Ein Tierschrei hallt durch die dünne Luft des Tals, und hastig werfe ich die Tür wieder zu.

Der Kaffee ist fertig, und ich schenke mir ein, was in den

Coffeeshops »Americano« genannt wird – mit heißem Wasser verdünnter Espresso. Meine Tasse fasst beinahe einen halben Liter. Ich höre Geräusche im Obergeschoss, das Tapsen nackter, kleiner Füße auf den Holzbohlen, die Toilettenspülung. Jemand putzt sich die Nase, und ich mache mich bereit. Ich habe irgendwo gelesen, Kinder bezögen ihr Selbstwertgefühl direkt aus dem Gesicht, das die Eltern bei ihrem Anblick machen, und ich erschrak; wurde mir doch klar, dass ich meine Kinder morgens geradezu gleichgültig begrüße. Das liegt natürlich nur daran, dass mir hundert Dinge gleichzeitig durch den Kopf gehen, was sie aber nicht ahnen können. Vermutlich haben sie sich während der ersten Lebensjahre oft gefragt, ob ich sie überhaupt wiedererkenne. Das tut mir mittlerweile furchtbar leid, sodass ich es manchmal, wie ich fürchte, übertreibe. Mein Jüngster saugt die Aufmerksamkeit förmlich auf, aber seine beiden älteren Geschwister, insbesondere die dreizehnjährige Sally, beäugen meine Anstrengungen eher misstrauisch.

Nun sitzt sie am Küchentisch, die vollen Lippen vom Schlaf geschwollen und das Haar vorläufig zum Pferdeschwanz zurückgebunden; sie wird sich später darum kümmern. Vor ihr liegt ihr *iPod touch*.

Sie löffelt sich Rice Krispies in den Mund und wehrt gleichzeitig mit dem Ellenbogen eine Katze ab. Ich stehe am Wasserkocher und beobachte sie. Sie hat dunkles Haar, wie Joe. Wie ihre Geschwister. Wenn Sie ihn fragen, woher er kommt, wird er »Ambleside« sagen; aber die meisten Leute halten ihn fälschlicherweise für einen Italiener. Kallisto ist ein südamerikanischer Name, genau genommen ein brasilianischer, aber wir vermuten, dass Joes Familie aus Argentinien stammt. Er hat dunkles Haar, dunkle Augen und dunkle Haut. Wie seine Kinder. Sie alle haben Joes schwarz glänzendes, glattes Haar und die absurd langen Wimpern geerbt. Sally findet sich natürlich hässlich. Sie glaubt, ihre Freundinnen wären viel hübscher als sie. Wir arbeiten daran, sie vom Gegenteil zu überzeugen, aber mir, ihrer Mutter, glaubt sie natürlich kein Wort. Und überhaupt, wovon habe ich schon eine Ahnung?

»Hast du heute Sport?«, frage ich.

»Nein. Werken.«

»Was baut ihr gerade?«

Ich weiß nicht genau, was Werken eigentlich ist. Es scheint ums Tischlern und Nähen und um Design zu gehen, also um so ziemlich alles …

Sally legt den Löffel hin. Sie sieht mich an, als wollte sie fragen: *Soll das ein Witz sein?*

»Heute ist Lebensmittelverarbeitung dran«, sagt sie, ohne mich aus den Augen zu lassen, »mit anderen Worten: Wir kochen. Erzähl mir nicht, du hättest die Zutaten vergessen. Die Liste«, sagt sie und zeigt zum Kühlschrank, »hängt da.«

»Mist«, sage ich leise, »das habe ich komplett vergessen. Was brauchst du denn?«

Sally springt auf, und die Stuhlbeine scharren über den Fliesenboden. Und ich denke die ganze Zeit: *Pfannkuchen, bitte lass es Pfannkuchen sein.* Mehl habe ich da, den Rest werde ich schon irgendwie auftreiben. Oder Crumble. Obst-Crumble, das wäre gut. Dann kann Sally die alten Äpfel mitnehmen und was sonst noch in der Obstschale liegt. Das wäre prima.

Sally nimmt den Zettel von der Kühlschranktür. »Pizza.«

»Nein!«, sage ich ungläubig. »Pizza?«

»Wir brauchen Tomaten aus der Dose, Mozzarella, irgendwas als Unterlage, also Baguette oder Fladenbrot, dazu Belag nach Wunsch. Am liebsten hätte ich grüne Paprika und Hühnchen, aber zur Not nehme ich auch Thunfisch. Falls du nichts anderes im Haus hast.«

Wir haben keine dieser Zutaten im Haus. Keine einzige.

Ich schließe die Augen. »Warum hast du mich nicht daran

erinnert? Ich hatte dich gebeten, mich zu erinnern. Warum hast du mich nicht erinnert, als ich …«

»Habe ich doch!«

»Wann?«

»Am Freitag, nach der Schule«, sagt sie. »Du hast am Laptop gesessen.«

Das stimmt, es fällt mir wieder ein. Ich wollte Kaminholz bestellen, aber die Webseite hat meine Kreditkarte abgelehnt. Ich habe mich wahnsinnig aufgeregt.

Sallys Gesichtsausdruck schlägt von Zufriedenheit darüber, recht zu haben, in leichte Panik um. »Wir kochen in der dritten Stunde«, sagt sie mit lauter Stimme, »woher soll ich das Zeug bis zur dritten Stunde besorgen?«

»Kannst du der Lehrerin nicht einfach sagen, deine Mutter hätte es vergessen?«

»Das habe ich letztes Mal schon gesagt, aber sie will es nicht mehr gelten lassen. Sie sagt, ich wäre dafür mindestens genauso verantwortlich wie du. Sie hat gesagt, zur Not könnte ich ja selber zum Supermarkt gehen.«

»Hast du ihr gesagt, dass wir in Troutbeck wohnen?«

»Nein. Dann heißt es wieder nur, ich würde ständig widersprechen.«

Wir stehen uns gegenüber und starren einander ins Gesicht, ich in der Hoffnung auf eine plötzliche Eingebung, und Sally in der Hoffnung, irgendwann eine besser organisierte Mutter zu haben.

»Überlass es mir«, sage ich schließlich, »ich werde mich drum kümmern.«

Ich denke über meinen Tagesablauf nach und schenke Apfelsaft aus, als die beiden Jungs hereinkommen und sich an den Tisch setzen. Im Tierheim leben momentan vierzehn Hunde und elf Katzen. Um die Hunde mache ich mir keine Sorgen, aber meine zuverlässigste Katzenpflegerin lässt sich morgen die Gebärmutter entfernen, sodass ich heute Vormittag vier Katzen selbst abholen muss. Außerdem erwarten wir zwei Hunde aus Nordirland, die ich schlicht und einfach vergessen hatte.

Die Jungen streiten sich um die letzten Rice Krispies, weil keiner die alten Cornflakes essen will, die seit letztem Sommer ganz hinten im Schrank stehen. James ist elf und Sam sieben. Sie sind beide spindeldürr, haben große braune Augen und nichts als Unsinn im Kopf. Die Sorte Jungs, die von ihren italienischen Müttern regelmäßig Schläge auf den Kopf bekommt. Süße, aber wilde Jungs, die ich natürlich über alles liebe.

Ich überlege mir gerade, Joe zu wecken und wegen der Pizzazutaten zum Supermarkt zu schicken, als das Telefon klingelt. Es ist erst zwanzig nach sieben. Wer immer um diese Zeit anruft, wird nichts Gutes zu erzählen haben. Niemand ruft wegen einer guten Nachricht um zwanzig nach sieben an.

»Lisa, hier ist Kate.«

»Kate«, sage ich, »was ist denn? Ist irgendwas nicht in Ordnung?«

»Ja… nein… nun, irgendwie nicht. Hör mal, tut mir leid, dich so früh zu stören, aber ich wollte mit dir sprechen, solange die Jungs noch da sind.«

Meine Freundin Kate Riverty kenne ich seit etwa fünf Jahren. Sie hat zwei Kinder, die so alt sind wie meine Älteste, Sally, und mein Jüngster, Sam.

»Es ist nichts Wichtiges. Ich wollte es dir nur sagen, damit du was dagegen tun kannst, bevor es außer Kontrolle gerät.« Ich schweige und lasse sie weiterreden. »Es ist bloß so, dass Fergus letzte Woche nach Hause kam und meinte, er bräuchte Geld für die Schule. Ich habe mir in dem Moment nichts dabei gedacht, du weißt ja, wie das ist… sie brauchen ständig Geld für dies und das. Ich habe ihm Geld gegeben. Aber gestern Abend habe ich mich mit Guy unterhalten, und er meinte,

Fergus hätte ihn ebenfalls um Geld gebeten. Da dachten wir, wir fragen mal nach.«

Ich habe keine Ahnung, worauf sie hinauswill, was aber bei Gesprächen mit Kate nichts Ungewöhnliches ist. Ich versuche, möglichst interessiert zu klingen. »Was glaubst du also, wofür er das Geld braucht?«

Wahrscheinlich wird sie jetzt sagen, dass die Lehrer neuerdings Süßigkeiten verkaufen. Irgendetwas, mit dem sie nicht einverstanden ist. Das sie *prinzipiell* ablehnt.

»Es ist wegen Sam«, platzt Kate heraus, »er lässt sich dafür bezahlen, dass er mit den anderen spielt.«

»Wie bitte?«

»Die Kinder geben ihm Geld, damit er mit ihnen spielt. Ich weiß nicht genau, wie viel, denn … offenbar hat er so eine Art Tarifsystem entwickelt. Ehrlich gesagt ist Fergus wegen der Sache am Boden zerstört. Er hat herausgefunden, dass er wesentlich mehr bezahlen muss als andere Kinder.«

Ich drehe mich zu Sam um. Er trägt seinen Mario-Kart-Pyjama und lässt unseren alten orangeroten Kater Milch direkt von seinem Löffel trinken.

Ich seufze.

»Lisa, du bist mir doch hoffentlich nicht böse, weil ich angerufen habe?«

Ich zucke zusammen. Kate gibt sich Mühe, freundlich zu klingen, aber ihre Stimme hat einen schrillen Unterton.

»Nein, überhaupt nicht«, sage ich. »Danke fürs Bescheidsagen.«

»Es ist nämlich so, wenn es mich betreffen würde … also wenn eines *meiner* Kinder auf so eine Idee käme … tja, ich würde es wissen wollen.«

»Auf jeden Fall«, pflichte ich ihr bei, und dann hänge ich noch meinen Standardsatz an, jenen Satz, den ich anscheinend immer und überall und zu jedem sage, unabhängig von der

Lage: »Überlass es mir«, sage ich mit fester Stimme. »Ich werde mich drum kümmern.«

Kurz bevor ich auflege, höre ich Kate noch fragen: »Mit den Mädchen ist alles in Ordnung?«

»Wie bitte? Ja, danke«, antworte ich, weil ich verwirrt bin, weil ich mich schäme, weil ich nicht mehr klar denken kann. Ich frage mich, wie ich das Problem von Sams neuer Geschäftsidee angehen soll.

Nach dem Auflegen denke ich: *die* Mädchen? Wie war das gemeint? Aber dann vergesse ich es gleich wieder; zu oft legt Kate es darauf an, mich in die Defensive zu drängen. Mich mit ihrer umständlichen Art zu verwirren. Das ist so eine Eigenschaft von ihr, an die ich mich erst gewöhnen musste.

2

Wir wohnen zur Miete in einem zugigen Haus in Troutbeck.

Troutbeck liegt am östlichen Ufer des Lake Windermere und taucht vorzugsweise in Bildbänden mit Titeln wie »Die malerischsten Dörfer Englands« auf. Angeblich stehen in Troutbeck zweihundertsechzig Häuser, allerdings frage ich mich, wo deren Bewohner sich die ganze Zeit verstecken. Auf der Straße sehe ich sie jedenfalls kaum.

Natürlich handelt es sich bei den meisten Gebäuden um Ferienhäuser. Viele andere gehören älteren Leuten, die sich hier zur Ruhe gesetzt haben; vermutlich nehmen sie hauptsächlich deswegen nicht am Alltagsleben teil, weil sie keine schulpflichtigen Kinder mehr haben. Oder Enkel, die sie mehrmals pro Woche von der Schule abholen müssen. Oder zum Schwimmunterricht oder in den Park fahren.

Früher dachte ich immer, es wäre geradezu tragisch, wie Familien heutzutage auseinanderfallen, wie Menschen ihre Bindungen kappen und lieber an einem schönen Ort leben statt in der Nähe ihrer Verwandten. Inzwischen habe ich eingesehen, dass die meisten Leute einfach so leben *wollen*. Sie möchten nicht ständig aufeinanderhocken.

Meine Mutter hat eine Wohnung im Windermere Village. Sie war nie mit meinem Vater verheiratet – wir waren seine Zweitfamilie, wir waren *die anderen* –, und weil etwas Schlimmes vorgefallen ist, als ich noch ein Kind war, etwas, über das wir grundsätzlich nicht reden, habe ich heute keinen Kontakt mehr zu ihm. Ich hätte meine Mutter angerufen und sie gebeten, die Zutaten für Sallys Pizza zu kaufen, aber sie besitzt kein Auto.

So musste ich den armen Joe darum bitten. Der Arme, er ist todmüde. Auch er hat nur ein paar Stunden geschlafen.

Ich setze rückwärts aus der Einfahrt, Sam auf dem Beifahrersitz neben mir. Ich winke den beiden Älteren zu, die auf den Kleinbus warten.

Ich weiß nicht, ob es landesweit so geregelt ist oder eine Besonderheit der Grafschaft Cumbria – aber jedes Kind, das weiter als drei Meilen von der Schule entfernt wohnt oder dessen Schulweg aus anderen Gründen unzumutbar ist, hat Anspruch auf kostenlose Beförderung. Und weil es hier in Troutbeck keine Busse gibt, werden unsere Kinder mit einer Art Taxi, genau genommen einem Kleinbus, zur Schule gefahren. (Nein, nicht von Joe. Joe ist Kleinunternehmer. Er fährt alte Damen ins Krankenhaus, in die Gärtnerei oder zum Bridgeclub.)

Ich würde Sam ebenfalls mit dem Bus fahren lassen, hätte ich nicht die Befürchtung, ein verrückter Fahrer könnte ihn entführen und auf die Fähre nach Zeebrügge mitnehmen, noch bevor ich erfahre, dass er nicht in der Schule angekommen ist (ich habe mich erkundigt, von den Fahrern wird kein Führungszeugnis verlangt). Deswegen setze ich Sam auf meinem Weg zum Tierheim an der Schule ab, was mir durchaus entgegenkommt. An einem normalen Arbeitstag ist das die einzige Gelegenheit, ungestört Zeit miteinander zu verbringen.

Wir reden über alles Mögliche. Sam ist immer noch jung genug, um an den Weihnachtsmann zu glauben, und Jesus Christus hält er für eine Art Superhelden. In Sams Augen besitzt Jesus ganz eindeutig Superkräfte. »Wie sonst hätte er das mit den Wundern gemacht?«

Letztes Jahr hat Sam eine anstrengende Jesus-Phase durchgemacht, während der er pausenlos über Jesus reden wollte. Was ich nicht weiter bedenklich fand. Joe hingegen knallte eines Abends beim Essen entnervt die Gabel neben seinen Teller und schimpfte: »Diese Schule wird den Jungen noch verderben!«

Vorsichtig lenke ich den Wagen die Straße hinunter. Die Strecke ist schmal, voller Schlaglöcher und ohne Ausweichmöglichkeiten. Komme ich nicht rechtzeitig los, begegnet mir auf halber Strecke der Bus, und dann bin unweigerlich ich diejenige, die rückwärts ausweichen muss, weil der Fahrer einen steifen Hals hat und beim Manövrieren auf die Seitenspiegel angewiesen ist. Zugegebenermaßen ist sein Fahrzeug wesentlich breiter als meins.

Sam trägt eine Mütze, über die er sich die Kapuze seines Anoraks gezogen hat, so kalt ist es im Auto. Er kann mich kaum hören. Außerdem knattert der Auspuff. Er hätte schon letzten Monat repariert werden müssen und macht täglich mehr Krach. Sobald ich auf das Gaspedal trete, klinge ich wie ein irrer Raser. Ich erkundige mich bei Sam, wie es in der Schule läuft und ob er mir etwas sagen möchte.

»Was?«, fragt er.

»Wie bitte«, korrigiere ich ihn.

»Wie bitte? Was?«

»Ist in der Schule irgendwas passiert, was du mir erzählen möchtest?«

Er zuckt mit den Achseln. Sieht aus dem Fenster. Dann dreht er sich zu mir um und berichtet aufgeregt von einem Kind, das bei »Zeigen und Erklären« eine Lavalampe vorgestellt hat. Erstens, wann kaufen wir eine Lavalampe? Und zweitens, warum darf er nie etwas mitbringen und erklären?

Im Stillen verfluche ich die unbekannte Mutter, wer immer sie auch ist, weil sie mir eine weitere Aufgabe aufgebürdet hat. Zeigen und Erklären. Na toll.

»›Zeigen und erklären‹«, sage ich geduldig, »ist eine amerikanische Tradition. So wie ›Süßes oder Saures‹. In England machen wir so etwas eigentlich nicht.«

»Alle außer uns machen ›Süßes oder Saures‹!«

»Nein, das stimmt nicht.«

»Doch!«

»Wie dem auch sei«, sage ich schnell, »ich habe gehört, du nimmst den anderen Geld ab dafür, dass du mit ihnen spielst?«

Er antwortet nicht. Ich sehe nur seine Nasenspitze aus der Fellkapuze herausragen, aber ich muss mich konzentrieren, denn wir sind inzwischen auf der nicht sonderlich gleichmäßig geteerten Hauptstraße (typischer Fall von Pfusch) unterwegs.

Einen Moment lang gerate ich in Panik und denke an den Bus, der zu schnell in die Kurve hineinfährt, über die Fahrbahn hinausschießt und ins Tal stürzt.

Ich stelle mir vor, wie der Kleinbus sich immer wieder überschlägt und zuletzt mit einer John-Deere-Heupresse kollidiert. Die Fenster bersten, und meine Kinder hängen leblos angeschnallt auf ihren Sitzen wie Chrashtest-Dummies.

Ich schaudere.

Endlich reagiert Sam auf meine Frage zum Thema »gebührenpflichtiges Spielen«: »Wie bitte?«

»Du hast mich verstanden.«

Widerwillig erklärt er: »Nicht alle müssen bezahlen«, und ich kann heraushören, dass er weniger reumütig als enttäuscht ist. Vermutlich hat er gedacht, er könnte sich auf diese Weise sein Leben finanzieren, und nun merkt er an meinem Tonfall, dass sein Geschäftsmodell vorerst gescheitert ist.

Ich wende mich ihm zu. »Ich verstehe nicht, warum diese Kinder dich überhaupt bezahlen. Warum geben sie dir Geld, anstatt einfach allein oder mit anderen Kindern zu spielen?«

»Keine Ahnung«, sagt er unschuldig, wirft mir aber einen schelmischen Blick zu. Ein Blick, der sagt: *Ich weiß es sehr wohl. Weil sie Idioten sind, warum sonst.*

Fünf Minuten später halten wir vor der Schule. Ich schaue nach, ob Kates Auto an der üblichen Stelle neben dem Schultor parkt, aber sie ist noch nicht da. Ich mag sie, aber dass sie darauf besteht, sich jeden Tag in der Schule zu zeigen, nervt wirklich. Weil es, ehrlich gesagt, keinen Grund dafür gibt.

Ihr Sohn Fergus ist schon fast acht. Er wäre durchaus in der Lage, sich Mantel und Schuhe allein auszuziehen, in seine Hausschuhe zu steigen und das Klassenzimmer zu finden. Die Schule hat nur achtzig Schüler. Er wird sich schon nicht verlaufen. Aber Kate ist eine von diesen Müttern, die gern mit der Lehrerin plaudern. Sie schaut sich gern an, wie Fergus in Zeitlupe seine Schuhe abstreift, und sie verdreht die Augen, wenn andere Mütter ihre Kinder händeklatschend zur Eile antreiben: »Nun komm schon, hopp-hopp! Beeil dich! Gib Mummy die Stiefel!« Kate hat keinen richtigen Job. Sie und ihr Mann können bequem von der Vermietung ihrer Ferienhäuser leben. Wenn Kate nach Hause kommt, hat sie nicht mehr zu tun, als die Waschmaschine anzuwerfen und Dankeskarten an Leute zu schreiben, die sie eigentlich nicht leiden kann.

Ich beneide Kate.

So, nun ist es raus.

Ich habe eine Weile gebraucht, um an diesen Punkt zu kommen. Früher konnte ich es mir nicht eingestehen. Früher habe ich Joe ständig die Ohren vollgejammert. Ich habe ihm rund um die Uhr vorgeworfen, dass ich Vollzeit arbeiten muss, dass ich chronisch übermüdet bin, dass ich …

Mein Handy klingelt.

Ich ziehe es aus der Tasche und sehe Sallys Nummer. Vielleicht hat sich der Kleinbus verspätet. Vielleicht will der Motor in der Kälte nicht anspringen.

»Hey, Sal, was gibt's?«

Sally weint. Die Schluchzer würgen sie. Sie bringt kaum ein Wort heraus.

»Mum?« Ich höre Geräusche im Hintergrund, lautes Weinen, Autoverkehr. »Mum … etwas Schreckliches ist passiert.«

3

Detective Constable Joanne Aspinall ist schon fast im Hauptquartier, als die Vermisstenmeldung sie erreicht. Ein Mädchen, dreizehn Jahre alt und ein naives Landei noch dazu. Joanne fragt sich, ob nicht alle Teenager in diesem Alter im Grunde ihres Herzens naiv sind. Würde sie den Fall anders angehen, wenn das Mädchen frühreif wäre? Was, wenn es tatsächlich gewohnt wäre, bis spätabends allein unterwegs zu sein? Würde das irgendetwas ändern? Wären die Ermittlungen dann weniger dringlich?

Vermisst ist vermisst. Man sollte da nicht weiter unterscheiden.

Aber als Joanne schließlich das Foto sieht, schüttelt es sie. Ja, dieses Mädchen sieht wirklich sehr jung aus für sein Alter. Erstaunlich jung, um ehrlich zu sein. Und Joanne weiß – auch wenn sie das niemals laut aussprechen würde –, dass vor allem jene Dreizehnjährigen, die sich mit Push-up-BHs und hohen Stiefeln in der Gegend herumtreiben, ganz von allein wieder auftauchen. In der Regel kehren sie zerknirscht und bedröppelt nach Hause zurück, sie schämen sich und wünschten, sie hätten ihre Eltern nicht dieser Tortur ausgesetzt. Denn letztendlich wollten sie sich nur etwas beweisen.

Joanne war als Teenager nicht anders gewesen. Sie war mehr als einmal von zu Hause ausgerissen, sie hatte ihre Mutter angeschrien, dass sie alt genug sei, sich um sich selbst zu kümmern. Sie hatte unbedingt wie eine Erwachsene behandelt werden wollen. Wo sie doch in Wahrheit alles andere als erwachsen war.

Joanne muss an das seltsam übersteigerte Selbstvertrauen denken, das die Mädchen in diesem kritischen Alter überkommt. Die meisten Jungs werden erst später so selbstbewusst, so furchtlos, um den sechzehnten Geburtstag herum. Zu dem Zeitpunkt erreicht ihre Dreistigkeit den Höhepunkt; nicht selten hat Joanne erlebt, dass Jungen, die vorher noch nie Ärger gemacht haben, plötzlich auffällig werden.

Gerade erst letzte Woche wurde ihr ein Memo zugestellt. Die Army ist auf der Suche nach jungen Menschen, deren Leben sich »mit der rechten Anleitung« wieder in »anständige Bahnen« lenken lässt.

In dem Memo stand: »Möglicherweise haben sie der British Army viel zu bieten«, und Joanne dachte: *Ja, garantiert.* Aber bedauerlicherweise lassen viele junge Männer jeden gesunden Selbsterhaltungstrieb vermissen; sie ziehen begeistert in die Schlacht, halten sich für unverwundbar, für unsterblich. Kein Wunder, dass die verdammte Army es auf sie abgesehen hat.

Nach dem Briefing macht Joanne sich auf den Weg zu den Eltern des vermissten Mädchens. Sie kennt das Haus. Vor vielen Jahren, bevor die Kirche es verkaufte, wurde es als Pfarrhaus genutzt, aber die Heizkosten für das große Gebäude wurden dem Klerus zu teuer.

Die Familie ist nicht polizeibekannt, genauso wenig wie die meisten Einwohner von Troutbeck. *Solche* Leute wohnen hier nicht.

Innerhalb der Grenzen des Nationalparks bekommt Joanne es nur selten mit Schwerverbrechern zu tun. Die Gegend zählt zu den sichersten in ganz Großbritannien. Man sieht hier tagtäglich dieselben Gesichter und könnte sich nach einem »Ausrutscher« kaum verstecken. Da ist es praktisch unmöglich, jemanden aufs Kreuz zu legen oder illegalen Aktivitäten nachzugehen.

Die Leute ziehen hierher, weil sie von einem besseren Leben für sich und ihre Kinder träumen. Die meisten versuchen, sich anzupassen. Sie geben sich Mühe, gut mit den Nachbarn auszukommen. Sie sind stolz darauf, hier zu leben, und sie tun alles dafür, damit das so bleibt.

Dabei ist es manchmal gar nicht so einfach, hierzubleiben.

Die Immobilienpreise sind exorbitant, Industrie gibt es hingegen kaum. Wer hierherzieht, sollte eine sichere Einkommensquelle haben, andernfalls hält er nicht lange durch. Wer herkommt mit der Vorstellung, ein kleines Café, einen Blumenladen oder eine Galerie zu eröffnen, landet nicht selten auf dem harten Boden der Tatsachen, sobald er den Kredit nicht mehr bedienen kann.

Joanne ist aufgefallen, dass die meisten Neuzugezogenen sich schon nach wenigen Jahren stolz als »Einheimische« bezeichnen. Als sei das eine Ehrenauszeichnung. Joanne hat das nie verstanden. Sie ist eine Einheimische. Sie hat ihr ganzes Leben hier verbracht, käme aber nicht auf die Idee, damit herumzuprahlen. Wozu auch?

Ihre Mutter und ihre Tante Jackie kamen als Teenager aus Lancashire in den Lake District, um als Zimmermädchen zu arbeiten. Jackie schnauft empört, wenn man sie eine Einheimische nennt.

»Einheimisch?«, sagt sie dann abschätzig, »wozu sollte ich mich bei diesen Leuten anbiedern? Die haben ja nicht mal Sinn für Humor …«

Joanne entdeckt die Einfahrt der Rivertys und tritt auf die Bremse.

Die Tochter gehört nicht zu der Sorte Mädchen, die von zu Hause ausreißt, das hat Joanne auf den ersten Blick gesehen. Nein, so eine ist Lucinda Riverty nicht.

Joanne zieht sich den BH zurecht, klettert aus dem Auto und denkt wehmütig an die Zeit zurück, als sie noch in Uniform arbeitete und ihr wenigstens die Klamotten gestellt wurden. Inzwischen verbringt sie mit der Suche nach geeigneter Arbeitskleidung fast so viel Zeit wie mit den Büroarbeiten. Und bei einer so undankbaren BH-Größe wie 85 Doppel-G findet sie nur selten ein Oberteil, in dem sie nicht wie ein Fass aussieht.

Sie zieht den Reißverschluss ihres Parkas zu und betritt den Gartenpfad. Immerhin kann sie, seit sie in Zivil arbeitet, bei fremden Leuten klingeln, ohne sofort für eine kostümierte Stripperin gehalten zu werden.

Nicht dass in diesem Haus jemand auf so eine Idee gekommen wäre.

»Mrs Riverty?«

Die Frau schüttelt den Kopf. »Ich bin die Schwester, Alexa. Kommen Sie herein, es sind schon alle da.«

Joanne zeigt ihren Dienstausweis vor, aber die Frau sieht nicht hin. Sie fragt nicht nach Joannes Namen, wie so viele Menschen in ihrer Lage. Die meisten wollen, dass man schnell hereinkommt, dass man keine Zeit verliert.

Sie sind jetzt schon dabei, sich Vorhaltungen zu machen wegen der Minuten, die bereits vergeudet wurden – als sie schon hätten merken müssen, dass irgendetwas schieflief, dass irgendetwas nicht stimmte, dass das Universum flüsterte: *Hier braut sich was zusammen.*

Die Frau bedeutet Joanne mit einer Geste, am Ende des breiten Korridors rechts abzubiegen. Joanne tritt sich die Schuhe ab und schaut sich in der Vorhalle um: gedämpfte Farben von Farrow & Ball, auf der Treppe Seegrasmatten, darüber geschmackvoll angeordnete Schwarz-Weiß-Fotografien der Kinder. Joanne entdeckt eine kleine Ballerina von etwa fünf Jahren, die eine Beuteltasche und Tulpen in der Hand hält. Das muss Lucinda sein.

Im Raum am Ende des Korridors drängeln sich die Menschen – auch das ist in Momenten wie diesem normal. Sofort stehen sie alle vor der Tür. Alle Angehörigen, alle Freunde. Die Leute treffen sich, um zusammen zu sein, um gemeinsam zu warten.

Joanne hat sich längst daran gewöhnt. An die erwartungsvollen, ratlosen Gesichter. Wer ist die Frau im schwarzen Parka? Was will sie hier?

»Ich bin Detective Constable Aspinall«, stellt Joanne sich vor.

Es ist fast immer besser, den vollen Titel zu nennen und nicht bloß die Abkürzung »DC«. Vor allem die Frauen wissen oft nichts damit anzufangen. Sobald der Normalbürger vor einer Polizistin in Zivil steht, weiß er nicht mehr weiter.

Ist sie gekommen, um die Familie zu trösten? Will sie Tee kochen? Ist sie die Opferschutzbeauftragte? Ist das ihr Job? Ist sie überhaupt eine richtige Polizistin?

Die Leute sind sich nicht sicher. Es ist das Beste, ihnen von vornherein zu sagen, wer sie ist und was sie will.

Alle Blicke wandern von Joanne zu einer gebrochen wirkenden Blondine, die in der Mitte des knautschigen taupefarbenen Sofas sitzt.

Dieser Raum wird wohl von den Kindern genutzt; hier stehen die ganzen ausrangierten Möbel herum, lauter Kram, den niemand mehr braucht. Niemand regt sich auf, wenn hier Getränke verschüttet werden oder mit Filzstiften herumgeschmiert wird.

In der Ecke steht ein fast neuer Fernseher, darunter ein Stapel Spielkonsolen: PlayStation, Wii, Xbox. Joanne kennt die Namen der Geräte, die sie aber nicht voneinander unterscheiden könnte. Sie hat keine Kinder.

Die Blondine will aufstehen, aber Joanne sagt: »Bitte, bleiben Sie sitzen. Sind Sie Mrs Riverty?«

Die Blondine nickt, ganz schwach, und verschüttet dabei Tee. Sie gibt den Becher an ihren Sitznachbarn weiter.

Joanne nimmt den Mann in Augenschein. »Mr Riverty?«

»Bitte nennen Sie mich Guy«, antwortet er und versucht zu lächeln, aber heute gehorcht ihm seine Mimik nicht.

Er steht auf. Sein Blick ist gequält, sein Gesicht voller Kummer. »Sind Sie gekommen, um uns zu helfen?«, fragt er, und Joanne antwortet: »Ja.«

Ja, deswegen ist sie hier. Joanne ist gekommen, um zu helfen.

Nun wird also zum zweiten Mal ein Mädchen vermisst. Nur deswegen hat man Joanne sofort hergeschickt. Wäre Lucinda das erste Opfer gewesen, hätten ein paar Kollegen in Uniform die Ermittlungen übernommen. Aber Joannes Abteilung arbeitet in diesem Fall mit Lancashire zusammen; nach einer Reihe vereitelter Kindesentführungen im Süden der Region herrscht überall Alarmstimmung.

Vor zwei Wochen verschwand ein junges Mädchen aus Silverdale, einem Ort an der Grenze zwischen Cumbria und Lancashire.

Molly Rigg. Noch ein Mädchen, das viel jünger aussieht, als es tatsächlich ist. Noch ein Mädchen, das *niemals hätte verschwinden dürfen*, wie Joannes Chef es ausdrückte.

Molly Rigg tauchte am späten Nachmittag desselben Tages wieder auf. Zwanzig Meilen von ihrem Elternhaus entfernt stand sie plötzlich in einem Reisebüro in Bowness-on-Windermere.

Der Novemberregen klatschte an die Fensterscheiben, und das Büro war überfüllt mit Menschen, die der Tristesse entkommen wollten, mit einer All-inclusive-Reise in die Dominikanische Republik zum Beispiel. Joanne hatte das Plakat im Fenster gesehen: dreihundertfünfundfünfzig Pfund pro Person (Markenspirituosen nicht im Preis inbegriffen).

Molly war halb nackt und wusste offenbar nicht, wo sie war. Sie hatte keine Ahnung, in welcher Stadt sie sich befand. Sie hatte sich für das Reisebüro entschieden, weil sie dachte, die Angestellten würden bestimmt »nett« zu ihr sein.

Was sie auch waren.

Der Geschäftsführer komplimentierte alle Kunden möglichst diskret hinaus, während seine Angestellten, zwei lebensgroße Barbiepuppen, das Kind mit einer Auswahl eigener Kleidungsstücke bedeckten. Als Joanne endlich eintraf, stellten sie sich so entschlossen, so beschützerisch vor Molly, dass Joanne sie nur mit Mühe davon überzeugen konnte, ihr das Kind zu überlassen.

Die eine, Danielle Knox, erzählte ihr, wie sie den Blick von ihren Flugplänen gehoben und Molly entdeckt hatte, die stumm und zitternd und mit verschränkten Armen dastand, während ihr das Regenwasser über die nackten Schultern und die kindliche Brust lief.

Sie erzählte, ihr sei die Kinnlade heruntergefallen, als Molly leise und höflich fragte: »Können Sie bitte meine Mum anrufen? Sie müssen unbedingt meine Mum anrufen.«

Später sagte Molly aus, ein Mann, der so redete wie die Leute in *The Darling Buds of May*, habe sie in eine Einzimmerwohnung mitgenommen und mehrfach vergewaltigt. Mollys Mutter war ein Fan der Serie und schaute sich sonntagnachmittags die Wiederholungen auf ITV3 an, während Molly vor dem Kaminfeuer lümmelte und ihre Hausaufgaben machte.

Joanne fragt sich, wie gut Kate und Guy Riverty den Fall noch in Erinnerung haben. Ob sie der armen Molly überhaupt ihre Aufmerksamkeit geschenkt haben, bevor sie sich in dieser Lage wiederfanden, der schrecklichsten aller Lagen, in der ihre Tochter vermisst wird, ihre Lucinda.

Kate Riverty will von Joanne wissen, ob ihrer Ansicht nach derselbe Mann für beide Verbrechen verantwortlich sei, aber Joanne wiegelt ab: »So weit sollten wir jetzt noch gar nicht denken. Derzeit weist nichts darauf hin, dass wir es mit ein und demselben Täter zu tun haben.«

Woran sie natürlich selbst nicht glaubt. Aber Joanne weiß, dass keine Mutter unter solchen Umständen die Wahrheit hören will, nicht einmal, wenn sie so beherzt die Tapfere spielt wie Mrs Riverty.

Außerdem hütet Joanne sich davor, infrage zu stellen, dass Lucinda überhaupt entführt wurde.

Ein Kind kommt nicht nach Haus? Die Eltern denken sofort an ein Verbrechen.

Vergessen Sie die Statistiken. Vergessen Sie die vielen Ausreißerinnen. Deutet man den Eltern gegenüber an, es könnte sich möglicherweise gar nicht um eine Entführung handeln, löst man einen Nervenzusammenbruch aus.

Joanne lässt den Blick durchs Zimmer schweifen und sieht nichts als panische Gesichter. Das Letzte, was sie jetzt gebrauchen kann, ist ein Nervenzusammenbruch.

4

Sitze ich hier seit zehn Minuten mit zwischen den Händen vergrabenem Kopf? Seit einer halben Stunde? Ich weiß es selbst nicht, als mich ein Klopfen an die Seitenscheibe aufschrecken lässt.

»Alles okay?«, lese ich von den Lippen der Frau ab. Sie ist Jessicas Mutter, und ich kenne ihren Namen nicht. Genauso wenig wie sie den meinen, aber sie ist der mütterliche Typ, der stehen bleibt, wann immer jemand in Schwierigkeiten ist.

Ich nicke.

»Sicher?«, hakt sie nach. Ihr Blick hat sich vor Besorgnis verdüstert. Ich muss wirklich furchtbar aussehen.

Ich nicke wieder, entschlossener diesmal, denn was mir durch den Kopf geht, kann ich keiner Menschenseele erzählen. Noch nicht.

Sie entfernt sich, nicht ohne mir einen letzten, eindringlichen Kontrollblick zuzuwerfen – geht es mir tatsächlich gut? So sind Mütter nun einmal. Sie kontrollieren. Doppelt, wenn es sein muss. Um sicherzugehen, dass alles in Ordnung ist.

Alle Mütter, nur ich nicht.

Ich war so abgelenkt von … wovon eigentlich? Womit war ich so beschäftigt? Denn wenn ich an gestern zurückdenke, will mir partout nichts einfallen. Überhaupt nichts.

Ich sehe mich um. Kates Auto ist immer noch nicht da. Natürlich nicht. Sie wird heute nicht zur Schule fahren. Sie wird Fergus nicht absetzen, sie wird nicht mit der Schulsekretärin über die Spendensammlung für die Aushilfslehrerin plaudern, die die Schule in den Weihnachtsferien verlässt. Sie wird nicht in der Kiste mit den Fundsachen wühlen und Sweatshirts mit Schullogo ihren rechtmäßigen Besitzern zurückgeben. Sie wird Fergus nicht antreiben: *Komm, beeil dich! Raus aus den Stiefeln, mein Sonnenschein!*

Ich lege meine Hände ans Lenkrad. Ich muss von hier verschwinden, ich sollte nicht hier vor der Schule herumstehen. Die Leute fangen an, sich umzudrehen.

Noch weiß es keiner.

Noch weiß keiner, was ich getan habe.

Ich fange zu weinen an. Ich brauche Joe. Ich brauche ihn so, wie ein kleines Kind seine Mutter braucht, wenn es verzweifelt ist. Wenn der Himmel auf es einkracht. Ich brauche ihn, aber ich habe Angst davor, seine Stimme zu hören.

Schließlich rufe ich ihn auf dem Handy an. Er meldet sich nach dem achten Klingeln, hustet und ruft: »Ich bin wach! Ich bin wach! Ich bin praktisch schon auf dem Weg zu Booths, keine Sorge, ich habe es nicht vergessen!«

»Joe?«

Er weiß sofort, dass ich nicht anrufe, um ihm wegen der Pizzazutaten einen Vortrag zu halten. »Was ist los, Baby? Was ist passiert?«

»Lucinda«, sage ich. Ich versuche mit fester Stimme zu sprechen. »Kates Tochter Lucinda. Sie wird vermisst.«

»O Gott, Lise! Seit wann? Wo war sie? Hast du mit Kate gesprochen? Hat sie die Polizei verständigt?«

»Joe, es ist noch viel schlimmer«, sage ich und verschlucke mich fast an meinen eigenen Worten. »Es ist noch viel schlimmer, denn es ist alles meine Schuld. Dass sie verschwunden ist, ist allein meine Schuld!«

»Warum sollte es deine Schuld sein?«, sagt er. »Das ergibt doch gar keinen Sinn.«

So ist er, mein Joe. Er verteidigt mich, noch bevor er alle Fakten kennt. Egal, was ich getan habe. Egal, ob ich schuldig bin oder nicht. Joe bläst zum Gegenangriff auf jeden, der mich angreift, selbst wenn ich im Unrecht bin.

Aber heute ist sein Kampf aussichtslos.

»Lucinda sollte eigentlich bei uns übernachten«, sage ich. »Sie sollte nach der Schule mit Sally mitkommen, um an einem Referat zu arbeiten. Ich weiß nicht mehr, für welches Fach, Erdkunde vielleicht, ich kann mich nicht erinnern. Aber dann war Sally« – ich bringe es kaum heraus –, »Sally war gar nicht …«

»Sally war gestern gar nicht in der Schule«, beendet er den Satz für mich.

»Genau«, sage ich leise. »Sie war nicht da. Sie hat gesagt, sie fühle sich nicht wohl, und ich hatte keine Zeit, mit ihr zu diskutieren, deswegen habe ich ihr erlaubt, zu Hause zu bleiben. Als sie heute Morgen in den Bus einstieg und Lucinda nicht da war, hat sie Panik wegen des Referates bekommen und Lucinda auf dem Handy angerufen. Und weil Lucinda nicht rangegangen ist, hat sie es bei Kate probiert …«

»Und Kate hat gesagt: ›Lucinda ist doch bei euch.‹«

»Genau.«

Während bei Joe der Groschen fällt, überkommt mich das Grauen zum zweiten Mal an diesem Morgen. Ich sehe vor mir, wie er auf der Bettkante sitzt, denn obwohl er das Gegenteil behauptet hat, war er alles andere als wach. Er ist immer noch in Unterwäsche und lässt den Kopf hängen.

»Dann wird sie also vermisst seit … seit wann?«, fragt er. »Seit gestern Nachmittag?«

Ich sage nichts.

»Scheiße«, sagt er, als ihm das Ausmaß der Katastrophe bewusst wird. »Sie ist seit gestern früh verschwunden?«

»Das wissen wir noch nicht«, sage ich, »aber es liegt eine ganze Nacht dazwischen, Joe. Sie war die ganze Nacht weg, und sie ist erst dreizehn. Dreizehn! Sie ist erst dreizehn.« Ich muss jetzt lauthals schluchzen. »Was ist mit ihr passiert? Du lieber Himmel, Joe, ich fühle mich, als würde uns das passieren, nur dass es schlimmer ist, weil ich nicht unsere Tochter verloren habe, sie ist nicht unsere Tochter … sondern die von Kate.«

Joe seufzt, und dann sagt er so sanft wie möglich: »Lise, warum hast du sie nicht angerufen und ihr gesagt, dass Sally krank ist?«

»Ich habe Sally gesagt, sie soll Lucinda eine SMS schicken und ihr sagen, dass sie nicht in die Schule kommt, aber ich hätte das persönlich erledigen sollen, ich hätte Kate anrufen müssen …«

»*Kate*«, sagt er plötzlich mit Nachdruck, »du lieber Gott, *Kate.*«

Ich stelle mir sein Gesicht vor.

»Joe«, sage ich vorsichtig, »willst du damit sagen, es wäre einfacher, wenn es irgendein anderes Kind wäre? Bloß nicht das von Kate? Ist es das, was du mir sagen willst?«

»Nein«, sagt er schnell, fügt aber hinzu: »Na ja, du weißt schon, wie ich das meine … oder?«

Ja, ich weiß es, aber so dürfen wir jetzt nicht denken. Ich schließe die Augen. Ich fühle mich, als hätte man mir in den Bauch geschossen. Ich kann mich nicht mehr bewegen.

»Joe, hilf mir«, weine ich. »Hilf mir. Ich weiß nicht, was ich tun soll.«

»Aber ich, Baby«, tröstet er mich sanft, »ich weiß es. Wo bist du? Ich komme jetzt und hole dich. Bleib, wo du bist. Ich komme jetzt.«

Kate und Guy Riverty leben in Troutbeck so wie wir, aber ihr Haus steht am anderen Ende des Tals. Ich lasse mein Auto vor Sams Schule stehen. Joe holt mich mit dem Taxi ab.

Sam war gerade aus dem Auto gesprungen und in die Schule gelaufen, als ich den schrecklichen Anruf von Sally erhielt. Ich glaube, ich habe mich nicht einmal von ihm verabschiedet.

Sally klang furchtbar. Ich weiß nicht, was ich tun soll, ob ich sie nach Hause holen oder in der Schule lassen soll. Sie hat gesagt, in der Schule wären Polizisten dabei, die Schüler zu befragen. Sie wusste nicht genau, ob sie überhaupt nach Hause gehen darf, bevor sie an der Reihe war.

Mein Kopf ist leer und mein Körper bleischwer. Ich sehe Joe an. »Ich weiß nicht, was ich Kate und Guy sagen soll – was in aller Welt soll ich ihnen bloß sagen?«

»Sag ihnen, dass es dir leidtut. Das wirst du ihnen sagen. Kate braucht das jetzt.«

Natürlich hat er recht. Trotzdem habe ich furchtbare Angst.

»Was, wenn sie mich anschreit? Wenn sie mich aus dem Haus wirft?«

»Dann musst du damit leben. Dir bleibt keine Wahl.« Er sieht mich traurig an. »Ich werde nicht zulassen, dass sie dir wehtut, wenn es das ist, was du fürchtest. Ich bleibe immer an deiner Seite.«

Ich wende mich ab, von mir selbst angewidert. »Hör mich bloß an … ich habe Angst, ihr entgegenzutreten, wo ihre Tochter verschwunden ist. Wie furchtbar ist das denn? Ich sollte mir Gedanken darüber machen, wie ich sie unterstützen kann.«

Joe streckt den Arm aus und berührt meine verkrampft gefalteten Hände. »Es ist nicht deine Schuld, Lise«, sagt er.

Ich antworte nicht. Wir sind schon fast bei Kate und Guy, aber wenn ich sage, was ich sagen möchte, wenn ich aus Leibeskräften schreie: »Ja, es ist meine Schuld! Ihr wisst, dass es meine Schuld ist!«, wenn ich zulasse, dass meine Hysterie die Oberhand gewinnt, werde ich es nicht einmal schaffen, aus dem Auto auszusteigen.

Ich schließe die Augen und hole tief Luft. Und dann sage ich: »Danke fürs Abholen, Joe.«

Er dreht den Kopf und wirft mir einen bekümmerten Blick zu. »Immer gern«, sagt er.

5

DC Joanne Aspinall setzt sich hinter das Steuer ihres grauen Ford Mondeo. Sie hatte die Wahl gehabt zwischen »Mitternachtshimmel« oder »Sternenhimmel«. Zwischen zwei Grautönen also. Aber Joanne hatte sich keine Gedanken um die Farbe gemacht; ihr kam es allein auf die Motorleistung an.

In den letzten Jahren wurde das Budget der Zivilfahnder stark gekürzt. Der Gedanke dahinter war vermutlich, dass sich im richtigen Leben die wenigsten Kripobeamten wilde Verfolgungsjagden liefern und flüchtige Dealer und gestohlene Autos eher ein Fall für die Kollegen von der Verkehrspolizei sind. Was Joanne wirklich schade fand, denn gegen eine aufregende Verfolgungsjagd hätte sie nichts einzuwenden gehabt.

In der Wache heißt es, Joanne kenne nur zwei Geschwindigkeiten: Stillstand oder Vollgas.

Manchmal fragt sie sich, ob es ein Fehler war, sich bei der Kripo zu bewerben. Die Autos sind so langsam. Außerdem würde sie als einfache Polizistin wesentlich mehr verdienen; sicher wäre sie längst zum Sergeant aufgestiegen. Als Ermittlerin Karriere zu machen, ist wesentlich mühsamer. Deswegen herrscht ständiger Ermittlermangel. Die Bezahlung schreckt Berufsanfänger ab, besonders jene, die eine Familie zu ernähren haben.

Joanne wirft einen letzten Blick zum Haus hinüber und denkt über die Szene nach, die sie eben miterlebt hat. Normalerweise verdächtigt sie instinktiv die nächsten Angehörigen. Die Statistik irrt fast nie. Die meisten verschleppten Kinder werden von einem Bekannten oder Verwandten entführt.

Das ist eine der heikelsten Aufgaben der Ermittler – den Angehörigen die benötigten Informationen abzuluchsen, die Eltern auf irgendwelche Unregelmäßigkeiten abzuklopfen und gleichzeitig absolut mitfühlend zu erscheinen.

Natürlich hat Joanne in ihrer Ausbildung gelernt, sich nicht zu Vorurteilen verleiten zu lassen. Nicht in diesem Beruf; das wäre Zeitverschwendung. Vorgefasste Annahmen trüben das Urteilsvermögen und lassen Alternativen unentdeckt. In Momenten wie diesen hat Joanne immer die Worte ihres alten Physiklehrers im Ohr, der gern Albert Einstein zitierte: »Es ist schwieriger, eine vorgefasste Meinung zu zertrümmern als ein Atom.«

Mit einem flüchtigen Lächeln zieht Joanne ihren Notizblock heraus. Sie geht die Liste noch einmal durch und unterstreicht gedankenverloren den Namen *Guy Riverty*. Der Vater des vermissten Kindes. Ihr fällt auf, dass sie den Stift bei ihm fester aufs Papier aufgedrückt hat als bei den anderen. Beim Gespräch mit den Eltern hat sie das G immer wieder nachgezogen, ohne es zu merken.

Warum? Er hat keinerlei Vorstrafen und ist ein unbescholtener Mann. Aber irgendetwas hat sie gestört. Joanne lässt den Blick durch das verschneite Tal wandern und denkt angestrengt nach. Guy Riverty hatte betreten und unsicher gewirkt. Er hatte lang und breit geredet, ohne etwas zu sagen. Joanne muss unwillkürlich an den Fernsehmoderator Richard Madeley denken.

Joanne hat nichts gegen Geplapper; viele Menschen tendieren dazu, nach belastenden Vorfällen ohne Punkt und Komma zu reden – oder völlig zu verstummen. Dazwischen gibt es kaum etwas. Entweder wollen sie Joanne *absolut alles* erzählen, angefangen bei ihrer Geburt bis hin zu den Ereignissen, die sie zum falschen Zeitpunkt an den falschen Ort geführt haben, oder sie schweigen, als wären sie plötzlich taubstumm.

Mit den Schweigern kommt Joanne gut zurecht. Besonders mit den schuldigen Schweigern. Sie braucht gar keine Tricks anzuwenden. Keine »Guter Cop, böser Cop«-Spielchen. Keine Vorträge à la »Sie können mir vertrauen«, kein Gesäusel. Sie ist nicht wie die Schlange Kaa aus dem Dschungelbuch, die ihr als Kind höllische Angst eingejagt hat. Nein, Joanne geht gewissenhaft und methodisch vor. Sie arbeitet den Fall von Anfang bis Ende durch, bis sie ein Ergebnis erzielt.

Andere mögen sie langweilig finden, aber das ist Joanne egal. Genauso egal ist ihr, was die Kollegen über sie denken. Sie arbeitet so, weil es sich ihrer Meinung nach gar nicht anders arbeiten lässt. Wer zu locker und zu lässig an einen Fall herangeht, macht sich am Ende nur lächerlich. Joanne hat im Laufe der vergangenen Jahre mit vielen Idioten zusammengearbeitet und weiß, dass es rein gar nichts bringt, sich zu weit aus dem Fenster zu lehnen. Im Gegenteil.

Joanne klopft mit dem Kugelschreiber an das Lenkrad und denkt an das vermisste Mädchen.

Lucinda Riverty.

Dreizehn Jahre alt, zierlich, klein, mit kinnlangem straßenköterblondem Haar. Sie geht gern zu Schule, sie bekommt Klavierunterricht, sie ist kein Sport-Ass und nicht gerade kontaktfreudig. Wobei niemand sie als introvertiert bezeichnen würde. Sie ist ein ganz gewöhnliches Mädchen.

Doch für ihre Eltern ist sie *etwas ganz Besonderes*. Und jetzt ist sie weg.

»Wer hat sie mitgenommen?«, fragt Joanne sich laut.

6

Immer gern, sagt Joe.

Ich und Joe, wir beide, für immer.

Das hat er zu mir gesagt, als ich die Kinder aus mir herauspresste. Das sagt er, wenn ich nach zu viel Wein würgend über der Kloschüssel hänge. Oder wenn eine besonders schöne Frau den Pub betritt und ich erstarre und sofort überprüfe, ob er sie bemerkt hat; aber meistens hat er das nicht, meistens sieht er dann mich an und lächelt über meine Unsicherheit. *Für immer,* sagt er, und mir geht es wieder gut. Es stützt mich.

Wenn mir etwas misslingt, ist es egal. Denn in Joes Augen ist nichts, was ich tue, jemals misslungen.

Verstehen Sie mich bitte nicht falsch, er kann ebenso schlecht gelaunt und jähzornig sein wie jeder andere. Und wir hatten ganz sicher auch schwierige Zeiten. Aber das waren eben nur Phasen. Wir sind wie alle anderen Eltern in dieser Welt, auch wir versuchen ständig, es besser zu machen, besser zu sein, mehr zu schaffen. Tag für Tag.

Hinter der Kurve taucht Kates Haus auf, und mit Schrecken sehe ich, wie viele Autos davor geparkt stehen. Auf einmal bleibt mir die Luft weg. »O Gott, Joe, ich kann da nicht rein. Bitte, halt an.«

Er tut mir den Gefallen und schaltet den Motor aus.

Wir stehen etwa fünfzig Meter vom Grundstück der Rivertys entfernt auf dem Seitenstreifen. Das Haus sieht imposant aus. Mehr denn je. Eine riesige Villa aus bleigrauem hiesigem Bruchstein. Im Erkerfenster steht ein Weihnachtsbaum, aber die Lichter brennen nicht.

»Was willst du tun?«, fragt Joe.

»Ich weiß, dass ich da rein muss. Aber eigentlich will ich nur nach Hause und mich ins Bett verkriechen. Ich will den Kopf in den Sand stecken und verschwinden.« Ich drehe mich zu ihm um und sage mit brüchiger Stimme: »Ich will nicht sehen müssen, was ich ihr angetan habe, Joe!«

Er nickt verständnisvoll. »Aber dir bleibt keine Wahl. Nicht hinzugehen wäre noch viel schlimmer. Sicher erwartet sie das jetzt von dir.«

»Ich weiß.«

Für eine Weile sitzen wir schweigend da. Ich gehe in Gedanken durch, was ich zu Kate sagen werde, und Joe lässt mir die Zeit, die ich brauche. Ich habe einen fauligen, üblen Geschmack im Mund. Ich schlucke immer wieder, um ihn loszuwerden, aber es hilft alles nichts, mein Mund ist vollkommen trocken.

Als Joe spürt, dass ich mich ein Stück weit gefangen habe, redet er weiter. »Was denken Kate und Guy eigentlich jetzt? Glaubst du, sie gehen … vom Schlimmsten aus?«

»Wie meinst du das? Dass sie tot ist?«

Joe zuckt zusammen.

»Ja, die Möglichkeit gibt es natürlich auch noch«, sagt er, »aber ich dachte eher an das Mädchen, das in Bowness wieder aufgetaucht ist, weißt du noch? Das vergewaltigt wurde?«

Ich schlage mir die Hände vors Gesicht. Das arme Ding hatte ich komplett vergessen. Einfach auf der Straße ausgesetzt, halb nackt und ohne jede Orientierung.

Als ich den Zeitungsartikel las, musste ich sofort an Sally denken. Wie sehr sie sich manchmal schämt. So sehr, dass sie sich beim Ausziehen von mir abwendet. Wenn wir einkaufen gehen, probiert sie neue Shirts immer so an, dass ich ihren BH nie von vorn sehe. Als ich die Geschichte von dem Mädchen las, schoss mir ein Bild von Sally durch den Kopf: Sally mit nacktem Oberkörper. Sally, wie sie ein überfülltes Reisebüro betritt und nach der Tortur um Hilfe bittet und dabei umkommt vor Scham.

»O nein, bitte nicht«, wimmere ich, »o nein, doch nicht Lucinda! Sie ist doch noch so klein.«

Joe kratzt sich unter dem Kinn. Er hat sich heute noch nicht rasiert, und sein Bart kitzelt ihn.

»Könnte es sein, dass sie freiwillig verschwunden ist?«, fragt er.

»Wie meinst du das?«

»Du kennst das Mädchen besser als ich, Lise. Ich achte nicht so sehr auf Sallys Freundinnen … ich halte mich lieber raus.«

Ich werfe ihm einen bösen Blick zu. Seine Worte überraschen mich. »Ja, aber Lucinda kennst du doch wohl? Sie ist nicht einfach bloß eine von Sallys Freundinnen. Sie geht seit Jahren bei uns aus und ein, wie kannst du da behaupten, du würdest sie kaum kennen? Schließlich …«

»Es würde einfach nur zu seltsam aussehen, wenn ich mich ausgeprägt für sie interessieren würde. Mehr wollte ich damit nicht sagen«, fällt er mir ins Wort. »Du kennst Lucinda besser als ich. Du weißt, was in ihr vorgeht. Du siehst Kate ständig – redet ihr nie über die Mädchen?«

»Doch, natürlich. Aber sie hat noch nie gesagt, dass sie sich Sorgen macht. Jedenfalls kann ich mich nicht daran erinnern.«

»Und Sally hat nie erzählt, ob Lucinda unglücklich ist? Ob sie einen Freund hat? Oder ob Kate ihr dermaßen auf die Nerven geht, dass sie von zu Hause ausreißen will?«

»Du glaubst, Kate ginge ihr auf die Nerven?«

»Sind nicht alle Teenager von ihren Müttern genervt?«

»Ja, kann schon sein, aber …« Ich halte inne. »Verdammt, Joe, wir dürfen nicht so reden. Im Ernst. Kate ist am Ende, und wir sitzen hier im Auto und debattieren, ob ihrer Tochter eine Laus über die Leber gelaufen ist.«

»Aber denkbar wäre es«, sagt er.

»Ja. Genauso denkbar wäre, dass *unsere* Tochter ausreißt. Aber glaubst du im Ernst, sie würde das tun?«

Er schweigt. Er betrachtet das Haus und löst seinen Sicherheitsgurt. Wir sollten wohl besser aussteigen, bevor uns jemand sieht.

Wir lassen das Taxi in der Parkbucht stehen und legen den Rest der Strecke zu Fuß zurück. Beim Ausatmen stoßen wir weiße Dampfwolken in die eisige Luft. Als wir das Grundstück erreicht haben, öffnet sich die Haustür, und ein Polizist kommt heraus. Er trägt zwei Laptops unter dem Arm, und bei seinem Anblick gefriert mir das Blut in den Adern. Ich habe das Gefühl, alles nur im Fernsehen zu sehen. Das sind tragische Ereignisse im Leben einer Unbekannten. Das alles hat mit Kate nichts zu tun. Der Polizist ist sehr jung und hat ein glattrasiertes Kindergesicht. Er nickt höflich, als wir zur Seite treten, um ihn durchzulassen. Als er Joe entdeckt, zögert er kurz.

»Hallo, Joe«, grüßt er.

»Rob«, gibt Joe zurück. Das ist alles, mehr sagen sie nicht. Ich habe keine Gelegenheit, Joe zu fragen, woher er den Mann kennt, denn ich bin schon fast an der Haustür, und mein Magen krampft sich bedrohlich zusammen. Die knallrote, mit Hochglanzlack behandelte Tür steht offen. Ich drücke nicht auf die Klingel. Es käme einem Überfall gleich, jetzt den lauten, schrillen Ton zu hören. Stattdessen klopfe ich vorsichtig an und gehe direkt hinein – etwas, was ich noch nie getan habe, seit ich Kate kenne.

Ich höre leises Stimmengewirr und bleibe im Flur stehen, um mich zu sammeln. Joe ist hinter mir eingetreten, und ich spüre seine Hand auf meiner Schulter. *Geh weiter,* drängt er mich stumm. *Geh weiter, geh voran, alles wird gut.* Aber ich fühle mich nicht gut.

Die Tür rechts von mir, die zum Salon – oder Wohnzimmer,

wie es bei uns zu Hause heißt –, ist fest geschlossen. Offenbar haben sich alle im Familienzimmer versammelt.

Ich gehe weiter bis ans Ende des Korridors und trete ein. Im Raum drängen sich die Menschen. Zuerst kann ich Kates Gesicht nirgendwo erkennen, denn sie sitzt auf dem Sofa. Die Sicht auf sie wird mir durch ein paar Bauern aus dem Umland verstellt, die dabei sind zu klären, wo sie mit der Suche anfangen sollen. Aber ich weiß, sie ist hier irgendwo in diesem Zimmer. Ich erstarre und kann mich nicht mehr bewegen, komme keinen Schritt weiter.

Kates Schwester Alexa steht nur wenige Meter entfernt von mir, und als sie mich entdeckt, verspannen sich ihre Kiefermuskeln. Ihr Ehemann Adam ist bei ihr; für einen Moment sieht es so aus, als wollte er auf mich zugehen. Aber dann merke ich, dass er das nicht darf. Peinlich berührt schaut er zur Seite.

Die zwei Bauern, die vor Kate stehen, treten beiseite, und dann sehe ich sie.

Sie wirft mir einen Blick zu und sinkt in sich zusammen. So als hätte man sie entbeint. Als hätte man sie zerlegt und ohne Knochen wieder zusammengesetzt. Vor lauter Tränen bringt sie kein Wort heraus.

Ich knie vor ihr nieder und ergreife ihre Hände. Ihre Finger sind eiskalt. »Kate, es tut mir so leid …«, sage ich. »Es tut mir so leid, dass ich dir das angetan habe. Es tut mir so leid, dass ich das zugelassen habe.«

Sie nickt und weint, denn sie weiß Bescheid. Sie weiß, dass ich kein schlechter Mensch bin. Sie weiß, dass ich nicht nachlässig und gedankenlos und gleichgültig bin.

Und sie weiß, dass ich, egal wie sehr ich mich auch bemühe, niemals die Mutter sein werde, die sie ist.

Ich halte ihre Hände und spüre ein Zittern, das aus ihrem tiefsten Innern kommt und sich bis in ihre Fingerspitzen fortsetzt. Ich habe das Gefühl, einen winzigen Vogel zwischen den Händen zu halten, und instinktiv möchte ich den Kopf beugen und ihre Hände an meine Lippen drücken.

Ich hatte so eine Angst davor, sie könnte mich in aller Öffentlichkeit beschuldigen. So eine Angst vor ihrer Reaktion. Aber jetzt merke ich, dass sie selbst viel zu geschockt und verzweifelt ist, um mir eine Szene zu machen. Sie schafft es ja kaum, aufrecht zu sitzen.

»Was kann ich für dich tun, Kate?«, frage ich. »Sag mir, was ich für dich tun kann. Irgendwas muss ich doch tun.«

Ich höre Schritte hinter mir. »Meinst du nicht, du hättest schon genug getan?«

Alexa.

Ich schließe kurz die Augen, denn ich weiß, was jetzt kommt.

Kate will etwas sagen. »Alexa … nicht.«

»Nicht was? Ich soll nicht sagen, was alle denken?«

»Mach es nicht noch schlimmer, als es schon ist.« Kate zieht ihre Hände aus meinen.

»Es kann nicht noch schlimmer werden. Wie sollte es noch schlimmer sein?«

Alle im Raum sind verstummt. Wo vorher gedämpftes Gemurmel herrschte, wo Pläne geschmiedet und die beste Vorgehensweise debattiert wurde, ist jetzt nichts mehr zu hören.

Ich komme aus der Hocke, richte mich auf und drehe mich zu Alexa um. Ihr ganzer Körper ist steif vor Wut. Sie hält beide Hände krampfhaft in die Seiten gestemmt, so als hätte sie selbst Angst, jeden Moment auf mich loszugehen. An ihrer Stirn tritt eine dick geschwollene, senkrechte Ader hervor.

Ich kann nicht davonlaufen. Ich muss das jetzt durchstehen. Fast habe ich mich nach diesem Augenblick gesehnt. Ich möchte meine gerechte Strafe entgegennehmen, ansonsten werden die Vorwürfe, die ich mir für den Rest meines Lebens machen werde, mich erdrücken.

Ich sehe in Alexas stahlgraue Augen und sage so fest wie möglich: »Es ist tatsächlich meine Schuld. Du hast alles Recht der Welt, mich anzuschreien. Mir die Schuld zu geben. Ich habe deinen Ärger verdient.«

Sie schlägt mir ins Gesicht, mit aller Kraft.

Ich torkele rückwärts.

»Du blöde Schlampe! Du blöde, blöde Schlampe!«, kreischt sie. »Du glaubst wohl, alles wäre wieder in Ordnung, bloß weil du hier auftauchst und die Schuld auf dich nimmst?«

»Nein«, sage ich und berühre meine schmerzende, brennende Wange, »nein, so war das nicht gemeint.«

»Kates Tochter ist verschwunden! Hast du das kapiert? Hast du verstanden, was du dieser Familie mit deiner Unfähigkeit angetan hast?«

Ich weine. »Ja, ja, natürlich habe ich das. Aber ich weiß nicht, was ich sagen soll, ich weiß nicht, was ich tun soll. Ich kann es nicht wiedergutmachen, egal, was ich auch versuche, und …«

Guy durchschreitet den Raum. Ich weiche zurück aus Angst vor der Attacke, die ich nun sicher auch von ihm zu erwarten habe.

Wo ist Joe? Ich schaue mich schnell im Zimmer um, kann ihn aber nirgends entdecken. Ich brauche ihn. Wo steckt er nur?

»Alexa, es reicht«, sagt Guy mit fester Stimme. »Sieh dir Kate nur an.«

Wir alle senken den Blick und sehen, dass Kate auf dem Sofa kollabiert ist. Ihr Körper zuckt wie in Zeitlupe. Ihre Augen sind leer, ihr Mund ist wie zu einem stummen Schrei weit aufgerissen.

Ich gehe auf sie zu.

»Hau ab«, befiehlt Alexa herrisch. »Lass sie verdammt noch mal in Ruhe.« Ich stehe hilflos da.

»Ich rufe einen Krankenwagen«, sagt Guy.

Als ich mich im Zimmer umsehe, bemerke ich, dass alle Augen auf mich gerichtet sind. Weil ich nicht weiß, was ich tun soll, verstecke ich mein Gesicht hinter meinen Händen. Ich ertrage es nicht. Ich kann die Verachtung der anderen nicht mehr aushalten.

Alle Kraft weicht aus meinen Armen und Beinen, und ich merke, wie ich falle. Auf einmal ist Joe an meiner Seite, und ich spüre seine Arme. »Komm, Baby, wir gehen«, flüstert er, und ich sinke schluchzend an seine Brust. »Komm«, wiederholt er.

»Ja, Joe, bitte«, giftet Alexa ihn an. »Schaff sie fort von hier.«

Joe führt mich hinaus, aber als wir auf der Schwelle stehen, kann ich nicht anders, als mich umzudrehen und Kate einen letzten Blick zuzuwerfen. Die Zuckungen haben aufgehört, aber sie liegt immer noch auf der Seite. Ihre weit aufgerissenen kreisrunden Augen sind auf mich gerichtet.

»Kate«, flehe ich im Flüsterton.

Und sie nickt mir kaum merklich zu. »Finde sie«, formen ihre Lippen stumm.

7

Als wir wieder im Auto sitzen, schreie ich Joe an. »Wo zum Teufel warst du nur? Wie konntest du mich in der Situation allein lassen?«

Er sieht mich erstaunt an. »Ich wollte mit Guy sprechen«, sagt er knapp. »Was hast du denn gedacht? Meinst du, ich habe mich verdrückt, damit die dich fertigmachen können?« Er schüttelt den Kopf. »Ich konnte ja nicht ahnen, dass Alexa dich so angehen würde, oder?«

Ich weine so heftig, dass ich kaum noch Luft bekomme.

»Ich dachte, es wäre das Beste, mit Guy zu sprechen«, sagt er. »Ich wollte ihm erklären, wie schlecht es dir geht und dass wir alles tun werden, was in unserer Macht steht. Aber ich konnte ihn nirgends finden, deswegen habe ich mich mit Kev Bell unterhalten. Er hat ein paar Männer zusammengetrommelt, um einen Suchtrupp zu bilden.« Joe schüttelt wieder den Kopf, so als könne er nicht fassen, dass ich ihn des Verrats bezichtigt habe.

»Ist es für einen Suchtrupp nicht ein bisschen früh?«, frage ich. »Was, wenn Lucinda wieder auftaucht?«

»Was, wenn nicht?«

»Hast du gehört, was Alexa zu mir gesagt hat?«

»Nicht alles.«

Ich krame in meinen Taschen nach einem Taschentuch, kann aber keines finden und begnüge mich mit einem alten Lappen, den Joe unter der Windschutzscheibe aufbewahrt. »Sie sagt, meine Unfähigkeit hätte die Familie zerstört.«

»Sie ist nicht gerade zimperlich.«

Joe sieht mich nicht an. Er starrt geradeaus.

»Joe …«, wimmere ich.

»Was?«, antwortet er gepresst.

Er dreht den Zündschlüssel herum und legt eine Hand an den Schaltknüppel. Ich kann sehen, dass er heftig zittert, was sogar unter diesen Umständen ungewöhnlich für ihn ist. Als er merkt, dass ich es gesehen habe, zieht er die Hand weg.

»Lise, sie sind mit den Nerven am Ende«, seufzt er schließlich. »Sie sind verzweifelt, und wie sollte es anders sein? Irgendwem müssen sie die Schuld zuschieben. So sind die Menschen nun einmal. Was hast du erwartet?«

Ich weiß, dass er recht hat, trotzdem bin ich verletzt. Was ich jetzt brauche, ist der Joe von früher. Der Joe, der mich unterstützt, egal was ist.

Ich versuche mir vorzustellen, wie ich reagieren würde, wenn es um mein Kind ginge. Wenn ich in Kates Lage wäre. Wäre ich fähig, einem anderen Menschen solche Vorwürfe zu machen?

Ich drehe mich ihm zu. »Joe, ich weiß, alle tun so, als wäre ich verantwortlich dafür, und ich weiß auch, dass ich es tatsächlich bin … aber findest du wirklich, es ist allein meine Schuld? Oder bin ich einfach nur …«

Ich beende den Satz nicht. Alexas Beschuldigung hat mich so verstört, dass ich nicht mehr weiß, was ich denken soll.

Joe fingert an der Heizung herum und leitet die warme Luft von unseren Füßen an die Windschutzscheibe um. Als er merkt, dass ich tatsächlich auf eine Antwort warte, hält er inne. Er dreht sich auf dem Fahrersitz um, um mir ins Gesicht zu sehen. »Ganz ehrlich?«, fragt er. »Du willst eine ehrliche Antwort?«

»Ja«, sage ich mit fester Stimme, aber mein Blick fleht ihn an, seine Meinung schonend zu formulieren.

»Du hättest sie anrufen sollen, um ihr zu sagen, dass niemand bei uns übernachtet hat.«

Ich kneife die Augen zusammen.

»Aber meinst du denn nicht, Kate hätte von sich aus nachfragen können? Irgendwas in der Art?«, dränge ich. »Meinst du nicht, Kate trägt eine Mitschuld, weil sie sich weder gestern nach der Schule noch am Abend noch heute Morgen nach Lucinda erkundigt hat? Kein einziges Mal?«

Joe verzieht keine Miene. »Nicht, wenn sie davon ausging, dass Lucinda bei dir ist. Nein, das finde ich nicht.«

Mir fehlen die Worte. Denn noch während er mir seine Einschätzung der Lage darlegt, fällt mir wieder ein, dass Kate sich sehr wohl erkundigt hat. Oder doch nicht? Heute Morgen, als sie mich wegen Sam anrief. »Mit den Mädchen ist alles in Ordnung?«, hatte sie gefragt, und ich hatte bejaht.

Joes Gesicht wird weicher, er schaut traurig. »Können wir jetzt los?«, fragt er, und ich nicke.

Er fährt an. Er will nach rechts abbiegen und durch das Tal nach Hause fahren, aber kurz vor der Abzweigung verschaltet er sich, und das Auto macht einen Satz nach vorn. Der Motor stottert und säuft auf der Höhe des Postamts ab.

»Du lieber Himmel, Joe«, rufe ich erschreckt. »Was zum Teufel ist denn los mit dir?«

Den Rest der Fahrt legen wir schweigend zurück.

Zu Hause krieche ich sofort ins Bett. Ich ziehe mir die Decke über den Kopf und die Knie an den Bauch und bleibe wie ein Fötus zusammengekrümmt liegen. Und dann erst holen mich die wirklich schlimmen Vorstellungen ein. In die frische Verzweiflung mischt sich der alte Selbsthass. Ein schlimmer Fehler aus meiner Vergangenheit holt mich wieder ein, den ich mir bis heute nicht verzeihen kann. Das Ganze ist jetzt vier Jahre her.

Die Sache ist die, denkt er, als er vor der dreieinhalb Millionen Pfund teuren Villa mit direktem Seezugang im Auto sitzt, eigentlich kommt es nur auf den Standpunkt an.

In Spanien zum Beispiel beträgt das Mindestalter dreizehn Jahre. Nicht dass er seine Taten damit rechtfertigen wollte. Er findet es lediglich interessant, dass ein zivilisiertes, nicht weit von Großbritannien entferntes Land so anders an die Sache herangeht. Ebenso Japan. Auch dort liegt das Mindestalter bei dreizehn. Um diese Freizügigkeit in England zu finden, muss man weit in der Zeit zurückgehen – wie weit eigentlich? Etwa zweihundert Jahre, als Mädchen im Alter von zwölf Jahren ganz legal verheiratet werden durften.

Nicht dass er daran interessiert wäre, eine Zwölfjährige zu heiraten. Das wäre ja absurd. Er will einfach nur deutlich machen, dass man es ihm damals, wenn er es denn wollte, gestattet hätte. Das ist alles.

Er sieht auf seine Armbanduhr. Die Immobilienmaklerin ist sechs Minuten zu spät. Warum nur müssen alle so unfähig sein? Er trommelt mit den Fingern aufs Lenkrad, nur um es gleich darauf, wie es ihm in letzter Zeit zur Gewohnheit geworden ist, mit dem Jackenärmel abzuwischen.

Um Zeit totzuschlagen, konzentriert er sich auf die schöne Aussicht und lächelt. Jenes Lächeln, das er wochenlang vor dem Spiegel geübt hat. Sein natürliches Lächeln ist ein bisschen zu kriecherisch und entblößt zu viele Zähne, deswegen hat er sich die Mühe gemacht, daran zu arbeiten. Außerdem übt er jenen treuherzigen Blick, auf den die Frauen stehen.

Sobald man eine Frau anlächelt, als wäre sie etwas Besonderes, zerfließt sie auf der Stelle wie Wachs. Das ist kein großes Geheimnis.

Unabsichtlich wandern seine Gedanken zurück zu jener Sache, die er nicht mehr aus dem Kopf bekommt, und das einstudierte Lächeln verzieht sich zu einem Grinsen. Er grinst wie ein Idiot, und er weiß, er muss damit aufhören, bevor die Maklerin kommt.

Wer hätte gedacht, dass es so einfach ist?

Zugegeben, es ist nicht ganz so gelaufen wie geplant, nicht zu hundert Prozent. Na und? War es nicht umso schöner? Der Überraschungsmoment – als das Unerwartete passierte, um das Ganze noch spannender zu machen?

Flüchten sich so viele gelangweilte Städter nicht genau aus diesem Grund in den Extremsport? Haben übergewichtige Bankangestellte nicht genau deswegen Sex in der Abstellkammer? Natürlich.

Nur dass das hier kein Extremsport ist. Das weiß er. Er kann nicht einfach so tun, als wäre er psychisch krank und wüsste nicht, was er da tut. Er weiß ganz genau, was er tut.

Sein Lächeln verschwindet, als er sich das eingestehen muss, und nach einem weiteren Blick auf die Armbanduhr denkt er: Vielleicht reicht es für heute. Sie hatte Angst. Trotz der Medikamente hatte sie schreckliche, schreckliche Angst.

Er hatte die winzige Hoffnung gehegt, sie könnte doch noch Gefallen daran finden.

Wäre doch möglich gewesen, oder?

Nein, natürlich nicht. So läuft das nicht. Vielleicht sollte er es einfach dabei belassen und sich ein anderes Hobby suchen.

Dann kommt ihm ein neuer Gedanke.

Was, wenn die Nächste Gefallen daran findet? Was, wenn sie nur darauf gewartet hat? Auf einen wie ihn? Das könnte doch sein. Das wäre doch möglich.

Ein silberner BMW Z3 hält neben seinem Wagen, und eine abgehetzt wirkende Frau von Mitte vierzig steigt aus und tritt an seine Fahrertür.

Sie presst sich einen Papierstapel an den geöffneten Blazer, als wollte sie die Tatsache verbergen, dass ihr hässlicher Bauch ihren Rock bis zum Bersten spannt.

Er öffnet die Fahrertür, sieht ihr direkt in die Augen und lächelt. Sie meidet seinen Blick, wirkt nervös. »Es tut mir sehr leid, dass Sie warten mussten, Mr…«

»Kein Problem.« Er zuckt mit den Achseln, wie um zu beweisen, dass es ihm nichts ausmacht, und streckt ihr die Hand entgegen. »Nennen Sie mich Charles«, sagt er in dem Bemühen, diese inkompetente Frau für sich zu gewinnen.

Aber es ist ihm eine Qual.

Es ist eine Qual, denn in Gedanken ist er immer noch bei dem Mädchen, und er denkt: Natürlich wäre möglich, dass es mit der Nächsten anders läuft.

Alles ist möglich, oder?

8

Vor vier Jahren waren wir bei Kate zu einer Dinnerparty eingeladen. So etwas war uns davor noch nie und danach nie wieder passiert. Wir waren zu sechst – Kate und Guy, Alexa und Adam, ich und Joe. Kates Jüngster war gerade in den Kindergarten gekommen, und obwohl wir uns vom Sehen seit Jahren kannten, tat sie erst jetzt, was Menschen wie Kate nun mal tun – sie erweitern ihren Freundeskreis, indem sie die Eltern anderer Kinder einladen.

Ich freute mich auf die Einladung, wie man sich auf eine aufregende Abwechslung freut. Niemand, den ich kannte, veranstaltete Dinnerpartys. Vor allem nicht die anderen Eltern in der Schule, die sich so wie ich und Joe nicht vorstellen konnten, an einem Freitag, nach einer langen Arbeitswoche, das ganze Haus aufzuräumen und zu putzen und dann auch noch zu kochen. Aber vielleicht feierten alle ständig irgendwelche Dinnerpartys, ohne dass wir davon wussten. Jedenfalls hatte ich noch nie eine besucht und war entsprechend nervös.

In Kates Gegenwart fühlte ich mich inzwischen recht wohl, und ihren Mann Guy kannte ich von der Schule und aus dem Ort. Vor Alexa hatte ich einen Heidenrespekt. Ich erzählte Joe davon, als wir auf dem Weg zur Haustür waren; aber anstatt mich zu beruhigen und mich zu trösten, wie es normalerweise seine Art war, warf er mir einen gequälten Blick zu und flüsterte: »Was machen wir eigentlich hier, Baby?«

Noch bevor ich antworten konnte, öffnete uns Guy die Tür. Er hielt eine Weinflasche in der Hand, und ich fühlte mich augenblicklich schlecht. Ich ließ die Schultern hängen und schob das Kinn in einer jämmerlichen Geste vor.

Er begrüßte uns herzlich und fast ein bisschen zu überschwänglich: »Hallo, da sind ja die Kallistos! Kommt herein, kommt herein!« Sein Gesicht war eine perfekte Maske des herzlichen Willkommens, womit er diskret überspielte, dass er unseren ersten Fauxpas bereits bemerkt hatte: unsere Kleiderwahl.

Joe trug seinen einzigen Anzug, ein billiges Ding von Burton's, in das er schlüpfte, wann immer er einen Fahrgast zu einer Beerdigung bringen musste, dazu ein neues weißes Hemd und eine gepunktete Krawatte. Wegen seines dunklen Teints stand ihm das weiße Hemd so fantastisch wie immer – aber Guy trug eine verwaschene Jeans und einen Pullover mit Rundhalsausschnitt.

Ich trug ein neues Kleid, das ich am selben Tag bei next gekauft hatte. Es ging bis kurz übers Knie, war trägerlos, aus glänzend rotem Stoff und mit großen schwarzen Rosen bedruckt. Und aus unerfindlichen, wohl nur mir bekannten Gründen war ich zur Feier des Tages losgegangen und hatte mich mit Bräunungsspray behandeln lassen.

Ich fürchtete mich jetzt schon vor dem Outfit der anderen Frauen.

Ich warf Joe einen panischen Blick zu, als Guy uns hereinbat, aber er sagte nur: »Tja, da sind wir also«, und legte mir zaghaft seine Hand an die nackte Schulter, wie um mich vorwärts ins Haus zu schieben.

Ich kam mir vor wie mein eigener Opa – er war schon lange tot, hatte aber während der zehn letzten Jahre seines Lebens an Parkinson gelitten. Wann immer er einen Türrahmen durchschreiten sollte, blieb er wie angewurzelt stehen. Sein williger Oberkörper beugte sich vor, aber die untere Hälfte blieb erstarrt stehen, als wären seine Füße an den Teppich geleimt. Wir konnten ihn nur zum Weitergehen bewegen, indem wir »Vorwärts, Christi Streiter« sangen.

Zu meiner eigenen Überraschung fing ich jetzt zu summen an. Es funktionierte.

Kate und Guy wohnten noch nicht lange in dem Haus, in dem es immer noch nach abgeschliffenen Holzdielen und Leinöl roch. Sie hatten überall Eichenparkett verlegen lassen, und ich fragte mich, ob ich meine Schuhe ausziehen sollte. Dies würde für mich der schlimmste Abend aller Zeiten werden, wenn ich den Fußbodenbelag im Wert von achtzig Pfund pro Quadratmeter mit meinen billigen Stilettos ruinieren würde. Aber weil Guy nichts weiter sagte, behielt ich meine Schuhe an und bemühte mich, auf den Ballen zu gehen.

Aus der Küche drang Musik, irgendeine verträumte Liedermacherin, die ich nicht kannte. Wir traten ein und sahen Kate und Alexa am AGA-Herd stehen und rühren und probieren. Beide trugen ähnliche Outfits aus hellem Leinen und dezentes Make-up, und beide hatten sich das Haar locker hochgesteckt wie in einer Werbung für Nivea oder Neutrogena. Sie drehten sich um, und ich fühlte mich wie die letzte Idiotin, weil ihr breites Lächeln nicht zu dem entsetzten Blick passen wollte, mit dem sie erst mich und dann Joe musterten. Und dann flöteten sie mehr oder weniger einstimmig: »Wow, Lisa, du siehst … fantastisch aus! Was für ein hübsches Kleid, wo ist das denn her? – Joe! Wie schön, dich zu sehen!«

Beschämt murmelte ich irgendeine Antwort, hielt Kate die mitgebrachte Weinflasche entgegen und sagte so etwas in der Art wie *Danke für die Einladung*. Dann zog ich hastig einen Hocker unter der großen Kücheninsel hervor, um mich dahinter zu verstecken.

Joe drehte eine hastige Begrüßungsrunde, drückte den Damen ein höfliches Küsschen auf die Wange und sagte das obligatorische »Wie schön du das Haus eingerichtet hast, Kate«, während Kate ein verzweifeltes Gesicht zog und theatralisch seufzte: »Na ja, so langsam wird es«, so als baue sie nicht ihr Haus um, sondern eine Schule in Namibia, und müsste um sauberes Trinkwasser kämpfen.

»Ich mache noch eine Flasche auf«, sagte Kate und durchquerte die Küche. Im Gehen fügte sie hinzu: »Joe, warum gehst du nicht zu den Männern nach draußen und lässt uns Mädels hier drinnen in Ruhe tratschen? Adam hat eine lächerlich große Auswahl an Bieren mitgebracht.«

Alexa hatte mir wieder den Rücken zugekehrt und probierte etwas aus einem Topf auf dem Herd. »Kate«, sagte sie in krittelndem Tonfall, »die Zwiebeln sind immer noch nicht gar. So kannst du die Tajine unmöglich servieren, es schmeckt furchtbar.«

Kate stand am Kühlschrank und sagte nichts.

»Du solltest es so machen wie ich«, fuhr Alexa fort. »Ich gare immer einen Haufen Zwiebeln, manchmal auch Schalotten, auf Vorrat vor. Dann friere ich sie portionsweise ein und verwende sie je nach Bedarf – das spart ja so viel Arbeit!«

»Ich werde versuchen, es mir zu merken«, sagte Kate mit einem säuerlichen Lächeln.

»Mit Paprika und Auberginen verfahre ich ebenso«, fügte Alexa hinzu. »Die lassen sich viel besser einfrieren, als man meinen würde.«

Leise sagte ich zu Kate: »Ich bin mit allem zufrieden, ich komme um vor Hunger. Ich habe seit dem Frühstück nichts gegessen.«

Der Tag war verrückt gewesen. Freitag ist immer der beliebteste Tag für Adoptionen. Vom Tierheim war ich direkt nach Ambleside gefahren, um Joes Mutter abzuholen, die den Babysitter für uns spielen würde. Joe war immer noch bei der Arbeit und konnte sie nicht selbst abholen. Dann musste ich noch das Essen für alle vorbereiten, denn obwohl Joes Mutter durchaus in der Lage dazu wäre, weigert sie sich zu kochen, weil sie behauptet, sie käme mit unserem Herd nicht zurecht. Aber das zu schlucken war für mich weniger anstrengend, als eine Diskussion vom Zaun zu brechen.

»Du liebe Güte«, stieß Alexa hervor, ließ den Topf stehen und setzte sich zu mir an die Kücheninsel, »du hast ja wirklich viel um die Ohren, Lisa. Arbeitest du immer noch im Tierheim?«

Ich nickte. Ich trank einen großen Schluck von dem Weißwein, den Kate vor mich hingestellt hatte. »Wunderbar«, sagte ich dankbar, »das ist genau das, was ich jetzt gebraucht habe.«

Alexa nippte an ihrem Glas und sagte: »Ich habe heute übrigens auch gearbeitet, in der Galerie neben dem Kino.« Ich nickte wieder. »Was tut man nicht alles, um das Geld für die Schulgebühren zusammenzubekommen!«, schob sie hinterher.

Das war absoluter Unsinn, wussten doch alle, dass Alexas Schwiegermutter für die Schulgebühren der Kinder aufkam, schließlich erzählte diese Schwiegermutter es überall herum. Dorothy Willard, Adams Mutter, war eine jener lauten, unangenehmen Damen, die ehrenamtlich einige Vormittage pro Woche in der Kleiderkammer aushalfen und jeden, der es hören wollte, mit Ausführungen zu ihren hochbegabten Enkeln langweilte und wie ausgezeichnet ihnen die erstklassige Privatschule bekomme, die sie und ihr Mann bezahlten. »Tja, was tut man nicht alles für den lieben Nachwuchs«, sagte sie, wenn ich einen kaum getragenen Wintermantel auf den Tresen legte oder einen Stapel Liebesromane von Mills & Boon, die meine Mutter so gern liest. Lächelnd sagte ich: »Sie müssen sehr stolz sein«, und sie antwortete in gespielter Bescheidenheit: »Nun ja, ich möchte ja nicht prahlen, aber …«

Ich war überzeugt, dass Alexa nur arbeitete, um sich die Zeit zu vertreiben und aus dem Haus zu kommen; sie traute sich aber nicht, einer wie mir von diesem Luxusproblem zu erzäh-

»Nein«, antwortete sie. »Du liebe Güte, nun stell dir das einmal vor. Zwei Doktoren in einem Haushalt!«, und wie auf Kommando kamen die Männer herein. Sie hielten Bierflaschen in der Hand und waren auf der Suche nach etwas Essbarem.

Alexas Mann Adam – Dr. Willard – war ähnlich leger gekleidet wie Guy. Als er den Raum betrat, fühlte ich mich erneut klein und unscheinbar.

Kate sagte: »Lisa, hast du Adam schon kennengelernt? Nein? Also, Lisa, das ist Adam. Adam: Lisa.«

Ich nickte ihm höflich zu, und er lächelte in meine Richtung. Er sah aus wie ein guter Mensch. Nicht unbedingt gut aussehend, aber sanft auf eine sehr attraktive Art und Weise. »Hi«, sagte er. »Schön, dich kennenzulernen. Du bist die Dame vom Tierheim, richtig?«

»Genau.«

»Das ist sicher nicht einfach, da bekommst du es bestimmt oft mit unangenehmen Zeitgenossen zu tun?«

Ich wollte ihm gerade ein paar Anekdoten erzählen, aber noch bevor ich Luft holen konnte, ging Alexa dazwischen: »Ja, manchmal ist es einfach schlimm. Du kannst dir nicht vorstellen, wie die Leute sich in der Galerie manchmal aufführen. Und seit wann glauben eigentlich alle, sie könnten die Preise runterhandeln? Daran ist nur das Fernsehen schuld! Vorbei sind die Zeiten, als die Leute bereit waren, einen fairen Preis zu zahlen!«

Adam ignorierte sie und hielt Blickkontakt mit mir. »Was war bislang dein größtes Problem?«

»Das Geld«, sagte ich. »Na ja, wohl eher der Geldmangel. Manchmal fallen monatliche Tierarztkosten von zwanzigtausend Pfund an, dazu kommen die Kosten für das Futter und die …«

»Woher bekommt ihr denn euer Geld?«, fragte Alexa.

»Von privaten Spendern. Von netten, alten Damen, die uns

etwas vererben. Den Rest sammeln wir bei Spendenaktionen, und ein bisschen was kommt vom örtlichen Tierschutzverein, der uns Geld dafür gibt, wenn wir Katzen und Hunde aus anderen Filialen aufnehmen.«

Während ich sprach, lächelte Joe mich an. Er zog sein stolzestes Gesicht. Er hatte wider Erwarten weder sein Jackett abgelegt noch sich Hemd und Krawatte geöffnet. Er sah immer noch genauso aus wie bei unserer Ankunft, und ich hätte ihn küssen können dafür. Er grinste mich schüchtern an, was bedeutete, dass er schon mindestens drei Bier intus hatte. So lacht er immer, wenn ihm nicht ganz wohl in seiner Haut ist. Aber ehrlich gesagt kann er nicht anders, wenn man ihm ein Bier vorsetzt. In der Hinsicht ist er wie ein Kind, das einfach nicht widerstehen kann.

Als eine Stunde vergangen und die Tajine mit den harten Zwiebeln verspeist war, als der Alkohol unsere Zungen gelöst und die Stimmung aufgelockert hatte, plätscherten die Gespräche so dahin; die Befangenheit vom Anfang des Abends war vergessen.

Ich war gerade dabei, den anderen die Handlung eines BBC-Krimis zu erzählen: »Eigentlich ist es der Schlagabtausch zwischen den beiden Detectives, der das Ganze so spannend macht«, als Alexa sich räusperte und mich, ohne mit der Wimper zu zucken, bloßstellte, indem sie meinte: »Ehrlich gesagt interessieren wir uns nicht so fürs Fernsehen, Lisa. Die meisten von uns bevorzugen es zu lesen, nicht wahr?« Ich spürte, wie die Stimmung kippte.

Niemand widersprach ihr. Ich kam mir lächerlich und deplatziert vor, aber als ich mich umsah und alle meinen Blick mieden, war ich mir nicht mehr sicher, ob ich mich minutenlang lächerlich gemacht hatte und alle nur zu höflich gewesen waren, mich darauf hinzuweisen, oder ob es Alexas Kommentar war, der sie so beschämte.

Ich warf Joe einen Blick zu, aber er war mir keine Hilfe. Er lächelte diabolisch vor sich hin, wie immer, wenn er so betrunken ist, dass er im nächsten Moment unvermittelt singen oder einschlafen wird. Ich sah auf meine Armbanduhr und musste feststellen, dass es nicht einmal halb zehn war. Nie im Leben würde er den Abend bis zum Ende durchstehen.

Kate rettete die Stimmung vorübergehend, indem sie Erdbeer-Shortcake-Eiscreme nach einem Rezept von *Delia online* servierte, die von allen Gästen in den höchsten Tönen gelobt wurde. Wein wurde nachgeschenkt, und Guy scheuchte die Kinder, die im Familienzimmer ferngesehen hatten (immerhin waren *sie* keine Leser), nach oben und ins Bett.

Danach ging es bergab.

Alexa, die vielleicht spürte, dass sie das Gespräch abgewürgt hatte, beugte sich verschwörerisch vor und begann, Intimitäten aus dem Leben eines Paares auszuplaudern, das uns allen bekannt war und das augenscheinlich Eheprobleme hatte.

»Tammy würde es natürlich niemals zugeben, aber jeder weiß, dass sie eine Affäre hat. Neulich habe ich sie in der Stadt gesehen, wie sie neue Unterwäsche gekauft hat… das ist ja immer ein sicheres Anzeichen. Wo sie ja sonst nicht einmal Wimperntusche trägt! Jede Wette, sagte ich zu Pippa, dass sie…«

»Das kannst du doch gar nicht wissen«, unterbrach Kate sie unvermittelt und mit versteinerter Miene.

»*Alle* wissen das, Katy.«

»Du kannst nicht mit Sicherheit wissen, ob sie eine Affäre hat«, wiederholte Kate, aber Alexa verdrehte die Augen, als wollte sie sagen: *Sei doch nicht so naiv.* Woraufhin Kate rief: »Denk mal an die Kinder! Du darfst keine hässlichen Gerüchte verbreiten, wenn du keine Beweise hast! Denk an Tammys Kinder!«

Wieder verfiel die Runde in betretenes Schweigen. Dieser

Tonfall war absolut untypisch für Kate. Noch nie hatte ich sie so aufbrausend erlebt.

Alexa starrte sie pikiert an. »Was soll denn mit den Kindern sein, Kate? Wenn sie nicht glücklich miteinander sind, sollten Tammy und David nicht der Kinder zuliebe zusammenbleiben.«

Kate stellte ihr Glas hin. »Wie kannst du so was sagen?«

»Es stimmt!«

»Gar nichts stimmt! Alle sagen das, alle meinen, es wäre okay, sich einfach aus dem Staub zu machen, sobald man keine Lust mehr hat. ›Die Kinder werden es schon verkraften!‹ oder ›Lieber mit geschiedenen Eltern aufwachsen als in einem unglücklichen Zuhause!‹ Tja, *du* solltest eigentlich wissen, dass es keinesfalls okay ist, Alexa. Mehr noch als alle anderen!«

Alexa seufzte, als langweile sie sich zu Tode. »Jetzt komm mir nicht schon wieder mit der alten Leier.«

In dem Moment kam Guy zurück. »Meine Damen …«

»Ach, halt den Mund«, sagte Kate schnippisch.

Ich senkte den Kopf und sah mich verstohlen um. Joe lächelte unverblümt – er liebt es, wenn Leute betrunken sind und Streit anfangen, ganz besonders, wenn sie miteinander verwandt oder verschwägert sind. Alexas Mann Adam saß reglos da, als wäre nichts passiert, und kratzte ungerührt die letzten Eiscremereste aus seiner Schüssel.

»Wenn zwei eine Affäre eingehen wollen, sollte keiner sie daran hindern«, fuhr Alexa fort. »Du lieber Himmel, Kate, das Leben ist so verdammt kurz und die Liebe rar gesät. Die Leute sollten die Liebe annehmen, wo immer sie ihnen begegnet. Wenn Tammy ihr Leben ein wenig romantischer gestalten will, solltest du es ihr gönnen. Tu nicht so scheinheilig.« Dann fügte sie hinzu: »Wenn du so verkniffen guckst, wirkst du viel älter, Kate. Ehrlich, das steht dir gar nicht.«

Kate hatte zu zittern angefangen. Leise sagte sie: »Ich kann nicht fassen, dass du so tust, als hättest du den Schmerz vergessen.«

»Das Leben ist kein Ponyhof, Kate. Sieh es endlich ein.«

Ich stand auf und fragte: »Möchte noch jemand was aus der Küche?«, aber Alexa warf mir einen bösen Blick zu.

»Setz dich wieder hin, Lisa«, befahl sie, und dann wandte sie sich wieder an Kate: »Wir sind nicht die einzigen Scheidungskinder auf der Welt, weißt du. Und es bringt nichts, alle zu hassen, die ihre Kinder dasselbe durchmachen lassen.«

»Ich hasse niemanden«, sagte Kate, »ich kann es nur nicht ertragen, wie leichtfertig die Leute sind. Ich hasse es, wenn sie Fremde mit nach Hause bringen und so tun, als wäre das in Ordnung. Ist es nämlich nicht! Hast du vergessen, wie es für uns war? Mit dreizehn aus dem Badezimmer zu kommen und im Flur einem unbekannten Mann zu begegnen? Es war die Hölle, Alexa, das weißt du ganz genau. Wenn du es leugnen willst – bitte schön. Ich kann das nicht.« Sie schluchzte, stand auf und verließ das Zimmer.

Für eine Weile waren alle still. Nach einer Minute warf Adam Alexa einen schüchternen Blick zu und fragte: »War das wirklich nötig?«

Als Antwort kippte sie ihm ihren Wein ins Gesicht.

»Ach, sei still, du Jammerlappen«, rief sie und stürmte ebenfalls hinaus.

Die Männer lehnten sich seufzend zurück. Ich war ratlos. »Soll ich hinterhergehen?«, fragte ich. »Soll ich mal nachsehen, ob alles in Ordnung ist?«

»Nicht, wenn dir was an deinen Schneidezähnen liegt«, scherzte Guy und schenkte uns nach. »Aus Erfahrung weiß ich, dass es das Beste ist, wenn die zwei das untereinander regeln. Wenn du dich da einmischst, holst du dir nur blaue Flecken. Glaub mir, Lisa, zwischen diese Fronten willst du nicht geraten.«

Lallend warf Joe ein: »Sie sind Schwestern, Lise. Du verstehst das nicht als Einzelkind.« Und er hatte recht: Ich verstand es nicht. Trotzdem verletzte mich sein Kommentar, vermutlich, weil ich selbst betrunken und deswegen ziemlich emotional war. Außerdem ist es immer verletzend, wenn man gesagt bekommt, man könne etwas nicht verstehen, weil einem die Erfahrung fehle.

Also antwortete ich: »Ach ja, aber du, du verstehst es?«

Joe kam gut mit seiner Schwester aus, was hauptsächlich daran lag, dass sie sich kaum sahen. Er zuckte mit den Achseln. Der Alkohol hatte ihm rote Flecken ins Gesicht getrieben. Auf einmal kniff er die Augen zusammen und sagte: »Aber wenn sich dein Vater nicht einfach so abgesetzt hätte …«

»Joe!«, rief ich und starrte ihn fassungslos an. Darüber redeten wir nicht. Schon gar nicht im Beisein von Dritten. Schon gar nicht vor diesen Leuten. Aber Joe war schon in jenen Zustand abgedriftet, den ich »fies betrunken« nenne. Denn obwohl er unter Alkoholeinfluss normalerweise lieb und anhänglich wird, kann seine Stimmung umschlagen, sobald er mehr als acht Pint getrunken hat; dann wird er streitsüchtig und gemein.

Ich fühlte mich unwohl. Auf einmal war die Stimmung gekippt. Ich war die einzige Frau am Tisch und saß mit meinem besoffenen Taxifahrer von Mann zwischen einem reichen Bauunternehmer und einem Facharzt für Dermatologie. Die ganze Situation war absurd und verfahren. Wenn Adam nicht so tröstlich gelächelt hätte, wie um zu sagen, *nicht aufregen,* ich wäre einfach gegangen.

Was ich besser getan hätte. Ich hätte aufstehen und nach Alexa und Kate sehen sollen. Im Rückblick weiß ich, das wäre das Richtige gewesen. Aber ich stand nicht auf. Ich blieb sitzen und trank weiter. Und als Alexa eine Dreiviertelstunde später zurückkam, hatten wir sie und Kate schon fast vergessen. Joe war, ich hatte es schon geahnt, auf einem wunderhübschen, mit gestreiftem Stoff bezogenen Sessel eingedöst, und ich schäkerte mit den beiden Männern herum.

Ich hatte meine Schuhe ausgezogen und tanzte auf Strümpfen zur Musik von MTV, ich hielt mein Weinglas in der Hand und lachte und plapperte. Alexa blieb in der Tür stehen und sagte: »Gleich rutscht dir das Kleid runter, Lisa. Du solltest dich setzen«, woraufhin ich albern kicherte. Was keine gute Idee war, denn auf einmal wurde sie sehr wütend. Das war verständlich, aber ich hatte es einfach zu komisch gefunden, dass sie mich erziehen wollte.

Erbost schrie sie mich an: »Du führst dich auf wie ein Flittchen, Lisa! Hinsetzen!«

Ich erstarrte.

Dann drehte sie sich zu ihrem Mann um. »Adam, wir gehen. Hol deinen Mantel runter, und ruf ein Taxi. Kate geht es schon besser, vielen Dank der Nachfrage!«

Guy kam ihr mit offenen Armen entgegen. »Ach, Alexa, nun sei nicht so«, grölte er. »Wir haben uns prächtig amüsiert.« Er wollte sie umarmen, aber sie stieß ihn weg und marschierte los, um ihre Handtasche zu holen.

Ich ging rückwärts aus dem Zimmer und sagte: »Entschuldigt, ich muss mal«, und dann torkelte ich in Richtung Treppe. Ich hatte vor, mich irgendwo da oben zu verstecken, bis sie gegangen waren. Ich fühlte mich wie ein Teenager, der eine Party feiern wollte und dessen Eltern zu früh nach Hause gekommen waren.

Ich fiel mit der Tür ins Badezimmer und nestelte vergeblich am Schloss herum, bevor ich neben der Wanne auf den gekachelten Boden sank.

Das Bad war wunderschön. Überall blitzten Emaille und Chrom, Marmor und Spiegel. Ich sah mich verträumt um und wünschte mir, ich könnte mir diese Seife leisten, ganz zu schweigen von den dicken, weichen Handtüchern, die säuberlich gestapelt im eingebauten Wandregal lagen. Mein Gott, ich würde sterben für so ein Badezimmer! Das dachte ich, als der Türknauf sich langsam drehte.

Adams Kopf tauchte im Türrahmen auf, und er fragte: »Darf ich reinkommen?«

Ich riss die Augen auf. »Nein«, zischte ich und zupfte mir instinktiv das Kleid zurecht, »selbstverständlich nicht.«

»Bitte«, flehte er, »ich will nur kurz mit dir reden. Es dauert nur eine Minute.«

»Okay, aber schnell. Deine Frau wartet auf dich.«

»Guy lenkt sie mit einem Drink ab.«

Er schob sich herein und schloss die Tür. Ich spielte mit dem Gedanken aufzustehen, aber ehrlich gesagt war ich entsetzlich betrunken. Auf meine schlaffen Arme und Beine war kein Verlass mehr.

»Was ist denn?«, fragte ich.

»Ich hasse sie«, sagte er rundheraus, und ich konnte nicht anders, als loszuprusten. Ich schlug mir eine Hand vor den Mund.

»Das ist nicht lustig«, sagte er. »Ich hasse sie wirklich, verdammt!«

»Doch, es ist lustig«, kicherte ich, und dann fügte ich hinzu: »Sorry, sorry, ich hör schon auf.«

Er kniete vor mir nieder. Er war mir so nah, dass ich ihn nur verschwommen sah. Ich wiegte den Kopf vor und zurück, um das Bild scharfzustellen. »Sorry«, wiederholte ich, und dann drückte er mir ohne Vorwarnung einen Kuss auf die Lippen.

Entsetzt rief ich: »Stopp! Das geht nicht!«

»Lass mich … ach, bitte!«

»Ich bin verheiratet!«

»Ich auch.«

»Ja, aber …«

Er küsste mich noch einmal, und ich war zu schockiert, um

mich zu wehren. Ich erwiderte seinen Kuss nicht, aber genauso wenig schob ich ihn weg. Ich war wie gelähmt. Gelähmt und verwirrt. Es war, als würde sich alles in einer anderen Zimmerecke abspielen. Ich hatte eigentlich nichts damit zu tun.

Dann hielt er inne und betrachtete mich.

»Ich bin wirklich sehr betrunken«, sagte ich hilflos, aber er legte mir einen Finger auf die Lippen.

»Du bist wunderschön.«

Ich wollte sagen: *Nein, das bin ich nicht, das ist doch billig,* aber ich sagte nichts. Es gefiel mir, diese Worte zu hören, auch wenn ich wusste, dass er es nicht ernst meinte.

Stattdessen fragte ich: »Was ist mit deiner Frau?«, aber er schüttelte nur den Kopf, als wäre seine Ehe ein hoffnungsloser Fall.

»Du hast sie erlebt, du weißt doch, wie sie ist«, sagte er. »Sie hat dich angegriffen, weil sie es nicht ertragen kann, nicht im Mittelpunkt zu stehen.«

»Sie hat mich angegriffen, weil sie mich für dumm hält. Und sie hat recht. Im Vergleich zu ihr bin ich dumm.«

Er küsste mich wieder und flüsterte: »Da irrst du gewaltig.«

Und jetzt kommt der Teil, für den ich mich am meisten schäme. Jetzt kommt der Teil, für den ich mich hasse. Ich hasse die Frau, die ich in jenem Moment war.

Denn ich habe es zugelassen.

Ich ließ mich küssen. Ich ließ zu, dass er mein Kleid hochschob und mein Höschen über meine halterlosen Strümpfe bis an die Knöchel herunterzog. Ich könnte mich herausreden und behaupten, ich hätte mich nur wegen seiner Frau nicht gewehrt, die ich nicht leiden konnte und die mir das Gefühl gab, eine Versagerin zu sein. Das wäre nicht einmal gelogen. Aber es war nicht der einzige Grund. Eigentlich war es, weil ich Joe gesehen hatte, wie er strunzbesoffen in der Ecke lag, während Adam und Guy sich gepflegt unterhielten; ich konnte nicht glauben, dass ein Mann wie Adam sich für mich interessieren könnte. Dass er mich begehrte und sogar das Risiko in Kauf nahm, erwischt zu werden. Er war gebildet, lustig und attraktiv, und er hatte – Herr im Himmel! – jede Menge Geld. Er hatte alles, was ich nicht hatte. Was ich nie, niemals im Leben erreichen würde.

Noch bevor ich wusste, wie mir geschah, war er in mich eingedrungen. Er bewegte sich, und ich keuchte. Das Ganze war dreckig und aufregend und gehetzt. Und als ich unter den süßen Qualen für einen Augenblick die Augen öffnete, sah ich ein Gesicht im Türrahmen, das mich, das uns betrachtete.

Und dann war es weg.

9

Es ist schon fast neun Uhr. Ich habe im Tierheim angerufen und gesagt, dass ich erst um … Eigentlich habe ich mich nicht festgelegt. Heute bleibt meine Bürotür geschlossen, heute wird es keine Tiervermittlung geben.

Ich muss alle Adoptionen genehmigen. Ich führe Hausbesuche durch, um sicherzustellen, dass wir unsere Katzen und Hunde nicht in irgendwelche Dreckslöcher abgeben. Und ich habe eine persönliche Regel, derzufolge niemand von uns einen Hund bekommt, der mehr als einen Hund bei uns abgeliefert hat. Mir ist egal, ob seine persönlichen Lebensumstände sich geändert haben, mir ist egal, dass er jetzt wieder mehr Zeit hat und dass es ihm aufrichtig leidtut, sein letztes Tier abgegeben zu haben. Nach dem zweiten Versuch ist bei uns Schluss.

Joe stellt eine Tasse Tee auf den Nachttisch und küsst mich schnell auf den Scheitel. Ich setze mich auf und führe den Tassenrand an meine Lippen, aber meine Hände zittern zu stark, als dass ich trinken könnte.

Eben hat er einen Anruf erhalten und erfahren, dass ein Polizist auf dem Weg zu uns ist, um uns zu vernehmen. Ich habe protestiert. Ich habe zu Joe gesagt, dass wir rein gar nichts wissen und dass wir eher behilflich sein können, indem wir uns an der Suche nach Lucinda beteiligen.

Aber Joe strich über meine Wange und sagte: »Die *müssen* mit uns reden. Mach dir keine Sorgen, das wird halb so schlimm.« Wie immer hatte er verstanden, was ich eigentlich meinte. Er wusste, was ich eigentlich sagen wollte: *Ich möchte nicht verhört und beschuldigt werden. Bitte gebt nicht schon wieder mir die Schuld.*

»Ach, komm«, sagt Joe. »Am besten, du gehst jetzt nach unten. Die werden sich kaum mit dir unterhalten wollen, wenn du im Bett liegst.«

Wir gehen hinunter in die Küche, und sofort geht die Klingel.

Joe öffnet die Tür, und ich höre eine Frauenstimme.

»Mr Kallisto? Hallo, ich bin Detective Constable Aspinall.« Joe murmelt etwas, und Sekunden später steht eine fremde Frau in meiner Küche. Die drei Hunde kommen sofort angelaufen, schnüffeln und bedrängen sie. Ich entschuldige mich, aber noch bevor ich die Tiere verscheuchen kann, sagt sie: »Das ist schon in Ordnung. Ich mag Hunde.«

Joe sagt, das Wasser für den Tee sei bereits aufgesetzt, ob sie eine Tasse wolle? Sie nimmt die Einladung an. Stark, bitte, mit eineinhalb Löffeln Zucker.

»Wie geht es Ihnen?«, fragt sie, denn sie kann mir vom Gesicht ablesen, dass ich am Boden zerstört bin. Ich weine, ohne es zu merken. »Wie ich hörte, sind Mr und Mrs Riverty davon ausgegangen, dass ihre Tochter die Nacht hier verbracht hat. Ist das richtig?«

Ich nicke bekümmert, setze mich und bedeute ihr mit einer Geste, es mir gleichzutun. Auf dem Tisch aus gebürstetem Kiefernholz sind immer noch die Überreste vom Frühstück zu sehen, Zuckerkörner und Ringe von Tassen und Gläsern. Als mein Ellenbogen eine klebrige Stelle berührt, hebe ich ihn an und stütze mich woanders auf.

»Es ist meine Schuld«, sage ich, und sie schweigt. Sie sagt nicht: *Das hätte jedem passieren können.* Oder: *Seien Sie nicht so streng mit sich.* Nichts von allem, was ich jemandem in meiner Lage sagen würde.

Sie ist eine gedrungene, stämmige Frau in Parka und flachen Schuhen. Erst als sie die Jacke auszieht, sehe ich, dass ihre Oberweite sie viel fülliger wirken lässt, als sie eigentlich ist. Sie hat sich das dunkle Haar zu einem kurzen Pferdeschwanz zurückgebunden. Ein paar Strähnen sind herausgerutscht und fallen ihr ins Gesicht. Ich schätze sie auf mein Alter, siebenunddreißig. Sie trägt keinen Ehering.

Joe reicht ihr den Tee. »Darf ich bleiben?«, fragt er. »Oder möchten Sie uns getrennt befragen?«

Keiner von uns hat es jemals mit der Polizei zu tun bekommen, deswegen wirkt er ein wenig unbeholfen. »Bleiben Sie ruhig«, sagt sie freundlich. Sie zieht einen Notizblock heraus und blättert darin herum.

»Kate geht es nicht so gut«, sage ich.

»Das war zu erwarten.«

»Sie mussten einen Arzt rufen. Deswegen sind wir gegangen. Wir hatten das Gefühl, es wäre das Beste …« Ich unterbreche mich. Jetzt fühle *ich* mich unbeholfen. Ich erzähle ihr, was sie gar nicht zu wissen braucht. Ich versuche, ihr zu erklären, warum wir nicht drüben bei den Rivertys sind, um zu helfen.

Ich probiere einen anderen Ansatz und frage sie, ob sie schon mit der Familie gesprochen hat. »Haben Sie Kate kennengelernt?«, frage ich.

DC Aspinall schreibt in ihr Notizbuch, während sie spricht. »Ich habe Mr und Mrs Riverty heute Morgen gesehen.« Sie sagt das, ohne den Kopf zu heben. »Dann bin ich zur Schule gefahren, um mit den Lehrern zu reden und herauszufinden, bis wann Lucinda im Unterricht war. Wir versuchen, ihren Tag bis zu ihrem Verschwinden zu rekonstruieren.«

»Meine Tochter geht auf dieselbe Schule«, platze ich heraus. »Haben Sie mit ihr gesprochen? Sie heißt Sally, sie sagt, die Polizei würde …«

»Die Schülergespräche haben meine Kollegen übernommen.«

Ich habe das Gefühl, alles falsch zu machen. Ich möchte

len – jener Art von Frau, die arbeitet, weil sie es muss und so weiter. Ich nahm es ihr nicht übel. Das wäre sinnlos gewesen. Im Lake District hat es für Frauen immer schon zwei extrem unterschiedliche Lebensmodelle gegeben: Die einen arbeiten nie, die anderen arbeiten nie genug.

»Wie viele Tage arbeitest du denn in der Galerie, Alexa?«, fragte ich, weil mir nichts Besseres zu sagen einfiel.

»Ach, nur zwei oder drei Vormittage pro Woche. Ich lege mir die Arbeitszeit um meinen Master herum.«

»Um was?«

»Meinen Master«, wiederholte sie. »Ich mache einen Abschluss in Kulturwissenschaften.«

»Klingt … anspruchsvoll«, sagte ich.

»Das ist es auch. Und es nimmt weit mehr Zeit in Anspruch als ursprünglich gedacht. Adam beschwert sich ständig darüber, dass er mich *wieder einmal* an die Uni verloren hat.«

Ich bemerkte, dass Kate Alexas Studienpläne nicht weiter kommentierte, und weil ich meinte, den Grund dafür zu kennen, sagte ich nichts.

Alexa liebt es zu studieren, genau wie sie es liebt, einer albernen, sinnlosen Beschäftigung nachzugehen, um den Tag herumzubringen. Ich habe keine Ahnung, was man mit einem Abschluss in Kulturwissenschaften anfängt, aber ich kann mir denken, wozu sie ihn braucht. Sie möchte, dass kleine Leute wie ich denken: *Wow, du bist nicht nur unglaublich schön, sondern auch unglaublich gebildet! Wie ist das nur möglich?*

Alexa ist weiß Gott nicht die einzige attraktive Frau mit dieser Störung, die ich kenne. Am liebsten möchte ich zu ihnen sagen: »Hört auf. Bitte hört einfach auf damit. Ihr habt doch alles, was ihr braucht. Ihr seid *schön*, ihr habt doch längst den Freifahrtschein fürs Leben. Das reicht doch.«

»Bekommst du diesmal einen Doktortitel, Lex?«, fragte Kate.

einen vernünftigen und einfühlsamen Eindruck hinterlassen. Ich will nicht wie eine fahrige, planlose Chaotin dastehen, die sich an den falschen Kleinigkeiten festbeißt.

Sie sieht mich an. »Okay, dann fangen wir mal an.«

Ich erwarte, dass sie den gestrigen Tag mit mir durchgehen und alles über Uhrzeiten, Verabredungen, Telefonate und gesendete SMS hören will. Ich erwarte, dass sie von mir alle Einzelheiten erfahren will. Deswegen bin ich ziemlich von der Rolle, als sie fragt: »Was für eine Mutter ist Kate Ihrer Meinung nach?«

»Wie bitte?«, stammele ich. »Ich verstehe nicht.«

»Kate«, wiederholt sie. »Was für eine Mutter ist sie Ihrer Meinung nach?«

Und ohne zu zögern, antworte ich: »Sie ist perfekt. Sie ist die beste Mutter, die man sich wünschen kann.«

Ich denke an die gesundheitlichen Probleme von Fergus, ihrem Siebenjährigen. »Ihr Sohn ist krank, seit ich denken kann«, sage ich. »Er hatte irgendein Augenproblem, das nicht in den Griff zu bekommen war. Ich hätte aufgegeben und wäre total überfordert gewesen, aber Kate ist einfach mit ihm nach London gefahren. Sie hat es ihm als Abenteuer verkauft, die Fachärzte aufzusuchen. Sie hat dafür gesorgt, dass Fergus sich auf die Fahrten freut.«

Ich erinnere mich daran, wie Kate Fergus erlaubte, sich als Superheld oder Ritter oder Krieger zu verkleiden. Sie malte Schatzkarten und dachte sich Spiele und Aufgaben aus, die sie im Zug zusammen lösen mussten. Kein einziges Mal hörte ich sie über den Aufwand klagen. Sie vermittelte mir kein einziges Mal den Eindruck, es wäre Arbeit.

Ich betrachte DC Aspinall. »Kate ist die Art von Mutter, die man sein möchte, die Mutter, die man selbst gern gehabt hätte.«

»Was ist mit Mr Riverty?«, fragt sie. »Würden Sie ihn ebenfalls als vorbildlichen Elternteil bezeichnen?«

»Natürlich.«

Sie hält meinem Blick stand, bevor sie wieder in ihrem Notizbuch blättert.

Ich werfe Joe einen verstohlenen Blick zu, und er zieht die Augenbrauen hoch. Er denkt dasselbe wie ich – dass sie Guy möglicherweise verdächtigt. Was einfach nur lächerlich ist.

So gut kenne ich Guy eigentlich gar nicht. Abgesehen von jenem Abend, als wir zum Dinner drüben waren, verabreden wir uns für gewöhnlich nicht zu Pärchentreffen. Sie wissen schon, wie ich das meine – wenn die Männer sich zusammensetzen und über Männerthemen reden und die Frauen in der Küche stehen und sich darüber beschweren, wie wenig die Männer im Haushalt mithelfen. Joe und ich haben getrennte Freundeskreise. Ich treffe Kate inner- und außerhalb der Schule, aber Joe und Guy würden niemals zusammen ein Bier trinken gehen. Nun, da ich darüber nachdenke, frage ich mich, warum. Ich bin irritiert, auch wenn ich den Grund nicht verstehe.

»Wie gut kennen Sie Mr Riverty?«, fragt DC Aspinall.

»Wie gut kann man einen Menschen kennen?«, gebe ich zurück und begreife sofort, dass ich bei ihr mit Philosophieren nicht weiterkomme.

Sie sagt nichts und wartet darauf, dass ich die Frage vernünftig beantworte.

»Nicht so gut«, sage ich, »aber gut genug, um ihn einschätzen zu können. Wenn es das ist, worauf Sie hinauswollen.«

»Wir versuchen nur, uns ein Bild von der Familie zu machen.«

»Sie glauben doch nicht etwa, dass er etwas mit der Sache zu tun hat?«, frage ich und fange mir sofort einen strafenden Blick von Joe ein.

»Lisa«, sagt er streng.

»Was denn? Das ist doch normal, oder? Als Allererstes nimmt die Polizei die Familie unter die Lupe.«

DC Aspinall wirft erst Joe und dann mir einen ernsten Blick zu. Sie spricht langsam und mit Nachdruck.

»Jedes Jahr wird eine große Zahl von Kindern als vermisst gemeldet«, erklärt sie. »Die meisten davon sind Ausreißer, deswegen versuchen wir so schnell wie möglich festzustellen, ob das Kind möglicherweise auf eigene Faust verschwunden ist. Nur deswegen untersuchen wir die Familienbeziehungen so genau. Es ist wichtig, die Dynamik einschätzen zu können, bevor wir ermitteln.«

»Sie fragen mich also, ob Guy dafür verantwortlich sein könnte, dass Lucinda weggelaufen ist?«

Sie legt den Kopf schief, als wollte sie fragen: *Wäre das denn vorstellbar?*

»Auf gar keinen Fall«, sage ich.

»Wie können Sie so sicher sein, wenn Sie angeben, ihn eigentlich gar nicht so gut zu kennen?«

»Weil ich Kate kenne und …« Ich halte inne und frage mich, ob ich das wirklich aussprechen darf. »Ich weiß nicht, wie ich es in Worte fassen soll – nehmen wir mal an, Guy wäre so ein Spinner, der seinen Kindern ein ungutes Gefühl gibt … das hätte Kate nie im Leben zugelassen. Sie wacht Tag und Nacht über diese Kinder, sie kümmert sich um alles, sie kennt den Namen jedes einzelnen Mitschülers von Fergus, sie kennt die Eltern von Lucindas Freundinnen, wo sie wohnen, was sie beruflich machen. Sie hat es sich zur Lebensaufgabe gemacht, schlichtweg alles zu wissen. Ihr entgeht nichts. Die Kinder sind ihr Lebensinhalt. Sie stehen an allererster Stelle.«

»Okay«, sagt DC Aspinall und trinkt einen Schluck Tee. Sie nickt Joe zu. »Lecker.«

Er lächelt. »Hat meine Frau mir beigebracht.«

»Noch einmal zurück zu gestern«, sagt sie. »Ist es normal für die Mädchen, sich unter der Woche zur Übernachtung zu verabreden?«

»Ja«, antworte ich. »Sie sind die besten Freundinnen, sie …« Ich verstumme. »Ehrlich gesagt ist es gar nicht normal.« Verwirrt drehe ich mich zu Joe um. »Ist das jemals vorgekommen, Joe? Dass Lucinda unter der Woche hier übernachtet hat?«

»Keine Ahnung«, sagt er schulterzuckend. »Sie ist oft hier, ich habe noch nie darauf geachtet.«

Ich werfe DC Aspinall einen erschöpften Blick zu. »Ich weiß es nicht.«

»Wer hat die Verabredung getroffen?«, fragt sie, »können Sie sich erinnern?«

»Ja. Das war Sally. Sie hat gesagt, sie und Lucinda müssten zusammen an einem Referat arbeiten. Offenbar ging es um eine Gruppenarbeit. Kate kann Ihnen sicher mehr dazu sagen. Jedenfalls hat sie gefragt, ob Lucinda hier übernachten darf, damit sie nach der Schule zusammen lernen können. Ehrlich gesagt habe ich nicht weiter darüber nachgedacht, weil Lucinda – Joe sagte es ja bereits – sehr oft bei uns ist.«

»Wie sieht es mit dem Schulweg am Morgen aus?«, fragt sie. »Ist Mrs Riverty einfach davon ausgegangen, dass Sie die Mädchen zur Schule fahren?«

»Wie bitte? Nein. Die Mädchen fahren mit dem Minibus. Er holt alle Schüler aus Troutbeck ab und bringt sie zur Schule.«

»Wie heißt das Unternehmen?«

»South Lakes Taxis«, sage ich, was sie sich notiert.

»Darf ich Sie etwas fragen?«, sage ich vorsichtig.

»Bitte sehr.«

»Wann genau ist Lucinda verschwunden? War sie gestern noch in der Schule? Oder wird sie jetzt seit über vierundzwanzig Stunden vermisst?«

»Wir sind ziemlich sicher, dass sie erst gegen Ende des Tages verschwunden ist. Im Klassenbuch ist sie zu Beginn der letzten Unterrichtsstunde als anwesend eingetragen. Aber wir überprüfen das noch einmal und befragen die Mitschüler. Würden

Sie sagen, es wäre normal für Mrs Riverty, ihre Tochter während einer Verabredung zu kontaktieren?«

»Ja, das ist typisch Kate.«

Hatte Kate versucht, Lucinda auf dem Handy anzurufen, und keine Antwort bekommen? Mir ging es mit Sally ständig so. Die ersten Male drehte ich beinahe durch, aber irgendwann gaben wir in dem Punkt einfach nach, was vermutlich die meisten Eltern irgendwann tun.

Ich wäge sehr genau ab, wann ich mit Sally Streit anfange und wann nicht. In der Handyfrage gab ich früh auf, zur selben Zeit etwa, als ich es aufgab, mich über die Unordnung in ihrem Zimmer zu beschweren.

»Kate hat Lucinda eine SMS geschickt, aber keine Antwort erhalten«, sagt DC Aspinall. »Ich denke mir, dass man sich als Mutter in dem Moment doch Sorgen machen würde? Dass man versuchen würde, die betreffenden Eltern anzurufen?«

Ich überlegte. Wollte sie es Kate tatsächlich zum Vorwurf machen, einer unbeantworteten SMS nicht nachgegangen zu sein?

»Sally hat schon oft bei Lucinda übernachtet und nicht auf meine SMS reagiert. Sie wissen schon, die Mädchen albern herum und vergessen darüber die Zeit. Sie wissen doch, wie das ist.«

Ganz offenbar weiß DC Aspinall es nicht, denn sie stimmt mir weder in Worten noch mit einer Geste zu.

»Aber um ehrlich zu sein«, sage ich, »habe ich mir nie Sorgen gemacht, wenn Sally bei Kate war. Wenn sie woanders übernachtet hätte, vielleicht schon, bei einer Freundin vielleicht, die ich weniger gut kenne. In dem Fall hätte ich vielleicht die Eltern angerufen und nachgefragt.«

Die Antwort scheint zu genügen, denn DC Aspinall wechselt das Thema und fragt mich, was für eine Sorte Mädchen Lucinda ist. Könnte es sein, dass sie ihren Eltern etwas verschwiegen hat? Als ich das Gefühl habe, alles erzählt zu haben, stelle ich die Frage, die mir von Anfang an auf der Zunge lag.

»Was glauben Sie, was mit ihr passiert ist?«

»Das kann ich Ihnen unmöglich sagen«, antwortet sie.

»Aber wenn Sie eine Einschätzung abgeben müssten... Wenn Sie auf das eine oder andere tippen müssten, würden Sie dann sagen, dass Lucinda ...«

»Zu diesem Zeitpunkt gehen wir Hinweisen in alle Richtungen nach.«

Ich nicke. Eigentlich hatte ich gehofft, DC Aspinall würde sagen, sie hielte Lucinda für eine Ausreißerin. Dann wären meine Schuldgefühle nicht so überwältigend. Aber natürlich ist Lucinda nicht freiwillig verschwunden. Warum in aller Welt sollte sie?

»Eine letzte Frage noch«, sagt DC Aspinall wie nebenbei, während sie vom Tisch aufsteht. »Wir müssen wissen, wo Sie und Ihr Mann waren – von gestern Nachmittag, drei Uhr, bis jetzt.«

»Nun, Charles« – die Immobilienmaklerin sieht ihn an und blinzelt –, »sind Sie grundsätzlich daran interessiert, Anwesen wie dieses zu besichtigen? Anwesen mit Seegrundstück? Oder sind Sie offen für alles?«

»Wenn möglich, hätte ich gerne ein Haus mit direktem Zugang zum Wasser. Ehrlich gesagt hätte ich wirklich gern ein Bootshaus… aber bei einer geeigneten Immobilie würde ich mich auf Kompromisse einlassen…«

»Ich verstehe«, sagt die Maklerin nickend. »Wobei ich mir sicher bin, dass Ihnen das Haus gefallen wird.«

Er lässt sich zurückfallen, als sie die Vordertür aufschließt und sich mit der Alarmanlage abmüht. Also ist niemand zu Hause. Sobald sie im Flur ist, dreht sie sich um und strahlt ihn an, erwartet Ooohs *und* Aaahs. *Sie erwartet von ihm, vom Eichenholzparkett und den original erhaltenen Stilelementen zu schwärmen. So als hätte sie sie eigenhändig eingebaut.*

»Beeindruckend«, sagt er, um sie zufriedenzustellen, denkt aber etwas völlig anderes. Wer immer dieses Haus eingerichtet hat, verfügt über keinerlei Geschmack. Die Teppichfliesen auf der Treppe sind billig, und die getönten Glasscheiben des Wintergartens sehen kitschig aus.

»Lassen Sie mich Ihnen die Küche zeigen«, sagt sie. »Die ist wirklich fantastisch.«

Schnell klackern ihre Absätze über den Parkettboden. Er beobachtet ihre Bewegungen und sieht, dass ihr Rocksaum sich an einer Stelle auflöst. Ein schwarzer Baumwollfaden kriecht an ihrem Unterschenkel abwärts.

»Ein wunderbares Zimmer, und so lichtdurchflutet«, schwärmt sie. »Das perfekte Familienzimmer, würden Sie das nicht auch sagen?«

Er macht sich nicht einmal die Mühe, einen Kommentar abzugeben. Er hat das Gefühl, in einer dieser furchtbaren Umzugssendungen aufzutreten, in der die Küche als »das Herz des Hauses« angepriesen wird. Von Frauen, die sich nach einem Raum sehnen, »in dem wir alle zusammensitzen können«, und deren Teenager daneben stehen und aussehen, als könnten sie sich nichts Schlimmeres vorstellen.

Die Maklerin tritt an die breite Fensterfront des Esszimmers und fragt: »Wo wohnen Sie zurzeit?«

»In Grasmere«, antwortet er.

»Ach, wirklich? Es ist nur so, dass ich Ihren Namen überhaupt nicht kenne, deswegen dachte ich, Sie sind nicht von hier.«

Bei ihren Bemühungen herauszufinden, ob er sich dieses Haus überhaupt leisten kann, geht sie äußerst ungeschickt vor. Sie lächelt ihn an und wartet auf weitere Informationen. Die er ihr vorenthält.

Er mustert sie: ein Haufen schlaffes Fleisch, gequetscht in Stoff, der offenbar als Businesskostüm durchgehen soll. Beim Blick in das Gesicht dieser Frau sieht man ihr ganzes Leben. Er stellt sich vor, wie sie morgens aus dem Haus eilt und sich dabei ein Croissant in den Mund stopft. Sie merkt nicht, dass sie die Unterwäsche von gestern trägt, und steigt in ein Auto voller Chipsreste und sonstigem Müll.

Sie gehen wieder in die Küche, wo sie mit der Hand über die Arbeitsplatte aus rosafarbenem Granit fährt.

»Was machen Sie beruflich?«, fragt sie beiläufig. Bevor er antwortet, fällt ihm auf, wie ihr der zu enge Ehering in den Finger schneidet.

»Gewerbe-Immobilien. Hotels«, sagt er.

»Oh«, antwortet sie interessiert, »welche?«

»Darüber möchte ich, ehrlich gesagt, zu diesem Zeitpunkt noch nicht sprechen. Ich spiele mit dem Gedanken zu verkaufen, und möchte nicht, dass die Information vorschnell die Runde macht. Viele Gäste möchten nicht in einem Hotel Urlaub machen, das zum Verkauf steht.«

»Ich kann Ihnen versichern, dass ich die Angelegenheiten meiner Kunden niemals außerhalb …«

Er lächelt. »Eigentlich bin ich noch kein Kunde, oder?«, sagt er spöttisch.

»Dann also ein potenzieller Kunde.«

Ohne Vorwarnung wirft sie ihm aus halb geschlossenen Augen einen kecken, mädchenhaften Blick zu. »Sind Sie auf der Suche nach neuen Hotels, in die Sie investieren können?«

»Ehrlich gesagt bin ich dabei, aus dem Hotelgeschäft komplett auszusteigen. Man ist doch zu sehr gebunden. Es ist schwierig, kompetente Geschäftsführer zu finden, dazu kommt noch das Problem mit den einheimischen Gästen … Nein, ich denke, ich werde mich in einer Online-Branche versuchen. Import von Waren, die in den USA bereits einen Markt haben.«

Sie nickt ernst, und nicht zum ersten Mal an diesem Tag fragt er sich, wie verzweifelt die Leute glauben möchten, was man ihnen erzählt. Sie wollen es wirklich glauben, selbst wenn ihr gesunder Menschenverstand sich dagegen auflehnt. Inzwischen hat er Spaß an der Sache gefunden und entspannt sich ein wenig.

»Haben Sie denn eine Immobilie zu verkaufen?«, fragt sie.

Ruckartig dreht er den Kopf. »Wie bitte?«, stammelt er.

»Besitzen Sie ein Haus? Wohnen Sie gerade zur Miete, oder haben Sie etwas zu verkaufen, bevor Sie umziehen?«

Warum hat er sich auf diese Frage nicht besser vorbereitet? Warum hat er nicht ein paar Adressen auswendig gelernt, bevor er herkam?

Er schüttelt den Kopf, blickt beiseite. Seine Handflächen fangen zu kribbeln an.

»Darf ich mir das mal ansehen?« Er zeigt auf die Prospekte, die sie ins Haus mitgebracht hat.

»Oh«, sagt sie, »die kennen Sie noch gar nicht? Sorry, ich dachte, Sie hätten sie schon gesehen.«

Sie tritt einen Schritt vor und breitet die Prospekte auf der Arbeitsplatte aus. Als sie sich ihm nähert, kann er sie riechen, und sein Magen krampft sich zusammen.

Im Zimmer ist es warm, und sie beugt sich vor, bis ihr Blazer sich aufspannt und ihm der stechende Gestank von süßlichem Schweiß, Selbstbräuner und Zigarettenatem ins Gesicht weht.

Was zum Teufel bildet sie sich ein, ihm so nahe zu kommen?

Er tritt von einem Bein aufs andere. Das Kribbeln in seinen Handflächen wird unerträglich. Ein verstörendes Gefühl tief unter seiner Haut. Er versucht ihr auszuweichen, aber sie nimmt es nicht wahr. Sie fährt mit ihrem dicken Zeigefinger, neben dessen Nagel der rote Lack verschmiert ist, über den Text. Sie doziert in atemberaubendem Tempo über Grundsteuern, Hauptwasserleitungen und private Ableitungskanäle. In seinem Kopf fliegt alles durcheinander, und er bekommt kaum noch Luft, weil diese widerliche Frau den ganzen Sauerstoff für sich allein verbraucht.

Er schluckt. »Wenn Sie mir bitte nicht so nah kommen würden.«

»Wie bitte?«

»Kommen Sie mir nicht so nah.«

Gekränkt kommt sie seiner Bitte nach.

»Stimmt irgendwas nicht? Ich kann Ihnen versichern, dass der Preis für das Haus fair veranschlagt ist. Wenn Sie sich die benachbarten Anwesen ansehen, werden Sie keinen großen Unterschied …«

Er hebt die Hand, um sie zum Schweigen zu bringen. Er

schließt die Augen und holt tief Luft. »Vielen Dank«, sagt er, »aber ich habe genug gesehen«, und dann macht er sich auf den Weg zur Tür. Aber noch bevor er den Ausgang erreicht hat, sagt die Maklerin den Satz, der ihn innehalten lässt.

»Sie können sich dieses Haus sowieso nicht leisten.«

Er dreht sich um, versucht, den Satz zu verstehen.

Sie redet weiter: »Sie vergeuden meine Zeit. Du lieber Himmel! Als hätte ich sonst nichts zu tun.« Sie knirscht mit den Zähnen und mustert ihn abschätzig von oben bis unten.

Was ihm bedauerlicherweise keine Wahl lässt.

Er geht auf sie zu, ballt die Hand zur Faust und holt aus. Das Ganze bereitet ihm überhaupt keine Freude. Gewalt anzuwenden fällt ihm nicht leicht, aber als er sie mitten ins Gesicht trifft, reißt die Wucht des Schlags sie von den Füßen, sodass sie erst einen Meter weiter zu Boden geht. Sie bleibt vor dem riesigen amerikanischen Kühlschrank liegen.

Sie ist zu verblüfft, um irgendein Geräusch zu machen, und wahrscheinlich könnte sie es nicht einmal, wenn sie es wollte, denn ihre Nase ist ihr im Gesicht geplatzt. Ihr schiefer Mund ist jetzt voller Blut, sodass sie möglicherweise in ihren eigenen Körpersäften ertrinken wird.

Entsetzt tastet sie ihr Gesicht ab und würgt am Blut.

Er schüttelt den Kopf. »Sie haben den falschen Beruf gewählt«, sagt er resigniert, rammt sich die blutverschmierte Hand tief in die Jackentasche und geht hinaus.

10

Ich werfe einen Blick auf meine Armbanduhr. Es ist erst zwanzig nach zwölf, aber ich habe das Gefühl, heute Vormittag schon fünf Leben hinter mich gebracht zu haben. Joe hat sich dem Suchtrupp angeschlossen. Die Einheimischen haben sich in drei Gruppen aufgeteilt. Eine durchkämmt die Felder zwischen der Schule und dem Haus der Rivertys. Es handelt sich um eine Fläche von mehreren Quadratmeilen, aber die Helfer benutzen die Quads, mit denen die Schäfer ihre Herden hoch oben auf den Hügeln zusammenhalten. Der zweite Suchtrupp kümmert sich um den Schulhof, die Sportplätze und die bewaldete Fläche, die sich von der Schule bis an den Strand des Lake Windermere hinunterzieht. Der letzte Trupp deckt das Areal zwischen der Schule und der Ortschaft ab. Viele Schüler laufen nach dem Unterricht zu Fuß nach Windermere und schauen bei Greggs, dem Supermarkt und der Bücherei vorbei (zumindest jene, die zu Hause kein Internet haben). Die Strecke ist gut eine Meile lang, und die Überlegung dahinter ist, dass Lucinda möglicherweise diesen Weg eingeschlagen hat, falls sie die Absicht hatte auszureißen.

Aber ich weiß, das alles ist zwecklos.

Lucinda ist nie im Leben ausgerissen und zu Fuß nach Windermere gelaufen. Lucinda wurde an einen unbekannten Ort verschleppt und vergewaltigt. So wie Molly Rigg.

Ich denke an Lucinda, und meine Gedärme ziehen sich zusammen. Sie wäre niemals davongelaufen, nie hätte sie ihren Eltern das angetan. Nicht in einer Million Jahren. Sally beschwert sich oft darüber, dass Lucinda so eine Streberin ist.

Manchmal ärgert es sie, dass Lucinda sich niemals einen Tadel einfängt, dass sie nie ohne Hausaufgaben in die Schule kommt und immer die Auszeichnung für die sauberste Schuluniform abräumt.

Nie wäre Lucinda aus freien Stücken verschwunden. Nie im Leben.

Auf einmal packen mich eine blinde Panik und das unbändige Verlangen, meine Kinder in meiner unmittelbaren Nähe zu haben. Ich renne mit klopfendem Herzen nach unten und suche hektisch nach meinen Autoschlüsseln. Ich muss meine Kinder finden und nach Hause holen. Wo sie in Sicherheit sind, wo niemand ihnen etwas antun kann. Zum Teufel mit der Schule; sie sollten jetzt zu Hause sein.

Ich wühle in der Post, in Handschuhen und Mützen und unbezahlten Rechnungen, die auf der Kommode neben der Eingangstür liegen. Schließlich finde ich den Autoschlüssel in meiner Manteltasche, aber erst als ich hinausgestürmt bin und in der leeren Einfahrt stehe, fällt mir ein, dass mein Wagen immer noch vor Sams Schule steht. Wo Joe mich abgeholt hat. Heute Morgen.

Für einen Moment fühle ich mich vollkommen ohnmächtig. Ich gehe wieder ins Haus und rufe meine Mutter an. Etwas Besseres fällt mir nicht ein.

Es klingelt, und sie meldet sich.

Eine kleine Pause, in der sie tief Luft holt und an ihrer Zigarette zieht, bevor sie etwas sagt. »Hallo?«, fragt sie und hustet dann.

»Ich bin's.« Wie zu befürchten war, versagt meine Stimme.

Sie weiß, was passiert ist. Der Ort ist klein, und Neuigkeiten verbreiten sich in Windeseile. Meine Mutter macht in der NatWest-Bank sauber, bevor die Schalter öffnen, und von dort geht es direkt weiter zu ihren anderen Putzjobs. Sie bräuchte drei Häuser pro Woche weniger zu reinigen, wenn sie auf ihre vierzig Kippen täglich verzichten könnte. Aber ihre Antwort darauf lautet, dass sie kein anderes Vergnügen mehr hat und ohne die Zigaretten nicht zur Toilette gehen kann. Also versuche ich, sie diesbezüglich in Ruhe zu lassen.

Ich erzähle meiner Mutter, dass ich unbedingt meine Kinder nach Hause holen will, dass ich Angst um sie habe, bis sie mit fester Stimme sagt: »Lise, lass die Kinder in der Schule. Du tust ihnen keinen Gefallen, wenn du sie jetzt nach Hause holst. Nicht in deinem Zustand. Außerdem wird heute sowieso niemand versuchen, ein Kind zu kidnappen. Nicht heute, wo alle in Alarmbereitschaft sind.«

In Krisenzeiten behält meine Mutter stets die Nerven, immer schon. Wahrscheinlich ging es gar nicht anders, schließlich waren wir die Zweitfamilie meines Vaters, die *andere* Familie. Er lebte in Wigton im Norden der Grafschaft, und wir bekamen ihn nur alle drei oder vier Wochen zu Gesicht. Ich wuchs mehr oder weniger in Armut auf, und meine Mutter ging mehreren Jobs gleichzeitig nach, um uns über die Runden zu bringen. Mein Dad ließ uns an Unterhalt nur das zukommen, was er erübrigen konnte. Weil er aber noch vier andere Kinder in Wigton hatte, war das niemals viel.

Einmal war der Winter besonders hart, und ein paar Kinder aus der Nachbarschaft hatten vor unserem Haus eine Eisrutsche gebaut. Damals besaß niemand einen Schlitten, wir rutschten auf Tabletts und Müllsäcken. Ich kann mich an ein Kind erinnern, das einen Schwimmreifen mitbrachte.

Wir standen in einer Warteschlange vor der Eisrutsche an, als ein Auto um die Ecke bog. Es war ein Taxi, einer jener riesigen Rover mit dreieinhalb Litern Hubraum, breit wie ein Panzer. Er hielt neben uns, und eine Frau stieg aus.

Sie war gut gekleidet. Elegant. Sie trug einen beigen Kamelhaarmantel mit einer Gemme am Revers, und ihr Haar war zu einem ordentlichen Dutt hochfrisiert. Ihre Lederhandtasche war trapezförmig, so wie jene, wie sie auch Maggie Thatcher und die Queen bevorzugten, und nachdem sie den Blick über die zerlumpte Arbeiterkindergruppe hatte schweifen lassen, schockierte sie uns alle mit der Frage: »Nun, wer von euch ist Harolds kleiner Bastard?«

Ein paar der älteren Jungs kicherten über ihre Wortwahl.

Natürlich war ich gemeint. Ich wusste nicht genau, was das Wort »Bastard« zu bedeuten hatte, aber ich hatte es schon einmal gehört und wusste, es hieß nichts Gutes.

Weil niemand antwortete, durchquerte sie unsere Gruppe und betrat mit zaghaften Schritten den verschneiten Pfad vor unserer Haustür. Meine Mutter öffnete ihr, und die Frau verschwand im Haus.

Dann fing es zu schneien an. Dicke Schneeflocken in allen Formen fielen herab, groß wie Mandarinen, und weil ich nur einen dünnen Anorak trug – die Art von Jacke, die man einem Kind an einem regnerischen Junitag mitgeben würde –, lief ich hinein.

Die Frau saß auf der Sofakante im Wohnzimmer – das einzige Zimmer neben dem Bad, das sich in unserem Haus überhaupt beheizen ließ –, und sobald ich hereinkam, sprang sie auf und klatschte in die Hände. »Lisa! Wie schön, dich endlich kennenzulernen«, flötete sie. Irritiert sah ich meine Mutter an, aber die schien über den Besuch ebenso erstaunt zu sein wie ich.

»Ich bin die Frau von deinem Daddy«, erklärte sie immer noch lächelnd. Und dann sagte sie zu meiner Mutter: »Marion, wir sollten einen Tee zusammen trinken. Wie wäre es, wenn Sie den Tee machen, während ich dem Mädchen seine Geschenke überreiche?«

Meine Mutter gehorchte und verschwand in der Küche. Im nächsten Moment hörte ich die Hintertür zufallen, weil sie sich auf den Weg zu den Nachbarn machte, um Milch zu borgen oder Zucker oder Tee oder Tassen – was auch immer gerade an diesem Tag fehlte. Die Ehefrau meines Vaters griff in ihre Handtasche und zog zwei Stangen Weingummi und eine große Tafel Luftschokolade heraus.

Dann, als ich genüsslich kauend am Kamin saß, griff sie noch einmal in die Tasche und zog ein Stanley-Klappmesser heraus. Sie fuchtelte damit dramatisch in der Luft herum und sagte: »Lisa, du musst jetzt genau hinsehen und deinem Daddy alles erzählen.« Ich nickte ernst, glaubte ich doch, sie spräche immer noch von den Süßigkeiten. Ich wusste nicht, was das mit dem Messer sollte.

Und dann tat sie das Unfassbare. Sorgfältig krempelte sie die Ärmel ihres Kamelhaarmantels bis zu den Ellenbogen auf, sodass ihre milchweißen Arme zum Vorschein kamen, und dann machte sie sich daran, sich tiefe, tiefe Schnitte in die Handgelenke zuzufügen.

Ich war zu verängstigt, um mich zu rühren, und bis meine Mutter zurückkam, um die Besucherin zu fragen, wie sie ihren Tee trinken wolle, war die Ehefrau meines Vaters auf dem Sofa zusammengesackt, und das Blut lief ihr über ihre Knie wie eine rote Decke.

»Geh zu den Nachbarn«, sagte meine Mutter lapidar. Dann fügte sie für niemand Bestimmtes hinzu: »Ich habe ihm immer gesagt, dass das eines Tages passieren würde. Ich wusste, es würde so weit kommen.«

Wir sahen meinen Vater niemals wieder, und wann immer sich eine Schwierigkeit auftat, bewältigte meine Mutter sie allein. Auf die gleiche Art und Weise, in der sie heute mit mir umgeht, ganz pragmatisch, ohne zu zetern und ohne ein Drama zu veranstalten.

»Was soll ich nur tun?«, frage ich hysterisch. Meine Schläfen pochen.

»Was du tun sollst? Ich sage, lass die Kinder in der Schule.«

»Wegen Kate. Irgendwas muss ich tun. Ich kann nicht einfach zu Hause herumsitzen, da drehe ich durch.«

»Joe hilft bei der Suche mit«, sagt sie. »Du kannst nichts tun.«

»Ich habe ihr versprochen, sie zu finden.«

Meine Mutter nimmt einen tiefen Zug von ihrer Zigarette. »Tja, ein verdammt blödes Versprechen, das du da abgegeben hast. Wie in aller Welt bist du darauf gekommen?«

»Weil Kate es sich gewünscht hat«, sage ich. »Was hätte ich ihr antworten sollen? Hätte ich nein sagen sollen?«

»Nun, dann mach dich eben auf die Suche.«

»Ich habe kein Auto.«

»Aber du hast zwei Beine, oder?«, fragt sie. »Benutze sie.«

Ich verlasse das Haus mit der vagen Vorstellung, auf Kates Seite des Tales mit meiner Suche zu beginnen. Ich habe überhaupt keinen Plan und hege keine große Hoffnung, fündig zu werden. Aber es ist, wie ich meiner Mutter gesagt habe: Ich kann nicht länger untätig zu Hause herumsitzen.

Normalerweise dauert der Fußweg zu Kate etwa fünfundzwanzig Minuten. Ich trage meine Wanderschuhe, weil meine Gummistiefel kein Profil mehr haben, und habe mich so dick eingepackt wie möglich, ohne dabei bewegungsunfähig zu sein. Normalerweise käme es mir seltsam vor, das Haus ohne die drei Hunde zu verlassen. Es ist, als würde ich sie um einen Spaziergang betrügen, wenn ich allein losgehe.

Bis ich die Hauptstraße erreicht habe, rutsche ich mehrfach aus. Der Asphalt ist spiegelglatt und glänzt schwarz. Die Sonne steht tief am Himmel und lässt die Eiskristalle auf dem Gehsteig glitzern und funkeln. Mein langer Schatten erstreckt sich vor mir auf dem Boden. Ich bin sieben Meter lang, und mein Kopf hat die Größe eines Tennisballs.

Gestern um diese Zeit ist Lucinda verschwunden, und auf

einmal frage ich mich, ob sie dem Wetter entsprechend gekleidet war. Fast jeden Morgen streite ich mit Sally und James um die Jacken. »Niemand trägt heutzutage noch einen Mantel«, singen sie einstimmig, außerdem weigert James sich mittlerweile standhaft, Klamotten von The Gap zu tragen. »Mum, die machen Klamotten für Schwule!«

»Das ist Unsinn«, erkläre ich, aber er hat die Küche längst verlassen, und meine Meinung interessiert niemanden.

Er ist erst zwölf, aber ich kann jetzt schon den Teenager sehen, zu dem er sich entwickeln wird. Er schleicht durchs Haus, um jede Begegnung zu vermeiden. Wenn ich in die Küche komme, höre ich seine leisen Schritte auf der Treppe nach oben. Ich erinnere mich an die Angstzustände kurz vor seiner Geburt, an die lähmende Gewissheit, dass ich kein Baby jemals so würde lieben können, wie ich Sally liebte. Wie um alles in der Welt sollte ich es schaffen, zum zweiten Mal so viel Liebe aufzubringen? Und dann war er plötzlich da. Und mit ihm die Liebe. Es war kein bisschen anstrengend. Ich sehne mich danach, ihm diese Liebe zu schenken, aber er entzieht sich mir. Er braucht meine Liebe jetzt gerade nicht so sehr. Er braucht mich nicht.

Meine Gedanken fliegen wieder zu Lucinda, und ich frage mich, ob sie gestern ohne Jacke aus dem Haus gegangen ist. Bei diesen Temperaturen überlebt man draußen keine einzige Nacht. Normalerweise ist das Wetter an den Seen mild, und solange man nicht etwas besonders Dummes unternimmt – wie zum Beispiel mit Flipflops auf den Great Gable oder den Scafell zu steigen –, kann man eine Nacht im Freien überstehen. Normalerweise kommt hier niemand wegen Unterkühlung um.

Aber nicht bei diesem Wetter. Nicht gestern Nacht.

Auf einmal sehe ich vor mir, wie die tote Lucinda an einer Bruchsteinmauer liegt, achtlos weggeworfen. Mit nacktem Oberkörper, so wie dieses andere Mädchen.

Nur dass Lucinda nicht mehr lebt. Diesmal hat er beschlossen, das Mädchen zu töten, bevor er es aus dem Auto wirft und davonfährt.

Ich bin auf der Schattenseite des Tals unterwegs und stapfe durch den Schnee zu Kate und Guy. Ich versuche, die schrecklichen Bilder abzuschütteln. Es wird immer kälter, und obwohl die Sonne scheint, ist es im Schatten dunkel. Dunkel und unheimlich.

Mein Verstand spielt mir einen Streich. Immer wieder sehe ich Farbflecken im weißen Schnee. Immer wieder reiße ich den Kopf herum, wenn ich die Dohlen zwischen den Bäumen höre, weil ich meine, Lucinda zu entdecken, wie sie dort oben sitzt und mir lächelnd zuwinkt.

Am Ende der Straße biege ich nach links ab, und auf einmal höre ich Lärm. Aufruhr, Stimmen. Eilig gehe ich weiter, und hinter der nächsten Biegung sehe ich den Grund für den Tumult.

Da stehen Lieferwagen. Viele Autos. Reporter. Ich sehe Kameras und Satellitenschüsseln oben auf den Wagen. Die Straße vor Kates Haus ist so gut wie blockiert.

Du liebe Güte, denke ich, *sie haben sie gefunden!* Und ich fange an zu rennen.

Aber ich irre mich.

Nichts haben sie gefunden. Kate und Guy geben eine Pressekonferenz vor der rot lackierten Haustür.

Guy spricht; er hat das Reden übernommen. Er teilt die Informationen aus, während Kate stumm neben ihm steht. Sie zieht dieses Gesicht. Gespenstisch. Als wäre auch sie verschwunden. Da ist kein Leben in ihren Augen, keine Bewegung, nicht mal ein Zucken in den Augenwinkeln. Ihr Gesicht ist vollkommen leer.

Ich halte mich im Hintergrund, um keine Aufmerksamkeit auf mich zu ziehen. Aber Alexa entdeckt mich und wirft mir einen bitterbösen Blick zu. Sie ist erbost über meine Anwesenheit.

Guy redet und redet, aber ich kann kein Wort verstehen. Seine Lippen bewegen sich schnell, so als gebe er einen Live-Kommentar ab, und dabei gestikuliert er und zeigt in das Tal hinunter. So als könnten die Zuschauer aus seinen Hinweisen erraten, wo seine Tochter sich aufhält. Dann sieht er seine Frau an und verstummt mitten im Satz, unfähig, weiterzusprechen.

Etwas Schlimmeres habe ich nie gesehen.

Es ist schlimmer, als zu sehen, wie die Tierärztin einen misshandelten Hund einschläfert, denn in dem Fall ist es gnädiger, das arme Ding sterben zu lassen. Schlimmer als zu sehen, wie sich die Ehefrau meines Vaters vor meinen Augen die Pulsadern aufschnitt.

Nichts ist so schrecklich wie ein verschwundenes Kind. Nichts auf der Welt.

Er lässt sich durch die vollgepackten Regale treiben und versucht, so auszusehen wie einer, der sich nur ein bisschen umsieht, so wie jeder andere hier. Er schlägt einfach nur ein bisschen Zeit im Baumarkt tot. Er weiß nicht genau, ob es weniger verdächtig wäre, die benötigten Materialien hier zu kaufen oder im Baumarkt in Windermere.

Beide Läden haben ihre Vor- und Nachteile. Hier gibt es Videokameras. Dort gibt es neugierige, geschwätzige Verkäufer.

In einer Großstadt hätte er dieses Problem nicht. In Newcastle oder Liverpool würden sie sich einen Dreck dafür interessieren, wozu er so vielen Rollen Klarsichtfolie braucht.

Er macht einen Abstecher nach draußen und gibt vor, die verschieden großen Säcke mit Zierkies zu vergleichen, während er immer noch überlegt. Er möchte nicht zu viel Zeit an einem Ort verbringen, weil das den Leuten auffällt.

Außerdem hat er offensichtlich einen Fan.

Eine frustrierte Rothaarige in Jeansjacke und Stiefeln mit Pfennigabsatz schleicht ihm nun schon eine ganze Weile hinterher. Bis jetzt hat sie Natronlauge, Schimmelentferner und einen Viererpack Staubschutzdecken in ihren Einkaufswagen gelegt. Er vermutet, dass sie keins dieser Dinge wirklich braucht, und ist versucht, noch ein bisschen länger beim Kies stehen zu bleiben. Einfach nur, um zu sehen, wie sie einen Dreißig-Kilo-Sack stemmt.

Zurück im Laden beschließt er, seine Einkäufe auf beide Läden zu verteilen. Die Putzmittel wird er hier kaufen, die Schutzfolien im Handwerkermarkt. Gerade eben ist ihm ein-

gefallen, dass die dortigen Angestellten sich kein bisschen für die Einkäufe ihrer Kunden interessieren.

Er geht die Liste in seinem Kopf noch einmal durch. Bleiche. Lappen. Müllsäcke. Am besten kauft er gleich noch einen Wischmopp und einen Eimer dazu, um Zeit zu sparen.

Seine Frau bevorzugt Wischmopps von Vileda. Sie behauptet, der Boden trockne damit schneller als mit jeder anderen Marke. Er sollte sich danach umsehen.

11

Kate sieht mich am Straßenrand herumstehen und stiert mich mit ausdruckslosem Gesicht an. Ich bin kurz davor, kehrtzumachen und wieder nach Hause zu laufen, denn auf einmal ist sonnenklar, dass ich einen Fehler mache. Es war eine dumme Idee hierherzukommen.

Ich habe wohl die Illusion gehegt, sie könnten mir leichter verzeihen, wenn sie mich bei der Suche sehen, wenn sie sehen, wie bemüht ich bin, alles wiedergutzumachen.

Wie dumm. Und selbstsüchtig. Ich schäme mich, hergekommen zu sein.

Ich drehe mich um, gehe ein paar Schritte und höre: »Entschuldigen Sie?«

Eine Frau kommt auf mich zu. Zunächst will ich ihr entgegengehen, aber dann sehe ich, dass sie eine Reporterin ist. Sie ist tadellos gekleidet und ganz eindeutig nicht von der Lokalzeitung – ihrer Kleidung nach zu urteilen hat einer der großen Nachrichtensender sie geschickt: dunkelblauer Kaschmirmantel, makellose Frisur und ebensolches Make-up. »Kennen Sie die Familie?«, fragt sie.

»Ich bin eine Freundin.«

»Was können Sie uns über das vermisste Mädchen sagen? Was für ein Kind war sie?«

Ich starre die Frau an. »*Ist* sie«, korrigiere ich sie. »Was für ein Kind *ist* sie, wollten Sie wohl fragen.«

»Selbstverständlich. Verzeihen Sie«, sagt sie munter. »Kennen Sie die Familie Riverty gut?«

Ich nicke, fühle mich dabei aber sehr unwohl. Ich sollte

nicht mit dieser Frau reden. Mit einem Blick zum Haus stelle ich fest, dass Kate und Guy sich zurückgezogen haben. »Es tut mir leid«, sage ich und versuche mich ihr zu entziehen, »aber ich muss nun wirklich weiter.«

»Bitte, nur einen Augenblick, es dauert nicht lang.« Ihre Augen blitzen warm und freundlich. Ist das nur gespielt? Ich weiß es nicht. »Ich werde nicht mehr Ihrer Zeit in Anspruch nehmen, als ich unbedingt muss … aber die Medien spielen eine wichtige Rolle beim Auffinden vermisster Kinder. Wir können die Öffentlichkeit in Sekundenschnelle mit wichtigen Informationen versorgen. Möglicherweise tragen wir entscheidend dazu bei, ob ein Kind lebend gefunden wird oder …«

Sie spricht den Satz nicht zu Ende. Das ist auch gar nicht nötig. Sie weiß, dass sie mich längst überredet hat.

»Was wollen Sie wissen?«, frage ich.

Sie zieht ein Aufnahmegerät aus ihrer Handtasche. »Sagen Sie mir bitte Ihren Namen, und seien Sie bitte so freundlich, ihn zu buchstabieren.«

Ich buchstabiere: K-A-L-L-I-S-T-O, als ich Kates Gesicht im Wohnzimmerfenster auftauchen sehe.

»Tut mir leid«, sage ich, »ich habe es mir anders überlegt«, und augenblicklich verschließt sich das Gesicht der Reporterin zu einer harten Maske.

»In Ordnung, aber können Sie uns irgendetwas sagen?« Die Antwort wartet sie gar nicht erst ab. »Stimmt es, dass Lucinda Riverty einen älteren Freund hatte? Einen wesentlich älteren Freund? Können Sie das bestätigen?«

»Was?«, frage ich erschrocken. »Nein.«

»Nein im Sinne von: Das stimmt nicht? Oder im Sinne von: Sie können es nicht bestätigen, weil Sie es nicht genau wissen?«

Das alles könne nicht stimmen, stammele ich undeutlich, aber ehrlich gesagt bin ich verwundert. Woher hat die Reporterin diese Information? Wer erzählt der Presse so einen Unsinn?

Plötzlich werde ich wütend. Und jetzt kann ich ihr auf Augenhöhe begegnen. »Haben Sie schon einmal ein Bild von Lucinda gesehen?«

»Ja, das Foto … Ehrlich gesagt könnten wir gut ein anderes gebrauchen.«

»Wenn Sie ein Foto von ihr gesehen haben, müssten Sie eigentlich ganz genau wissen, dass sie nicht die kleine Schlampe ist, die Sie aus ihr machen wollen …«

»Ich habe mit keinem Wort behauptet, sie wäre eine Schlampe.«

»Doch, haben Sie. Sie haben gesagt, Lucinda treibe sich *mit einem viel älteren Mann* herum. Wenn Sie so einen Mist drucken, werden die Leute sich nicht mehr für Lucinda interessieren. Sie werden denken: ›Ach, *so eine* ist das. Bestimmt findet man irgendwann ihre Leiche.‹«

Sie will mich unterbrechen und ihre Arbeit verteidigen, aber ich rede einfach weiter.

»So machen Journalisten das doch. Sie schreiben: ›Mr Soundso, der in seiner Achthunderttausend-Pfund-Villa einem bewaffneten Raubüberfall zum Opfer fiel.‹ Das ist doch genau dasselbe. Sie schreiben den Leuten vor, wie viel Mitleid sie für ein Opfer zu empfinden haben, anstatt einfach nur über den Fall zu berichten. Sie widern mich an.«

»So läuft das Nachrichtengeschäft nun einmal, Mrs …« Sie hält inne, und ich wiederhole meinen Namen: »Kallisto.«

Der Anflug eines Lächelns huscht über ihre Lippen. »Ach so. Nicht zufälligerweise dieselbe Mrs Kallisto, die sich eigentlich um Lucinda Riverty hätte kümmern sollen, oder? Zum Zeitpunkt ihres Verschwindens?«

Das verschlägt mir die Sprache. Entsetzt starre ich sie an.

»So war das nicht«, bringe ich schließlich heraus. »Es war ganz anders …«, aber sie ist schon dabei, mir das digitale Aufnahmegerät wieder ins Gesicht zu halten.

»Warum erklären Sie mir dann nicht mit Ihren eigenen Worten, was passiert ist?«

Ich werfe einen Blick zu Kates Haus hinauf. Sie steht immer noch im Wohnzimmerfenster und bedeutet mir mit einer Geste, heraufzukommen.

Ich drehe mich zu der Reporterin um. Ich weiß, dass ich schuldig bin. Ich weiß, dass Lucinda nur meinetwegen verschwunden ist. Aber kann ich das vor dieser Frau laut aussprechen? Kann ich es vor der ganzen Nation laut aussprechen und mich verurteilen lassen, weil mir diese bösartige Frau die Wörter im Mund verdreht? Nein, auf keinen Fall. Ich weiß, das ist feige, aber ich schaffe es einfach nicht, die Worte über meine Lippen zu bringen.

»Mrs Kallisto«, fängt sie an, aber ich schlage ihr vor, einfach zu verschwinden. Dann gehe ich zum Haus hinauf.

Kate steht im Flur, als ich eintrete. Eine Sekunde lang zögere ich. Sie sieht mein Zaudern und nimmt mich in den Arm. Sie fühlt sich unter den dicken Klamotten so mager und zerbrechlich an, dass ich denke: *Wann ist das passiert? Wie konnte sie so viel abnehmen, ohne dass ich es bemerkt habe?*

»Was wollte die Reporterin von dir?«, fragt sie.

»Nichts«, antworte ich betreten. »Sie wollte wissen, ob ich dich kenne. Ich habe ihr gesagt, dass wir Freundinnen sind, aber ihre Fragen wollte ich nicht beantworten.«

»Ich habe sie beobachtet.«

»Sie ist ein Vollprofi. Muss man wohl auch sein, wenn man in dem Geschäft überleben will.« Ich sage Kate nicht, was die Reporterin zu mir gesagt hat. »Die waren aber schnell hier«, sage ich stattdessen. »Die Medien.«

»Das liegt nur an diesem anderen Mädchen«, antwortet Kate. »Weil Lucinda schon das zweite Kind ist, das verschwunden ist.«

Meine Stimme ist schwach und zittrig. Ich möchte Kate fragen, wie es ihr geht, aber ich bringe die Frage nicht heraus, weil sie mir so unpassend erscheint. Ich weiß ja, dass es ihr nicht gut gehen kann. Ich weiß ja, dass sie am Rand des Irrsinns stehen muss und sich verzweifelt an jeden Halt klammert.

Sie sieht mich an, als könnte sie meine Gedanken erraten, und sie sagt: »Lisa, ich habe solche Angst. Ich habe so eine verdammte Angst.«

Das Herz bricht mir fast vor Mitleid. »Ich weiß«, sage ich leise. »Ich weiß.«

»Wo ist sie nur?«

»Wir werden sie finden.«

Kate reibt sich mit beiden Händen über das Gesicht. Sie ist vollkommen erschöpft. Wir gehen in die Küche. Ich höre das leise Tapsen von Schritten und schließe daraus, dass sich im Obergeschoss Menschen aufhalten; aber im Vergleich zu sonst ist es im Haus geradezu ohrenbetäubend still. Wahrscheinlich sind alle draußen mit den Suchtrupps unterwegs.

Wir setzen uns an die Kücheninsel. An der Rückseite des Hauses zieht sich der Wintergarten entlang, der die Küche mit gleißend hellem Licht aus dem schneebedeckten Garten flutet.

Von meinem Sitzplatz aus kann ich das Spielhaus der Kinder sehen. Es ist in Pastellfarben gestrichen und sieht aus wie das Pfefferkuchenhaus von Hänsel und Gretel. Sally und Lucinda haben ganze Tage darin verbracht, als sie neun oder zehn Jahre alt waren. Sie haben Clubs gegründet, sich Geheimwörter ausgedacht und was Mädchen in dem Alter sonst noch so alles anstellen. All das scheint so schrecklich lange her zu sein.

»Ich weiß, wie dumm das klingt«, sagt Kate leise, »aber ich hätte nie gedacht, dass mir das einmal passieren würde. Ich dachte nicht, dass ich die Frau in den Nachrichten sein würde, die Frau, die alle bemitleiden. Ich dachte immer, ich wäre irgendwie geschützt. Ich dachte immer, so was kann mir nicht passieren.« Sie versucht zu lächeln. »Wie dumm.« Ihre Augen sind rot gerändert und blutunterlaufen, die Haut darunter ist fast transparent.

»Kate, es tut mir so leid. Ich weiß gar nicht, wie ich dir sagen kann, wie leid es mir tut.«

Sie ergreift meine Hände. »Hör auf damit, Lisa. Ich bitte dich. Du hast dich entschuldigt. Es war nicht deine Schuld. Es ist niemandes Schuld. *Ich* hätte noch einmal nachfragen sollen. Wenn wir überhaupt von Schuld sprechen wollen.«

Ich schüttele den Kopf. »Ich frage mich, wie du das schaffst«, sage ich, denn ihre Art, mit der Situation umzugehen, verblüfft mich einfach nur. »Ich weiß nicht, wie du so gerecht sein kannst. Entspricht das wirklich deinen Gefühlen?«

»Wem würde es denn etwas bringen?«, sagt sie sanft. »Ich habe im Moment einfach keine Kraft für Wut. Ich will einfach nur, dass sie wieder nach Hause kommt.«

»Das wird sie, ganz bestimmt.«

Und dann sieht sie mich an, und die dunklen Schatten heben sich für eine Sekunde von ihrem Gesicht. »Weißt du was?«, sagt sie, »das glaube ich auch. Ich glaube, sie wird wirklich nach Hause kommen. Ich bin jetzt an einem Punkt angelangt, wo es mir egal ist, was ihr passiert ist, Hauptsache, ich bekomme sie zurück. Wir können alles schaffen, solange sie nur überlebt.«

Ich tue mein Bestes, um so etwas wie einen hoffnungsfrohen Gesichtsausdruck hinzubekommen. Um ihr zu zeigen: *Ja, auf jeden Fall, Lucinda wird nach Hause kommen.* Aber ich weiß nicht, ob ich das schaffe, denn ich glaube es selbst nicht. Wie kann ich es glauben, wenn ich im Fernsehen eine Familie nach der anderen habe zerbrechen sehen? Vom Kummer zerfressen, weil das geliebte Kind tot aufgefunden wurde.

Ich stehe auf und umarme Kate noch einmal. »Wo ist Fergus?«, frage ich.

»Oben bei Alexa.«

»Wie geht es ihm?«

»Er weiß, dass etwas Schreckliches passiert ist, er weiß, dass Lucinda nicht hier ist, aber er begreift die Konsequenzen nicht.

Er hat keine Vorstellung von der Gefahr, in der sie schwebt, und wir haben nicht vor, ihm davon zu erzählen.«

»Natürlich nicht.«

»Wie geht es Sally?«, fragt sie.

Wie typisch für Kate, sich selbst in einem Moment wie diesem um meine Kinder Gedanken zu machen.

»Ziemlich schlecht, aber ich habe seit heute Morgen nicht mehr mit ihr gesprochen. Ich habe versucht, sie anzurufen. Die Polizei war in der Schule, um mit den Kindern zu sprechen, und seither habe ich nichts mehr von ihr gehört. Wie du dir vorstellen kannst, macht sie sich große Vorwürfe.«

»Warum war sie gestern nicht in der Schule?«

»Bauchschmerzen – nichts Ernstes. Ich konnte nicht bei ihr bleiben, denn ich hatte im Tierheim zu viel zu tun, deswegen ist sie …«

»Du hättest mich anrufen sollen«, sagt Kate. »Ich hätte mich um sie kümmern können …«, aber dann unterbricht sie sich.

Denn wir beide haben denselben Gedanken.

Wenn ich sie nur angerufen hätte.

Ein ausgedehnter Moment des Schweigens, als wir beide dem »Was wäre, wenn« nachhängen; und dann zucke ich zusammen, weil ich Schritte auf der Treppe höre.

Kate spürt meine Angst. »Sie geht nur zur Toilette. Sie kommt nicht herunter.«

Sie spricht natürlich von Alexa. Ich atme auf.

»Tut mir leid, dass sie so ruppig war«, sagt Kate. »Das ist einfach nur ihre Art. So aufbrausend zu sein, meine ich.«

Ich wende die Augen ab. Wie immer, wenn das Gespräch auf Alexa kommt.

»Sie hat alles Recht der Welt, mir Vorwürfe zu machen«, sage ich kleinlaut, aber Kate scheint mit den Gedanken plötzlich ganz woanders zu sein. Sie sieht mit glasigen Augen an mir vorbei.

12

DC Joanne Aspinall steigt die Stufen zur Arztpraxis hinauf. Es ist siebzehn Uhr vierzig.

Vermisstes Mädchen Nummer zwei, Tag eins, und der Druck steigt. Eigentlich wollte sie den Termin absagen. Eigentlich wollte sie in der Wache bleiben und durcharbeiten. Aber dann erklärte ihr Chef ihr, sie könne heute nicht mehr viel ausrichten. Er schickte Joanne nach Hause und bat sie, auf dem Weg bei den Rivertys vorbeizuschauen. »Sagen Sie ihnen, dass wir alles Erdenkliche tun. Versuchen Sie, noch mehr in Erfahrung zu bringen, sprechen Sie mit der Presse, wenn es nötig ist.«

Guy Riverty war mit den Suchtrupps unterwegs, und um Kate kümmerte sich die Schwester. Joanne war nicht lange geblieben.

In der Regel halten die Ermittler sich an ganz normale Arbeitszeiten und sitzen von neun bis fünf im Büro; Überstunden machen sie nur, wenn ein Fall es verlangt. Manchmal vermisst Joanne den guten, alten Schichtdienst. Als sie bei der Schutzpolizei noch regelmäßig Nachtschichten übernommen hatte, waren ihr die alltäglichen Erledigungen sehr viel leichter gefallen. Nun sieht sie ihr Spiegelbild in der Glastür am Kopf der Treppe und fährt sich kurz mit den Fingern durchs Haar. Einzelne Strähnen sind aus dem Pferdeschwanz gerutscht. Sie weiß nicht mehr, wann sie das letzte Mal beim Friseur war.

Das Wartezimmer ist überfüllt, und Joanne lässt instinktiv den Kopf hängen. Sie bemüht sich, in Windermere nicht weiter aufzufallen. Sie ist schlau genug, sich nicht überall als Kriminalbeamtin vorzustellen.

Kürzlich hatte sie einen Artikel darüber gelesen, dass die Polizei bei der Arbeit »sichtbarer« sein sollte. Irgendein dummer Regierungsberater hatte vorgeschlagen, angesichts der Budgetkürzungen das meiste aus den verbliebenen Beamten herauszuholen. Auf vermehrte Präsenz in der Öffentlichkeit zu setzen – der Bobby an der Ecke, dein Freund und Helfer und so weiter.

Zu dem Konzept gehörte, dass Polizisten die Uniform schon für den Weg zur Arbeit anlegen sollten. Beim Lesen hatte Joanne laut gelacht. Man sollte seine Wohnung in Uniform verlassen? Es würde keinen Tag dauern, und man hätte zerplatzte Eier an den Fensterscheiben und zerstochene Autoreifen. Selbst wenn man in einer netten Gegend wohnt.

Joanne gibt ihre Patientendaten in das Computerterminal in der Wand ein, um die Arzthelferinnen über ihre Ankunft zu informieren. Die alten Leute machen von der Tastatur keinen Gebrauch; manchmal kann man seine Wartezeit verkürzen, weil die älteren Leute auf die Rezeptionistin warten müssen. Joanne setzt sich neben eine freundliche alte Lady, die sie fragt: »Und, Grippeimpfung?« Joanne bejaht der Einfachheit halber.

Die Arztpraxis verfügt über eine angeschlossene Apotheke, was Joanne für eine geniale Idee hält. So ist es nicht nötig, mit dem Rezept in der Hand im Regen herumzuirren, nur um festzustellen, dass nach siebzehn Uhr alles geschlossen ist. Die Apotheke hat sich den Öffnungszeiten der Praxis angepasst, sodass man alles in einem Aufwasch erledigen kann.

Joanne entdeckt eine Ausgabe des Magazins *World of Interiors*, das ihre Tante Jackie immer »World of Inferiors« nennt, entscheidet sich dann aber für die Dezemberausgabe von *Good Housekeeping*. Es ist ungewöhnlich, eine aktuelle Zeitschrift in diesem Wartezimmer vorzufinden, denkt sie, und kurz darauf taucht sie in die Welt der gelungenen Weihnachtsessen ab. Warum sich nicht einmal an einer Gans versuchen? Oder an einem Perlhuhn? Ihr Blick bleibt am Foto einer Lachsterrine hängen (geeignet für Diabetiker) – aber in Wahrheit lösen sich ihre Gedanken niemals wirklich von dem vermissten Mädchen.

Als Joanne neu bei der Kriminalpolizei war, fand sie es schwierig, neben dem Job noch ein Privatleben zu haben. Sie ist nicht wie jene Fernseh-Detectives, die niemals abschalten, nach der Arbeit zu viel Alkohol trinken, sich gegen ihren Chef und alle Regeln auflehnen und sich im Laufe der Jahre von ihrer Familie entfremden.

Nein, Joannes Problem war anderer Natur. Sie musste feststellen, dass sie unter schweren Schuldgefühlen litt, sobald sie sich erlaubte, für einen Moment an etwas anderes zu denken als den aktuellen Fall. Sobald sie sich einer banalen Alltagstätigkeit widmete.

Wenn sie einmal nicht an ihre Arbeit dachte, plagte sie das Gefühl, eigentlich daran denken zu müssen.

Inzwischen hat sie sich an das schlechte Gewissen gewöhnt. Sie kommt besser damit zurecht. Sie vergleicht es mit dem kreativen Prozess, von dem manche Künstler sprechen. Ihre Aufmerksamkeit wird durch andere Dinge abgelenkt, während ihr Unterbewusstes in Eigenregie vor sich hinarbeitet, Ideen entwirft und Probleme löst.

Joanne hat festgestellt, dass die Antworten – lässt sie ihre Gedanken entspannt wandern – auf einmal vor ihr auftauchen wie Verkehrshütchen. Im ersten Moment ist nichts zu sehen, im nächsten tauchen die Lösungen auf, wohin sie auch blickt.

Sie hört das Summen, mit dem der nächste Patient aufgerufen wird, und sieht ihren Namen auf dem Bildschirm. Die alte Dame neben ihr scheint sich darüber zu wundern, dass Joanne vor ihr drankommt. Joanne macht sich nicht die Mühe, ihr zu erklären, dass sie doch nicht wegen einer Grippeimpfung gekommen ist.

Sie ist nervös, weil sie sich ausziehen muss. Sie ist nicht

prüde, sie ist kein bisschen schüchtern, aber sie mag es einfach nicht, in das Gesicht der Person zu sehen, vor der sie sich auszieht.

Sie klopft vor dem Eintreten an, und Dr. Ravenscroft, ihr Hausarzt seit ewigen Zeiten, ruft sie herein. »Joanne! Wie schön, Sie zu sehen. Setzen Sie sich. Wie geht es Ihnen?«

»Gut, vielen Dank.«

»Und Ihre Tante? Ich habe sie länger nicht gesehen.«

»Sie ist immer noch die Alte – wir nennen sie schließlich nicht umsonst ›Mad Jackie‹.«

Er kichert.

»Dann wohnt sie also immer noch bei Ihnen?«, fragt er.

»Wahrscheinlich werde ich sie niemals los.«

Er lächelt verständnisvoll. »Und was ist mit Ihnen? Jagen Sie immer noch Verbrecher?«

»Ich gebe mein Bestes.«

»Wie wunderbar. Wunderbar.« Er tippt auf der Tastatur herum, um sich ihre Daten anzeigen zu lassen. »Was kann ich für Sie tun?«

»Ich wünsche mir eine Brustverkleinerung.«

Er sieht nicht auf. »Ich persönlich bin ja kein großer Fan davon«, murmelt er gedankenverloren, und Joanne weiß nicht, was sie darauf antworten soll. »Leiden Sie unter Rückenschmerzen? Unter wund geriebenen Stellen?«

»Könnte man so sagen«, sagt sie. »Die Rückenschmerzen sind nicht chronisch, aber wenn sie zuschlagen, sind sie wirklich schlimm. Mein eigentliches Problem sitzt hier«, sagt sie und zeigt auf die Stelle zwischen Hals und Schulter.

»Der Trapezmuskel«, sagt er. »Der verspannt sich wohl ganz gerne, was?«

Joanne drückt mit dem Daumen auf die Haut. »Er ist steinhart. Außerdem habe ich Dellen von den BH-Trägern, die nicht mehr weggehen.«

Sie greift sich unter die Bluse und zieht den rechten BH-Träger aus der Furche, die er in den Muskel gedrückt hat. Die Erleichterung ist nur vorübergehend, als sie über die Haut reibt. Sie legt den Zeigefinger in die Rinne, die der Träger hinterlassen hat; sie ist einen Zentimeter tief. Der Schmerz ist brennend.

»Leidet Ihre Arbeit darunter?«, fragt er.

»Manchmal.«

Sie möchte ihm nicht die ganze Wahrheit erzählen. Sie möchte ihm eigentlich nicht erzählen, dass sie sich beim Joggen gedemütigt fühlt, dass sie nie ohne Schamgefühl in ein Verhör hineingeht. Sie tut ihr Bestes, gute Miene zum bösen Spiel zu machen und sich nicht unterkriegen zu lassen, aber nun, mit Ende dreißig, ist die Angst, lächerlich gemacht zu werden, stärker denn je.

Der Doktor nickt ernst. »Sie wissen, dass Sie danach kein Baby mehr stillen können?«

»Ich habe nicht einmal einen Freund – stillen steht, ehrlich gesagt, nicht ganz oben auf meiner *To-do*-Liste.«

»Aber das könnte sich ganz schnell ändern«, sagt er und klingt plötzlich beschwingt. »Wenn ein fescher Typ daherkommt und Sie umhaut!«

Joanne sieht ihn nur an.

»Sagen Sie niemals nie«, fährt er fort. »Ein hübsches Mädchen wie Sie, da taucht doch sicher einer aus der Versenkung auf, um Sie zu entführen und zu seiner Frau zu machen …«

»Und was mache ich dann mit meinem Einhorn?«, fragt Joanne lapidar.

Joanne bekommt eine Überweisung zum plastischen Chirurgen.

Sie verlässt das Sprechzimmer von Dr. Ravenscroft, geht bei der Blutabnahme vorbei und an dem Behandlungsraum, wo die alten Leute ihre Grippeimpfung bekommen, vorbei am Lagerraum der Putzfrau, und durchquert noch einmal den Wartebereich. Sie will eben die Glastür aufstoßen und hinausgehen, als sie eine bekannte Stimme hört.

»Ist auf das Rezept eine Gebühr fällig?«, fragt die Apothekerin den Mann.

»Ja«, lautet die Antwort. Und dann: »Ach, nein, nicht. Für dieses hier bezahle ich nicht… es ist für ein Kind… sehen Sie, hier!«

Verständnisvoll sagt die Apothekerin: »Ach ja, natürlich. Ich bin gleich zurück.«

Guy Riverty, der auf ein Medikament wartet. Was macht er hier? Sollte er nicht draußen mit dem Suchtrupp unterwegs sein?

Joannes erster Gedanke ist, dass er sicher etwas für Kate abholt. Irgendetwas zur Beruhigung, ein Schlafmittel vielleicht. Aber dann hat er gesagt, das Medikament wäre für ein Kind. Ohne Rezeptgebühr.

Joanne beschließt, draußen im Auto zu warten.

Sie setzt sich ans Steuer und wirft einen Blick auf die Temperaturanzeige: minus sieben Grad. Sie dreht den Zündschlüssel im Schloss, um die Heizung einzuschalten, und sofort dröhnt laute Musik aus dem Radio. Eine von Tante Jackies Michael-Bublé-CDs, die sie pausenlos hört. »Was für ein schmieriger Typ«, murmelt Joanne und dreht die Musik aus.

Sie schaltet das Abblendlicht ein, um im Inneren des Wagens nicht sofort gesehen zu werden. Sie erinnert sich an die Aussage von Lisa Kallisto heute Vormittag. Sie sagte, Fergus habe gesundheitliche Probleme. »Er ist krank, seit wir befreundet sind.« Das oder etwas Ähnliches hatte sie gesagt. Joanne sagt sich, dass das der Grund für Guys Arztbesuch sein muss.

Sie beschließt, für heute Schluss zu machen. Sicherlich holt Guy ein Medikament für seinen Sohn ab, denkt sie, tritt die

Kupplung durch und legt den ersten Gang ein. Aber gerade als sie anfahren will, sieht sie Guy aus der Praxis eilen. Er wirkt gehetzt.

Warum auch nicht, denkt sie.

Er sieht sich verstohlen um.

Na ja, seine Tochter wird vermisst, sagt sie sich.

Er jagt in seinem Audi Q7 V12 – ein Auto im Wert von mehr als hundert Riesen – davon, ohne das Licht einzuschalten.

Nun ja, möglicherweise ist er mit den Gedanken woanders.

Aber dann, am Ende der Straße, biegt er nach rechts ab. Nicht nach links, wo er wohnt.

Wie seltsam, denkt Joanne. Und fährt ihm hinterher.

13

Joanne bleibt auf Abstand. Sie hält eine sichere Distanz zu Guy ein. Falls er aus irgendeinem Grund anhalten sollte, käme sie schnell zu nah, und dann würde er sie im Rückspiegel entdecken. Er hat ein Wunsch-Nummernschild – GR 658 –, und der riesige Audi, strahlend weiß, leuchtet wie ein Festumzugswagen. Hätte man etwas Verbotenes vor, würde man sich kaum so ein Auto aussuchen. Auffälliger geht es wirklich nicht.

Sie durchqueren den Ortskern von Bowness. In den Sommermonaten ist Bowness der beliebteste Ort im gesamten Nationalpark, aber jetzt, in der Winterflaute Mitte Dezember, ist kein Mensch auf der Straße zu sehen. Alle Läden haben geschlossen. Joanne kann sich erinnern, dass die Ladenbesitzer vor einem Jahr beschlossen hatten, in der Vorweihnachtszeit bis sieben Uhr abends geöffnet zu haben. »Bequem bis abends einkaufen!«, das war ihr Slogan gewesen, aber dieses Jahr haben sie sich die Mühe nicht gemacht. Die Leute haben kein Geld mehr. Alle müssen sparen.

Sie sieht Guy in eine Lücke vor dem Spirituosenladen einparken und hält in etwa zwanzig Metern Abstand. Er läuft in den Laden, kommt eine Minute später wieder heraus und zündet sich dabei einen Zigarillo an. Er steigt wieder in den Wagen und fährt an, ohne in den Rückspiegel zu schauen; um ein Haar rammt er einen Peugeot 206, bevor er bergab rast.

Die Straße wurde mehrfach gestreut, trotzdem fährt er viel zu schnell. Selbst nach Joannes Maßstäben. Die Straße ist eng, und auf der linken Seite parken Autos; unter diesen Wetterumständen gibt es keine Ausweichmöglichkeit mehr.

Aber Joanne kann ihm selbst das verzeihen. Wenn einem die Tochter entführt wurde, darf man sich so einiges herausnehmen.

Er nähert sich dem Minikreisverkehr, an dem er rechts abbiegen muss. Falls er nach Hause will, muss er jetzt rechts abbiegen.

Tut er aber nicht. Er fährt geradeaus weiter in Richtung See, und dann ist es auf einmal, als bemerke er, dass er verfolgt wird, denn unvermittelt biegt er nach links in die Brantfell Road ab.

»Scheiße«, flüstert Joanne.

Die Straße ist steil. Der Hang steigt um mindestens dreißig Grad an, außerdem wurde er kaum gestreut. Es handelt sich genau genommen um keine Straße, sondern um eine private Zufahrt. Es ist nur eine Sache von Sekunden, und Guy ist aus ihrem Blickfeld verschwunden; Joannes Mondeo bekommt schon auf dem ersten Streckenabschnitt Probleme.

Sie stellt den Fuß aufs Gaspedal, aber die Reifen drehen durch. Neben der Straße steht ein alter Mann und schaut ihr zu. Zu seinen Füßen sitzt ein alter schwarzer, zitternder Patterdale-Terrier. Der alte Mann schüttelt den Kopf. Dann lässt er den Finger durch die Luft kreisen, wie um ihr zu bedeuten, umzukehren; es hat keinen Sinn, sie wird die Steigung nach Brantfell niemals schaffen.

»Ja, okay, okay«, sagt sie genervt in seine Richtung.

Was ist mit diesen alten Männern nur los?

Manchmal bleiben sie sogar stehen, um Joanne beim Einparken in ihrer Wohnstraße zuzuschauen, und sie schütteln den Kopf, als wäre die Parklücke viel zu klein. Frauen würden so etwas niemals tun. Eine Frau würde niemals stehen bleiben, um einem mitzuteilen, dass man eine fremde Stoßstange rammen wird, oder sich bemüßigt fühlen, einen persönlich einzuwinken, als wäre man der Pilot eines verdammten Düsenjets. Wenn Joanne versucht, irgendwo einzuparken, gehen die Frauen einfach weiter, sie werfen ihr vielleicht einen flüchtigen Blick zu nach dem Motto »nicht mein Problem«, würden aber niemals aus Neugier stehen bleiben.

Joanne zwingt sich, den Alten anzulächeln, dabei würde sie am liebsten mit der Faust auf das Armaturenbrett schlagen. Sie hat ihn verloren. Sie hat Guy Riverty verloren.

Der alte Mann nähert sich der Fahrertür und bedeutet Joanne, das Fenster herunterzulassen.

»Die Straße ist überfroren, das bringt nichts, meine Liebe.«

Seine Nase ist dunkellila, seine trüben Augen milchig.

»Sieht so aus«, antwortet Joanne.

»Sie könnten es über die Helm Road versuchen, aber ich an Ihrer Stelle würde das Auto einfach hier unten stehen lassen und zu Fuß weitergehen. Ich würde das Risiko nicht eingehen.«

Der Terrier sieht zu Joanne auf. Seine Barthaare sind ergraut, und er sieht aus wie ein Doppelgänger von Bob Carolgees Hundepuppe. Joanne lächelt ihn an; irgendwie tut er ihr leid, weil er bei diesen Temperaturen nach draußen geschleppt wurde.

»Auf der Straße liegt eine dicke Eisschicht«, erklärt der Mann. »Ich habe es nur mit denen hier bergab geschafft«, und er hebt den Fuß, um ihr die Stollen unter seinen Schuhen zu zeigen. »Wie Schneeketten, nur für Schuhe«, sagt er stolz.

Joanne weiß, dass sie den Hang in ihren Arbeitsschuhen nicht bewältigen kann. Die Sohlen taugen nichts auf glattem Untergrund.

»Wohnen Sie oben auf dem Berg?«, fragte Joanne.

»Jawohl. Belle Isle View. Ehrlich gesagt dürfte ich gar nicht hier unten sein, ich habe mir letztes Jahr bei dem Wetter das Schienbein gebrochen, aber Terence wird ungemütlich, wenn er auf seinen Abendspaziergang verzichten muss.«

Terence sieht so aus, als würde er sich am liebsten zum Sterben in den Schnee werfen.

»Haben Sie den weißen Audi schon mal hier gesehen?«, fragt Joanne.

»Den, der gerade den Berg raufgefahren ist?«

»Ja.«

»Ich glaube nicht. Der wohnt nicht hier, so viel ist sicher. Ich kenne jeden in unserer Siedlung, da fährt niemand so ein Auto. Wir haben aber ein paar Range Rover.« Er muss lächeln. »Aber eigentlich können die Leute sich die gar nicht leisten. Die sind nur zum Angeben da. Die werden alle verschwinden, sobald das Geld zur Neige geht. Die Leute müssen den Gürtel enger schnallen, wissen Sie.«

»Müssen wir das nicht alle?«, fragt Joanne zurück. »Dann können Sie sich also nicht erinnern, den Wagen schon einmal gesehen zu haben?«

Er schüttelt den Kopf. Dann legt er ihn schief und wirft ihr einen verwunderten Blick zu. »Warum wollen Sie das eigentlich wissen? Sind Sie seine Frau?«

Joanne lacht. »Ich bin einfach nur neugierig«, sagt sie und bedankt sich.

Sie lässt den Wagen ein Stück rückwärts rollen und versucht dann zu wenden. Die Reifen drehen noch mehrmals durch, aber schließlich schafft sie es.

Sie will gerade losfahren, als der alte Mann ihr vom Gehweg aus zuwinkt.

Na super, eine Gratisfahrstunde, denkt sie.

»Mir ist eben noch was eingefallen«, ruft er. »Das Auto habe ich hier noch nie gesehen, aber den Mann schon. Er fährt sonst einen anderen Wagen, ebenso protzig. Welche Marke, kann ich Ihnen nicht genau sagen, aber ich erinnere mich an den Zigarillo. Er hat immer einen im Mund, wenn er hier vorbeikommt.«

Joanne ruft: »Herzlichen Dank«, und sie kann sehen, wie zufrieden er ist, ihr geholfen zu haben.

Sie winkt ihm noch einmal zu und fährt davon.

»Joanne, Schätzchen, bist du es?«

Joanne tritt durch die Haustür, und die Wärme schlägt ihr entgegen. Sie geht schnurstracks zum Thermostat und dreht ihn herunter. Ihre Tante Jackie heizt das Haus wie einen Backofen. Sie sagt, ihr wäre immer zu kalt. Aber jeden Abend nach dem Essen dösen die zwei wegen der Hitze auf dem Sofa ein. Wie zwei Touristinnen im Spanienurlaub nach einem späten Mittagessen und einem Liter Sangria.

Mad Jackie wohnt jetzt seit fast einem Jahr bei Joanne, seit ihrer Privatinsolvenz. Kurz vor ihrem Einzug war Martin, Joannes Lebensgefährte für drei Jahre, ausgezogen. Er hatte beschlossen, die Beziehung nicht weiterführen zu wollen.

Joannes Freundinnen tobten vor Wut, sie nannten ihn ein Arschloch und schleiften Joanne durch die Pubs – die übliche Radikalkur gegen Liebeskummer. Alle waren sich einig, dass er irgendwo eine Neue haben musste, irgendein Flittchen.

Was aber, wie sich herausstellte, nicht stimmte. Wie sich herausstellte, hatte er keine Neue und lebte bis heute allein. Daran hatte Joanne insgeheim zu knabbern. Sie hätte nicht gedacht, dass es schlimmer sein könnte, als wegen einer anderen sitzen gelassen zu werden... war es aber. Sie fühlte sich zutiefst gedemütigt. Ganz besonders, wenn sie ihm in der Stadt begegnete und er leidvoll das Gesicht verzog, als tue es ihm bis heute körperlich weh, sie im Stich gelassen zu haben.

Joanne hatte sich angewöhnt, das Victory-Zeichen zu machen, wann immer sie ihn traf. Das war albern, aber es half.

»Ja, ich bin's«, ruft sie und streift ihre Schuhe ab.

Die Wohnzimmertür öffnet sich. »Das Essen steht im Ofen«, sagt Jackie und bleibt mit vor der Brust verschränkten Armen auf der Schwelle stehen. »Warum kommst du so spät? Ich habe schon vor einer Stunde mit dir gerechnet.«

»Ich wurde aufgehalten.«

In der Uniform sieht Tante Jackie lustig aus. Sie ist Altenpflegerin. Sie trägt eine lila Kittelschürze, dazu weiße Strümpfe und weiße Clogs. Sie ist nicht gerade schlank. Im letzten Jahr hatte Jackie viel Stress, und wie so viele Frauen schluckte sie die Sorgen zusammen mit allen Kohlenhydraten hinunter, die sie in der Küche finden konnte.

»Hast du von dem vermissten Kind gehört?«, fragt Jackie.

»Ja, ich war heute bei den Eltern. Ich und Ron Quigley bearbeiten den Fall.«

Jackie lehnt im Türrahmen. Ihre Wangen sind gerötet. Vermutlich hat sie schon mehr als einen Bacardi Breezer getrunken.

»Meinst du, du kannst sie finden?«

Joanne zuckt mit den Achseln. »Hoffentlich. Was gibt es zu essen?«

»Panierten Fisch. Ist leider ein bisschen trocken geworden. Im Kühlschrank steht noch Remouladensoße. Ach, und zum Nachtisch gibt es noch leckere Erdbeerbiskuits.«

Joanne lächelt sie an. »Wie viele hast du gegessen?«

»Zwei. Aber eins habe ich dir übrig gelassen!«

Jackie folgt Joanne in die Küche. Joanne bewohnt ein Mittelreihenhaus im Zentrum von Windermere. Zwei Zimmer oben, zwei unten, und hinten die angebaute Küche. »Ich habe eben die Eltern im Fernsehen gesehen. Wie ging es ihnen, als du da warst?«, fragt Jackie.

»Die sind am Ende. Sie haben Todesangst. Was erwartest du? Sie heißen Riverty – kennst du die Familie?«

Jackie schüttelt den Kopf.

»Die Eltern haben gedacht, sie wäre nach der Schule mit zu einer Freundin gegangen und hätte dort auch übernachtet, aber die Freundin war an dem Tag gar nicht in der Schule … du weißt schon, eine Verkettung unglücklicher Zufälle. Ich habe mit der Mutter gesprochen, der Mutter von der Freundin, und …«

»Wie heißt sie? Ist sie von hier?«

»Lisa Kallisto.«

Jackie reißt die Augen auf und pfeift.

»Du kennst sie?«

»Ja. Eine nette Frau. Sie leitet das Tierheim. Ich war erst vor ein paar Tagen dort, um die Katze eines verstorbenen Kunden abzugeben. Sie hat mir dieses Jahr schon einige Tiere abgenommen ... Immer wenn die Hinterbliebenen sie nicht übernehmen wollen.«

»Kunde« scheint ein unpassendes Wort für die Menschen, mit denen Jackie es zu tun hat. Meistens sind es ältere Leute, die noch zu Hause wohnen und Hilfe beim Aufstehen brauchen, beim Anziehen, deren Nachtstuhl geleert werden muss.

Wann immer Jackie von einem »Kunden« spricht, sieht Joanne vor ihrem geistigen Auge, wie ihre Tante rechtliche Auskünfte erteilt oder Steuerformulare ausfüllt. Nicht, wie sie Hintern abwischt und Wundverbände anlegt. Jackie kann manchmal ganz schön schwierig sein, aber Joanne weiß, dass sie eine hervorragende Pflegerin ist. Sie übernimmt zusätzliche Aufgaben, auf die die jungen Pfleger keine Lust haben. Wie Fingernägel lackieren oder in der Bücherei anrufen und Hörbücher bestellen ... und Haustiere vermitteln, wenn ein »Kunde« tot im Bett liegt.

»Lisa Kallisto ist ein Arbeitstier«, sagt Jackie. »Sie gibt alles und kümmert sich von ganzem Herzen. Sie wird außer sich sein, wenn sie glauben muss, sie wäre für das Ganze verantwortlich ...«

»Sie und diese andere Mutter sind befreundet – recht eng, wenn ich das richtig verstanden habe.«

Jackie holt durch die zusammengebissenen Zähne Luft, wobei ein scharfes Geräusch entsteht. »Wie schrecklich«, sagt sie, »stell dir das nur vor! Das Kind deiner Freundin verschwindet, und es ist deine Schuld. Das ist ja wirklich beschissen!«

Joanne kann es weniger gut nachvollziehen, da sie keine eigenen Kinder hat. Sie hätte sich welche gewünscht, aber die Chancen standen schlecht. Sie kannte eine Frau im Ort, die zur »Insemination« – so hatte sie es genannt – in eine Privatklinik nach Cheshire gefahren war.

»Zur Insemination?«, hatte Jackie ungläubig gefragt, als Joanne ihr davon erzählte. »Wieso ist sie nicht einfach ausgegangen und hat einen Typen flachgelegt?«

Jackies Sohn arbeitet im Ausland. In Dubai. Letztes Jahr hat er sich nach dem ganzen Ärger abgesetzt, und seither ruft er seine Mutter kaum noch an. Joanne weiß, dass es Jackie das Herz bricht, auch wenn sie kaum darüber sprechen. Jackie schämt sich zu sehr für alles, was passiert ist.

Joanne öffnet den Ofen und stellt einen Teller auf das Tablett. Sie wird sich das Tablett auf die Knie stellen, vor dem Fernseher essen und *Emmerdale* schauen. Jackie steht am Kühlschrank und holt den Wein heraus. Ganz offiziell trinkt Jackie nicht mehr als eine halbe Flasche pro Abend (der Kalorien wegen), aber Joanne fällt oft auf, dass sie auch die zweite Hälfte im Laufe des Abends trinkt, ohne es zu merken. Ihre Tante sieht sie fragend an. »Glaubst du, es ist derselbe Perverse, der dieses Mädchen vergewaltigt und in Bowness ausgesetzt hat? Meinst du, das ist derselbe Mann?«

»Am Anfang dachten wir das, aber der Täter hat das Kind nur für ein paar Stunden in seiner Gewalt gehabt … danach hat er sie gehen lassen.«

»Dann hätte sie schon längst wieder auftauchen müssen? Willst du mir das damit sagen?«

14

Es ist, als hätte man uns auf einem fremden Planeten ausgesetzt. So anders und so trostlos, dass wir nicht wissen, wie wir hier überleben sollen.

Ich, Joe und die Kinder sitzen am Küchentisch. Die beiden Jüngeren, die Jungs, schaufeln sich das Essen in den Mund. Sie veranstalten einen Wettbewerb: Wer schneller fertig ist, darf als Erster wieder an die PlayStation. Sie spüren die bedrückte Stimmung und können es gar nicht abwarten, sich zu verziehen.

Sally und ich stochern im Essen herum. Wir bekommen kaum einen Bissen herunter. Joe hat Hunger, aber er spricht kaum. Er war den ganzen Nachmittag draußen in der Kälte unterwegs und wird in einer Stunde nochmals aufbrechen. Die Männer treffen sich vor dem Gemeindesaal, um die ganze Nacht nach Lucinda zu suchen. Inzwischen hat sich die Bergwacht den Helfern angeschlossen, sie haben ihre Hunde mitgebracht, Collies, die normalerweise helfen, Vermisste aus Lawinen und Felsspalten zu retten. Ich kann mich schwach erinnern, neulich noch Geld in eine Spendenbüchse des Vereins gesteckt zu haben. Wie alle gemeinnützigen Vereine sind auch sie dringend auf Spenden angewiesen.

Sally hat mir kurz geschildert, wie das Gespräch mit der Polizei ablief. Angeblich war der Beamte ganz nett; erleichtert hatte sie festgestellt, dass er wirklich nur hören wollte, was passiert war. Sie hatte mit einer Standpauke gerechnet, mit Vorwürfen.

Aber ich spüre, dass sie mir nicht die ganze Wahrheit erzählt. Dass sie mir etwas verschweigt. Ich warte darauf, dass Joe endlich das Haus verlässt, damit ich nachhaken kann. So läuft das immer zwischen Sally und mir. Ich sehe auf den ersten Blick, ob irgendetwas nicht stimmt. Und dann warte ich. Das habe ich mit der Zeit gelernt. Wenn ich frage, wie der Schultag war und ob es Neuigkeiten gibt, verneint sie oft. Aber später, wenn ich den Tisch abräume und die Schulbrote für den nächsten Tag schmiere, steht sie plötzlich neben mir. Und mit behutsamem Nachfragen bekomme ich heraus, was sie bedrückt.

Was ich auf keinen Fall tun darf, wenn sie mir etwas anvertraut hat, ist, ihre Freundinnen zu verurteilen. Wenn ich auch nur *einen* negativen Kommentar anbringe oder sie irgendwie kritisiere, wendet sie sich ab und macht dicht. Sie ist unglaublich loyal. Also gehe ich behutsam vor und höre aufmerksam zu.

Zum Abendessen gab es nur Ungesundes, aber wir alle mögen Chicken Nuggets, Pommes und Bohnen aus der Dose. Unter diesen Umständen habe ich nicht mehr geschafft. Sally schiebt die letzten Pommes von ihrem Teller in die Hundeschüsseln. Ich sehe, wie sie zwei herausfischt und in den Napf daneben legt, damit alles gerecht verteilt ist. Joe ist zum Holzhacken in den Garten gegangen, damit wir für heute Abend genug haben. Sally dreht sich zu mir um.

»Mum?«

»Hmmm.«

»Glaubst du, Lucinda könnte mit irgendwem verschwunden sein, also ich meine, freiwillig?«

Vorsichtig, sage ich mir. *Ganz vorsichtig.*

Ich versuche, möglichst gleichgültig zu klingen. »Wie kommst du darauf?«

»Ich habe einfach nur nachgedacht, das ist alles … ich meine, es ist ja nicht so, als wäre sie ein kleines Mädchen. Es wäre gar nicht so einfach, sie zu entführen.«

Ich lege den Kopf schief, als müsste ich erst überdenken, was sie da gesagt hat. In Wahrheit denke ich: *Weißt du irgendwas? Sag es mir! Was weißt du?*

»Du hast recht«, sage ich. »Es wäre gar nicht so einfach, Lucinda am helllichten Tag und gegen ihren Willen zu verschleppen. Aber ich glaube, so läuft das ohnehin nicht. Ich glaube, wenn ein Mann Lucinda im Auto mitnehmen wollte, wäre er diskreter vorgegangen.«

»Wie denn?«

»Nun ja, normalerweise wenden Entführer irgendwelche Tricks an.«

»Aber Lucinda ist nicht dumm. Sie würde niemals zu einem Fremden ins Auto steigen, nur weil er behauptet, ihre Mutter zu kennen oder so.«

Ich weiß, was sie meint. Schließlich habe ich sie und ihre Geschwister, als sie kleiner waren, ständig vor Fremden gewarnt. Mir fällt ein, dass ich mit Sam länger nicht darüber gesprochen habe. Die Jungs sind ja so einfältig. Sie hören mir kaum zu. Ich muss ihnen alles tausendmal sagen.

Wenn ich sage: »Selbst wenn einer behauptet, er würde deine Mummy kennen, gehst du nicht mit ihm mit, okay? Selbst wenn er sagt: ›Ich kenne deine Mum, sie heißt Lisa, und ich soll dich heute von der Schule abholen‹, gehst du nie, niemals mit ihm mit. Du rennst zu einem Lehrer, abgemacht?«

Und dann sieht er mich aufmerksam an, und ich denke: *Ja, er hat's kapiert. Ich glaube, er hat es wirklich verstanden.*

Aber dann ändert sich sein Gesichtsausdruck, da ist dieses Glitzern in seinen Augen, und er sagt: »Ist schon okay, Mummy, denn falls ich wirklich ins Auto steigen würde, würde ich ihn verprügeln! Und boxen! Und ihn in einen Autounfall verwickeln! Und dann würde ich weglaufen. Und er würde mich niemals fangen, denn ich bin wirklich richtig schnell, und …«

Und dann sinkt mir das Herz. Weil mein Kind in einer Fantasiewelt lebt.

Ich halte inne und drehe mich zu Sally um.

»Sal, einen Teenager legt man anders rein als ein Kind. Die Täter sprechen ein Mädchen an und umschmeicheln es, sie …« Ich überlege, wie ich es so formuliere, dass sie mich versteht. »Ein Mann würde vorgeben, ein Mädchen unglaublich attraktiv zu finden, damit es denkt: ›Er ist in mich verliebt‹, und weil er älter ist, werden die Mädchen oft sehr unsicher und fallen drauf rein. Sie fallen auf alles rein, was man ihnen erzählt.«

Ich sage ihr nicht, dass manche Entführer tatsächlich auf Teenager stehen, dass das nicht gespielt ist.

Sally nickt. »Ich verstehe«, sagt sie leise.

Ich lege ihr eine Hand auf die Schulter. »Ich liebe dich, Sally«, sage ich, und ihre Lider flimmern.

Sie schaut zur Seite, und ich merke, dass sie die Tränen wegblinzeln will. »Das ist schon okay«, sage ich. »Ist doch normal, dass du aufgebracht bist.«

Sie wirkt so jung und so verletzlich, und es bricht mir fast das Herz, sie so zu sehen. Ihre Welt hat sich bis zur Unkenntlichkeit verändert, und …

»Mum, genau das ist passiert«, ruft sie plötzlich. »Lucinda … dieser Mann, er hat sie nach der Schule auf der Straße angesprochen. Und, na ja, sie hat zugesagt, sich mit ihm zu treffen.«

»Um *was* zu tun?«, frage ich verblüfft.

»Keine Ahnung!«

Ich setze mich, weil ich erst einmal nach Luft schnappen muss. »Warum hast du uns das nicht früher erzählt? Warum hast du ein Geheimnis draus gemacht? Du müsstest es besser wissen. Verdammt noch mal, Sally, hast du mir kein bisschen zugehört?«

»Ja, aber …«

»Aber was?«

»Sie wollte nicht, dass irgendwer davon erfährt. Nicht einmal ihrer Mutter wollte sie …«

»Du lieber Himmel, Sally, das ist doch jetzt unwichtig. Aus so was macht man doch kein Geheimnis. Das muss dir doch klar sein!«

Sie weint jetzt. »Schrei mich nicht an«, schluchzt sie.

Joe kommt herein. »Was ist denn hier los?«

Ich drehe mich zu ihm um. »Bitte, sag jetzt gar nichts. Bleib einfach hier.« Er hält mitten in der Bewegung inne und bleibt wie angewurzelt stehen. In einer Hand hält er den großen Plastikeimer voller Kaminholz; er traut sich nicht einmal, ihn auf dem Küchenboden abzustellen.

»Was ist passiert?«, fragt er ruhig.

»Lucinda hat einen Mann kennengelernt, und Sally wusste davon.«

»Hast du das der Polizei gesagt?«, fragt er.

»Nein.« Sie schüttelt den Kopf.

»Wie bitte?«, rufe ich. »Was ist los mit dir?«

»Die haben nicht danach gefragt! Die haben nicht danach gefragt, und ich wollte es nicht von mir aus erzählen, weil ihre Mutter nichts davon weiß, und weil sie mir die Schuld gibt, wenn sie …«

»Und wenn schon! Sally, vielleicht ist sie tot. Tot. Hast du das verstanden? Niemand käme auf die Idee, dir die Schuld zu geben. Aber dann wüssten wir wenigstens Bescheid!«

»Es reicht«, unterbricht mich Joe, und ich werfe ihm einen wütenden Blick zu.

»Du brauchst sie gar nicht in Schutz zu nehmen, Joe. Sie hätte viel früher etwas sagen müssen!«

»Was würde es ändern?«, fragt er.

»Nun ja, zum einen wären nicht drei Suchtrupps da draußen unterwegs. Und *du*«, sage ich und zeige mit dem Finger auf ihn, »würdest nicht deine Zeit damit vergeuden, im Gebüsch und in den Wäldern bei minus Gott weiß wie viel Grad herumzukriechen, wenn Lucinda sich ganz offensichtlich woanders aufhält.« Ich schließe die Augen. »Mist«, sage ich. »Mist.«

Sally weint jetzt ganz jämmerlich, und ich weiß, dass ich mich beruhigen sollte. Aber ich kann einfach nicht glauben, dass sie so dumm sein konnte, die Wahrheit für sich zu behalten.

Ich werfe ihr einen strengen Blick zu. »Gib mir das Telefon. Ich rufe Kate an.«

Joe stellt den Eimer hin. »Warte mal«, sagt er.

»Warum? Sie muss es erfahren.«

»Zuerst musst du die Polizei benachrichtigen. Ruf diese Ermittlerin an, und rede zuerst mit ihr. Danach kannst du Kate anrufen.«

Ich wähle die Nummer von DC Aspinall, erreiche aber nur den Anrufbeantworter. »Hier spricht Lisa Kallisto. Bitte rufen Sie mich an, sobald Sie das hören.«

Ich hole tief Luft und drehe mich zu Sally um. Sie kann mir nicht in die Augen sehen. »Warum hast du uns nichts gesagt, Sally?«

Ihre Schultern heben und senken sich dramatisch. »Weil die Dinge manchmal nicht so sind, wie sie aussehen«, schluchzt sie. »Du denkst, alle sind so wie wir, alle sind so wie ich – aber das stimmt nicht!«

»Ich weiß nicht, was das heißen soll. Erklär es mir bitte.«

Sie wirft einen Blick zu Joe hinüber und beißt sich auf die Unterlippe.

»Möchtest du es mir erklären, ohne dass Dad dabei ist?«

Sie nickt.

Ich werfe Joe einen schnellen Blick zu, und er zuckt mit den Achseln. Er hat ohnehin keine Wahl.

Er geht hinaus, und ich sage: »Okay, schieß los. Du kannst mir alles sagen, ich werde mich nicht aufregen. Es tut mir leid, dass ich wütend geworden bin. Ich war einfach nur frustriert. Außerdem habe ich große Angst, Sally. Nur deswegen habe ich die Nerven verloren.«

»Du glaubst, nur weil ich keinen Freund habe und keine meiner Freundinnen einen Freund hat, sind alle in der Schule vollkommen unschuldig. Aber das sind sie nicht. Glaub mir, Mum.«

»Schätzchen, das weiß ich doch. Zwischen der einen Dreizehnjährigen und der anderen liegen ganze Welten. Als ich noch zur Schule gegangen bin, war das nicht anders. Einige hatten sogar schon Sex, auch wenn das die Ausnahme war.«

Bei dem Wort »Sex« zuckt sie zusammen. In den letzten Jahren haben wir immer wieder versucht, ein anderes Wort dafür zu finden, aber weil alles andere lächerlich klingt, sind wir bei dem Ausdruck geblieben.

Sally putzt sich die Nase. »Da lastet ein ganz schöner Druck auf uns«, sagt sie. »Die Jungs lachen uns aus, wenn wir noch gar nichts gemacht haben. Sie sagen, wir wären …« Sie bricht ab. Dann sagt sie: »Es ist nicht leicht, Mum. Manchmal ist es wirklich schlimm. Sie sind unerträglich.«

Die Hölle der Pubertät. Niemand kann erahnen, was für eine Qual das ist, schon gar nicht die eigene Mutter.

»Die Jungen lassen uns einfach nicht in Ruhe. Sie nennen Lucinda eingebildet und verklemmt, und sie kann es kaum ertragen.«

Ich verstehe, warum die Jungen sich auf Lucinda eingeschossen haben. Manchmal kommt sie wirklich ein wenig steif und abgehoben rüber. Selbst ihre Sprechweise unterscheidet sich von der anderer Kinder. Das liegt zum Teil daran, dass Kate sie in eine private Grundschule gehen ließ, und zum Teil an Guy. Er stammt nicht von hier, er kommt aus dem Süden, und Lucinda und Fergus ziehen so wie er die Vokale in die Länge. Kate hat das immer unterstützt.

Ich erkläre Sally, dass die Jungen, diese hartnäckigen, aufdringlichen, nervigen Jungen – *prollig* nennt sie sie – sie in spätestens einem Jahr umwerben werden. Sie wollen einfach nur ihre Aufmerksamkeit. Aber Sally wischt das Argument beiseite und sieht mich an, als wollte sie sagen: *Bist du verrückt geworden?* Also lassen wir das Thema.

Ich nehme das Telefon und rufe Kate an.

Ich tippe die Nummer ein. Sally steht verloren neben mir. »Sag ihr, dass es mir leidtut«, flüstert sie, und ich nicke. »Natürlich mache ich das«, sage ich.

Es klingelt und klingelt.

Ich rufe nach Joe. »Wie kann es sein, dass bei Kate keiner ans Telefon geht?« Er kommt aus dem Wohnzimmer und bringt den Geruch von Kaminanzünder und Qualm mit in die Küche.

»Lass es klingeln«, sagt er. »Sicher sind sie gerade mit den Helfern oder mit der Polizei beschäftigt.«

Also lasse ich es klingeln. Dreißig Mal. Und dann versuche ich es auf dem Handy. Aber auch darauf reagiert sie nicht.

Er hat jetzt lange genug zugeschaut, um zu wissen, was ihn erregt. Dazu muss er sie gar nicht lange beobachten. Das Gefühl stellt sich schlagartig ein.

Wie unterschiedlich sie doch sind; es ist, als gehörten sie nicht einmal derselben Spezies an. Vermutlich ist es ähnlich wie bei Hunderassen, denkt er. Alle so unterschiedlich. Große, Kleine, Dicke, Dünne, und dazu gibt es noch alle möglichen Fellfarben.

Lustig, dass man nicht weiß, was einen kickt, bevor man es zum ersten Mal probiert. Er hatte eine vage Vorstellung davon, aber erst, als er einen kleinen Vorgeschmack bekam, wurde ihm seine Präferenz bewusst. Und wer weiß? Vielleicht wird sich auch das noch einmal verändern. Vielleicht sollte er es einmal mit einem dieser feingliedrigen, blassen Mädchen versuchen. Vielleicht beschert ihm das ein ganz anderes Gefühl, sich an die weiche weiße Gänsehaut ihrer Schenkel zu drücken. Vielleicht ist sie so kühl, wie sie aussieht.

Aber das ist für später. Fürs Erste hat er sich festgelegt, und er muss sich eingestehen, es war so unglaublich einfach. Es ist, als hätte sie auf ihn gewartet. Als wollte sie sich mit ihm unterhalten, ihn kennenlernen. Am Anfang wirkte sie ein bisschen schüchtern, was ihm sehr gefiel. Für vorlaute Mädchen hat er nie viel übrig gehabt; er findet ihre direkte Art abstoßend, ihre vulgäre Ausdrucksweise. In ihrer Nähe bekam er schon als Kind ein hässliches, übles Gefühl und wollte weglaufen, nach Hause, und sich direkt unter die Dusche stellen.

Bei der Arbeit begegnen ihm viele dieser Frauen. Aushilfen aus Südengland, die tatsächlich glauben, sie könnten bei ihm landen, wenn sie einen auf Kerry Katona machen und zotige Sprüche klopfen. Es widert ihn an. Sie stehen schwatzend in den Fluren herum und lehnen sich an die Heizkörper, während er ihre Arbeit begutachtet. »Ich lasse mir nur den Arsch wärmen!«, lachen sie, und er schaut peinlich berührt zu Boden.

Besonders eine baggert ihn seit einer Woche an. Chelseigh aus Crewe. Ja, so heißt sie tatsächlich. Ständig sucht sie seine Nähe, steht herum und kaut an ihren Fingernägeln, wenn er versucht, in Ruhe etwas zu lesen; aber ihre entzündeten Nagelbetten lenken ihn ab, ihre geschwollenen Fingerkuppen, an denen sie herumzupft, bis es blutet, und am liebsten würde er mit der Faust zuschlagen. Aber das tut er nicht, denn erstens müsste er sie dazu berühren (das Letzte, was er will), und zweitens ist es unter seiner Würde, den Angestellten gegenüber die Fassung zu verlieren. Einmal hat sie ihn gebeten, sich eine feuchte Stelle in ihrem Zimmer in der Gemeinschaftsunterkunft anzusehen, und als er dort war, hatte sie sich auf das Bett gesetzt, ihm Löcher in den Bauch gefragt und war sich beim Sprechen mit der Zunge über die Lippen gefahren. Als hätte sie gedacht, er würde an Ort und Stelle über sie herfallen. Und je mehr er sie ignorierte, desto anzüglicher, vulgärer und schamloser wurde ihr Verhalten.

Chelseigh sagte, er gefiele ihr, weil er so schüchtern sei. Beim Wort »schüchtern« öffnete sie den Mund und schob die Unterlippe vor, was wohl niedlich aussehen sollte. Er musste an all diese idiotischen Promis denken, die denselben lächerlichen Schmollmund ziehen, wann immer sie fotografiert werden. Wozu soll das gut sein? Soll es zeigen, dass sie allzeit bereit sind, dir den Schwanz zu lutschen? Erbärmlich.

Chelseigh verwechselt Schüchternheit mit Abscheu. Denn wenn er ist, wo er sein will und mit wem er will, dann ist er kein bisschen schüchtern. Dann ist er äußerst charmant.

Er braucht nichts weiter zu tun, als das Seitenfenster herunterzulassen und ihre Aufmerksamkeit auf sich zu lenken, und dann …

15

Ich bringe die Kinder ins Bett. Die Jungs teilen sich ein Zimmer, und der Weg hindurch ist ein Hindernisparcours. Auf dem Boden liegen Fernbedienungen für die Wii, Legosteine, aus der Hülle gerissene Simpsons-DVDs und leere Chipstüten. Am Fußende von James' Bett liegt ein nasses Handtuch. »Gute Nacht, mein Schatz«, sage ich zu ihm. Küssen darf ich ihn nicht.

»Nacht, Mum.«

Ich beuge mich hinunter und ziehe Sams Decke im unteren Bett zurecht. Er liegt auf dem Rücken ausgestreckt, kneift die Augen zu und grinst, sodass ich sein Zahnfleisch sehen kann. Er hat noch alle seine Milchzähne, die zu Stummeln abgekaut sind. »Mummy«, sagt er, ohne die Augen zu öffnen, »kennst du Fahrpläne auswendig?«

»Manche«, sage ich, drücke ihn und küsse ihn auf die Wange. Er hat immer noch die empfindliche Haut eines Kleinkinds. Als ich ihn zu grob knuddele, macht er sich los.

Ich gehe zu Sally hinüber. Sie liegt auf der Seite, mit dem Rücken zur Tür und immer noch vollständig bekleidet. Ihr Gesicht ist tränenüberströmt, und sie sieht aus wie die Verzweiflung in Person.

»Komm, Sally, du musst jetzt schlafen.«

Sie nickt, ohne sich zu bewegen.

»Mummy, ich habe solche Angst«, sagt sie. Ich sage ihr, dass ich das weiß, und nehme sie in den Arm.

Als sie sich beruhigt hat, gehe ich nach unten und versuche es noch einmal bei Kate, aber immer noch geht niemand ans

Telefon. Ich denke an unsere Unterhaltung vom Nachmittag und versuche mich zu erinnern, ob sie Pläne für den Abend hatte. Und wieder überkommt mich große Bewunderung für ihre Art.

Wie ist es nur möglich, unter diesen Umständen keinen Sündenbock zu suchen? Woher nimmt sie die Kraft, mich nicht nur in ihrem Haus zu ertragen, sondern mir auch noch zu versichern, ich trage keine Schuld an Lucindas Verschwinden?

Nicht zum ersten Mal bekomme ich einen Einblick in Kates Seele und begreife, wie tief ihr Verständnis ist. Nicht zum ersten Mal lässt sie alle anderen dastehen wie Neandertaler.

Wir haben nie wieder darüber gesprochen, Kate und ich. Wir haben nie wieder darüber gesprochen, dass sie mich mit ihrem Schwager Adam im Badezimmer erwischt hat, auf dem Fußboden, nach der Dinnerparty.

Sie hat mich nie wieder darauf angesprochen, hat nie nach einer Erklärung verlangt.

Dabei hatte ich es ihr anfangs wirklich erklären *wollen.*

Anfangs dachte ich, es würde mich umbringen, *nicht* beichten zu können. Irgendetwas musste ich ihr doch sagen, ich musste irgendwie erklären, wie es zu dieser Situation gekommen war. Aber wann immer ich allein mit ihr war und Anstalten machte, die Sache anzusprechen, wich sie mir aus. Anders kann ich es nicht beschreiben: Sie wich jedem meiner Versuche aus, mich für mein Handeln zu rechtfertigen.

Und im Laufe der Zeit gab ich es auf. Während die Monate verstrichen, begriff ich, dass weder sie noch Adam Interesse daran hatten, das Thema jemals wieder aufzubringen, und ich lernte, es so zu vergraben und zu verdrängen wie sie. Ich fing Schwingungen von Kate auf, die mir zu sagen schienen: *Lass es einfach gut sein.*

Was mir, anders als ihnen, sehr schwerfiel. Die Schuldgefühle und die Scham kochten immer wieder in mir hoch.

Joe ahnte, dass etwas nicht stimmte, aber er schob es auf meine Erschöpfung. Ich war mehr als einmal kurz davor, ihm alles zu gestehen. Aber immer, wenn ich glaubte, es keine Sekunde länger aushalten zu können und alles beichten zu müssen, hielt ich mich in letzter Sekunde dann doch zurück.

Ich würde mir gern einreden, ich hätte eine zu große Angst davor, unsere Ehe zu zerstören, und sicherlich entspricht das in Teilen auch der Wahrheit. Aber ehrlich gesagt bin ich einfach nur feige – ich bin feige und werde gedeckt von einer Freundin, die aus mir unbekannten Gründen beschlossen hat, mich nicht zu verpfeifen.

Nur ein Mal redete ich mit Kate. Es war vor einem Jahr, und Kate und ich waren bei der Weihnachtsfeier des Schwimmvereins. Ich weiß auch nicht mehr, welcher Teufel mich ritt, aber auf einmal hatte ich mich nicht mehr im Griff.

Der Lärm auf der Tribüne war ohrenbetäubend. Kate und ich saßen zwischen den anderen Eltern und feuerten unsere Sechsjährigen nach Leibeskräften an. Die Kinder standen mit riesigen Schwimmbrillen und dünnen, von der klammen Kälte fast bläulich verfärbten Armen und Beinen am Beckenrand.

Ich drehte mich zu Kate um. »Warum hast du Alexa nie verraten, was passiert ist?«

»Was ist denn passiert?«

»Du weißt schon«, sagte ich ausweichend. »Der Abend, an dem Joe und ich zum Essen da waren. Als du ins Bad gekommen bist und mich und Adam gesehen hast.« Kate zog ein ernstes Gesicht, ohne den Blick vom Schwimmbecken zu nehmen. »Wann immer ich mit dir darüber sprechen möchte, weichst du mir aus.« Ich redete ein bisschen leiser und beugte mich vor, um ihr ins Ohr zu flüstern. »Was musst du nur über mich gedacht haben, Kate?«

Über den Lärm hinweg sagte sie nur: »Ich habe mir gedacht, dass du wohl sehr einsam bist.«

»Das war alles?«

Sie legte den Kopf schief.

»Das war alles? Mehr hast du nicht gedacht?«

Zögerlich sagte sie: »Meine Schwester hat dich in die Enge getrieben. Sie hat dich den ganzen Abend lang beleidigt und kleingemacht, und dasselbe hat sie mit ihrem Ehemann gemacht – und dann habt ihr einander getröstet.«

Ich starrte sie an, verwundert über die nüchterne Art, mit der sie über den Zwischenfall sprach.

»Warum hast du uns nicht bloßgestellt?«

»Weil ich nicht mitansehen will, wie einer von euch zerstört, was er sich aufgebaut hat – nur für einen schwachen Moment. Es wäre falsch, wegen einer Indiskretion zwei Familien auseinanderzureißen. So etwas hätte mir doch gar nicht zugestanden… Wenn du und Adam entschieden hättet, euch selbst zu outen, dann wäre das eure Sache gewesen. Aber ich wollte euch nicht das Gefühl geben, ihr müsstet es meinetwegen tun.«

Damit wandte sie sich wieder den Schwimmern zu. Ich brachte nur ein geistloses »Danke« heraus. Und dann redeten wir nie wieder davon.

Nun werfe ich einen Blick auf die Küchenuhr und sehe, dass es schon nach neun Uhr ist. Ich greife zum Telefon und versuche es ein letztes Mal bei Kate. Endlich antwortet sie. Sie erzählt mir, sie sei zu Booths gefahren, um für das Abendessen einzukaufen.

»Zu Booths?«, frage ich. »Du bist einkaufen gegangen? Heute?«

»Ja, Lisa. Wir müssen trotzdem essen.«

»Natürlich«, murmele ich. »Ich hätte euch etwas bringen sollen«, füge ich hinzu, und es klingt genauso lächerlich und hilflos, wie es ist. Kate geht kommentarlos darüber hinweg, so als hätte ich sie nicht auf jede erdenkliche Weise enttäuscht. Außerdem, was hätte ich ihr schon anzubieten? Chicken Nuggets? Nie im Leben würde Kate ihrer Familie so einen Müll zu essen geben, nicht einmal unter diesen Umständen.

Ich atme durch. »Kate, du solltest dich auf etwas gefasst machen«, sage ich zögerlich, und als sie nicht antwortet, taste ich mich weiter vor. Ich will es hinter mich bringen. »Sally hat uns eben erzählt, dass sie glaubt, Lucinda könnte mit jemandem durchgebrannt sein. Mit jemandem, der älter ist. Mit einem Mann.«

Sie sagt immer noch nichts.

»Kate, bist du noch da?«

»Ich bin hier«, sagt sie, und ganz deutlich höre ich die Angst in ihrer Stimme.

»Ich habe die Frau von der Kripo angerufen und eine Nachricht hinterlassen und ihr gesagt, was Sally erzählt hat. Vermutlich hat sie schon versucht, dich zu erreichen.«

»Ja«, ist alles, was sie sagt.

Ich stelle mir vor, wie Kate in ihrem wunderschön dekorierten Flur am Telefontischchen steht. Die Familienporträts, die Lucinda und Fergus in zunehmendem Alter zeigen, je höher man auf der Treppe steht. Ich stelle mir vor, wie sie die Bilder anstarrt, ich höre mich selbst reden und fühle mich, als würde ich ihr mit meinen Händen die Eingeweide herausreißen.

»Es tut mir so leid, Kate. Mein Gott, wir als Familie haben dich so bitter enttäuscht. Ich kann dir gar nicht sagen, wie schlecht es mir damit geht, und wie sehr ich mir wünsche, ich könnte irgendwas tun.«

Ich höre Kate einatmen. »Warum hat Sally nicht früher etwas gesagt?«

»Sie hatte Angst. Sie hatte Angst, dass sie alles nur noch schlimmer machen würde. Lucinda hat ihr das Versprechen abgenommen, niemandem etwas zu sagen. Es tut ihr so leid, Kate. Ich habe ihr eine Standpauke gehalten deswegen, das kannst du dir ja vorstellen, auch wenn es nun ein bisschen spät kommt.«

»Sei nicht so streng zu ihr … Ich … ich glaube, ich habe mir schon so etwas gedacht.«

Leise frage ich: »Wirklich? Warum?«

»Ich bin mir nicht sicher. Manchmal hat man doch einfach so eine Ahnung, oder? Man spürt, dass etwas nicht stimmt, dass etwas im Busch ist. Ich habe sie ein paarmal gefragt, ob es ihr gut geht, aber ich war nicht hartnäckig genug …«

»Das bringt bei den Mädchen auch nichts … je hartnäckiger man bohrt, desto schneller machen sie dicht.«

Sie pflichtet mir bei. »Ich habe wohl darauf gewartet, dass sie mir freiwillig erzählt, was Sache ist« – bei der Erinnerung fängt ihre Stimme zu zittern an –, »o Gott … Lucinda und ich sind *die besten Freundinnen*, Lisa. Ich hätte nicht warten dürfen, oder? Wäre es Fergus gewesen, ich hätte mich mit ihm hingesetzt und ihn gezwungen, mir die Wahrheit zu sagen. O Gott!«, weint sie.

»Kate? Bist du allein? Soll ich vorbeikommen?«

»Nein«, antwortet sie. »Guy ist hier. Er beteiligt sich nicht mehr an der Suche. Er hält es nicht aus. Er hat Angst. Er fürchtet, derjenige zu sein, der sie findet. Ich weiß genau, was in ihm vorgeht. Außerdem kommt Alexa gleich zurück. Sie ist nur kurz nach Hause gefahren, um für Adam zu kochen und die Kinder zu Bett zu bringen. Sie ist gleich wieder da, um den Abend mit uns zu verbringen. Sie kümmert sich um Fergus wie ein guter Engel. Ich hätte das nicht geschafft, nicht heute.«

Kate verstummt, und ich höre sie rasselnd einatmen.

»Lisa?«, fragt sie.

»Ich bin noch dran.«

»Ich werde jetzt auflegen. Ich muss jetzt weinen, okay?«

»Okay«, sage ich, und dann wird die Verbindung unterbrochen.

Ich reibe mir mit beiden Händen über das Gesicht und sehe mich im Zimmer um. Zwei Hunde liegen auf dem Sofa und schlafen. Auf Joes Holzfällerjacke im Sessel hat sich eine Katze niedergelassen. Ich schalte den Fernseher ein, um mich abzulenken, und lande bei *Sky Plus*.

Ich sehe, dass Joe *Kes* aufgenommen hat. Doppelt. Dann ist da noch *Blade Runner – The Final Cut*, den er sich ungefähr einmal im Monat ansieht. Zwei Folgen von *The Nazis: A Warning from History*. Und dazu noch eine Reihe alter Fußballspiele auf ESPN.

Ich muss kurz lächeln.

Ich erinnere mich, wie Kate einmal zu Besuch kam, als Joe vor dem Fernseher saß und sich Manchester United gegen Liverpool von 1977 ansah. Kate fragte total perplex: »Ist das eine *alte* Sportsendung?« Und dann beäugte sie Joe, als wäre er krank. »Wozu sollte man sich ein altes Fußballspiel ansehen?«, fragte sie. »Weißt du nicht längst, wer gewonnen hat?«

Joe lächelte nur.

Ich schalte um, und mein Herz bleibt stehen, als ich Kate und Guy auf dem Bildschirm sehe. Ich drücke reflexhaft auf den Ausknopf, weil ich es nicht mehr aushalte. Es ist unmöglich.

Ich stehe auf, weil ich nicht einmal den Anblick des schwarzen Bildschirms ertrage, denn ich weiß ja, dass die beiden dort im Fernseher sind. Ich gehe in die Küche. Ich stütze mich an der Spüle ab und fange zu beten an. Ich bete zu Gott, dass ich nicht den Rest meines Lebens damit verbringen muss, mich bei Kate zu entschuldigen, weil ihre Tochter nie mehr nach Hause gekommen ist.

Und dann tue ich das Einzige, was mir noch einfällt. Ich betrinke mich.

Zweiter Tag

MITTWOCH

16

Gestern bin ich aufgewacht und habe mich selbst bemitleidet, weil ich so müde war.

Gestern noch war das mein einziges Problem. Alles war in bester Ordnung, außer dass ich müde war. »Du lieber Himmel«, flüstere ich in mein Kissen.

Ich höre Schritte auf der Treppe und das Klirren von Geschirr. Joe kommt herein, er bringt mir das Frühstück.

»Toast an weißem Porzellan«, sagt er.

Ich schaffe es, ansatzweise zu lächeln.

Joe verabscheut die Kochsendungen, mit denen wir zurzeit überschwemmt werden, die Angeberrezepte, die sowieso niemand nachkocht.

Am meisten hasst er es, wenn Nigella so tut, als plündere sie mitten in der Nacht den Kühlschrank. Sie wissen schon, damit wir denken, ihr Essen wäre einfach so unwiderstehlich und sie selbst so vollkommen glücklich mit ihren Kurven, dass sie einfach nicht widerstehen kann. Er schaut sich das Theater an und sagt: »Man müsste doch annehmen, sie würde sich in die Hose machen vor Schreck, wenn mitten in der Nacht ein Kameramann in ihrer Küche steht, meinst du nicht?«

»Wie geht es dir?«, fragt er mich jetzt.

»Schlecht«, antworte ich. »Ich habe zu viel Wein getrunken. Es ging nicht anders. Wann bist du nach Hause gekommen?«

»Nach Mitternacht. June hat einen Eintopf gekocht und Freibier ausgeschenkt.«

June ist die Wirtin unseres Pubs.

»Wie nett von ihr«, sage ich.

»Nun ja, irgendwann hatten wir alle das Gefühl, uns nicht mehr richtig konzentrieren zu können, deswegen haben wir Schluss gemacht.«

»Ist es wegen Sally?«

Er nickt. »Ja. Niemand glaubt mehr daran, Lucinda zu finden. Die meisten machen nur noch wegen Guy und Kate mit, um ihre Solidarität zu demonstrieren.«

Ich setze mich auf, aber der Kopfschmerz drückt mich sofort wieder in die Kissen. »Bleib liegen«, sagt Joe. »Es ist erst halb sieben, wir haben noch ewig Zeit. Musst du heute arbeiten?«

»Ja, leider.«

»Ich wecke die Kinder. Du hast noch eine halbe Stunde.«

»Joe?«

»Hmmm?«

»Was erzählen die Leute? Was sagen sie über mich? Sagen sie, es wäre alles meine Schuld?«

Er zuckt mit den Achseln. »Falls sie das denken, werden sie es mir wohl kaum auf die Nase binden.«

»Das stimmt natürlich … Joe?«

Er bleibt stehen. »Was?«

»Ich dachte, sie wäre längst zurück. Ich dachte, inzwischen wäre sie längst wieder da.«

Er lächelt mich müde und traurig an. »Ich auch, Baby.«

Gestern Abend habe ich getrunken, bis ich keinen einzigen Schluck mehr runterbekam. Ich wollte mich bis zur Besinnungslosigkeit betrinken. Ich wollte den Gedanken keinen Raum mehr lassen. Ich wollte einfach mein Gehirn abschalten.

Nun muss ich natürlich den Preis dafür bezahlen.

Ich spüre, wie mein Magen sich zusammenkrampft, bin aber zu zittrig, um aufzustehen. Ich habe Angst, beim ersten Schritt umzukippen.

Ich bleibe noch ein bisschen im Bett liegen. Vielleicht geht es mir später besser. Vielleicht geht es mir gleich schlagartig besser. Ich kann es mir fast einreden und muss lächeln. Mein Körper meldet sich, er möchte sich übergeben, ich kann es kommen fühlen, tue aber immer noch so, als wäre nichts. Aber auf einmal wird mir heiß, und ich weiß, ich muss das Bett verlassen. Ich kann es genauso gut hinter mich bringen, denke ich und stürze ins Badezimmer. Ich muss mich an den Wänden abstützen.

Zwei Stunden später bin ich auf dem Weg zur Arbeit. Joe fährt Sam zur Schule und dann weiter zum Krankenhaus in Lancaster, um einen seiner Stammkunden, einen Vitiligo-Patienten, zur UV-Behandlung zu bringen. Ich habe ihm gesagt, dass ich bei Asda in Kendal vorbeifahren werde, um ein paar Sachen fürs Abendessen einzukaufen. Es ist so, wie Kate gestern sagte: Wir müssen trotzdem essen.

Ich dachte, Sally würde mich am Morgen anflehen, nicht in die Schule zu müssen, aber es kam anders. Heute schien es ihr besser zu gehen, auch wenn sie kein Frühstück wollte. Ich glaube, sie will jetzt bei ihren Freundinnen sein. Mit ihnen möchte sie reden, nicht mit mir. Ich habe noch weiter nachgebohrt, ich wollte alles über Lucinda wissen, aber Sally verschloss sich. Ich weiß nicht genau, ob sie mir noch mehr verschweigt, oder ob sie sich so schlecht fühlt, dass sie einfach nicht mehr reden kann.

Die Wintersonne blendet mich. Der Tag ist auf obszöne Weise schön. Alpinweiß. Alles ist immer noch von Schnee bedeckt. Es ist so kalt, dass der Schnee sich noch nirgendwo in Matsch verwandelt hat, sogar am Fahrbahnrand ist er fast noch so weiß, wie er vom Himmel fiel, nur einen Hauch von Schlamm haben die Autos dagegengespritzt.

Normalerweise würde mich dieses Wetter mit Freude und mit dem Glücksgefühl erfüllen, in so einer schönen Landschaft zu leben. Ich hätte mir den Verkehrsbericht für die armen Seelen in London angehört, die vier Stunden lang im Stau stecken, während ich hier glücklich lächelnd durch die Gegend rausche. Aber heute fällt mir die Schönheit kaum auf. Das gleißende Sonnenlicht sticht mir schmerzhaft in die Augen.

Die Windschutzscheibe ist mit Salz verkrustet, und ich habe keine Waschflüssigkeit mehr. Dreimal muss ich am Straßenrand halten, um die Scheibe mit Mineralwasser zu reinigen – eigentlich hatte ich die Flasche mitgenommen, um meinen eigenen Flüssigkeitshaushalt wieder ins Gleichgewicht zu bringen. Hoffentlich hält mich die Polizei nicht an. Nicht nur, dass ich wegen der schlechten Sicht unsicher fahre – ich muss zusätzlich nach Alkohol riechen. Wenn sie mir auch nur einen Tick zu nahe kommen, werde ich ins Röhrchen pusten müssen, und dann bin ich für immer abgestempelt als eine dieser frustrierten Muttis mit zu viel Restalkohol vom Vorabend im Blut.

Meine Hände am Lenkrad sind eiskalt, obwohl ich Handschuhe trage. Die Luft draußen ist reglos und schwer. Die Kälte kriecht in alle Ritzen. Sie kriecht durch die Steine in unser Haus, durch den Lack in mein Auto.

Um Viertel vor neun erreiche ich den Asda-Discounter, und der Parkplatz ist wegen der vielen Weihnachtseinkäufer vollkommen belegt. Ich sehe eine Frau von Anfang dreißig aus einem Vitara aussteigen. Sie hat ihr Auto auf dem Eltern-Kind-Parkplatz abgestellt. Sie hat kein Kind dabei, und mich überkommt der Impuls, sie anzusprechen. Sie tut ganz unschuldig. Sie weiß, dass sie im Unrecht ist, aber sie gibt vor, es nicht zu bemerken.

Schließlich finde ich eine freie Lücke auf dem Ausweichparkplatz, der nur zu Weihnachten und am Ostersonntag benötigt wird.

Ich habe keinen Einkaufszettel geschrieben, aber ich weiß genau, was ich kaufen will: Fertiggerichte, einen ganzen Wagen voll.

Nur deswegen habe ich den Umweg zu Asda in Kauf genommen. Die Fertiggerichte sind hier einfach günstiger. Ich habe nicht die Energie, frische Zutaten zu kaufen und selbst zu kochen. Ich will es mir leichtmachen. Einen Haufen Fertiggerichte und Belag für Sandwiches, mehr will ich nicht. Am Samstag wird Joe richtig einkaufen gehen.

Ich sehe glückliche Mütter, die sich für Weihnachten mit Leckereien eindecken – Nüsse, getrocknete Feigen und Datteln, Zweiliterflaschen Cola.

Ich steuere das Kühlregal an, vor dem eine Frau steht; drei Kinder sitzen in ihrem Einkaufswagen, allesamt unter vier Jahre alt. Normalerweise würde ich stehen bleiben und Grimassen ziehen, sie anlächeln. Die Mutter bemitleiden und sagen: »Na, Sie haben aber wirklich alle Hände voll zu tun«, oder so etwas in der Art. Aber heute nehme ich sie kaum wahr. Ich kann an nichts anderes denken als an Lucinda. Wo ist sie? Und wo ist der ältere Mann, der sie angesprochen hat?

Ich entscheide mich für dreimal Hühnchen Korma mit Reis, einmal Hühnchen Madras für Joe, auf das er sich sein geliebtes Chilipulver streuen wird, und einmal Dopiaza für mich.

Wenn man mit Joe essen geht und der Kellner fragt: »Wie scharf möchten Sie Ihr Gericht auf einer Skala von eins bis zehn, Sir?«

Dann antwortet Joe: »Zwanzig!«

Und eigenes Chili hat er auch noch dabei.

Früher hat es mich gestört, wenn er das Zeug über alles streute, was ich gekocht hatte. »Wie kannst du da überhaupt noch etwas schmecken?«, fragte ich ihn und war verärgert darüber, dass er meine Bemühungen nicht zu schätzen wusste. Mittlerweile macht es mir nichts mehr aus. Es ärgert mich nur noch, wenn wir mit anderen essen und die Männer sich in einen Wettstreit hineinsteigern nach dem Motto: *Ich bin der größte Macho hier und würze mein Essen noch schärfer als du* (das Ganze bleibt natürlich unausgesprochen). Kindergartenniveau.

Das ist so ähnlich wie *Ich bin ein größerer Manchester-United-Fan als du*. Auch in diesen Wettstreit steigt Joe gern ein.

Ich frage mich, wie ich auf diesen Unsinn komme, während ich geistesabwesend meine Kreditkarte durch den Schlitz der Selbstbedienungskasse ziehe. Und dann taucht wie aus dem Nichts ein Wachmann auf, gerade als ich den Laden verlassen will, und schnappt sich meine Einkaufstüten.

»Bitte hier entlang, Madam«, sagt er und nimmt mich beim Ellenbogen.

Ich bleibe wie vom Donner gerührt stehen.

»Was tun Sie da?«, frage ich ungläubig, aber er ignoriert mich und zieht mich mit sich – so wie man einen verängstigten, störrischen Hund hinter sich herziehen würde.

Ich lasse mich zu der Tür neben den Toiletten geleiten, eine unbeschilderte Tür mit braunem Holzfurnier, die mir nie zuvor aufgefallen ist. Die Leute bleiben stehen, um zu glotzen. Manche tun so, als hätten sie nichts bemerkt, und gehen hinter dem Zeitungsständer oder den aufgestapelten Stella-Artois-Bierkästen neben dem Eingang in Deckung, um weiterzuglotzen. Andere glotzen ganz unverhohlen.

»Ich bitte Sie«, sage ich zu dem Wachmann. »Das ist ein Missverständnis.«

Er ist ein riesiger Mann und stinkt nach altem Schweiß. Er stößt wortlos die Tür auf und weist mich an, vor einem Schreibtisch Platz zu nehmen, hinter dem ein dünner Mann im Anzug sitzt. Eigentlich handelt es sich fast noch um einen Jungen. Der zu weite Hemdkragen steht ihm vom Hals ab, und seine Schuhe ähneln denen, die mein zwölfjähriger Sohn in der Schule trägt. Der junge Mann wirkt blasiert und selbstzufrieden.

»Wie lautet Ihr Name?«

»Den verrate ich Ihnen gern, wenn Sie mir erklären, wie Sie dazu kommen, mich vor allen Leuten wie einen Volltrottel dastehen zu lassen«, antworte ich.

»Sie werden des Ladendiebstahls verdächtigt.«

Ich will einen Anfall bekommen und ihn auf das Übelste beschimpfen, beiße mir aber in der letzten Sekunde auf die Zunge. Denn ehrlich gesagt ist mir heute nicht nach Schimpfen zumute. Meine Kopfschmerzen bringen mich um, mein Mund ist ausgetrocknet, und wenn ich mich gestern nicht in meiner eigenen Küche, sondern in einer Kneipe betrunken hätte, hätte ich garantiert jemanden um Zigaretten angeschnorrt. Um möglichst starke, *Regal* oder *Embassy Number 1*.

Meine Zunge möchte mir am Gaumen kleben bleiben, aber ich sage zu ihm: »Wird das lange dauern?« Ich klinge kein bisschen verärgert. Ich bin ganz kleinlaut. Ganz traurig, so als hätte ich mir tatsächlich etwas zuschulden kommen lassen. So fühle ich mich.

»Nicht, wenn Sie sich kooperativ zeigen, Miss …?«

»Lisa Kallisto. Mrs.«

Er kneift die Lippen zusammen und zeigt auf meine beiden Einkaufstüten. »Wenn ich Sie bitten dürfte, die auf dem Schreibtisch hier auszupacken. Dann können wir uns ansehen, was Sie da haben.«

Ich werfe ihm einen genervten Blick zu. Klammheimlich freue ich mich jetzt schon auf die Entschuldigung, die er wird aussprechen müssen. Ich wünschte, das wäre mir an einem anderen Tag passiert.

Ich stehe auf. Ich ziehe eine große Tüte gemischte Walkers Chips heraus, einen Laib *Best of Both Hovis* – der Versuch, den Kindern ein paar Ballaststoffe unterzujubeln – und eine Familienpackung geräucherten Schinken, nach dem die Katzen verrückt sind.

Ich sehe ihn an und ziehe die Augenbrauen hoch. »Ich habe für alles bezahlt«, sage ich. »Möchten Sie den Kassenzettel sehen?«

»Das ist nicht nötig. Bitte leeren Sie auch die zweite Tüte, Mrs Kallisto.«

Ein Tetrapack *Tropicana orange* (ohne Fruchtfleisch) und die fünf Currys. *Wie ermüdend,* denke ich, aber dann …

»Oh, Mist.«

Ich starre auf die Tischplatte. Ich lasse den Kopf hängen und schlage mir die Hände vors Gesicht. »Oh, Mist«, wiederhole ich.

Als ich meine Finger spreize, sieht er mir direkt ins Gesicht, wie um zu fragen: *Und?*

Ich fange an zu lachen.

»Ich finde das gar nicht lustig«, sagt er.

»Ich schon.«

Ich habe es tatsächlich geschafft, die Sammelbüchse neben der Kasse einzupacken. Ich habe sie zusammen mit meinen Einkäufen in die Tüte gesteckt.

»Bei uns wurden in letzter Zeit mehrere Spendenbüchsen geklaut«, erklärt der Junge wichtigtuerisch. »Letzten Monat waren es zwei Poppy-Day-Dosen, und wie Sie sich vorstellen können, ist die Geschäftsführung außer sich. Ich kann Ihnen versichern, dass wir die ganze Sache äußerst ernst nehmen. Die Polizei wird in Kürze hier sein, um Sie zu befragen, immerhin ist das schon die dritte Büchse, die wir …«

Ich unterbreche ihn. »Die gehört mir«, sage ich.

»Wie bitte?«

»Das ist meine Büchse«, erkläre ich.

Ich drehe die gelbe Blechdose um, damit er die Schrift auf der Vorderseite lesen kann. Ich zeige auf das Logo. »Tierheim *Rette mich*. Ich arbeite da. Ich bin die Leiterin. Ich bin auf dem Weg zur Arbeit.«

Er beäugt mich misstrauisch.

»Sicher haben Sie Verständnis dafür, dass wir uns an die Vorschriften halten müssen, immerhin handelt es sich um einen ernsten …«

»Was reden Sie da? Die Sache ist kein bisschen ernst. Wie

viel Geld ist denn da drin? Vier, vielleicht fünf Pfund? Sehe ich aus wie jemand, der klauen würde? Sehe ich so verzweifelt aus, dass ich ...« Ich mache mir nicht die Mühe, zu Ende zu sprechen. Ich sehe ihn einfach nur an.

»Die Leute stehlen nicht unbedingt, weil sie es müssten, Mrs Kallisto. Sie tun es, weil sie nicht anders *können.* Manchmal haben sie überhaupt keinen Grund. Die Leute müssen nicht einmal in einer Notlage sein. Sehen Sie sich mal Antony Worrall Thompson an.«

»Da haben Sie recht«, gebe ich zu. »Aber ich bin weder Antony Worrall Thompson noch Winona Ryder oder wen immer Sie sonst noch als Kleptomanen anführen möchten. Ich bin eine berufstätige Mutter, die ein paar verdammt anstrengende Tage hinter sich hat, die gestern Abend ein Gläschen zu viel getrunken und sich davon noch nicht ganz erholt hat. Ich habe das Ding ganz automatisch in meine Tüte gepackt, ohne auch nur darüber nachzudenken. Die Tochter meiner besten Freundin wird seit zwei Nächten vermisst, tja, da können Sie sich bestimmt vorstellen, was mir gerade so durch den Kopf geht ...«

Er seufzt. Er sieht zum Wachmann hinüber, der keine Regung zeigt. Nach einer Weile sagt er: »Können Sie irgendwie beweisen, dass Sie in diesem Tierheim arbeiten?«

Ich öffne meinen Mantel. Ich trage ein flaschengrünes Poloshirt, auf dessen linke Brusttasche ein Pfotenabdruck in Orange aufgenäht ist. Über der Pfote steht in Kinderschrift: *Rette mich.*

Ich kann sehen, dass es ihn fast zerreißt. Wahrscheinlich muss er sich mit einem Vorgesetzten beraten, gleichzeitig will er nicht wie ein Vollidiot dastehen, nur weil er seinen Job gemacht hat.

»Hören Sie ... bitte ...«, sage ich. »Es tut mir wirklich leid, aber ich bin keine Diebin.«

Sein Kiefer arbeitet.

»Sie können gehen«, sagt er.

Ich nehme meine Tüten in die linke Hand, schlage mir mit der rechten den Mantelkragen hoch, um mich vor der Kälte draußen zu schützen, und halte dann die Spendenbüchse in die Höhe und schüttele sie.

»Ich hole sie dann in zwei Wochen ab, in Ordnung?«, frage ich. »Und bringe ein paar leere mit?«

Er antwortet nicht und macht ein niedergeschlagenes Gesicht.

Als ich durch die Automatiktüren ins Freie trete, kann ich nicht anders, als einmal fröhlich zu hopsen.

Dann, als ich im Auto sitze, breche ich in Tränen aus.

17

Detective Sergeant Ron Quigley sitzt auf dem Beifahrersitz von Joannes Mondeo und isst eine Steakpastete von Greggs.

Die Blätterteigflocken fallen zwischen die Sitze, mitten hinein in die unerreichbare Lücke neben der Handbremse. Es ist erst zwanzig nach neun, und von dem Gestank wird Joanne übel. »Wie kannst du zum Frühstück Rindfleisch essen?«

Ron zuckt mit den Achseln.

Gestern Abend haben Joanne und Jackie eine Sendung über Alkoholkonsum in Großbritannien gesehen. Die Zeiten haben sich geändert, denn offenbar sind die Briten keine Nation von Kampftrinkern mehr. Nein, sie trinken jetzt ständig.

Joanne und Jackie hatten einander angesehen und dann die beiden leeren Flaschen Merlot auf dem Tisch, und Jackie hatte gesagt: »Zwei Gläser Wein am Tag sind gesund. Zwei Einheiten pro Tag mal sieben, das macht vierzehn Gläser pro Woche. Wir trinken nur so viel, wie uns bekommt, Joanne. Für Frauen sind vierzehn Einheiten erlaubt«, und Joanne hatte ihr eifrig beigepflichtet.

Dabei hatte ihre Tante die Flaschen unterschlagen, die sie zusätzlich am Wochenende leeren. Und auch die Bacardi Breezer, die Jackie trinkt, bevor sie sich über ihr abendliches Weinpensum hermacht.

Aber egal. Selbst wenn Joanne und Jackie jede eine Flasche Wein trinken, ist das immer noch Welten entfernt von dem, was Joanne zur Sperrstunde in den Straßen von Kendal sieht: Frauen, die aus Bars torkeln und in Mülltonnen kotzen. Viele von denen – wenn nicht sogar alle – behaupten, jemand hätte ihnen etwas in den Drink gemischt, wo sie doch in Wahrheit einfach nur vollkommen blau sind.

Joanne schiebt es darauf, dass die Frauen heutzutage mehr Geld zur Verfügung haben. Die Frauen aus der Generation ihrer Mutter waren nie ausgegangen, weil sie gar kein Geld gehabt hätten, um auszugehen und zu trinken.

Der Arzt in der Sendung hatte die Reporterin gefragt, wie viele Einheiten Alkohol ihrer Meinung nach in einer Flasche Wein steckten, und die Reporterin hatte geantwortet: »Sechs?« Er hatte den Kopf geschüttelt. »In einer Flasche Wein stecken zehn Einheiten Alkohol.« Und Joanne hatte Jackie einen flüchtigen Seitenblick zugeworfen.

Das bedeutete, dass sie in Wahrheit – sie hob den Blick zur Decke und addierte –, oh, Mist, siebzig Einheiten pro Woche tranken. Mindestens.

Betreten sagte Jackie: »Wir sollten unseren Konsum ein wenig einschränken.«

Nun fragt Joanne Ron: »Wie viel trinkst du eigentlich so, Ron?«

»Nicht so viel«, antwortet er. »So viel wie die meisten Leute. Aus Alkohol habe ich mir nie viel gemacht.«

»Nur so ungefähr.«

»Fünf oder sechs Pints pro Abend. Und am Wochenende eine Flasche Wein mit meiner Frau. Obwohl ich mir gestern Abend ein paar Gläschen zusätzlich gegönnt habe. Deswegen brauche ich jetzt was Herzhaftes, damit mein Magen sich beruhigt.« Er schiebt sich die letzten Fleischreste in den Mund. Ein paar Blätterteigflocken bleiben in seinem Schnurrbart hängen und flattern, wenn er ausatmet.

Kein Wunder, dass die Ärzte uns im Nacken sitzen, denkt sie. Wir machen uns alle etwas vor. Die ganze Nation säuft, aber keiner gibt es zu.

Sie verlässt die A6 und biegt auf die Straße nach Silverdale ein. Heute sind sie mit Molly Rigg verabredet. Vielleicht fallen dem Mädchen noch ein paar Einzelheiten zu dem Mann ein, der sie entführt hat.

Die kleine Molly, das arme Ding, hatte während des ersten Verhörs ihr Bestes gegeben, trotzdem würde Joanne sie als ein bisschen weltfremd bezeichnen. Ein bisschen naiv. Der Mann habe sie in eine Einzimmerwohnung verschleppt, sagte sie; wohin genau, wusste sie nicht. Sie war unter Drogen gesetzt, vergewaltigt und ausgesetzt worden und konnte der Polizei nicht einmal die Automarke ihres Entführers nennen. Auch nicht die Farbe. Und als man sie fragte, warum sie überhaupt in den Wagen eingestiegen sei, antwortete sie, sie wisse nicht mehr, warum. Sie wusste, dass es falsch war, aber sie tat es trotzdem.

Was Joanne vermuten ließ, dass dieser Kerl, dieser Kidnapper, irgendwie anziehend wirken musste. Joanne war überzeugt, dass sie einen Einzelgänger suchten; nicht den typischen Pädophilen, sondern jemanden mit einem gewissen Charisma. Jemanden mit Charme. Mit ihrer Theorie stand sie jedoch ziemlich allein da. Ihr Chef, DI Pete McAleese, der die Ermittlungen leitete, hatte sich darauf versteift, alle Aushilfsarbeiter unter die Lupe zu nehmen, die neu in der Gegend waren.

»Was hältst du von dieser Sache mit den *Darling Buds of May,* Ron?«

»Reine Zeitverschwendung.«

»Wieso?«

»Tja, diese Kleine, Molly Rigg. Du hast mit ihr gesprochen, oder?«

»Nur kurz.«

»Sie hat lediglich ausgesagt, der Kerl rede wie Pop Larkin. Tja, ich weiß nicht mal, ob David Jason wie jemand aus Kent klingen *wollte*. Ich dachte immer, die Sendung spielt in Devon oder Dorset – und woher sollte ein Kind ihres Alters den Unterschied kennen? Das Ganze ist ein Rohrkrepierer.«

Joanne muss ihm recht geben. »Der Hinweis ist wirklich recht dünn.«

»Ich verstehe sowieso nicht, warum man sich diesen Müll ansehen sollte. Glaubst du, es wäre besser, du redest allein mit dem Mädchen?«, fragt er und rutscht auf seinem Sitz herum, um etwas aus seiner Tasche zu ziehen.

»Kann sein. Sie ist ziemlich schüchtern. Vielleicht ist es besser, wenn du nicht dabei bist. Du könntest mit der Mutter sprechen, vielleicht ist ihr noch etwas eingefallen.«

»In Ordnung. Wie willst du es angehen?«

»Ich möchte herausfinden, wie er es geschafft hat, sie in seine Wohnung zu schleifen und wieder heraus, ohne dass irgendjemand etwas gesehen oder gehört hat. Das bereitet mir das meiste Kopfzerbrechen. Ich glaube, wenn ich etwas Licht in diese Sache bringen kann, kommen wir weiter.«

Ron nickt und bietet Joanne ein Pfefferminzbonbon an.

»Und wie kann sich jemand, der in einer Einzimmerwohnung lebt, ein Auto leisten?«, fragt sie. »Das passt doch nicht zusammen.«

»Wahrscheinlich ist es nicht seine Wohnung.«

Das Navi tönt, das Ziel sei erreicht, deswegen fährt Joanne an den Straßenrand und schaltet den Motor aus. Sie stehen vor einem Bungalow. Er wirkt recht gepflegt, aber der buttermilchgelbe Anstrich könnte demnächst einmal erneuert werden.

Der Ort liegt in Küstennähe, und es hat hier nicht ansatzweise so viel geschneit wie an den Seen; trotzdem hat jemand die Einfahrt gestreut und eine Extraschaufel auf den Bürgersteig geworfen. Wie rücksichtsvoll, denkt Joanne, als ihre Sohlen über den lachsroten Schotter knirschen.

Fünf Minuten später sitzt Joanne mit Molly in der Küche neben einem alten Heizkörper. Er ist bis zum Anschlag aufgedreht, aber im Zimmer ist es trotzdem kalt. Auf dem Boden liegen kastanienbraune Teppichfliesen. Eine wurde kürzlich erst ausgetauscht, die vor dem Herd; sie ist dunkler als die anderen.

Joanne fängt mit einer Entschuldigung an. »Es tut mir leid, dich wieder damit behelligen zu müssen, Molly, aber du hast ja sicher gehört, dass ein anderes Mädchen in deinem Alter verschwunden ist?«

Sie nickt, ohne Joanne anzusehen. So ein kleines, mageres Ding. Sie sieht aus wie eine Figur aus einem Disney-Film. Riesige Augen, lange Wimpern, dünne Ärmchen.

»Ich bin gekommen, um herauszufinden, ob dir inzwischen noch irgendetwas eingefallen ist. Wir wollen den Mann, der dich verschleppt hat, unbedingt finden, Molly, und im Moment bist du der einzige Mensch …«

»Sie wollen ihn fangen, bevor er noch jemandem wehtut«, platzt Molly heraus.

»Ja, das stimmt.«

Joanne wägt ab, wie sie nun weitermachen soll. »Ehrlich gesagt ist es für uns das Wichtigste, ihn für das zu bestrafen, was er dir angetan hat.« Joanne möchte vermeiden, dass Molly glaubt, es ginge hier nicht in erster Linie um sie. »Wie sah er aus? Kannst du dich daran erinnern?«

Molly schüttelt den Kopf. »Alles war so verschwommen«, sagt sie betrübt. »Nach diesem Getränk, das er mir gab, ist alles verschwommen.«

»Ich weiß, mein Schatz. Ist *alles* verschwommen, oder sind manche Stellen klarer als andere? War es so wie in einem Traum, wo man weiß, dass die Erinnerung noch da ist, bloß dass man keinen Zugang dazu hat?«

Zum ersten Mal sieht Molly Joanne direkt ins Gesicht. »Genau so war es«, sagt sie. »Ich habe ›verschwommen‹ gesagt, aber eigentlich kann ich es nicht erklären. Es ist so, als hätte ich ein *Gefühl* für das, was passiert ist, aber ich *weiß* es nicht mehr genau.«

»Das ist gut«, sagt Joanne und schöpft neue Hoffnung. »Wie wäre es, wenn ich keine konkreten Fragen stelle, sondern du mir einfach beschreibst, wie du dich gefühlt hast? Wie wäre das?« Weil sie sieht, dass Molly die Vorstellung nicht behagt, fügt sie hinzu: »Es geht nicht um das, was er dir angetan hat. Das müssen wir nicht noch einmal besprechen. Ich möchte nur wissen, wohin er dich gebracht hat. Darf ich dir dazu Fragen stellen?«

Molly beißt sich auf die Unterlippe. »Okay«, sagt sie.

»Versuche, dich zu erinnern und mir zu sagen, ob sich das Zimmer dreckig oder stinkig angefühlt hat.«

»Nein«, sagt Molly sofort. Und dann sieht sie kurz erschreckt aus, überrascht über ihre eigene Bestimmtheit. »Nein, es war ganz sauber. Die Laken rochen nach …« Sie wendet den Blick ab und schaut aus dem Küchenfenster, als suche sie nach dem passenden Wort.

»Weichspüler?«, schlägt Joanne vor.

»Nein. Nein, nicht wie Waschmittel. Sie rochen irgendwie warm, verstehen Sie das?«

»Als wären sie verbrannt?«

Molly verdreht die Augen, während sie versucht, sich zu erinnern. »Wenn meine Mutter die Handtücher auf der Heizung trocknet … sie riechen dann irgendwie warm, ich weiß nicht, wie ich das beschreiben soll.«

»Wie gemangelt?«, fragt Joanne, »als wären sie in der Wäscherei gewesen?«

»Ja, genau so.«

»Gut«, sagt Joanne. »Und was ist mit dem Zimmer selbst? Kannst du dich daran erinnern, ob an den Wänden irgendwelche Bilder hingen?«

»Sie waren cremeweiß.«

»Einfach nur cremeweiß?«

»Und leer, nicht wie in einem normalen Zimmer.«

»Wie in einem Hotel?«

»Ich war noch nie im Hotel.«

»Aber hattest du das Gefühl, dort wohnte jemand? Glaubst du, dass der Mann dort wohnte?«

»Nein.«

»Bist du sicher?«

»Ja.«

»Warum?«

»Ich weiß nicht.«

»Okay«, sagt Joanne, »du machst das ganz toll. Das hilft uns sehr, denn die nächste Frage wird wirklich schwer. Ich möchte nicht, dass du dich deswegen schlecht fühlst, aber du musst mir wirklich ganz ehrlich antworten. Ist das okay?«

Molly versucht, ihre Angst nicht zu zeigen.

»Als du ihn zum ersten Mal gesehen hast, als der Mann zum ersten Mal vor deiner Schule stand, bist du da … bist du in sein Auto gestiegen, weil dir sein Aussehen irgendwie gefiel?«

Molly antwortet nicht. Sie lässt den Kopf hängen.

»Niemand gibt dir die Schuld, Molly. Ich muss einfach wissen, was für ein Mensch er ist. Und da würde es mir sehr helfen, wenn du mir die Wahrheit sagst. Fandest du ihn … gut aussehend? Ein kleines bisschen nur?«

Molly hält den Kopf gesenkt und nickt. Eine einzelne Träne tropft auf ihre Jeans. »Er sah nett aus. Ich weiß nicht mehr genau, wie er aussah, aber er sah nett aus …«

Nach ein paar Minuten fügt sie hinzu: »Sagen Sie das meiner Mum nicht.« Sie weint leise vor sich hin.

Joanne streckt die Hand aus und legt sie auf Mollys Schulter. »Nein, das verspreche ich.«

18

Ich bin noch keine halbe Stunde bei der Arbeit, als eine ungepflegte Frau von Anfang zwanzig in mein Büro kommt. Sie trägt keine Jacke und hält einen Staffordshire-Bullterrier an einer blauen Wäscheleine.

»Ich will diesen Hund nicht.«

Sie steht einen halben Meter vor mir und kann mir kaum in die Augen sehen. Sie ist nervös. Ganz offensichtlich nimmt sie irgendwelche Drogen, denn ihre Pupillen sind klein wie Stecknadelköpfe, und sie ist schreckhaft und fahrig. Sie erinnert mich an die Methadonpatienten, die ich in der Apotheke sehe. Die den Apotheker mit Vornamen ansprechen und nicht merken, dass alle anderen Kunden auf Abstand gehen.

»Ist das Ihr Hund?«, frage ich. Sie glauben nicht, wie viele Leute mit Tieren ankommen, die ihnen nicht gehören. Es ist mir mehr als einmal passiert, dass ich unwissentlich den Hund eines untreuen Ehemannes in ein neues Zuhause vermittelt habe.

»Er gehört meinem Dad«, sagt die junge Frau, »aber es geht ihm nicht gut. Er kann sich nicht mehr um ihn kümmern.«

Ich winde mich innerlich. Noch ein Staffie. Vermutlich werden wir ihn nicht los; wir werden mit diesen Tieren überrannt. Kürzlich habe ich mit Kollegen von der *Royal Society for the Prevention of Cruelty to Animals* zusammengearbeitet. Die RSPCA ist der größte Tierschutzverein des Landes und feilt an einem Gesetzentwurf, demzufolge ein Kampfhundzüchter mindestens neunzehn Jahre alt sein muss und eine Zulassung braucht. Aber sie bellen, wie man so schön sagt, den falschen

Baum an. Man sollte diese Hunde flächendeckend kastrieren, denn das Problem ist längst außer Kontrolle geraten.

»Er hat auch Katzen.«

»Wie viele?«, frage ich.

»Mehr als zwei.«

»Wo sind sie?«

»In seiner Wohnung. Die sieht wie eine Müllhalde aus. Er hat seit dem Tod meiner Mutter nicht mehr aufgeräumt. Ich würde sie Ihnen bringen, aber die Tiere sind verwildert.«

»Wo ist Ihr Vater jetzt?«

»Im Helm Chase.«

Dem örtlichen Krankenhaus.

»Kommt er wieder nach Hause?«

»Sieht nicht so aus. Er hat einen Haufen Probleme. Wahrscheinlich wird die Wohnung verkauft.«

»Okay«, sage ich und schiebe ihr Stift und Papier hinüber. »Schreiben Sie die Adresse auf.«

Sie greift den Stift mit der ganzen Faust, so wie James, mein mittleres Kind, es früher gemacht hat. Sie schreibt Groß- und Kleinbuchstaben wild durcheinander.

»Ist da jemand, der mich ins Haus lässt? Wenn ich die Katzen abhole?«

Sie zieht einen schweren Schlüsselbund heraus, den sie an ihrer Gürtelschlaufe befestigt hat, und löst einige Schlüssel davon.

»Was soll danach mit den Schlüsseln passieren?«, frage ich.

»Die können Sie wegschmeißen«, sagt sie und überreicht mir die Wäscheleine mit dem Hund. »Er heißt Tyson«, sagt sie, und ich nicke. So wie alle Staffies. Ich werde seinen Namen ändern müssen, andernfalls werden wir nie ein neues Zuhause für ihn finden.

Und dann ist sie verschwunden. Sie macht sich nicht die Mühe, die Formulare auszufüllen, und ich kann sie nicht dazu zwingen. Ich nehme den ganzen Papierkram nicht allzu ernst. Ich sehe mir den Hund an. »Ich glaube, wir nennen dich Banjo«, sage ich zu ihm, und er scheint einverstanden.

Ich habe eine Liste von etwa zwölf netten, harmlos klingenden Namen für Staffies. Wir taufen all die Tysons, Killers und Tarantinos in Teddys, Alfies und Percys um. Der Name eines Hundes ist allein für den Halter von Bedeutung. Ein Hund hört auf alles und kümmert sich nicht darum, wie man ihn nennt.

Ich knie neben Banjo nieder. Ich ahne schon, dass er nicht kastriert ist, aber die Hoffnung stirbt zuletzt.

Natürlich ist er nicht kastriert. Unter seinem Bauch hängt ein Hodensack von der Größe eines Granatapfels, und ich seufze auf. Ich würde mir wünschen, nur hin und wieder einmal positiv überrascht zu werden. Ich streichle seinen Kopf und sage: »Komm, ich zeige dir dein neues Zuhause.«

Drüben in den Zwingern sind die Mädchen dabei, die Wände abzuspritzen und die Böden zu schrubben. Um halb zehn öffnen wir für die Besucher, und bis dahin muss alles blitzen und blinken. Der Hundekot stößt die Leute ab, das verstehen Sie sicher.

Lorna, eine meiner Tierpflegerinnen, lässt den Schlauch sinken, als sie mich und Banjo hereinkommen sieht. »Nummer sieben ist frei«, ruft sie mir über das Gebell hinweg zu. Sie zeigt auf Banjo: »Wie ist er so?«

»Keine Vorgeschichte, er macht einen ganz netten und gutmütigen Eindruck. Als wir an den Zwingern vorbeigegangen sind, hat er sich ruhig verhalten. Ich glaube, er ist in Ordnung.«

»Gibt es Neuigkeiten?«

»Du meinst, wegen Lucinda?«, frage ich, und sie nickt.

»Nichts. Bist du gestern gut allein zurechtgekommen? Gab es irgendwelche Probleme?«

»Nein, eigentlich war es ganz ruhig. Clive war da, und ich

habe ihm die Liste von deinem Schreibtisch gegeben. Er hat Holz eingekauft für die Zaunpfähle, die wir ersetzen müssen …«

»Hast du ihn aus der Portokasse bezahlt?«

Lorna lächelt, und ihre Augen blitzen. »Zum Glück hatte er Kleingeld dabei …«

Clive Peasgood ist ein älterer Mann, den wir im Tierheim unseren guten Geist nennen. Er ist pensionierter Lehrer, der fast alles reparieren, flicken und bauen kann. *Er wolle nur etwas zurückgeben,* sagt er, und ich beute ihn täglich aus.

Gelegentlich hilft er beim Hundeausführen und bei der Zwingerreinigung mit, wenn Personalmangel herrscht, aber hauptsächlich kümmert er sich darum, unsere Räumlichkeiten wasserdicht und ausbruchssicher zu halten. Wann immer ich ihm Geld für Materialien geben will, hat er »Kleingeld dabei«.

Seine wunderbare Frau sammelt Spenden für uns, durch Basarverkäufe und alles mögliche andere, und wann immer ich sie sehe, entschuldige ich mich dafür, die Zeit ihres Mannes zu stehlen, wo die beiden doch eigentlich ihre Rente gemeinsam genießen sollten. Sie antwortet immer mit demselben Satz: »Wenn Sie Clive seine Aufgaben wegnehmen, nehmen Sie ihm sein Leben.« Vermutlich hat sie recht, was aber nichts daran ändert, dass ich ein schlechtes Gewissen habe, ihn so auszunutzen. Letztes Jahr hat er das Katzenhaus neu gedeckt und wollte keinen Penny dafür annehmen.

»Ich brauche dich später für eine Abholung«, sage ich zu Lorna. »Katzen – wie viele freie Plätze haben wir?«

Sie verzieht das Gesicht. »Eigentlich keinen. Erst gestern wurden welche abgegeben, weißt du noch?«

»Ach ja, ich vergaß. Mist. Ich werde Bill in West Cumbria anrufen, vielleicht kann er welche nehmen.«

»Wie viele sind es denn?«

»Die Frau wusste es nicht genau. Mehr als zwei, hat sie gesagt.«

»Das ist immer ein schlechtes Zeichen«, sagt Lorna.

Zuerst denke ich, ich habe mich in der Adresse geirrt. Ich stehe vor einer alten Villa, die zu einem Mietshaus umgebaut wurde. Nicht die typische Art von Behausung, um verwilderte Katzen abzuholen. Ich werfe sicherheitshalber einen Blick auf den Zettel: Appartement sechs, Helm Priory, Bowness. Ja, das ist es.

Der Gehsteig ist geräumt, und ich öffne die Heckklappe meines Autos und hole drei Katzenkörbe heraus. In einer der Erdgeschosswohnungen steht eine Frau am Fenster und beobachtet mich. Sie ist jung, Mitte zwanzig, und wirkt ein bisschen müde.

Ich ziehe die Schutzhandschuhe aus der Tasche hinter dem Fahrersitz und stecke nach kurzem Nachdenken auch noch eine Atemmaske ein, nur für alle Fälle. Ich kaufe die Masken immer in einem Laden für Malereibedarf in Kendal. Wie sich herausgestellt hat, sind das die besten. Wenn sie vor dem Gestank von giftigen Lacken schützen, schützen sie auch vor Katzendreck. In all den Jahren, die ich diesen Job mache, ist das das Einzige, woran ich mich nie gewöhnen konnte.

Ich lächle der Frau zu, als ich mich dem Haus nähere, aber sie senkt den Blick. Sie zieht die Ellbogen übertrieben hoch, wie um mir zu zeigen, dass sie gerade beim Abwasch ist. Sie sieht aus wie eine Polin.

Eine Zeitlang waren sie in dieser Gegend überall zu sehen, die Polinnen. Dünne, freundliche Mädchen, alle ähnlich gekleidet. Alle mit etwas zu kurzen schwarzen Röcken und karamellfarbenen Strümpfen, eine Farbe, die meine Mutter als junge Frau getragen hätte.

Ich drücke gegen die Haustür und stehe in einem Vorraum mit Briefkästen. Die Tür dahinter ist abgeschlossen. Ich versuche es mit dem größten Schlüssel an dem Bund, den das Mädchen mir überlassen hat. Erleichtert stelle ich fest, dass die Tür sich mühelos öffnen lässt.

Die Eingangshalle ist imposant und wie im Hotel mit weichem Teppichboden ausgelegt. Am Kopf der Treppe sehe ich ein riesiges Bleiglasfenster, durch das das Sonnenlicht in allen Spektralfarben einfällt. Der Raumerfrischer in der Steckdose gibt einen dezenten Jasminduft in die Luft ab, und zum zweiten Mal innerhalb von fünf Minuten glaube ich, mich in der Adresse geirrt zu haben. Es ist einfach viel zu schön hier.

Das Appartement sechs muss im Obergeschoss liegen. Vorsichtig steige ich die Treppe hinauf, um nicht mit den Katzenkörben an die frisch gestrichenen Wände zu stoßen. Am Kopf der zweiten Treppe befinden sich zwei Türen. Nach rechts geht es zu Wohnung fünf, deren Eingang von zwei penibel geschnittenen Bäumchen gesäumt wird. Dazwischen liegt eine hübsche rote Fußmatte mit dem Spruch »Herzlich willkommen«.

Ich schaue nach links. Vor Appartement sechs steht eine vertrocknete Topfpflanze, in deren Erde unzählige Zigarettenkippen und die Überreste von Joints stecken. *Nun kommen wir der Sache schon näher,* denke ich und stecke den Schlüssel ins Schloss.

Ich öffne die Tür, und sofort schlägt mir ein beißender Gestank entgegen. Ich setze die Maske auf. Ich taste nach dem Lichtschalter und betätige ihn, aber nichts passiert. Der Strom ist abgestellt. Leise fluchend erinnere ich mich daran, dass ich keine Taschenlampe dabeihabe. Der Flur ist dunkel; die Türen, die nach rechts und links abgehen, sind allesamt geschlossen.

Ich spiele kurz mit dem Gedanken, trotzdem hineinzugehen, allein, um es schnell hinter mich zu bringen, aber dann zögere ich. Vor zwei Jahren sollte ich einen halb verhungerten Hund aus einem Haus in Troutbeck Bridge holen. Das arme Geschöpf winselte so laut, dass ich ohne nachzudenken ins Haus lief – und prompt in eine Spritze trat. Deren Nadel, ob Sie es glauben oder nicht, direkt durch die Sohle meiner Turnschuhe in meinen Fuß stach. Ich lebte die folgenden sechs Monate in der Überzeugung, HIV-positiv zu sein. Eine Erfahrung, die ich nicht noch einmal machen möchte.

Ich stelle die Tragekörbe vor der Wohnung ab und lege die Schutzhandschuhe darauf, ziehe mir die Maske vom Gesicht und klopfe bei Appartement fünf an. Niemand macht auf, deswegen steige ich die Treppe wieder hinunter und gehe zu der Erdgeschosswohnung, in der ich die junge Frau gesehen habe.

Ich klopfe vorsichtig an. Sie öffnet die Tür sofort, nur wenige Zentimeter weit, und beäugt mich misstrauisch. »Hi, ich komme vom Tierheim und …«

»Ich habe kein Geld«, sagt sie mit schwerem Akzent.

»Nein, ich will kein Geld. Ich brauche eine Taschenlampe.«

»Eine Taschenlampe? Aber es ist hell.«

Ich zeige nach oben. »Der Mann aus Nummer sechs liegt im Krankenhaus, und ich bin gekommen, seine Katzen abzuholen.« Ich merke, dass ich unwillkürlich ihren Akzent imitiere.

»Warten Sie, ich schaue.«

Sie macht die Tür wieder zu.

Als sie eine Minute später zurückkommt, hat sie ein Kleinkind auf der Hüfte. Einen pummeligen, süßen blonden Jungen von etwa einem Jahr. Nie im Leben käme man darauf, die beiden für Mutter und Sohn zu halten. Ich strecke die Hand aus, um ihm über das Haar zu streichen, ein Reflex, seit ich selber Mutter bin, und sage: »Der ist aber niedlich. Wie heißt er denn?«

»Nika.«

»Wie hübsch … ist das Polnisch?«

»Nein, Georgisch.«

Sie überreicht mir die Taschenlampe, eine kleine schwarzgelbe von Stanley, und wie immer beim Anblick dieses Markennamens werde ich zurückgeschleudert in jenen Moment, als die Ehefrau meines Vaters sich in unserem Wohnzimmer mit einem Stanley-Messer die Pulsadern aufschnitt.

»Draußen hinlegen«, sagt die Frau, und ich werfe ihr einen verwirrten Blick zu.

»Legen Sie es draußen hin, vor die Tür, wenn Sie fertig sind«, und ich sage: »Ach so, ja, mache ich.«

Ich stehe auf der Schwelle zur Küche und atme langsam und zittrig ein.

Mehr als zwei, hat die Frau gesagt. Bis jetzt habe ich schon mindestens vier Katzen gesichtet, und im Küchenschrank unter der Spüle scheint sich ein Wurf Jungtiere zu befinden. Ich höre ihr klägliches Miauen. Ehrlich gesagt wäre das hier eigentlich ein Job für die RSPCA. In Momenten wie diesem greife ich normalerweise zum Handy und rufe den Tierarzt, damit er den Tatbestand der Tierquälerei aufnimmt. Er sammelt die nötigen Beweise, um ein Verfahren einzuleiten. Aber das nimmt zu viel Zeit in Anspruch. Außerdem liegt der Tierhalter im Krankenhaus und kommt wahrscheinlich nicht wieder heraus, nach allem, was die Tochter sagte. Das Ganze ist sinnlos.

Ich beschließe, zuerst alle Katzen in der Küche einzufangen, bevor ich mich um den Rest der Wohnung kümmere. Eins nach dem anderen, sonst wird es mir zu viel.

Die Katzen sind ziemlich verwildert. Sie sind nur noch Haut und Knochen und wehren sich nach Leibeskräften. Ich fange ein Weibchen ein, eine räudige Schildpattkatze mit drei weißen Pfoten, und spüre ihren trächtigen Bauch.

Erlaubt man ihr, sich ungehindert fortzupflanzen, kann eine einzige Katze, deren Junge sich ebenfalls ungehindert fortpflanzen, bis zu zwanzigtausend Nachkommen haben. Deswegen geht ein Großteil unserer Einnahmen für Sterilisationen drauf. Wir wollen Situationen wie diese vermeiden. Wenn alle Tierhalter ihre Haustiere im Alter von sechs Monaten sterilisieren lassen würden, anstatt ihnen »den Spaß wenigstens einmal zu gönnen«, hätten wir das Problem der ungewollten Welpen und Kätzchen gelöst. Natürlich hätten wir immer noch genug zu tun mit den Tieren all jener, die der Meinung sind, Kastration und Sterilisation wären ein Akt wider die Natur. Wobei ich denke, dass diese Leute sich einfach anderweitig orientieren und sich ein neues Hobby suchen würden. Hahnenkampf vielleicht. Oder sie verprügeln ihre Frauen.

Ich gehe immer wieder in die Wohnung zurück und stecke jeweils zwei Katzen in einen Tragekorb. Zuletzt kümmere ich mich um den Spülenschrank. Vermutlich war der Bewohner dieser Wohnung Trinker, denn obwohl das Appartement total verwahrlost ist, sehe ich nirgendwo Lebensmittel. Nichts als leere Verpackungen. Ich stoße ein Dankgebet aus, denn ich glaube, ich wäre nicht in der Lage gewesen, heute mit verschimmelten Lebensmittelresten und verfaultem Fleisch zurechtzukommen.

Auf der Arbeitsplatte entdecke ich fast sechzig leere Bierdosen, dazu unzählige Ginflaschen. Die Marke kenne ich nicht, deswegen nehme ich eine Flasche in die Hand und lese mir das Etikett auf der Rückseite durch. *Hergestellt für Aldi,* steht da. Ich stelle mir vor, wie der Trinker seinen Einkaufswagen voller Gin durch den Supermarkt schiebt. Er ist so mager wie seine Katzen, mit gelbem Augenweiß und jenem schlaffen Kinn, das alle Alkoholiker zu entwickeln scheinen. Wieder höre ich ein schwaches, ersticktes Miauen aus dem Schrank unter der Spüle. Ich öffne ihn.

In einem Schuhkarton liegen fünf Kätzchen. Eines ist gestorben, die anderen vier sind kurz davor.

Ich sehe Flöhe springen. Die Tiere sind von oben bis unten voll davon.

Die Flöhe haben ihnen so viel Blut ausgesaugt, dass ich sie nur mit viel Glück werde retten können. Ihr Zahnfleisch ist so weiß wie Alabaster und die kleinen Körper vollkommen schlaff. Nur zwei von ihnen können überhaupt noch Laute ausstoßen. Die Kätzchen sind schwarz-weiß gescheckt. Im Moment ist das die am schwierigsten zu vermittelnde Farbe, ich weiß auch nicht, warum.

Zurzeit sind die Leute verrückt nach orangeroten und grau getigerten Katzen; manche kommen sogar und fragen nach dem silbergrauen Tier aus der Whiskas-Werbung. Sie wissen nicht, dass es sich um eine Rassekatze handelt, die für über vierhundert Pfund gehandelt wird.

Ich mache mir nicht die Mühe, die Jungtiere in einen Tragekorb zu verfrachten. Sie sind ohnehin zu schwach, um zu flüchten, deswegen lasse ich sie einfach im Schuhkarton liegen. Beim Rundgang durch die Wohnung entdecke ich zwei weitere Katzen. Beide sind schwarz und halb verwildert, die eine ist trächtig. Ich werfe einen kurzen Blick in alle Schränke und hinter die Sessel, kann aber nichts weiter finden und mache mich schließlich mit den ersten zwei Körben auf den Weg zum Auto. Dann kehre ich ins Haus zurück, um den Rest zu holen.

Die junge Georgierin steht am Fenster und tut wieder so, als würde sie abwaschen. Ich winke ihr zu, aber sie starrt mich an wie in Trance. Ich würde noch einmal anklopfen und ihr die Taschenlampe persönlich zurückgeben, aber ihre Anweisung war unmissverständlich: *Draußen hinlegen, wenn Sie fertig sind.* So mache ich es. Manche Leute freuen sich einfach nicht über Besuch.

Ich hole die restlichen Katzen herunter und drehe eine letzte Kontrollrunde. Ich blockiere die Haustür mit dem dritten Tragekorb und klopfe meine Taschen ab, um sicherzustellen, dass ich meinen Autoschlüssel und die Wohnungsschlüssel dabeihabe.

Und dann erst fällt mein Blick auf das Namensschild am Briefkasten von Appartement zwei.

Riverty.

G. Riverty steht da in kleinen, eleganten Buchstaben. So wie in: Guy Riverty. Kates Ehemann, Lucindas Vater.

Guy und Kate haben eine Reihe von Ferienhäuschen rund um die Seen, aber ich wusste nicht, dass sie auch hier eine Immobilie besitzen.

Sie haben mir nie davon erzählt. *Aber,* denke ich beim Schließen der Tür, *sie sind ja nicht verpflichtet dazu.*

19

Aber was, wenn es sich nicht um denselben Kerl handelt?«, fragt DS Ron Quigley seinen Vorgesetzten.

»Zu viele Parallelen«, antwortet der DI. »Die Mädchen sind im gleichen Alter. Ähnlicher Typ, gleiche Gegend, beide waren auf dem Rückweg von der Schule. Wir haben keinen Grund, etwas anderes zu glauben.«

»Aber er hat Molly Rigg nach einigen Stunden gehen lassen. Er hat sie nur für einen Tag festgehalten.«

DI Pete McAleese seufzt. »Ron, es ist für diese Art von Verbrechen leider nicht ungewöhnlich, zu eskalieren. Sie haben das doch selbst oft genug miterlebt. Beim ersten Mal tasten sie sich heran, ganz vorsichtig, und dann werden sie mutiger.«

Sie sitzen im Besprechungsraum. Das Zimmer ist überfüllt, trotzdem hat Joanne ihren Wintermantel nicht ausgezogen, denn die Fensterscheiben sind von innen mit Eisblumen überzogen. Sie wärmt ihre Hände an einem heißen Teebecher und hofft, dass sie es immer noch mit einem cleveren Vergewaltiger zu tun haben, und nicht mit einem cleveren Mörder.

Joanne räuspert sich und spricht McAleese direkt an. »Ich weiß, dass wir auf die Information, die Lisa Kallisto uns gegeben hat bezüglich des Mannes, den Lucinda kennengelernt haben soll, schnell reagieren müssen. Aber ich bin derselben Ansicht wie Ron. Was, wenn wir es nicht mit ein und demselben Täter zu tun haben? Ich finde, wir sollten den Vater unter die Lupe nehmen.«

»Das tun wir routinemäßig«, sagt DI McAleese, »aber in diesem Fall können wir den Vater ausschließen. Zum einen ist sein Alibi wasserdicht: Er war bei seiner Familie, als Molly Rigg verschwand. Und zweitens: Wir haben Molly Rigg ein Foto von ihm gezeigt, und sie hat ihn nicht wiedererkannt.«

Joanne stellt den Becher ab. »Ich habe heute Morgen noch einmal mit Molly gesprochen. Sie weiß selbst nicht mehr, was sie gesehen hat. Der Täter hat sie mit Rohypnol vollgepumpt. Wie soll sie Guy Riverty sicher ausschließen, wenn sie sich an nichts erinnern kann?«

»Wie ich schon sagte, sein Alibi ist wasserdicht. Selbst wenn Ihr Instinkt Ihnen das Gegenteil sagt, Joanne, sollten Sie die Sache einfach abhaken. So, was haben wir noch …?«

»Irgendwelche DNS-Spuren?«, fragt Ron.

»Kein Sperma, keine Hautschuppen oder Haare. Wir haben lediglich die Stofffasern, die an Mollys Genitalien gefunden wurden. Wir wissen noch nichts Genaues, aber das Labor ist der Meinung, sie könnten von einem Kleidungsstück mit Seidenanteil stammen. Einem Nadelstreifenanzug vielleicht.«

»Super«, murmelt Ron und lehnt sich zu Joanne herüber. »Ein adretter Pädo – das hat uns gerade noch gefehlt, verdammt.«

Joanne spürt, dass das Meeting sich dem Ende zuneigt. »Sir«, sagt sie hastig, »ich bin mir ganz sicher, es wäre ein Fehler, den Vater von der Liste der Verdächtigen zu streichen, selbst wenn er ein Alibi hat …«

McAleese hebt die Hand. »Joanne, hören Sie, Sie wissen, womit wir es hier zu tun haben. Dreizehn Jahre alte Mädchen, weiß, bürgerliche Elternhäuser, beide Kinder aus einem beliebten Urlaubsgebiet entführt. Zwei Fälle innerhalb von zwei Wochen. Also noch einmal: Ja, ich überdenke das mit dem Vater, und ja, ich setze jemanden auf ihn an, aber vergessen Sie eines nicht: Alle Augen sind auf uns gerichtet. Das ganze Land beobachtet uns. Wir müssen den Teufel, der das Mädchen hat, heute noch finden. Nicht erst morgen. Und das bedeutet, dass wir uns auf die Spuren konzentrieren müssen, die wir haben.«

Joanne nickt. »Ich verstehe.«

»Sie und Ron fahren nach Windermere zurück und versuchen, noch einmal mit Sally Kallisto zu sprechen«, weist McAleese sie an. »Vielleicht kann sie Ihnen mehr über diesen unbekannten Mann erzählen, vielleicht ergeben sich irgendwelche Parallelen zu Molly Rigg.«

Joanne steht auf, und sie und Ron sammeln ihre Unterlagen zusammen, während McAleese die anderen Ermittler instruiert, noch einmal von Tür zu Tür zu gehen und die Nachbarn zu befragen.

Joanne will das Zimmer verlassen, kehrt aber noch einmal um, stellt sich neben McAleese und unterbricht ihn mitten im Satz. »Molly Rigg wurde in ein Zimmer mit frisch gereinigter Bettwäsche verschleppt«, sagt sie leise. »Guy Riverty vermietet gewerblich Ferienhäuser. Ist irgendjemand an der Sache dran?«

Wie seltsam, wieder hier zu sein, denkt Joanne, als sie und Ron auf dem Weg zum Büro des Schulleiters sind.

»Da kommen Erinnerungen auf, was?«, fragt Ron.

»Ja. Wo bist du zur Schule gegangen?«

»Lancaster Grammar.«

»Dann bist du schlauer, als ich dachte.«

»Die Aufnahmeprüfung für die weiterführende Schule habe ich mit Bravour bestanden, aber danach ging es steil bergab. Mit sechzehn war Schluss, also hab ich mich bei der Polizei beworben – ich dachte, da kann man jede Menge Sport treiben.«

Joanne wirft Ron einen Seitenblick zu. Man würde ihn nicht gerade für den sportlichen Typ halten. Er gerät schon außer Puste, wenn er sich die Schnürsenkel binden soll.

»Ich weiß, was du jetzt denkst« – Ron lächelt –, »ich komme nicht mehr dazu, aber früher habe ich Kricket gespielt. Eines Tages kam dieser Talentscout von der Polizei in unseren Kricketverein und erzählte mir, er hätte die perfekte Karriereoption für mich. Er sagte, wenn ich mich den Polizeikadetten anschließe, kann ich so viel Sport treiben, wie ich will.«

Sie durchqueren den Hauptflur der Windermere Academy. Hier werden für Joanne tatsächlich Erinnerungen wach. An die Zeit, als sie dreizehn war, als sie besessen war von der Angst, etwas falsch zu machen und lächerlich dazustehen. Von einem Jungen aus der fünften Klasse angestarrt zu werden und für den Rest des Tages knallrot zu werden, wann immer sie an ihn denkt.

Der Schulleiter hat Joanne und Ron sein Büro zur Verfügung gestellt, um mit Sally Kallisto zu sprechen. Joanne sieht sich in dem schmucklosen Raum um, betrachtet die Schreibtischplatte mit Holzfurnier und die ehemals weißen Jalousien, die jetzt von einem schmierigen Hellgrau sind.

Sie ist schon einmal hier gewesen, vor langer Zeit, vor über zwanzig Jahren, als es zu einer außergewöhnlich brutalen Schlägerei zwischen zwei Mädchen aus der vierten Klasse gekommen war. Der einen war ein Ohrring ausgerissen und dabei das Ohrläppchen zerfetzt worden, und man hatte Joanne zum Schulleiter geschickt, weil sie den Vorfall beobachtet hatte. Aber sie hielt dicht. Sie spielte die Unwissende, weil sie dazu erzogen worden war, ihre Freunde nicht zu verpetzen. Ironie des Schicksals, dass sie heute hier sitzt, um Sally Kallisto genau dazu anzustiften – auch wenn der Fall heute zugegebenermaßen weitaus ernster ist als damals.

Sally betritt das Sprechzimmer mit einer teiggesichtigen jungen Lehrerin, Miss Murray, die noch verschüchterter wirkt als das Mädchen.

Sally sieht ihrer Mutter kein bisschen ähnlich, dafür ist sie ihrem Vater wie aus dem Gesicht geschnitten. Glattes schwarzes Haar, makellose dunkle Haut, wunderschöne riesige schokoladenbraune Augen.

»Ich bin Detective Constable Joanne Aspinall, und das hier

ist mein Kollege« – sie zeigt auf Ron – »Detective Sergeant Ron Quigley. Du hast ihn gestern schon kennengelernt.«

»Hi«, sagt Sally leise.

Joanne hat die Stühle zu einem L zusammengeschoben. Sie hat sich ihr Notizbuch auf die Knie gelegt und sitzt direkt neben Sally.

»Bevor wir dir unsere Fragen stellen, Sally, möchte ich wissen, ob es für dich in Ordnung ist, von Miss Murray begleitet zu werden. Wir können auch noch ein bisschen warten und versuchen, deine Eltern zu erreichen, wenn dir das lieber ist. Deine Mutter ist unterwegs, um ein paar Katzen abzuholen, hat das Tierheim uns gesagt. Sicher ist sie bald zurück. Oder ich könnte es noch einmal bei deinem Vater versuchen. Er geht nicht an sein Handy.«

Auf Höhe der Knöchel wirft Sallys Strumpfhose kleine Falten. Sie zieht das Gewebe in die Breite, während sie spricht, und sie vermeidet jeglichen Augenkontakt zu Joanne. »Können wir es auch jetzt machen?«

»Natürlich.«

»Es ist nur so ... also, ich ...«

Sie beendet den Satz nicht.

Ron wirft Joanne einen Blick zu. Beide denken dasselbe: *Das Mädchen möchte nicht im Beisein der Eltern aussagen? Dann hat sie uns etwas Wichtiges mitzuteilen.*

Ron lächelt. »Dann lass uns mal anfangen.«

Joanne geht die Ereignisse vor Lucindas Verschwinden Punkt für Punkt durch, um sicherzustellen, dass Ron beim gestrigen Gespräch nichts vergessen hat.

Als sie fertig ist, wirft Sally ihr einen eindringlichen Blick zu. »Glauben Sie, dass sie immer noch am Leben ist?«, fragt sie.

»Das hoffe ich aufrichtig. Was glaubst du?«

Sally schüttelt den Kopf.

»Wie kommst du darauf?«

Sally lässt den Kopf hängen. »Ich weiß auch nicht. Ich kann mir das einfach nicht vorstellen…«

»Weil?«

»Weil meine Mutter gesagt hat, dass sie wahrscheinlich tot ist.«

»Das kann deine Mutter nicht wissen. Niemand kann das wissen, oder?«

»Nein, aber ich habe Ihnen nicht gesagt… ich habe der Polizei nicht gesagt… dass Lucinda sich mit diesem Mann getroffen hat. Ich hätte Ihnen das sofort sagen müssen, oder?«

»Ja«, sagt Joanne, »ja, das hättest du. Aber jetzt sind wir hier, und du kannst es uns in aller Ruhe erzählen.«

»Meine Mutter sagt, es ist alles meine Schuld, und wenn Lucinda stirbt…« Sie hält inne und streicht sich die Haare hinters Ohr. »Glauben Sie das auch? Dass es meine Schuld ist?«

»Nein.«

Joanne beugt sich vor.

»Es ist nicht dein Fehler, dass Lucinda beschlossen hat, zu einem Fremden ins Auto zu steigen. Aber hör mir zu, Sally: Du musst uns alles über Lucinda erzählen. Alles, was dir einfällt, damit wir ihr helfen können. Selbst wenn du glaubst, ihr damit in den Rücken zu fallen. Selbst wenn du glaubst, dass sie deswegen wütend auf dich sein wird und nie wieder mit dir spricht. Du musst uns alle ihre Geheimnisse erzählen. Verstehst du das?«

Sally nickt und holt zittrig Luft. Auf einmal muss sie sich sehr zusammenreißen, um nicht zu weinen, und die Haut in Joannes Nacken fängt zu kribbeln an. Sie sind jetzt ganz dicht dran, sie kann es fühlen.

»Weine ruhig, wenn du musst, Sally«, unterstützt Joanne sie, »lass es raus.«

Ron zieht ein sauberes Taschentuch aus seiner Brusttasche und reicht es Sally. »Bitte sehr, Kleines«, sagt er sanft.

Aber Sally kann ihre Tränen zurückhalten. »Ich habe diesen Mann, mit dem Lucinda geredet hat, nie gesehen«, fängt sie an. »Ich war nie dabei, wenn sie sich mit ihm getroffen hat. Sie sagt, sie hätte sich dreimal mit ihm getroffen. Er habe mit ihr wegfahren wollen, er habe sie zum Shoppen eingeladen.«

»Hatte sie irgendwie Angst vor ihm?«

»Sie war sehr aufgeregt.«

»Hat er je versucht, sie zu etwas zu drängen?«

»Nein.«

»Hast du jemals sein Auto gesehen?«

»Nicht so richtig. Nur einmal, von hinten.«

»Wann war das?«

»Vor zwei Wochen?« Es klingt wie eine Frage. »Ich musste noch mit einer Lehrerin sprechen und kam deswegen später aus der Schule.«

»Kannst du den Wagen beschreiben?«

»Er war silbern.«

»Ganz sicher?«, geht Ron dazwischen. »Könnte er nicht auch weiß gewesen sein?«

Sally sieht zur Seite. »Könnte sein«, gibt sie zu. »Ich bin mir nicht ganz sicher. Ich wusste nicht, dass er es war, bis ich Lucinda eingeholt hatte und sie mir erzählte, er wolle mit ihr zusammen sein.«

»Mit ihr zusammen sein?«, wiederholt Joanne. »Wollte er sie als Freundin, oder wollte er mit ihr irgendwohin fahren?«

»Das wusste sie selbst nicht. Wir haben oft darüber geredet, aber wir waren uns nie sicher, wie er das genau meinte, ob sie seine Freundin sein sollte, oder was.«

Ron sagt: »Dann hast du diesen Mann also nie mit eigenen Augen gesehen.«

Sie schüttelt den Kopf. »Nie.«

Joanne notiert sich die Farbe des Autos und hebt den Kopf. »Was kannst du uns noch erzählen?«

»Nicht viel.«

»Gar nichts?«

Sally zuckt mit den Achseln.

»Ach, komm«, muntert Joanne sie auf. »Ich weiß doch, wie Mädchen sind … man redet über einfach alles. Über jedes kleine Detail, das mit Jungen zu tun hat.« Sally sieht ein wenig gekränkt aus, deswegen schiebt Joanne schnell hinterher: »Wenn man älter wird, ändert sich das kein bisschen, weißt du«, und dann wirft sie Miss Murray einen Blick zu. »Stimmt doch, oder?«

»Äh, oh ja«, antwortet Miss Murray erschreckt. »Über meinen Freund könnte ich stundenlang reden.«

Aber Sally beißt nicht an.

Sie starrt angestrengt auf ihre Oberschenkel. Ihr ganzer Körper ist versteift, und es ist fast, als hätte man sie unter Druck gesetzt, nichts zu verraten.

»Was ist denn los, Sally?«, fragt Joanne schließlich. »Hat Lucinda dir etwas über ihn verraten, das du uns nicht zu sagen traust?«

Sie schüttelt den Kopf. »Ich habe Ihnen alles gesagt, was ich weiß.«

»Sicher?«, fragt Joanne, die langsam der Optimismus verlässt. Sie war sich so sicher, dass das Mädchen etwas weiß.

»Ganz sicher«, bestätigt Sally.

Ron rutscht auf seinem Sitz herum, und ohne nachzudenken streckt Joanne den Arm aus und tätschelt sein Knie. *Bleib sitzen,* soll die Geste ihm sagen.

»Sally«, sagt sie vorsichtig. »Weißt du noch, was ich dir vorhin gesagt habe? Du musst uns einfach alles erzählen, ansonsten können wir sie nicht finden. Du hilfst Lucinda kein bisschen weiter, indem du ihr Geheimnis für dich behältst. Nicht jetzt.«

Sally hebt den Kopf, und auf einmal fängt sie zu blinzeln an.

Sie will Luft holen, sie will einatmen, aber es scheint, als wäre ihre Kehle verstopft.

Sie sieht Joanne ins Gesicht. Auf einmal schießen ihr die Tränen in die Augen, und es sprudelt nur so aus ihr heraus.

»Es hat mit ihrem Dad zu tun«, schluchzt sie. »*Das* ist ihr Geheimnis. *Deswegen* darf ich mit niemandem darüber reden.«

20

Ich bin wieder im Tierheim und versuche, den Kätzchen mit einer Pipette etwas Flüssigkeit einzuflößen, aber es ist vergeblich. Ich weiß, ich tue ihnen nur weh, und so langsam erreichen wir den Punkt, an dem es das Beste wäre, den Tierarzt zu rufen und ihrem Leid ein Ende zu machen. Ich bin wütend und traurig, aber ich versuche trotzdem, mich nicht über den alten Penner aufzuregen, der sie in diesem Zustand allein gelassen hat. Es würde mir den letzten Nerv rauben. Eine gute Nachricht gibt es immerhin: Wie sich herausstellt, kommt Banjo, der Staffie, gut mit Katzen aus. Das erhöht seine Vermittlungschancen. Selbst potenzielle Hundehalter, die keine Katzen besitzen, wollen sich keinen Hund ins Haus holen, der Katzen zum Fressen gernhat.

Der Summer geht los, was bedeutet, dass draußen im Warteraum jemand steht. Ich lasse die Kätzchen allein und gehe nach vorn. Ich kann ohnehin eine Pause gebrauchen, vielleicht sollte ich mir einen Tee kochen.

Im Wartebereich steht die verrückte Jackie Wagstaff.

Die Leute nennen sie »Mad Jackie«, weil sie dazu neigte, regelmäßig auf ihre Mitmenschen einzudreschen, besonders in der schlimmen Phase vor ein paar Jahren.

Damals hatte ihr Ehemann alle Ersparnisse verbrannt – er hatte sogar eine Hypothek auf das Eigenheim aufgenommen, von der Jackie nichts wusste – und die Familie finanziell ruiniert. Um sich aus der misslichen Lage zu befreien, war ihm die geniale Idee gekommen, das Haus zu verlosen. Es handelte sich um eine hübsche Immobilie im Wert von mindestens dreihunderttausend Pfund, und jeder im Dorf (auch ich und Joe) kaufte sich ein Los im Wert von fünfundzwanzig Pfund. Angeblich wurden fast achttausend Lose verkauft, nachdem die Anzeige in der *Gazette* erschienen war und Jackie überall im Dorf Werbezettel verteilt hatte, was einen Erlös von insgesamt zweihunderttausend Pfund bedeutete.

Und dann brannte Mad Jackies Ehemann mit dem Geld durch. Es war eine Katastrophe.

Auf einmal hatten es alle auf die arme Jackie abgesehen. Sie sagt, manche Leute wechseln bis heute die Straßenseite, wenn sie sie erblicken; Freundinnen, die ihr über dreißig Jahre zur Seite gestanden hatten, sagten sich von ihr los.

Inzwischen arbeitet Jackie als Altenpflegerin und bringt mir regelmäßig die Haustiere ihrer verstorbenen Patienten vorbei.

Ich werfe ihr einen überraschten Blick zu, als ich sehe, dass sie mit leeren Händen gekommen ist.

»Was ist denn?«, fragt sie, bis es ihr selbst auffällt. »Oh, keine Panik, heute habe ich keine Tiere dabei. Ich wollte mit Ihnen sprechen. Mal sehen, wie's Ihnen geht. Meine Joanne hat mir erzählt, dass das vermisste Mädchen angeblich bei Ihnen war, als es verschwand.«

»Ja, das stimmt gewissermaßen«, sage ich. Und dann muss ich nachfragen: »Ihre Joanne – Sie sprechen von DC Aspinall? Ist sie Ihre Tochter?«

»Meine Nichte.«

»Das haben Sie mir nie erzählt.«

»Nun ja, sie mag es nicht, wenn ich es herumerzähle. Wenn Sie mich fragen, ist sie da ein bisschen paranoid. Sie denkt, wenn alle wissen, dass sie bei der Kripo ist, werden ihre Autoreifen zerstochen. Jedenfalls hat meine Joanne gesagt, Sie seien am Boden zerstört – wegen des Mädchens –, und da dachte ich, ich schaue mal vorbei und frage, wie's Ihnen geht. Ich war ohnehin in der Nähe.«

»Ehrlich gesagt versuche ich, mich abzulenken. Na ja, ich will mir nicht vorstellen, was ihr zugestoßen ist. Da kommt mir die Arbeit gerade recht. Sie möchten nicht zufällig ein Kätzchen mitnehmen, oder?«

»Nein.«

»Ein ganz kleines?«

»Bei uns sind Haustiere nicht erlaubt.«

»Sie könnten es heimlich mitnehmen. Niemand müsste etwas erfahren.«

Mad Jackie lacht. »Höchstens der Vermieter. Außerdem ist Joanne die Hauptmieterin, nicht ich. Sie lässt mich nur bei sich wohnen, weil ich mir nichts Eigenes leisten kann. Sie würde mir niemals erlauben, eine Katze zu halten.«

»Dann eben nicht. Man kann es ja mal versuchen. Wir sind bis zum Platzen überbelegt, und heute habe ich auch noch einen Wurf halbtoter Kätzchen bekommen... und wenn sie überleben, weiß ich nicht, wohin mit ihnen. Was für ein Tag«, sage ich. »Was für eine Woche.«

»Was glauben Sie, was mit dem Mädchen passiert ist?«

»Da wissen Sie vermutlich mehr als ich.«

»Wie meinen Sie das? Wegen Joanne? Oh, die erzählt mir nie etwas. Sie darf das nicht, und sie hält sich peinlich genau an die Regeln. Wie geht es denn der Mutter? Joanne hat gesagt, Sie sind mit ihr befreundet?«

»Haben Sie die Pressekonferenz gesehen?«

Jackie nickt.

»Ich nicht, es ging nicht«, sage ich bekümmert. »Schlimm genug zu wissen, in was für eine unerträgliche Lage ich sie gebracht habe, und trotzdem konnte ich es mir nicht ansehen...«

Ich breche ab, denn die Tür geht auf, und eine Frau mit einem West Highland Terrier kommt herein.

Sie trägt eine dieser Steppjacken aus glänzendem Stoff, eine Designerjeans und pinkfarbene Gummistiefel von Hunter, dazu eine alberne Fellmütze mit Ohrenklappen – als wäre sie eben noch im Wald gewesen, um Biberfallen aufzustellen.

Mad Jackie wirft mir einen schiefen Blick zu und tritt vom Tresen zurück, um der Frau den Weg frei zu machen.

»Guten Tag«, sagt die Frau. Sie ist etwa Mitte vierzig. »Ich habe unseren Hamish mitgebracht, weil wir umziehen müssen. Wir gehen in den Nahen Osten, und da habe ich mich gefragt, ob Sie ihn mir vielleicht abkaufen möchten.« Sie sagt das in einem so fröhlichen, unbekümmerten Tonfall, als würde sie mir einen Gratisurlaub anbieten.

Jackie bekommt einen Hustenanfall.

»Wir kaufen keine Tiere«, erkläre ich, und die Frau legt den Kopf schief.

»Aber er ist ein so lieber Hund, reinlich und wohlerzogen. Ich habe die Papiere vom Züchter dabei«, sagt sie und winkt mit einem Umschlag.

Geduldig erkläre ich ihr, wie das bei uns läuft und was wir tun. Obwohl ich gerne behaupten würde, dass es sich um eine Ausnahme handelt, wenn jemand für einen Rassehund Geld verlangt, muss ich sagen: Das Gegenteil ist der Fall. Es passiert mindestens alle zwei Wochen. Die Leute glauben im Ernst, sie kämen hier mit einem Hightech-Gerät an. Warum sollte man das Ding nicht haben wollen, wenn sie im Preis so weit runtergehen? Wenn sie einem ein so gutes Angebot machen?

Ich zucke ratlos mit den Schultern. »Es tut mir leid«, sage ich, »aber wir sind ein gemeinnütziger Verein.«

Ihre freundliche, sonnige Art ist plötzlich wie ausgeknipst, und ihr Gesicht wird ernst und nachdenklich. Mit diesem Problem hat sie nicht gerechnet.

»Er kann trotzdem hierbleiben«, biete ich ihr an. »Ich habe noch Platz für einen Hund, und sicher finde ich ein schönes Zuhause für ihn.«

»Aber ich habe meinem Mann versprochen, dass er eine Entschädigung bekommt«, sagt sie stirnrunzelnd. »Wir haben sehr viel Geld in den Hund gesteckt und hoffen daher, eine entsprechende …«

Auf einmal eilt Jackie mir zu Hilfe. »Sie wollen das arme Tier hier abladen und verlangen auch noch Geld dafür?«

Ich hätte es ahnen müssen, ich hätte wissen müssen, dass Jackies Temperament mit ihr durchgeht. Ich hatte gehofft, sie hätte sich im Griff.

Die Frau ist über Jackies Tonfall entrüstet. »Ich lade hier niemanden ab«, antwortet sie. »Mein Ehemann hat eine neue Stelle angeboten bekommen, und wir haben keine Wahl, wir *müssen* umziehen.«

»Man hat immer die Wahl«, gibt Jackie zurück. »Man muss nur die entsprechenden Prioritäten setzen.«

»Meine Prioritäten liegen bei meiner Familie – nur aus dem Grund ziehen wir um! Also«, sagt sie und dreht sich wieder zu mir um, »wir haben vierzehnhundert Pfund für diesen Hund bezahlt. Es ist ein wundervolles Haustier, das nicht viel Auslauf braucht und stubenrein ist.«

Jackie zieht die Augenbrauen hoch. *»Es?«*, haucht sie.

»Ganz sicher wird sich jemand finden, der nur zu gerne etwas für ihn bezahlt«, fährt die Frau ungerührt fort, »und wenn dieses Tierheim nicht in der Lage ist, mir Geld anzubieten, dann werde ich einfach eine Anzeige in der *Westmorland Gazette* schalten. Irgendjemand wird sich schon melden.«

Jackie geht zur Tür und schaut hinaus. Dann dreht sie sich mit Unschuldsmiene um. »Der Lexus dahinten, gehört der Ihnen?«

Die Frau nickt. Ja, das ist ihr Auto.

»Sie fahren ein Auto im Wert von vierzig Riesen und veranstalten hier einen Zwergenaufstand, damit irgendein Vollidiot Ihnen den blöden Hund abkauft? Einen Hund, den Sie nicht mehr wollen?«

»Es ist nicht so, dass ich ihn nicht mehr will, ich habe Ihnen ja erklärt …«

Jackie kommt an den Tresen zurück und fällt ihr ins Wort. »Ja, ja, Sie haben gesagt … nun gut, lassen Sie es mich Ihnen erklären, denn die liebe Lisa ist dafür viel zu höflich. Lassen Sie mich Ihnen erklären, was meiner Meinung nach passieren sollte, wenn Sie nicht mehr in der Lage sind, sich um diesen Hund zu kümmern: Sie kommen hier freundlich und in aller Demut herein und sagen: ›Bitte, bitte, gute Frau, die Sie so gut wie gar nichts bekommen dafür, dass Sie für uns undankbare, verwöhnte Arschgeigen die Kartoffeln aus dem Feuer holen, weil unsere Haustiere uns scheißegal sind, bitte, bitte, freundliche Lady, würden Sie mir bitte diesen Hund abnehmen und ihm ein gutes Zuhause suchen? Denn ein gutes Zuhause für ihn ist das Allerwichtigste. Ein Zuhause, wo man ihn liebt und sich um ihn kümmert.‹ Und dann sagen Sie, weil Sie so überaus dankbar sind dafür, dass diese nette Lady Ihnen Ihr Problem abnimmt, Sie sagen: ›Ich möchte Ihnen eine Spende zukommen lassen, denn es muss ja schließlich eine Menge kosten, so ein Tierheim am Laufen zu halten. Mein Gott, was müssen Sie für Kosten haben für Futter, Tierarztrechnungen und die Heizung. Wie wäre es, wenn ich Ihnen auf der Stelle einen fetten Scheck ausstelle? Wie bitte? Nein, natürlich macht mir das nichts aus! Mein Ehemann und ich, wir schwimmen im Geld. Ein paar Araber haben ihn abgeworben, wir sind stinkreich. Nein, das macht mir gar nichts aus.‹«

Jackie verschränkt die Arme vor der ausladenden Brust und funkelt die Frau böse an. »Genau das werden Sie sagen.«

Die Frau stürmt hinaus und zieht den Hund hinter sich her, während ich den Kopf schüttele. »So darf man mit den Leuten nicht reden.«

»Wer sagt das denn?«, schimpft sie. »Sie hat es nicht anders verdient. Ich kann solche Frauen nicht ausstehen. Die glauben, sie könnten sich einfach aus der Verantwortung stehlen, nur weil ihnen danach ist. Ich weiß nicht, wie Sie diesen Job machen können, Lisa, ich weiß es wirklich nicht… Außerdem, haben Sie ihren Hut gesehen?«

21

Eigentlich darf man ja keine Lieblingstiere haben.

Das weiß ich. Aber manchmal kann ich nicht anders.

Neulich haben wir einen alten Bedlington-Terrier namens Bluey aufgenommen, den niemand haben will. Er hat einen eigenen Zwinger bekommen, weil er so schreckhaft ist und sich außerdem nach menschlicher Gesellschaft verzehrt. Andere Hunde sind wirklich nicht sein Ding. Er duldet sie, er ist nicht aggressiv – das sind Hunde seiner Rasse selten –, aber eigentlich möchte er lieber seine Ruhe haben.

Bluey ist seit fünf Monaten im Tierheim, und der Grund dafür, dass niemand ihn haben will, ist sein Alter. Niemand möchte einen alten Hund, der mit großer Wahrscheinlichkeit irgendwann krank wird und zum Tierarzt gebracht werden muss. Aber jedes Mal, wenn ich an seinem Zwinger vorbeigehe, versetzt es mir einen Stich ins Herz. Er steht immerzu vorne an der Tür – niemals sehe ich ihn sitzen oder liegen – und wartet. Er wartet immerzu. Er ist wie eines jener Pferde, die im Western draußen vor dem Saloon im Regen stehen. Mit gesenktem Kopf, halb eingeknickten, krummen Hinterläufen und halb geschlossenen Augen wartet er geduldig.

Letzte Woche habe ich mit Joe über Bluey gesprochen, und wir haben beschlossen, dass wir ihn, sollte er nicht innerhalb von zwei Wochen vermittelt werden, bei uns aufnehmen werden.

Aber dann, gegen zwei Uhr nachmittags, fange ich an zu glauben, dass es doch noch einen Gott gibt. Denn gerade als ich an einem neuen Tiefpunkt angekommen bin, nichts Neues über

Lucinda weiß und drei tote Kätzchen im Arm halte, kommt ein Mann herein und erzählt mir, dass er gerne einen armen, alten Hund aufnehmen möchte.

Ich erzähle ihm sofort von Bluey, und das Alter des Tieres scheint den Mann kein bisschen abzuschrecken; im Gegenteil, er sagt sogar, ein älterer Hund wäre ihm lieber, da er für einen Welpen momentan keine Zeit habe.

»Ich kann Ihnen gar nicht beschreiben, was für ein liebes Tier Bluey ist, so ruhig und sanft, der perfekte Gefährte«, sage ich. »Hatten Sie schon einmal einen Hund?«

»Nur als Kind. Aber in den letzten Monaten habe ich mich oft ein bisschen einsam gefühlt, ich bin neu hier in der Gegend, und da dachte ich, das wäre eine gute Möglichkeit, Bekanntschaften zu schließen.«

Ich nicke zustimmend, wie um zu sagen: *Ja, ich weiß, wie das ist.* Aber insgeheim kann ich kaum nachvollziehen, dass dieser Mann angeblich keine Leute kennenlernt. Diskret rutscht mein Blick zu seiner linken Hand. Ich entdecke einen schmalen weißen Strich, wo sonst der Ehering sitzt. Entweder ist er frisch getrennt, oder er hat den Ring abgenommen, um sich fern der Heimat als Single auszugeben.

Er trägt einen wadenlangen Wachsmantel von Barbour und einen karierten Wollschal. Den Schal hat er so geknotet, wie es die gut betuchten Leute heutzutage tun: Er hat ihn einmal der Länge nach gefaltet, sich um den Hals geschlungen und die Enden durch die Schlaufe gesteckt. Manche Leute sehen aus wie halb erwürgt, wenn sie so durch die Gegend laufen, aber an ihm sieht es schick aus.

Ich würde ihn auf vierunddreißig schätzen. Ein attraktiver Mann. Und er weiß es.

»Darf ich mir Ihren Namen notieren?«

»Charles Lafferty.«

Ich setze die Kugelschreiberspitze aufs Papier, und für eine

Sekunde zucken wir beide zusammen, denn ein Tornado donnert mit ohrenbetäubendem Lärm über das Tierheim hinweg. Die Wände wackeln, und ich kneife die Augen zusammen. Der dritte innerhalb von einer Stunde, und so langsam wird es anstrengend. Bei gutem Wetter ist es manchmal, als schicke die Royal Air Force jeden einzelnen ihrer Kampfpiloten für eine Übungsrunde über die Seen.

Auch Charles Lafferty krümmt sich unter dem Lärmangriff. Als er vorüber ist, fragt er: »Haben Sie viele Hunde zu vermitteln?«

»Zu viele«, antworte ich. »Und nach Weihnachten werden es zweifellos noch mehr.«

»Tatsächlich? Verschenken die Leute immer noch Haustiere? Ich dachte, das wäre schon längst nicht mehr so … bei den vielen ›Ein Hund ist kein Spielzeug!‹-Aufklebern, die man an den Autos sieht.«

Ich hebe kurz den Kopf. »Offenbar nicht … aber wissen Sie, die meisten dieser ungewollten Welpen kommen nicht vor Juni zu uns. Das ist ungefähr die Zeit, in der aus den niedlichen Weihnachtswelpen verrückte, wilde Halbstarke geworden sind. Die Neujahrsschwemme kommt eher daher, dass Weihnachten die Leute so ungemein stresst. Sie fühlen sich überfordert. Und das Erste, was ihnen einfällt, um sich zu entlasten, ist, den Hund abzugeben.«

»Die armen Dinger«, sagt er ernst. »Ich wünschte, ich könnte mehr als einen mitnehmen.«

»Einer ist ganz wunderbar. Glauben Sie mir. Wenn jeder unserer Besucher einen Hund nehmen würde, wäre die Welt …«

Ich fange an zu plappern.

»Lassen Sie mich Ihnen Bluey zeigen«, sage ich knapp. »Nun habe ich Ihnen den Hund aufgeschwatzt, und Sie haben ihn nicht einmal gesehen.« Ich verdrehe die Augen über meine eigene Unfähigkeit, ich möchte ihn zum Lachen bringen, aber er verzieht keine Miene. Er wirft mir einen seltsamen Blick zu und lässt mich nicht aus den Augen. Und dann, als ob er sich plötzlich erinnert, wie es gemacht wird, lächelt er mich freundlich an.

»Folgen Sie mir«, sage ich, und dann laufen wir an den Zwingern vorbei und bleiben vor Bluey stehen.

Der Hund wartet an der gewohnten Stelle. Unmöglich, ein noch traurigeres Terriergesicht zu finden. »Das ist er. Das ist Bluey.«

Charles Lafferty kniet nieder. Er trägt eine neue, teure Nadelstreifenhose und Slipper aus weichem Kalbsleder. Er wirkt sehr deplatziert vor den hässlichen Wandkacheln. In der Luft hängt der beißende Gestank von Desinfektionsmitteln.

»Wie traurig er aussieht«, sagt er.

»Er braucht ein neues Herrchen.«

»Ist er denn gesund?«, fragt er. »Er hat doch nicht etwa Depressionen oder so etwas?«

»Nein, er ist einfach nur einsam. Er sehnt sich wirklich sehr nach menschlicher Gesellschaft. Soll ich den Zwinger einmal öffnen, damit Sie ihn sich aus der Nähe ansehen können? Normalerweise taut er auf, sobald man sich ein wenig um ihn kümmert.«

Charles steht auf. »Ja, bitte, machen Sie das. Ich möchte sehen, wie er ist.«

Die Gittertür scharrt laut quietschend über den Boden, und mit einem Mal erwacht Bluey zum Leben. Er sieht mich an und dann Charles, und ich schwöre: Wenn Hunde lächeln können, dann lächelt er.

»Sehen Sie sich das an!«, sagt Charles aufgeregt. »Er wirkt beinahe glücklich, finden Sie nicht?«

Ich beuge mich herunter, um Bluey kräftig an der Brust zu kraulen, dort, wo er es am liebsten mag, und sofort lässt er genießerisch die Augenlider hängen und entspannt sich unter der Massage.

»Darf ich mal?«, fragt Charles.

»Bitte sehr. Aber kommen Sie seiner Rute nicht zu nah, das mag er gar nicht.«

»Er ist doch stubenrein, oder?«

»Äh, ja«, sage ich sofort und denke: *Ehrlich gesagt weiß ich das nicht.*

Es ist immer schwer abzuschätzen, ob ein Hund vollkommen stubenrein ist oder nicht, denn bei uns sind alle Tiere gezwungen, ihr Geschäft im Zwinger zu verrichten. Wir haben nicht genug Personal, um alle Hunde viermal am Tag auszuführen. Im Zweifel (und an Tagen wie heute) ist es für mich das Einfachste zu lügen. Denn Bluey braucht Hilfe – und jede Chance, die er bekommen kann.

Ich trete einen Schritt zurück und lasse die beiden allein, damit sie sich kennenlernen können. Charles krault Bluey hinter den Ohren, woraufhin Blueys rechter Hinterlauf in einer Kreisbewegung rotiert, gegen die er nichts ausrichten kann. Der Anblick ist einfach zu rührend. Ich muss eine Träne wegblinzeln.

Ich bin mir ganz sicher, dass der Mann ihn mitnehmen wird. Es kommt nur selten vor, dass sich ein Besucher so für einen Hund interessiert und hinterher sagt, er werde darüber nachdenken. *Bitte,* bete ich im Stillen, *bitte, nehmen Sie ihn mit.*

Charles erhebt sich mit glänzenden Augen. »Ich hätte ihn gern«, sagt er entschlossen. »Könnte ich ihn sofort mitnehmen?«

»Leider nicht«, antworte ich. »Vorher sind noch ein paar Formalitäten zu erledigen. Ich brauche die Kopie Ihrer Meldebescheinigung – Sie wissen schon, damit wir wissen, dass Sie tatsächlich ein Haus haben und nicht im Auto schlafen oder so … und dann muss ich Ihnen einen Hausbesuch abstatten, nur um zu bestätigen, dass das Umfeld für einen Hund geeignet ist.«

»Oh ja, natürlich«, sagt er. »Das verstehe ich. Man kann die Tiere ja nicht irgendwem mitgeben, nicht wahr?«

»Nein. Haben Sie zufällig einen Ausweis dabei? Dann könnten wir die Formalitäten jetzt schon erledigen. Damit wäre die erste Hürde genommen, und ich könnte morgen bei Ihnen vorbeikommen, wenn Ihnen das passt.«

»Verflixt«, sagt er. »Nein, leider nicht, ich habe nichts dabei. Wie schade. Wie wäre es, wenn ich morgen früh wiederkomme und Ihnen alles vorlege? Und nachmittags erledigen Sie dann den Hausbesuch. Wie wäre das?«

Ich atme lächelnd auf. »Das wäre ganz wunderbar. Sie wissen ja nicht, wie erleichtert ich bin, dass Sie ihm eine Chance geben. Wir haben uns große Sorgen um ihn gemacht. Wir mögen ihn alle sehr.«

Er bückt sich, um die Locken auf Blueys Kopf zu tätscheln. Dann richtet er sich wieder auf und sagt: »Du bist mein bester Kumpel, nicht wahr, Bluey?«

»Leben Sie allein? Ich frage das nur, weil ich glaube, dass Bluey zu alt ist, um von kleinen Kindern herumgeschubst zu werden … die älteren Hunde sind in ruhigen Haushalten besser aufgehoben.«

Ich bin mir ganz sicher, dass Bluey gut mit Kindern auskommen würde. Und selbst wenn nicht, würde ich ihn jederzeit in einen turbulenten Haushalt abgeben, nur um ihm ein Leben im Zwinger zu ersparen. Eigentlich frage ich den Mann nur, weil ich neugierig bin.

»Ja«, antwortet er. »Ich bin ganz allein. Ich arbeite viel, aber ich habe die Möglichkeit, mehrmals täglich zu Hause vorbeizuschauen … meine Kanzlei liegt ganz in der Nähe meines Hauses, das sollte also kein Problem sein.«

»Was machen Sie beruflich?«

»Ich bin Notar. Ehrlich gesagt habe ich noch nicht mit meiner Sekretärin gesprochen, aber sie ist sehr tierlieb, und ich hoffe, dass ich Bluey einige Male pro Woche ins Büro mitbringen darf, damit sie sich um ihn kümmert. Was meinen Sie?«

»Bluey wäre der perfekte Bürohund. Ich bin sicher, er wird den Platz unter Ihrem Schreibtisch lieben.«

»Wie macht er sich an der Leine? Zieht und zerrt er?«

»Kein bisschen.«

»Dürfte ich kurz mit ihm spazieren gehen? Ich weiß, es ist kalt draußen, aber ich würde ihn gerne mitnehmen.«

»Kein Problem. Offen gesagt ermutigen wir die Leute dazu, mit dem Hund probeweise spazieren zu gehen, bevor sie ihn adoptieren. Es ist wichtig, das passende Tier zu finden. Immerhin haben Sie vor, viel Zeit mit ihm zu verbringen. Ich hole Ihnen eine Leine. Und vielleicht finde ich auch irgendwo noch ein Mäntelchen für Bluey.«

»Ausgezeichnet«, sagt er.

»Über eine Sache haben wir noch gar nicht gesprochen … Es ist mir, ehrlich gesagt, ein bisschen unangenehm, das vorzubringen … aber als gemeinnützige Organisation dürfen wir kein Geld für die Hunde nehmen. Wir bitten jedoch um Spenden. Was immer Sie erübrigen können, würde uns sehr weiterhelfen …«

Normalerweise fangen die Leute an dieser Stelle an, nach ihrer Brieftasche zu angeln und mir zu sagen, sie würden mit Freuden und so weiter, aber dieser Mann bleibt stocksteif und mit ungerührter Miene vor mir stehen. Mir wird unwohl, aber ich fahre mit meiner auswendig gelernten Ansprache fort: »Unsere Tierarztkosten belaufen sich auf bis zu fünfundzwanzigtausend Pfund pro Jahr«, sage ich, »für diesen Zweck verwenden wir die Spenden, und natürlich ist Bluey, wenn Sie ihn bekommen, vollständig geimpft und kastriert, damit …«

Ich ziehe fragend die Augenbrauen hoch und lächle ihn unbeholfen an. Er reagiert immer noch nicht.

»Die Leine?«, sagt er unvermittelt, als wäre die letzte Minute nicht passiert.

»Oh ja«, stammle ich. »Ich hole sie.«

Woher weiß man, dass etwas nicht stimmt? Woran merkt man, dass ein winziges Detail nicht stimmt, und warum entscheidet man sich, das Gefühl zu ignorieren und einfach weiterzumachen? Ist es reine Dummheit? Oder Ignoranz?

Wahrscheinlich beides.

Ich weiß nicht, was es ist, aber als Charles Bluey auch fünfundvierzig Minuten später noch nicht wieder zurückgebracht hat, werde ich nervös. Draußen hat es minus sechs Grad. Der Boden ist hart gefroren und die Luft schneidend kalt. Wie weit will er mit Bluey auf diesem »kurzen Spaziergang« eigentlich gehen?

Ich gehe vor die Tür in der Hoffnung, sie zurückkommen zu sehen, und da erst bemerke ich, dass nur drei Autos auf dem Parkplatz stehen. Meins, das von Lorna und das von Shelley. Shelley ist die zweite Tierpflegerin; sie fährt einen klapprigen Ford Fiesta.

Charles Lafferty ist verschwunden. Keine Spur von ihm ist mehr zu sehen.

Und seltsamerweise hat er Bluey mitgenommen.

22

Es ist fast fünf Uhr nachmittags, und Joanne hat die letzten Stunden damit verbracht, sich ein umfassendes Bild von Guy Riverty zu machen. Sie hat vor, noch einmal nach Troutbeck zu fahren und ihn zu befragen, sobald McAleese ihr die Erlaubnis erteilt. McAleese möchte sich zunächst einmal darüber informieren, welche Immobilien Guy rund um Troutbeck besitzt. Falls die Suche ergebnislos bleibt, werden sie den Radius erweitern.

Ron Quigley muss sich mit ViSOR herumplagen, der Datenbank für Gewaltverbrecher und Sexualstraftäter, und er ist darüber alles andere als glücklich. Er schimpft leise vor sich hin, schüttelt den Kopf und murmelt gelegentlich so etwas wie »diese kranken Arschlöcher«. Was Joanne für vollkommen nachvollziehbar hält.

Sexualstraftäter müssen sich jährlich bei den Behörden melden. Sie müssen der Polizei mitteilen, ob sich ihre persönlichen Lebensumstände geändert haben – Wohnadresse, Arbeitgeber und so weiter und so fort. Kommen sie der Aufforderung nicht nach, haben sie mit einer Gefängnisstrafe von bis zu fünf Jahren zu rechnen. Was ein überzeugendes Argument darstellen sollte.

Aber funktioniert es tatsächlich?

Informieren Sexualstraftäter die Polizei wirklich über alles, was sie tun?

Joanne bezweifelt das.

Ron soll überprüfen, welche der betreffenden Personen im Laufe der vergangenen sechs Monate nach Cumbria gezogen sind. Aber offenbar lässt er sich immer wieder von ihren Straftaten ablenken. Guy Riverty ist in dem Register nicht verzeichnet, was niemanden überrascht. Dennoch hat McAleese Ron aufgetragen, die Liste abzuarbeiten.

Joanne schiebt ihren Schreibtischstuhl zurück, steht auf und sagt: »Ich hole mir einen Kaffee, Ron. Möchtest du auch einen?«

»Ja, gern. Hast du zufällig Rennies dabei? Mein Magen spielt verrückt.«

»Das liegt an dem fettigen Zeug, das du zum Frühstück isst. Sag deiner Frau, sie soll dir lieber einen Porridge kochen.«

Ron wirft ihr einen schiefen Blick zu. Er ist nicht der Haferbrei-Typ. »Es ging mir prima, bis ich mich mit diesen kranken Schweinen befassen musste.«

»Das stimmt natürlich. Mal sehen, ob ich was für dich finde.«

Als Joanne das Büro verlässt, murmelt Ron: »Als würde man eine Nadel im Heuhaufen aus lauter Gary Glitters suchen, so ist das …«

Joanne geht durch den Flur, vorbei am Büro von DI Pete McAleese, der gerade am Telefon jemanden zur Schnecke macht. Sie summt ein bisschen zu laut vor sich hin, »Rock n' Roll Part Two« von Gary Glitter – eigentlich ist das geschmacklos, immerhin bearbeitet sie gerade einen Fall von Kindesmissbrauch.

Gary sollte sich was schämen, denkt Joanne. Sie mochte seine Musik immer gern.

Am Automaten drückt sie zweimal den Knopf für Milchkaffee und denkt dabei über Guy Riverty nach. Sie wird das Gefühl nicht los, dass er ihr etwas verschwiegen hat. Sie hat sich im Internet angesehen, welche seiner Ferienhäuser gerade belegt sind. Nicht gerade viele. Die meisten stehen zurzeit leer, die nächsten Feriengäste werden erst zu Weihnachten erwartet.

Hübsche Immobilien hat er im Angebot. Alle im oberen Preissegment. Vorbei sind die Zeiten der günstigen, fröhlichen B&Bs, wo man für fünfzehn Pfund die Nacht schlafen konnte und am nächsten Morgen auch noch ein warmes Frühstück serviert bekam. So etwas gibt es heutzutage nicht mehr. An die Seen verirrt sich mittlerweile eine andere Klientel. Wanderer, Bergsteiger und Outdoor-Sportler sind immer noch dabei, aber inzwischen machen die stressgeplagten Städter den größten Anteil aus. Sie verlangen Badezimmer mit Marmorausstattung, so groß wie Joannes gesamtes Haus. Sie verlangen Restaurants mit Michelin-Stern, sie wollen nächtliche Bootsfahrten und dabei rosa Champagner trinken.

Guy Rivertys Feriendomizile sind allesamt mit fünf Sternen ausgezeichnet. Offenbar legt er großen Wert auf eine moderne Einrichtung, Fußbodenheizung ist Standard. An diesem Nachmittag hat Joanne sich kurzzeitig in einem Tagtraum verloren, in dem sie sich ein ideales Leben in einem seiner Häuschen drüben in Hawkshead einrichtete. In Gedanken lief sie barfuß im Haus herum, spürte das glatte, warme Eichenparkett unter ihren Fußsohlen, ließ die Hand über die hochwertige Espressomaschine gleiten und den Blick zum riesigen, in die Wand integrierten Flachbildschirm-Fernseher schweifen. Nirgendwo hingen lästige Kabel herunter, um die Optik zu zerstören. Und im Obergeschoss lag ein gesichtsloser, namenloser, gut aussehender Adonis auf dem Bett und wartete auf sie …

In dem Moment riss sie sich selbst aus ihren Träumereien und wandte sich wieder der Arbeit zu.

Sie geht bei Mary vorbei, der Reinigungskraft, um ein paar Rennies für Ron auszuborgen. Als sie ins Büro zurückkommt, schaut Ron bekümmert drein.

»Willst du die schlechte oder die ganz schlechte Nachricht zuerst hören?«

Sie setzt sich auf seine Schreibtischkante. »Schieß los.«

»Noch ein Kind ist verschwunden.«

»Verdammt. Wie?«

»Die Einzelheiten weiß ich nicht, ich habe es eben erst erfahren. Was bedeutet ...«

»Was bedeutet, dass er Lucinda Riverty nicht freigelassen hat. Was bedeutet, dass sie wahrscheinlich tot ist.«

»Willst du die andere schlechte Nachricht auch hören?«

»Bitte sehr.«

»Der Kollege am Empfangstresen unten hat alle Hände voll mit den Reportern der Boulevardblätter zu tun. McAleese möchte, dass du eine Presseerklärung abgibst. Er glaubt, es wäre besser, wenn eine Polizistin die Aufgabe übernimmt ... Außerdem ...«, sagt er und seufzt auf.

»Noch mehr?«

»Ja. Dein Mr Riverty war nicht einmal in der Nähe, als es passiert ist. Sorry, Joanne, aber er ist nicht unser Mann.«

Das Gefühl schwillt an, bis er spürt, dass er sich nicht mehr lange unter Kontrolle hat. Das ist das Schönste daran, der Moment kurz davor. Kurz davor.

Sie liegt da drüben, hat die glasigen Augen weit geöffnet. Sie sieht, ohne etwas zu sehen. Er würde sich ihr gern zeigen, aber das ist zu riskant. Später vielleicht.

In diesem Licht sieht ihre Haut noch blasser aus. Kein einziger Kratzer, kein blauer Fleck. An der Innenseite ihrer Schenkel hängt kein schlaffes Fleisch herunter. Keine silbrig weißen Streifen ziehen sich über ihren Bauch.

Stattdessen ragen zwei spitze Knochen rechts und links des Bauchnabels in die Höhe. Sie sehen aus wie Schulterblätter an der falschen Stelle, gar nicht wie Hüftknochen.

Sie spricht nicht.

Er legt sich neben sie. Das Baumwolllaken rutscht auf der Folie hin und her, und das kratzende, scharrende Geräusch zerreißt die Stille. Sie dreht den Kopf. Sie weiß, er ist hier, aber sie hat keine Angst. Sie will ihn. Sie öffnet die Lippen, aber nicht auf diese billige Art, die ihm so verhasst ist. Sie kommuniziert mit ihm. Könnte sie sprechen, würde sie ihn bitten, sich zu beeilen und endlich anzufangen.

Er legt Daumen und Zeigefinger locker aneinander und lässt seine Hand in der Luft über ihrem Bauch kreisen. Er hat ihr schon den BH ausgezogen, und wie er richtig vermutet hatte, hätte sie ihn eigentlich nicht gebraucht. Sie eifert nur ihren Freundinnen nach. Sie will dazugehören. Er wünschte, die Mädchen würden darauf verzichten. Zum Erwachsenwer-

den ist später noch Zeit genug. Anscheinend wollen sie es alle schnell hinter sich bringen; sie wissen gar nicht, wie falsch sie damit liegen.

Die Luft zwischen seiner Hand und ihrem Körper hat sich nun erwärmt. Eine Energieübertragung findet statt, eine Mischung aus ihnen beiden, hier an diesem Ort. Diesem heiligen Ort. Sie beide, vereinigt auf die reinste, unschuldigste Art.

Ihre Lippen flüstern ihm stumme Anweisungen zu, und es ist für ihn an der Zeit, sich auszuziehen. Mit – jetzt behandschuhten – Fingern spreizt er sanft ihre Beine und rückt mit der anderen Hand die Kamera auf dem Nachttisch in Position. Wie unbehaart sie ist. Erstaunlich.

Dann legt er sich auf sie und lässt sich von ihr entführen, so wie er es sich gewünscht hat.

23

Es ist kurz nach neunzehn Uhr, und ich sitze mit Joe am Küchentisch. Die Kinder sind oben. Sally telefoniert mit ihrer Klassenkameradin Kitty. Offenbar hat sie es jetzt dringend nötig zu reden und zu reden – aber nicht mit uns. Die Polizei hat sie heute Nachmittag noch einmal zu dem Mann befragt, den Lucinda angeblich kennengelernt hat, aber uns gegenüber hält sie sich mit Einzelheiten zurück. Sie tut so, als würde ich Druck auf sie ausüben. Sie sagt, sie hätte mir bereits alles erzählt, was sie weiß.

Die beiden Jungs spielen Minecraft. Offenbar sind sämtliche Kinder des Landes süchtig nach diesem Spiel, wobei ich den Grund dafür noch nicht begriffen habe. Mich plagt das schlechte Gewissen. Hin und wieder gehe ich Joe auf die Nerven damit, dass wir mehr mit den Kindern unternehmen sollten. »Wir sollten Brettspiele spielen oder essen gehen – nie verbringen wir *Qualitätszeit* mit den Kindern.«

Dann sagt er: »Nach einer halben Stunde Monopoly haben wir beide keine Lust mehr, außerdem haben wir keine achtzig Pfund übrig, um mit ihnen essen zu gehen. Und ich kann es dir nicht oft genug sagen: Die Kinder wollen keine *Qualitätszeit.*«

Er hat recht. Sie wollen nicht. Aber ich fühle mich jedes Mal furchtbar, wenn ich *Supernanny* schaue und sie sagt, dass Eltern heutzutage nicht mehr als vierzig Minuten mit ihren Kindern verbringen und das der einzige Grund für deren schlechtes Benehmen sei. »Die meisten Kinder haben kein Benehmen«, sagt Joe, »weil ihre Eltern Idioten sind. Wir geben unser Bestes, Lise. Lass es gut sein, okay?«

Joe ist kaputt. Er ist heute zwei Mal nach Lancaster gefahren, was an sich keine große Sache ist; aber am Nachmittag hat es plötzlich Eisregen gegeben, ein meteorologisches Ereignis, das ich noch nie zuvor erlebt hatte, und die Straßen verwandelten sich in einen Albtraum. Es ist spiegelglatt.

Als ich aus dem Tierheim kam, hatte ich schon gehofft, wir würden eine kurze Auszeit vom Schnee erleben, denn alles war nassglänzend, frisch und rein. Aber als ich die scheinbar feuchte Treppe hinuntergehen wollte, merkte ich, dass der Regen augenblicklich gefroren war und die Nässe in Wahrheit glasklares Eis war.

Auf dem Rückweg sah ich drei Autos im Straßengraben und zwei Unfälle. Ich hätte heulen können, als ich einen alten Mann entdeckte, der auf allen vieren aus seinem Haus gekrochen kam, weil er nicht aufrecht zu gehen wagte.

Joe kam kurz nach Hause und fuhr sofort wieder los. Ein paar Freunde aus dem Pub hatten sich überlegt, das Flussufer nach Lucinda abzusuchen, ohne Kate und Guy davon zu erzählen. Er ist gerade erst wieder nach Hause gekommen.

Er ist am Boden zerstört und sieht furchtbar aus. Tiefe Falten haben sich unter seine Augen eingegraben, sein linkes Augenlid hängt leicht, und sein Dreitagebart ist an manchen Stellen ergraut. Ist das über Nacht gekommen? Er scheint urplötzlich gealtert zu sein. Als hätte er sämtliche Farbpigmente an seinem vierzigsten Geburtstag aufgebraucht. Ich nehme ihn von hinten in den Arm und küsse ihn sanft in den Nacken. Als ich mich wieder aufrichte, sehe ich eine tiefe Platzwunde an seinem Hinterkopf durch die Haare hindurchschimmern.

»Wie ist das denn passiert?«, frage ich.

»Beim Aussteigen aus dem Auto. Das verfickte Glatteis. Meine Beine sind einfach weggerutscht.«

Ich schimpfe ihn für die Wortwahl nicht aus. Seltsamerweise

stört es mich gar nicht, wenn *er* solche Begriffe in den Mund nimmt.

Unnötig zu sagen, dass auch die heutige Suche erfolglos blieb. Joe trug seine Golfschuhe mit den Spikes, um sich auf dem Eis einigermaßen fortbewegen zu können, aber der Suchtrupp blieb nicht lange draußen. Einer der Männer verlor den Halt und rutschte gut dreißig Meter abwärts; an dem Punkt brachen sie die Suche ab und gingen nach Hause. Und nach allem, was ich gehört habe, hat die Polizei bei ihren Ermittlungen auch noch keine Fortschritte gemacht.

Ich erzähle Joe von dem Mann, der Bluey gestohlen hat, und ich frage ihn, ob ich seiner Meinung nach die Polizei einschalten soll. Aber er reibt sich nur müde die Augen und sagt: »Ich glaube, die haben im Moment Besseres zu tun, als geklaute Hunde zu suchen. Außerdem hat Bluey jetzt ein neues Zuhause. Etwas anderes wolltest du doch nicht. Wahrscheinlich wollte der Typ sich nur um die Spende drücken – vielleicht kann er sie sich nicht leisten.«

»Das ist es ja gerade«, sage ich. »Seine Kleidung sah wirklich ziemlich teuer aus, und er hat behauptet, Notar zu sein. Er hätte es sich ganz eindeutig leisten können zu spenden.«

»Was für ein Auto fährt er?«

»Habe ich nicht gesehen.«

»Manche Leute sind einfach geizig, Baby. Man kann niemandem in den Kopf sehen. Ich würde die Sache einfach vergessen.«

Er hat nicht die Nerven, sich noch mehr anzuhören, und ich nehme es ihm nicht übel. Er sieht zum Umfallen müde aus. Seine Haut ist so grau, als hätte man ihn gerade aus der Erde ausgegraben.

Ich räume die Teller ab. Der von Joe ist voller grüner Strünke, weil er die Chilischoten abbeißt und sich ganz in den Mund schiebt. Ich suche unter seinem Stuhl nach heruntergefallenen Überresten, weil Ruthie, unser Kampfhund-Mischling, sie frisst und sich dann mit brennender Schnauze winselnd über den Fußboden rollt.

»Vielleicht bleibt die Schule morgen geschlossen«, sagt Joe und schenkt sich ein Bier ein. »Die Straßen sind spiegelblank. Kein Mensch wird morgen Auto fahren können. Vielleicht sollten wir deinen Wagen demnächst für einen Land Rover in Zahlung geben? Das wäre viel sicherer …«

»Schöne Vorstellung, aber wovon sollen wir das bezahlen? Und ich möchte keine alte Klapperkiste fahren, bloß weil wir uns keinen Neuwagen leisten können.« Dann füge ich halbherzig hinzu: »Wir könnten einen Kredit aufnehmen.«

Joe schweigt. Momentan ist es um unsere Finanzen desaströs bestellt. Außer den beiden Autos besitzen wir so gut wie nichts. Wir haben keine Möglichkeit, uns in dieser Gegend jemals Wohneigentum anzuschaffen, und wenn uns die Genossenschaft, die den Einheimischen bezahlbaren Wohnraum zur Verfügung stellt, dieses Haus nicht vermittelt hätte, könnten wir uns nicht einmal leisten, in der Stadt zu wohnen. Nicht hier, wo die Kaltmiete für eine Durchschnittswohnung auf fast zweitausend Pfund im Monat geklettert ist. Mein Kreditkartenlimit ist ausgeschöpft, seit ich die Weihnachtsgeschenke für die Kinder gekauft habe, und, nun ja, so wursteln wir uns durch.

Joe hebt den Kopf. »Dann verschieben wir das mit dem Auto«, sagt er entschieden, und ich weiß im selben Augenblick, dass wir beide dasselbe denken. Ein neues Auto ist völlig unwichtig, wo wir doch unsere drei Kinder gesund und munter hier bei uns haben. Traurig lächelt Joe mich an. »Vielleicht sollten wir Fergus morgen zur Schule mitnehmen, falls der Unterricht stattfindet. Damit sparen wir Kate und Guy den Weg.«

»Gute Idee. Ich wollte sowieso gleich bei ihr anrufen und sie fragen, wie es ihr geht. Ich werde es ihr anbieten.«

James kommt herein und holt sich eine der Chipstüten, die

ich heute Morgen bei Asda gekauft habe. Vermutlich werden sie bis morgen früh alle verschwunden sein. Manchmal glaube ich, mit einem Haufen Heuschrecken zusammenzuwohnen, nicht mit Kindern.

James hat bemerkt, dass sein Vater nicht so fröhlich ist wie sonst. Er macht sich daran, Joes Arme auf untypisch sanfte, zärtliche Art zu reiben. Ich schaue verblüfft zu, denn normalerweise kuschelt James nicht gerne mit uns. »Dad«, sagt er, »du weißt es vielleicht nicht, aber ich habe eine medizinische Ausbildung. Ich glaube, das ist ein …« – er lacht über seinen eigenen Witz und drischt plötzlich auf Joes Arm ein – »… Schlaganfall!« Dann springt er aus der Küche, die Chipstüte in der Hand und offenkundig völlig unberührt vom Stress der letzten zwei Tage.

Ich lasse Joe ein Bad einlaufen. Im Badezimmer ist es so eisig wie in einem Kühlschrank, weil unser altes Häuschen einfachverglast ist und das Dach des Badezimmers bedauerlicherweise nicht gedämmt. Beim Aussteigen aus der Badewanne beeilen wir uns, so gut wir können.

Ich habe Joe ein zweites Bier eingeschenkt und stelle es zwischen die endlose Sammlung von Shampooflaschen und Badeessenzen, die Sally kauft, wenn sie mit ihren Freundinnen shoppen geht. Ich lege ihm Pyjama und Morgenmantel auf den Heizlüfter im Schlafzimmer, so wie ich es früher immer für die größeren Kinder gemacht habe und bis heute für Sam tue, und dann rufe ich ihn.

Als er glücklich abgetaucht ist, gehe ich in die Küche hinunter und rufe Kate an. Guy meldet sich noch vor dem zweiten Klingeln.

»Guy, hier ist Lisa. Irgendwelche Neuigkeiten?«

»Wie bitte?«

»Gibt es Neuigkeiten?«

Ich höre Geräusche im Hintergrund, Türenknallen und gedämpftes Geschrei. Das könnte Kate sein, aber ich bin mir nicht sicher.

»Guy«, frage ich sanft, »ist alles in Ordnung?«

»Was glaubst du denn?«, fährt er mich an, und ich zucke zusammen.

»Es tut mir leid …«, stammele ich. »Ich rufe an, weil ich fragen wollte, ob ihr morgen Hilfe mit Fergus gebrauchen könnt. Du weißt doch, weil das Wetter so schlecht ist. Wir könnten ihn zur Schule mitnehmen, wenn euch das hilft.«

Guy atmet gedehnt aus, voller Verachtung, wie ich meine. »Jetzt ist wirklich nicht der passende Moment, Lisa.«

»Äh, okay, tut mir leid, euch gestört zu haben, ich wollte nur …«

»Leg auf, ja? Leg einfach auf und mach die verdammte Leitung frei.«

»Ich … ich …«

Aber er ist schon weg. Hat einfach eingehängt.

Ich stehe in der Küche und starre den Hörer in meiner Hand an, bis jemand an die Haustür hämmert.

Ich laufe hin und denke: *Das ist Kate! Oder Lucinda!* Aber als ich die Haustür öffne und mir ein eiskalter Luftzug ins Gesicht fährt, sehe ich keine der beiden. Auf der Treppe steht nur die bebende Alexa.

»Alexa«, rufe ich, »wie, um alles in der Welt, bist du hergekommen? Es ist viel zu gefährlich, Auto zu fahren.«

»Wo ist Joe?«, fragt sie und schiebt sich an mir vorbei ins Haus.

»In der Badewanne. Warum fragst du? Was ist denn los, Alexa, was ist passiert?«

»Sag ihm, er soll rauskommen«, befiehlt sie.

24

Sally steht in der Küche und schenkt sich ein Glas Milch ein, als Alexa hereinplatzt. »Würdest du uns bitte ungestört reden lassen, Sally?«, sagt sie.

Sally starrt mich an. Offenbar ist Alexa vollkommen von der Rolle.

Sie trägt eine Pyjamahose aus blauem Flanell mit Schäfchendruck und dazu Schneestiefel und eine schwarze Daunenjacke. Ihr sonst so seidiges blondes Haar ist strähnig und zu einem unordentlichen Pferdeschwanz zurückgebunden. Einzelne Härchen stehen ihr von den Schläfen ab. Sie hat schwarze Schmierflecken unter den Augen, weil sie sich offenbar nicht richtig abgeschminkt hat.

Ich nicke kurz zur Seite, was für Sally bedeutet: *Schnell, lauf.* Als sie aus dem Zimmer ist, sage ich zu Alexa: »Was soll das Ganze?« Dabei habe ich schon eine vage Ahnung, dass ihre Wut nichts mit unserer letzten Begegnung kurz nach Lucindas Verschwinden zu tun hat.

Aber ich bin bereit, mir anzuhören, was immer sie zu sagen hat. Ich will es aus ihrem Mund hören, bevor ich zusammenbreche. Ich reiße mich zusammen und versuche, möglichst gefasst auszusehen.

Alexa beißt die Zähne zusammen. »Hol Joe herunter.«

Fünf Minuten später kommt Joe im Bademantel in die Küche. Er hat Rasierschaum an den Nasenflügeln und in den Ohren. Alexa wendet sich an ihn. »Joe, deine Frau und mein Ehemann haben eine Affäre«, sagt sie.

Joe schnaubt. Er sieht mich an und erwartet, dass ich gemeinsam mit ihm in Gelächter ausbreche. Als er meine ernste Miene sieht, wird er leichenblass. »Das stimmt doch nicht etwa, oder?«, fragt er.

Noch bevor ich antworten kann, kreischt Alexa: »Natürlich stimmt es! Glaubst du, ich würde sonst in diesem Aufzug hier erscheinen« – sie zeigt auf ihre Pyjamahose –, »glaubst du, ich würde herkommen, wenn es nicht stimmen würde? Grundgütiger, Joe, auf welchem Planeten lebst du eigentlich?«

Joe schluckt. Nach einem langen Schweigen sagt er: »Seit wann?«

Ich hebe den Zeigefinger. »Nur ein einziges Mal«, flüstere ich. Ich kann ihm nicht ins Gesicht sehen.

»*Ein Mal?* Ihr habt ein einziges Mal gevögelt?«, kreischt Alexa. »Also, wenn du glaubst, dass ich dir diesen Unsinn abkaufe, bist du noch dümmer, als ich dachte. Natürlich war es nicht nur ein Mal. Wer zum Teufel macht es nur ein Mal? – Ihr habt es ein einziges Mal getan und dann ein schlechtes Gewissen bekommen, oder was?«

»So in der Art«, murmele ich.

»Wann war das?«, fragt Joe.

»Als wir bei Kate und Guy zum Abendessen eingeladen waren.«

»Aber das ist … das ist Ewigkeiten her«, sagt er stirnrunzelnd.

»Drei oder vier Jahre«, sage ich.

Alexa sieht schnell zwischen mir und Joe hin und her. »Ist das alles?«, fragt sie. »Mehr hast du nicht zu sagen?«

Joe dreht sich ganz langsam zu ihr um. Er seufzt und sagt: »Was willst du denn hören, Alexa? Warum sagst du mir nicht, was ich sagen soll? Oder, besser noch, warum sagst du nicht, was *du* sagen willst?«

»Ich will wissen, wie oft. Ich will wissen, wo sie sich treffen. Ich will wissen, warum.«

Joe sieht mich an. »Lise?«

»Einmal. Es war ein einziges Mal. Wir treffen uns nirgendwo, es ist damals einfach so passiert, und es war …«

»Ach, verdammt«, sagt Alexa angewidert. »Du bist nicht besser als er.«

»Als wer?«, fragt Joe.

»Als Adam.«

Alexa klammert sich an einer Stuhllehne fest. Ihre Fingerknöchel treten weiß hervor. »Habt ihr euch abgesprochen?«, fragt sie. »Ist das der kleine, fiese Plan, den du zusammen mit Adam ausgeheckt hast, bevor er alles gebeichtet hat? ›Lass uns behaupten, es wäre ein einmaliger Ausrutscher gewesen und völlig bedeutungslos, in einem unbedachten Moment. Wenn wir beide das Gleiche sagen, kann uns niemand das Gegenteil beweisen, oder?‹«

Ich starre sie an. »Reicht ein Mal nicht?«

Sie schweigt.

»Warum hast du das getan, Baby?«, fragt Joe leise.

Ich zucke hilflos mit den Achseln. »Ich war blau.«

»Was ist das denn für eine Ausrede?«, zischt Alexa.

»Es ist die Wahrheit. Wenn du möchtest, kann ich das auch gerne noch weiter ausführen. Ich könnte sagen, der Alkohol hätte meinen moralischen Autopiloten abgeschaltet, mein Urteilsvermögen getrübt, oder ich könnte sagen, dass ich die Selbstkontrolle verloren habe. Aber, ehrlich gesagt, war ich einfach nur total blau.«

»Und jedes Mal, wenn du was getrunken hast, gehst du mit verheirateten Männern ins Bett?«

Ich sehe Joe an. »Es tut mir so leid«, formen meine Lippen stumm; er hält meinem Blick stand und schließt dann ganz langsam die Augen.

»Warum musste es ausgerechnet *mein* Ehemann sein,«, jammert Alexa. »Warum ausgerechnet Adam?«

»Ich habe Adam nicht verführt.«

Sie sieht mich an, als wollte sie sagen: *Also bitte.*

»*Er* hat *mich* verführt.«

Zutiefst verletzt dreht Alexa sich zu Joe um. »Warum sagst du nichts? Warum tust du nicht irgendwas, verdammt?« Dann fängt sie zu weinen an. »Was für ein Schlappschwanz bist du, Joe?«

»Ich werde mit meiner Frau sprechen, sobald du gegangen bist«, antwortet er, ohne auf die Beleidigung einzugehen. Dann fragt er in sanftem Ton: »Wie hast du es herausgefunden, Alexa?«

»Das Schwein hat es mir gebeichtet. Er konnte es nicht länger für sich behalten, hat er gesagt. Er hat gesagt, es quäle ihn seit Jahren, aber er konnte es nicht über sich bringen, mir die Wahrheit zu sagen. Ich will nur eins wissen: Wer weiß noch von eurer kleinen Affäre?«

»Wir hatten keine Affäre.«

»Wie auch immer. Wem hast du davon erzählt? Deinem Mann ja offensichtlich nicht. Ich will einfach nur wissen, wer hinter meinem Rücken über mich tratscht, damit ich mich wappnen kann.«

Ich trete von einem Bein aufs andere. »Keiner weiß etwas«, lüge ich und denke dabei an Kate. Du liebe Güte, wenn Alexa herausfindet, dass ihre eigene Schwester ihr so etwas verschwiegen hat … »Keiner«, wiederhole ich fest. »Ich habe mit niemandem darüber gesprochen.«

Alexa tupft sich die Augenwinkel ab.

Joe fragt: »Warum hat er es dir ausgerechnet jetzt erzählt? Warum jetzt, nach all der Zeit? Das ergibt doch gar keinen Sinn.«

»Das habe ich auch gesagt«, keift sie. »Aber er hat gesagt, wo wir jetzt alle so gestresst sind wegen Lucinda, und wo die Polizei unser Leben abklopft, hätte er das Geheimnis nicht mehr ertragen können.«

Joe nickt. »Alexa, möchtest du einen Drink?«, fragt er.

»Nein. Ich gehe jetzt. Ich weiß auch nicht, was ich gedacht habe, als ich hergekommen bin. Ich muss schon sagen, Joe, du nimmst es weitaus besser auf als ich. Ich lasse euch jetzt allein.« Sie dreht sich zu mir um. »Hast du irgendwelche Geschlechtskrankheiten?«, fragt sie, und ich schüttele den Kopf. »Gut. Ich hoffe, ich kann mich auf dein Wort verlassen.«

»Es tut mir leid, Alexa«, sage ich matt. »Ich wünschte, ich könnte es wiedergutmachen, ehrlich. Ich kann dir nur sagen, dass ich nie die Absicht hatte, irgendjemanden zu verletzen. Es ist einfach so … passiert.«

Sie mustert mich mit glühenden Augen.

»So etwas passiert nicht einfach. Es gibt immer tieferliegende Gründe, wie man so schön sagt. Du hast von Anfang an etwas gegen mich gehabt. Und ich weiß, warum Kate sich mit dir abgibt. Ich weiß, dass du ihr persönliches Projekt bist, oder wie immer man das nennen will. Sie hat diese lächerliche Vorstellung, sie könnte die Menschen retten, sie denkt, sie könnte euch kleinen Leuten das Gefühl geben, etwas Besonderes zu sein. Ich habe sie von Anfang an gewarnt. Im Ernst. Ich habe zu ihr gesagt: ›Kate, man kann das nicht vermischen. Das gibt nur Ärger.‹ Aber sie wollte nicht auf mich hören. Und nun sieh uns an. Nicht nur, dass du meinen Ehemann gevögelt hast, nein: Deinetwegen hat Kate ihre einzige Tochter verloren.«

25

Wir liegen im Bett, der Digitalwecker zeigt 23:40 Uhr an, und wir beide starren an die Decke.

Joe hat noch kein Wort gesagt. Ich habe versucht, mit ihm zu reden, ich möchte wirklich mit ihm reden, aber er weigert sich. Es ist nicht so, dass er mich bestrafen will; es ist noch viel schlimmer. Er ist körperlich nicht in der Lage zu reden, so als würde alles erst in dem Moment wahr, wenn er sich die Monstrosität des Ganzen eingesteht.

Ich liege da und warte. Der schwere Stein, der mir seit Lucindas Verschwinden im Magen liegt, wurde durch geschmolzenes Metall ersetzt. Es brennt und zerfrisst mich von innen. Ich hasse mich selbst. Ich hasse mich für alles, was ich getan habe.

Ich muss an Weihnachten denken und fürchte, dass das Fest diesmal eine Katastrophe wird. Wie lächerlich, jetzt an so etwas zu denken … aber werde ich Weihnachten überhaupt noch hier sein? Wird Joe noch hier sein? Oder wird er verschwinden, wird er ausziehen und bei seiner Mutter wohnen?

Ich kann nicht glauben, dass *uns* das passiert ist.

So viel Liebe, so viel Arbeit haben wir investiert. Für nichts und wieder nichts. All die Energie und das Herzblut, das es braucht, eine fünfköpfige Familie zusammenzuhalten und den Alltag reibungslos zu gestalten. Und ich habe alles weggeworfen für – wofür eigentlich? Für drei Minuten? Drei kurze, widerliche Minuten.

Die Matratze zwischen mir und Joe ist kalt. Ich schiebe meine Hand über die alten, abgewetzten Laken. Die Distanz fühlt sich größer an als je zuvor. Ich berühre Joes Hand, er zieht sie nicht weg.

»Sag mir nur eins«, sagt er tonlos, »habe ich mir die ganze Zeit etwas vorgemacht in Bezug auf uns beide? Habe ich unser Leben all die Jahre für etwas gehalten, das es gar nicht ist?«

»Nein«, weine ich leise.

»Warum dann? Warum hast du mir das angetan? Du hast immer gesagt, du würdest *mir* einen Seitensprung nie verzeihen. Du hast immer gesagt, dann gäbe es für dich kein Zurück mehr, damit würde ich unsere Ehe der Lächerlichkeit preisgeben.«

»Du willst das jetzt sicher nicht hören, Joe, aber ich glaube, wenn du mir jemals fremdgehen würdest, würde ich dich tatsächlich sofort verlassen. Ich käme damit nicht zurecht. Ich könnte den Gedanken nicht ertragen, wie du auf einer anderen Frau liegst.«

»Aber für dich ist es okay?«

»Es ist gar nicht okay. Etwas Schlimmeres habe ich nie getan. Und das ausgerechnet dir. Du bist der Mensch, den ich am meisten liebe.« Ich versuche, sein Gesicht zu berühren, aber er zuckt zusammen. »Ich ekle mich seitdem vor mir selbst, ich war sogar beim Arzt wegen einem Reizdarmsyndrom …«

»Ich erinnere mich«, sagt er.

Ich weiß selbst nicht, warum ausgerechnet jetzt alle Dämme brechen, aber ich fange hemmungslos zu weinen an. Vielleicht, weil ich mich an seine Besorgnis in jener Zeit erinnere. Er hatte Angst, ich könnte ernstlich erkrankt sein. Und das war ich auch, ich war am Ende. Aber ich konnte mich ihm nicht anvertrauen.

Wir schweigen.

Nach einer gefühlten Ewigkeit dreht er den Kopf. »Hast du mich nicht mehr geliebt, lag es daran?«, fragt er.

»Ich habe nie aufgehört, dich zu lieben.«

»Ich weiß. Ich habe immer gedacht, wir beide sind unangreifbar. Ich habe uns immer für besser gehalten als diese Idioten.« Er spricht von Kate und Guy, von Alexa und Adam. »Als wir da eingeladen waren und sie dieses blöde Affentheater veranstaltet haben, habe ich selbstzufrieden danebengesessen. Selbstzufrieden, denn ich dachte, nur wir beide wissen, was wahre Liebe ist.«

»Warum hast du, wenn es so war, so viel getrunken?«

»Freibier«, sagt er, und ich kann nicht anders, als zu lächeln.

»Du warst genauso unsicher wie ich«, sage ich. »Diese ganzen Sachen, die Alexa da eben gesagt hat. Dass wir kleine Leute sind … genau so habe ich mich damals gefühlt. Ich weiß: Was sie sagt, klingt lächerlich, sie stand da wie der letzte arrogante Snob … aber ein Körnchen Wahrheit steckt darin. Ich fühle mich ganz oft so.«

»Du glaubst, die anderen wären etwas Besseres als du?«

»Sie *sind* was Besseres als ich.«

Joe seufzt. »Lisa, du verwechselst ihre Weltsicht mit der Wahrheit. Du glaubst, sie wären was Besseres, nur weil du ihnen erlaubst, sich so aufzuführen. Du glaubst, nur weil sie mehr Geld haben …«

»Es liegt nicht am Geld«, unterbreche ich ihn, »es ist alles. Ich habe mein Leben nicht so im Griff wie sie, ich gehe mit den Kindern nicht so um, und mit dem …«

»Kate und Alexa haben nicht einmal einen Job, Lise. Können wir bitte bei den Fakten bleiben? Hast du deswegen getan, was du getan hast?« Er streichelt meine Wangen, wischt die Tränen weg. »Hast du deswegen dieses Arschloch gevögelt?«

»Ich weiß nicht. Vielleicht. Ich glaube, er hat mir geschmeichelt. Ich war geschmeichelt, weil er mich wollte.«

»Natürlich würde er dich sofort gegen Alexa eintauschen … natürlich wollte er dich, Baby. Wie kann man dich denn *nicht* wollen?«

Dritter Tag

DONNERSTAG

26

Schlaf.

Das Einzige, was man sich nicht kaufen kann.

Früher haben Joe und ich ein Spiel gespielt, es hieß: *Wer hat am wenigsten geschlafen?*

Damals, als die Kinder noch klein waren und ich schon auf dem Weg zur Arbeit vollkommen geschafft war, zählte Joe die Stunden an den Fingern ab. Schließlich erklärte er dann, ich hätte mindestens zwei Stunden länger geschlafen als er.

Wir hatten sogar eine Art Schlaftabelle am Kühlschrank hängen.

Einmal fuhr ich zu einer Abholung; ich war unterwegs, um ein Rudel verwilderter Katzen aus irgendeiner heruntergekommenen Wohnung zu befreien, und dann entdeckte ich ihn: Mit zurückgeklapptem Fahrersitz und tief ins Gesicht gezogener Baseballkappe stand er glücklich schnarchend am Straßenrand. »Ich warte auf einen Fahrgast«, erklärte er. Es war das einzige Mal, dass ich ihn wirklich hasste.

Jetzt liege ich neben ihm und höre ihn schnarchen und bin unendlich dankbar.

In der Nacht haben wir uns aneinander festgeklammert. Ich war völlig fertig und überemotional, er müde und erschöpft bis in die Knochen. Das Telefonat mit Guy Riverty hatte ich schon fast vergessen, aber kurz vorm Einschlafen fiel es mir plötzlich wieder ein. Ich setzte mich kerzengerade im Bett auf und erzählte Joe, wie Guy mich gebeten hatte, *aus der verdammten Leitung zu gehen.*

Ich weiß, dass ich es nicht verdient habe, von Guy gut behandelt zu werden, aber die Schroffheit seiner Worte rüttelte mich auf. Joe war mein Fels in der Brandung, selbst in seinem gebeutelten Zustand. Er sagte, Kate und Guy stünden unter unvorstellbarem Druck; wir könnten unmöglich verstehen, was sie gerade durchmachten. Außerdem konnte Guy natürlich mit mir reden, wie er wollte. Wenn er beschloss, mir die Schuld zu geben und mich aus seinem Leben zu verbannen, dann würde ich damit leben müssen.

Jetzt, wo ich geschlafen habe, geht es mir schon besser. Ich kann einsehen, dass ich nicht zu empfindlich sein darf und mir die Vorwürfe anhören muss. Guys Tochter wird vermisst, und wie immer er sich benimmt, ist vollkommen verständlich.

Ich stehe vor dem Badezimmerspiegel und studiere mein Gesicht aus der Nähe. Die Haut an meinen Augenlidern und Schläfen ist von winzigen Punkten bedeckt, die an rote Sommersprossen erinnern. In panischer Angst, mir eine Hirnhautentzündung oder eine Blutvergiftung zugezogen zu haben, ziehe ich mein Schlafanzugoberteil in die Höhe, um zu überprüfen, ob auch mein Bauch von den fiesen Dingern überzogen ist, aber er sieht aus wie immer. Nichts.

Was ist mit mir?

Ich schleiche in Sallys Zimmer, ganz leise, weil ich sie nicht wecken will, nehme mir ihren Laptop und steige neben dem schlafenden Joe wieder ins Bett.

Meine Suche: Ausschlag plus Augenlider.

Gleich der erste Treffer verweist mich auf ein Schwangerschaftsforum, und für eine Sekunde packt mich die blinde Panik, weil ich glaube, es könnte sich um ein seltsames, wenig bekanntes Schwangerschaftssymptom handeln, um ein Symptom, von dem ich noch nie etwas gehört habe, und, o Gott, wenn ich jetzt schwanger wäre, wäre es wirklich das *Allerschlimmste*. Ich liebe meine Kinder über alles, aber noch eines schaffe ich nicht. Bitte, bitte, keine Kinder mehr.

Ich versuche, nicht zu zittern, bis ich folgende Zeilen lese: *Diese winzigen roten Pünktchen sind die Folge heftigen Erbrechens. Wenn Sie einen hellen Teint haben, sind geplatzte Blutgefäße schnell sichtbar. Hoffentlich lässt das Symptom nach, sobald Sie das zweite Trimenon erreicht haben.*

Ich atme auf.

Ich bin nicht schwanger. Der gestrige Kater und das heftige Erbrechen haben dazu geführt, dass in meinen Augenlidern winzige Äderchen geplatzt sind.

Gott sei Dank. Ich dachte schon, es wäre etwas Ernstes.

Joe regt sich. »Guten Morgen, Baby.« Seine Stimme klingt traurig und müde.

»Joe, ich habe diese Flecken auf den Augenlidern. Könntest du bitte mal nachsehen, wie es auf meinem Rücken aussieht?«

Ich ziehe mein T-Shirt in die Höhe, und er schnappt nach Luft, so als wäre ich von oben bis unten mit Ausschlag bedeckt. »Du lieber Himmel«, sagt er, »ich kann ... ich kann das Gesicht von Jesus sehen!«

»Sehr witzig«, sage ich und ziehe mir das Shirt wieder herunter. Dann drehe ich mich zu ihm um und werfe ihm einen ernsten Blick zu. »Werden wir das schaffen?«

»Du meinst, ob ich dich verlasse?«

Ich nicke.

»Nein. Es tut verdammt weh, Lise. Es fühlt sich an, als hättest du mir die Eingeweide rausgerissen und würdest darauf herumtrampeln. Aber nein, ich kann dich nicht verlassen. Und du mich auch nicht. Wie sollte das gehen? Es würde mich umbringen zu sehen, wie du mit einem anderen zusammenlebst.«

»Es tut mir leid, dass ich alles kaputt gemacht habe.«

»Du hast nicht alles kaputt gemacht. Nur fast. Wenn es letzte Woche passiert wäre oder letzten Monat oder letztes Jahr, dann vielleicht. Aber seither haben wir eine lange, glückliche Zeit erlebt. Du hast einen verdammt dummen Fehler gemacht. Eine total schwachsinnige Aktion. Aber können wir das Ganze nun endlich abhaken? Ich meine alles, auch Kate und Guy. Alexa und all die anderen.«

»Das ist jetzt nicht gerade der geeignete Moment, sich von ihnen abzuwenden, oder?«

»Nein«, räumt er ein. »Ich kann verstehen, dass du es wiedergutmachen willst. Aber möglicherweise kommst du irgendwann an den Punkt, an dem du einsehen musst, dass du es nicht wiedergutmachen *kannst*. Vielleicht ist das unmöglich. Vielleicht kommt sie nicht zurück. Vielleicht kommt Lucinda nie wieder nach Hause.«

»Und was, wenn sie mir immer die Schuld daran geben?«

»Das werden sie ganz bestimmt. Und du wirst nichts dagegen tun können.« Er hält inne. »Vielleicht solltest du ein wenig auf Abstand gehen, nur für alle Fälle.«

»Aber wie soll ich das mit meinem Gewissen vereinbaren?«

Er zuckt mit den Achseln. »Nur so eine Idee. Lass uns den heutigen Tag abwarten.«

Ich sehe Joe an, und mein ganzer Körper sehnt sich schmerzlich nach ihm, so sehr brauche ich ihn. Wie soll ich das ohne ihn schaffen? »Bleib noch fünf Minuten liegen«, schlage ich vor. »Ich bringe dir den Kaffee.«

Er lächelt mich gequält, aber dankbar an. Er sieht immer noch vollkommen erledigt aus. Schlimmer noch, wenn das überhaupt möglich ist, als gestern Abend nach der Suche. Wenn all das vorbei ist, werden wir verreisen. Ich werde eine günstige Pauschalreise zu den Kanarischen Inseln buchen, und wir werden die Wintersonne genießen.

Ich gehe nach unten in die Küche und verteile Hundefutter und Cornflakes auf die Schüsseln. Ich schalte *Radio 2* ein und höre das Piepen, das die Sieben-Uhr-Nachrichten ankündigt. Die erste Meldung ist den vermissten Mädchen aus Cumbria gewidmet.

Ich halte inne und höre zu.

Und im nächsten Moment kann ich Guys Verhalten von gestern Abend einordnen. Noch ein Kind ist verschwunden. Diesmal aus einer Privatschule in Windermere. Gar nicht weit von hier.

Er muss es gewusst haben. Guy musste schon davon gehört haben, als ich ihn anrief.

Wieder eine Dreizehnjährige, wieder eine, die jung für ihr Alter aussieht.

Ein Augenzeuge behauptet, er habe das Mädchen mit einem Mann sprechen sehen, bevor es zu ihm ins Auto gestiegen sei; alle Bewohner der Gegend werden zur Wachsamkeit aufgerufen. Womöglich wurde das Kind mit einem Hund ins Auto gelockt.

Der Täter: ein hochgewachsener Mann mit einem alten grauen Hund.

Ich halte mich an der Arbeitsplatte fest, um nicht umzukippen. Meine Hände fangen an zu zittern. Ich bekomme nur noch schwer Luft.

Bluey.

Ich rufe DC Joanne Aspinall an, werde direkt auf ihre Mailbox weitergeleitet und hinterlasse eine panische Nachricht. »Bitte rufen Sie mich an«, sage ich, »so schnell wie möglich. Ich glaube, ich weiß, wer der Mann ist, ich glaube, ich habe ihn gestern gesehen … bitte rufen Sie mich an … bitte.«

Ich stehe keuchend am Telefon, als Joe die Treppe herunterkommt. »Was ist denn los?« Er steht in Boxershorts vor mir und reibt sich die Stelle am Hinterkopf, die er sich aufgeschlagen hat, als er gestern auf dem Eis ausgerutscht ist.

Die Worte sprudeln aus mir heraus. »Noch ein Mädchen wird vermisst. Die glauben, sie wäre mit einem Mann mit Hund mitgegangen. Ein Hund wie Bluey. Er ist es, Joe. Ich habe doch gesagt, dass irgendwas mit ihm nicht stimmte. *Ich habe es dir doch gesagt.* Er ist es, ganz zweifellos. Es kann nicht anders sein.«

»Vielleicht doch«, ist alles, was er sagt, und dann lässt er die Hunde in den Garten.

»Joe …?«

»Was denn?«, gibt er zurück. »Steigere dich nicht in etwas hinein, mehr sage ich dazu nicht. Die Chancen sind doch verschwindend gering, dass es sich um denselben Kerl handelt.«

Ich starre ihn an. »Du irrst dich.«

Ich springe die Treppe hinauf. Jetzt weiß ich, was zu tun ist. Ich werde mich anziehen und zu Kate rüberfahren und ihr alles erzählen. Ist mir doch egal, ob Guy mich beschimpft, es ist mir einfach egal. Kate muss es erfahren. Ich könnte ihr beschreiben, wie der Mann aussah. Du liebe Güte, vielleicht kennt sie ihn sogar! Vielleicht ist er ein Bekannter der Familie, vielleicht ist Lucinda nur deswegen freiwillig mit ihm mitgegangen. Vielleicht ist sie nur deswegen verschwunden, ohne dass jemand etwas gemerkt hat.

Ich werfe einen Blick auf meine Armbanduhr.

Ich schicke Kate eine SMS: *Muss dich sprechen, bin gegen acht Uhr da. xx*

Die Schlafzimmertür geht auf. Joe. »Was tust du da?«, fragt er.

»Ich ziehe mich an.«

»Woher die Eile?«

»Ich fahre zu Kate.«

»Jetzt? Um diese Zeit?«

»Es ist wichtig. Ist doch egal, wie spät es ist.«

Sein Gesicht verdüstert sich. Er kann nicht glauben, was er da sieht. Er wirft resigniert die Hände in die Höhe, wie um zu sagen: *Ach, was soll's.*

»Lisa, hörst du mir überhaupt zu? Du kannst nicht einfach um diese Uhrzeit da klingeln. Was ist mit deinen Kindern? So langsam fängst du an, sie zu vernachlässigen. Alles dreht sich nur noch um …«

»Ich vernachlässige meine Kinder nicht.«

»Ach nein?«

»Warum sagst du das? Du bist doch derjenige, der mir immer wieder sagt, ich solle mir nicht so viele Gedanken machen, ich solle mich entspannen und sie in Ruhe lassen.«

»Lisa, wach auf. Sieh dich nur an. Immer dreht sich alles nur um *sie*. Die ganze Zeit geht es nur um *Kate*. Du kannst es einfach nicht ertragen, dass sie enttäuscht von dir ist, deswegen …«

»*Enttäuscht?* Ihre Tochter wird vermisst, Joe! Und es ist meine Schuld. Ich befürchte nicht, sie könnte enttäuscht von mir sein, nein, ich habe Todesangst! Was zum Teufel soll ich denn machen? Ich muss ihr von diesem Typen von gestern erzählen, vielleicht ist das ein wichtiger Hinweis, und …«

»Dann sei vorsichtig«, unterbricht er mich in aggressivem Tonfall.

»Was soll das nun schon wieder heißen? Wieso soll ich vorsichtig sein?«

»Versuch einfach, den Überblick zu behalten. Sonst ist es beim nächsten Mal vielleicht *deine* Tochter, die verschwindet.«

Vierzig Minuten später, und nachdem ich mein Auto mühevoll von einer dicken Eisschicht befreit habe, bin ich auf dem Weg zu Kates Haus am anderen Ende des Tals.

Meine Autoreifen knirschen auf dem Kies, als ich bergauf fahre. Ich gerate zweimal ins Schlingern, kann den Wagen aber immer wieder fangen; ehrlich gesagt habe ich es so eilig, dass es mir egal ist, ob meine Stoßstange an irgendeinem dekorativen Mäuerchen oder in einer penibel getrimmten Hecke landet. Ich sitze wie auf heißen Kohlen und kann es gar nicht erwarten, Kate zu sagen, was ich weiß. Ich habe das Gefühl, dass sie mit der Beschreibung des Mannes, der Bluey mitgenommen hat, etwas anfangen kann; ich will mir nicht zu große Hoffnungen machen, aber auf einmal sehe ich eine Möglichkeit, Lucinda zu retten.

Ich erlaube mir nicht zu denken, sie könnte nicht mehr am Leben sein. Denn jetzt, das glaube ich von ganzem Herzen, braucht Kate mich. Ich muss stark sein. Ich darf nicht die Nerven verlieren, ihr zuliebe.

Auf der Hügelkuppe teilt sich die Straße, und während ich nach links abbiege, wird mir klar, dass ich vielleicht die Chance bekommen habe, meinen Fehler auszubügeln. Wenn ich diejenige bin, die die Polizei zu Lucinda führt, dann werden Kate und Guy mir vielleicht irgendwann vergeben können, und dann ...

Ich erreiche die Einfahrt der Rivertys. Guys Audi ist nicht da.

Unterhalb der Villa steht ihre große Doppelgarage. Wie bei vielen anderen Familien auch sind die Garagen der Rivertys so vollgestellt, dass für die Autos kein Platz mehr darin ist, und so parken Guy und Kate ihre Geländewagen davor. Kates Mitsubishi ist da, aber das Auto von Guy nicht.

Wo ist er um diese Uhrzeit? Warum ist er nicht zu Hause?

Ich lasse die Kupplung vorsichtig kommen und halte einen Fuß immer auf der Bremse, und langsam, ganz langsam, bringe ich mein Auto vor der Gartenpforte zum Stehen. Kate hat nicht auf meine SMS geantwortet, aber ich weiß, dass sie wach ist, weil im Erdgeschoss alle Lampen brennen.

Selbstverständlich ist sie schon wach.

Welche Mutter kann schlafen, wenn ihr Kind vermisst wird?

Ich bleibe für einen Moment im Auto sitzen und schaue zum Haus hinauf. Ich kann hinter den Fenstern keine Bewegung sehen, aber mir fällt auf, dass die Lichter am Weihnachtsbaum brennen. Wahrscheinlich möchte Kate, dass Fergus zuliebe alles so aussieht wie immer.

Der Baum im Erkerfenster ist wirklich hübsch. Die Rivertys machen es wie viele Familien und ziehen Anfang Dezember los, um den Baum gemeinsam auszusuchen. Man macht einen Ausflug draus und hält unterwegs an einem Landgasthof, um zu Mittag zu essen.

Unser Weihnachtsbaum ist aus Plastik und liegt immer noch zerlegt im obersten Kleiderschrankfach.

Mein Kleiderschrank lässt sich nie ganz schließen, und immer wieder sehe ich einen einzelnen Zweig dort oben heraushängen. Er erinnert mich an Weihnachten und weckt dunkle Vorahnungen, schon im Juni.

Meine ganze Kindheit schien ein einziges, langes Warten auf Weihnachten zu sein. Mittlerweile verbringe ich sechs von zwölf Monaten damit, mich vor dem Fest zu fürchten. Es gibt einfach zu viel zu tun und nicht genug Zeit, um es zu tun. Ehrlich gesagt fühle ich mich wie eine Weihnachtsversagerin.

Ich werfe einen Blick zu Kates Auto hinüber. Vielleicht hat Guy seins doch noch in der Garage untergebracht, um es morgens nicht freikratzen zu müssen. Ich habe eine halbe Ewigkeit dafür gebraucht.

Ich steige aus und setze auf dem Gartenpfad einen Fuß zaghaft vor den anderen. Einmal habe ich irgendwo gelesen, die Schmierflüssigkeit in menschlichen Gelenken sei dreimal so glitschig wie Eis. Aber nicht wie dieses hier. Dieses Eis ist wie nichts, was ich je gesehen habe. Ich trage eine alte Skihose, die ich seinerzeit gekauft habe, um nach Andorra zu fahren, kurz bevor ich merkte, dass ich mit Sally schwanger war. Wir haben es niemals mehr in den Skiurlaub geschafft; ich nutze die Hose seither für winterliche Hundespaziergänge und bin gerade heute dankbar dafür. Wenn ich ausrutsche, wird wenigstens mein Hintern weich gepolstert sein.

Ich drücke auf die Klingel und warte.

Nichts. Normalerweise hört man jemanden die Treppe herunterspringen, oder Kates abgehackte, schnelle Schritte im Flur.

Ich drücke noch einmal auf den Knopf, und dann reibe ich meine Hände, um sie zu wärmen.

Es ist, als wäre niemand zu Hause.

Vielleicht steht Kate unter der Dusche.

Ich beschließe, sie auf dem Handy anzurufen; vielleicht ist sie oben und kann mich nicht hören.

Zwei Minuten später gebe ich es auf. Dann habe ich eine plötzliche Eingebung. Jede Wette, dass sie auf der Polizeiwache sind? Sicher haben sie von dem vermissten Mädchen gehört und sind sofort losgefahren, um sich zu informieren. Ja. Sicher haben sie Guys Auto genommen.

Aber warum haben sie alle Lichter brennen lassen?

Bevor ich kehrtmache und wieder nach Hause fahre, lege ich versuchshalber die Hand an den Türknauf und drehe ihn. Als die Tür nachgibt und sich öffnet, weiche ich vor Schreck zurück und rutsche fast aus.

Vorsichtig trete ich ein. Weil ich Musik aus der Küche höre, bewege ich mich in diese Richtung. »Kate«, rufe ich. »Kate, bist du da?«

In dem himmelblauen Transistorradio im Retrostil, das zu Kates anderen hellblauen Haushaltsgeräten im Retrostil passt, läuft Jona Lewies »Stop the Cavalry«.

Und dann bleibt mir der Mund offen stehen.

Kate liegt auf dem Boden neben dem Küchentisch. Sie trägt ihren Cath-Kidston-Pyjama mit den aufgedruckten Rosen und hat sich von oben bis unten vollgekotzt.

Auf dem Tisch stehen drei leere Tablettendosen und eine halbleere Flasche Sambuca.

Zitternd gehe ich in die Hocke. Ich glaube, Kate atmet nicht mehr.

27

Joannes Geist ist vollkommen wach, aber ihr Körper schläft noch.

Gestern hat sie es nicht vor elf nach Hause geschafft, denn sie musste ihr Auto im Zentrum von Windermere stehen lassen. Irgendein Volltrottel hatte sein Auto vor dem Coop mitten auf der Fahrbahn abgestellt und damit die Straße blockiert. Joanne war gezwungen, sich an den geparkten Autos entlangzuhangeln wie Spiderwoman. Zwischendurch kam ihr der Gedanke, dass sie weitaus schneller vorankäme, wenn sie sich einfach fallen ließe und auf dem Hintern bergab rutschte. Aber obwohl kein Mensch weit und breit zu sehen war, konnte sie sich nicht dazu überwinden.

Dies war der denkbar schlechteste Moment für Eisregen. Zwei Mädchen im Teenageralter verschleppt und neun von zehn Straßen in Cumbria unbefahrbar.

Die Polizei hatte die Bevölkerung aufgefordert, das Auto nur in Notfällen zu benutzen – was natürlich ein jeder anders interpretierte.

Joanne erinnert sich an ein Interview mit einer amerikanischen Familie, das sie nach einem besonders heftigen Eissturm in Minnesota im Fernsehen gesehen hatte. Die Leute erzählten dem Reporter, sie hätten »keine andere Wahl gehabt«, als bei Lebensgefahr Auto zu fahren, da sie ja schließlich essen, also ein Restaurant aufsuchen mussten. Wie so viele Amerikaner kochten sie nicht selbst.

Unter *lebensgefährlich* und *Notfall* versteht eben jeder etwas anderes.

Joanne schiebt die zerknüllten Laken beiseite und versucht zaghaft aufzustehen. Sie schläft wie in einem Kokon, denn sie zieht die Daunendecke um sich und zwischen ihren Beinen durch. So wird ihr warm, ohne dass ihre Beine aneinanderkleben.

Sie rollt sich auf den Rücken und fährt mit den Fingern die Unterkante ihres Schlaf-BHs ab. Seit sie fünfzehn Jahre alt ist, braucht sie nachts einen BH; sie kann es kaum erwarten, ihn loszuwerden.

Im Erdgeschoss klappert jemand herum. Normalerweise ist Jackie um diese Zeit schon weg; sie duscht um sechs und geht um halb sieben aus dem Haus, weil einige ihrer »Kunden« Hilfe beim Aufstehen benötigen. Vermutlich ist auch sie heute nicht so schnell aus dem Bett gekommen.

Jackie schlief schon tief und fest, als Joanne gestern Abend nach Hause kam. Joanne hatte den Kopf zur Tür hereingestreckt, aber Jackies Schnarchen und Grunzen verrieten ihr, dass die Tante nach einer Flasche Mateus Rosé völlig besinnungslos war. Joanne hatte die leere Flasche im Müll gefunden.

Vorsichtig tapst sie die Treppe hinunter ins Wohnzimmer, wo Jackie Marmeladentoast isst und die Nachrichten im Fernsehen verfolgt. Ihr kurzes, nasses Haar schimmert orange, ein verräterisches Zeichen dafür, dass sie es selbst blondiert. »Auto streikt«, sagt sie mit vollem Mund. »Ich brauche einen Mann, der es anschiebt.«

Joanne erklärt ihr, hilfsbereite Männer seien zu dieser Jahreszeit Mangelware.

Sie hat Jackie nichts von der Brustverkleinerung erzählt, weil … nun ja, sie weiß selbst nicht, warum, aber so ist es nun einmal. Als Jackie also sagt: »Da ist ein Brief für dich«, und in Richtung Wohnzimmertisch zeigt, »scheint privat und vertraulich zu sein«, hat Joanne keine überzeugende Antwort parat und sagt deswegen, es handele sich wohl um Kontoauszüge.

»Der Poststempel ist aus Lancaster«, sagt Jackie und wirft ihr einen misstrauischen Blick zu. »Deine Kontoauszüge kommen wohl kaum aus Lancaster.«

Joanne legt sich einen Finger an die Nase, aber weil Jackie diese Geste normalerweise auf die Palme bringt, verzieht sie sich schnell in die Küche, um Tee zu kochen.

»Ich weiß, dass du was im Schilde führst«, ruft Jackie vom Sofa aus.

Als das Wasser kocht, greift Joanne zum Handy. Sie fängt leise zu fluchen an, als sie sieht, dass es die ganze Zeit stummgeschaltet war. Sie hört ihre Nachrichten ab und rechnet, weil sie nicht erreichbar war, mit einem Tadel des DI. Stattdessen ist da nur eine einzige, verstümmelte Nachricht von dieser Frau aus Troutbeck, Lisa Kallisto.

Es geht um irgendeinen Hund und um den Vergewaltiger.

Lisa ist kaum zu verstehen, sie klingt hysterisch. Jackie im Nebenraum hat die Lautstärke des Fernsehers voll aufgedreht. Joanne muss sich ein Ohr zuhalten, um überhaupt zu verstehen, was Lisa Kallisto sagt. Sie wird sie gleich zurückrufen, nach einem Schluck Tee, wenn sie wach genug ist, ein vernünftiges Gespräch zu führen.

»Da ist noch ein Mädchen verschwunden«, ruft Jackie aus dem Wohnzimmer.

Joanne drückt den Teebeutel am Rand des Bechers mit einem Löffel aus. Weil er immer noch nicht stark genug ist, hängt sie Jackies benutzten Teebeutel dazu. »Ja, seit gestern«, ruft sie zurück. »Deswegen bin ich so spät nach Hause gekommen. Der Druck ist wirklich enorm – wir brauchen dringend eine Spur.«

»Du hast Nanna verpasst.«

Jeden Mittwochabend besuchen sie Nanna im Pflegeheim. Genau genommen ist sie Joannes Oma und Jackies Mutter. Aber auch Jackie nennt sie immer nur *Nanna*. Vielleicht, weil ihr Sohn damals noch klein und es für ihn weniger verwirrend war, die Oma unter nur einem Namen zu kennen.

»Wie geht es ihr?«, fragt Joanne, als sie ins Wohnzimmer kommt und dabei mit einem Fuß am Läufer hängen bleibt. Sie verschüttet etwas Tee auf dem Fußboden.

»Wie immer. Sie tut so, als würde sie mich nicht erkennen.«

Ein alter Trick von Nanna, wenn sie Besuch bekommt, aber lieber fernsehen würde.

Joanne und Jackie haben gelernt, es zu ignorieren.

»Braucht sie irgendwas?«, fragt Joanne, »hat sie noch genug Puder?«

»Sie könnte ein neues Paar Hausschuhe gebrauchen. Du könntest ihr welche mitbringen, wenn du das nächste Mal bei Marks bist. Größe sechsunddreißig. Außerdem schuldest du mir zwölf Pfund für den Friseur. Letzte Woche hat sie sich eine Dauerwelle machen lassen.«

Die Extraausgaben teilen Joanne und Jackie untereinander auf. Eigentlich sollte sich auch Joannes Mutter daran beteiligen, aber da sie seit vier Jahren auf Lanzarote lebt, haben die beiden es aufgegeben, sie überreden zu wollen. Gott sei Dank übernimmt der Staat die Kosten für das Pflegeheim, sagt Joanne sich dankbar. Vierhundert Pfund in der Woche könnten Jackie und sie nie im Leben aufbringen, und die einzige Alternative wäre, Nanna zu Hause zu pflegen – undenkbar.

Jackie hört zu kauen auf und wirft Joanne einen neugierigen Blick zu. »Dann wirst du dir also die Brüste verkleinern lassen?«

Joanne verdreht die Augen und seufzt. »Dir entgeht wohl nichts.«

»Silvia sagt, sie hat dich am Dienstag beim Arzt gesehen, und da du mir nichts davon erzählt hast, vermute ich, dass das der Grund war.«

»Er hat mich an einen Spezialisten verwiesen. Ich habe erst nach Weihnachten einen Termin.«

»Was für eine blödsinnige Idee.«

»Deiner Meinung nach.«

»Das ist keine Meinung, sondern eine Tatsache.«

Joanne schweigt. Sie kennt Jackies Meinung in dieser Frage nur allzu gut. Sie hat keine Lust, das Thema schon wieder zu diskutieren.

Das Handy fängt in der Tasche von Joannes Morgenmantel zu vibrieren an. Sie zieht es heraus und wirft einen Blick aufs Display.

Ron Quigley.

»Joanne«, keucht er mit pfeifendem Atem, als wäre er die Treppen zur Wache hochgerannt, »komm sofort nach Troutbeck, Schätzchen. Die Riverty hat versucht, sich das Leben zu nehmen.«

28

Zeit ist relativ, sagt man.

Die Zeit vergeht langsam, wenn man auf die Geburt seines Kindes wartet und erst in der zwölften Woche ist, wenn man sieben Jahre alt ist und vor der Bescherung an Weihnachten die Zeiger der Uhr vorankriechen sieht. Und wenn man auf den Krankenwagen wartet, weil die beste Freundin versucht hat, sich umzubringen, und alle Straßen von einer dicken Eisschicht bedeckt sind.

Die längsten Minuten meines Lebens.

Das Warten ist die reinste Qual, weil ich nichts für Kate tun kann. Sie stinkt und ist leblos, sie atmet kaum, ihr Puls ist flach und unregelmäßig. Und da ist absolut nichts, was ich tun kann, außer ihr hilflos über den Kopf zu streicheln.

Ich hatte es zuerst nicht bemerkt, aber als ich versuchte, sie in die stabile Seitenlage zu bringen, fiel mir auf, dass ihre Pyjamahose nass von Durchfall war, der sich schon auf den Marmorfliesen der Küche verteilte. Ich wischte alles auf, so gut es ging. Dann schaltete ich das Radio aus und wartete.

Als Erster kommt ein Sanitäter im Land Rover an. Ich kenne den Mann flüchtig; ich habe ihn schon öfter im Ort gesehen, wenn er sich ein Sandwich kauft oder Geld abhebt. Er hat ein nettes Gesicht und eine schiefe Nase, auf die er wohl einen Schlag abbekommen hat. Vielleicht beim Rugby. Er hätte die passende Statur dafür. Er erzählt mir, dass der Krankenwagen auf dem Weg ist und er schon einmal Erste Hilfe leisten wird, denn … Er zögert und spricht, als bedaure er es sehr, aber: »Die werden es nicht leicht haben, hier raufzukommen.«

»Was meinen Sie, wie lange werden sie brauchen?«, frage ich mit zittriger Stimme, und er zuckt mit den Achseln und macht wieder ein bekümmertes Gesicht. »Nicht zu lange, hoffe ich«, sagt er.

Er zeigt auf die Pillenfläschchen auf dem Küchentisch. »Mehr hat sie nicht genommen?« Er bittet mich, im Obergeschoss nachzusehen, in den Schlafzimmern und den Medizinschränkchen. Vielleicht finde ich weitere leere Dosen. Der Notarzt müsse das unbedingt wissen, sagt er.

In den Fläschchen auf dem Tisch waren Antidepressiva. Amitriptylin und Phenelzin. Ich kenne die Wirkstoffe, weil meine Mutter sie genommen hat. Manchmal musste ich sie ihr aus der Apotheke holen. Am meisten schockiert mich, dass Kate Antidepressiva nimmt, und offenbar schon lange genug, um einen heimlichen Vorrat anzulegen und sich das hier anzutun. Zwei der Flaschen sind auf August datiert, die dritte auf Oktober.

Offenbar stellt sich bei allen Menschen, von denen ich glaube, sie hätten alles unter Kontrolle, sie hätten ihr Leben viel besser im Griff als ich, irgendwann heraus, dass sie Antidepressiva nehmen. Ich scheine in dieser Frage sehr naiv zu sein.

Ich stehe in Kates wunderschöner Küche, schaue auf ihren leblosen Körper hinunter und denke: *Warum in aller Welt braucht sie solche Tabletten? Warum, wo sie doch alles hat?*

Warum sie eine Überdosis genommen hat, kann ich natürlich verstehen, immerhin besteht die Möglichkeit, dass Lucinda nicht mehr lebt. Ja, das kann ich verstehen. Aber wozu hat sie solche Medikamente überhaupt im Haus?

Ich muss wohl einsehen, dass das Bild, das ich mir von einem Menschen mache, und die Wahrheit meilenweit auseinanderliegen. Und doch weiß ich, dass viele Frauen solche Medikamente nehmen. Was war Kates Grund?

»Was werden Sie mit ihr machen?«, frage ich den Sanitäter,

bevor ich mich auf die Suche nach weiteren leeren Pillendosen mache.

»Wenn sie nicht mehr geschluckt hat als diese hier, wird man ihr durch einen Schlauch Kohle einführen. Das ist das übliche Verfahren … falls sie rechtzeitig hier eintreffen. Es kommt immer auf den Fall an. Möchten Sie irgendwen benachrichtigen?«

»Ich sollte ihren Ehemann anrufen, aber ich habe seine Handynummer nicht.« Hilflos ringe ich die Hände. »Er sollte hier sein … ich weiß auch nicht, wo er steckt … sie …« Ich fange an, dem Mann von Lucinda zu erzählen und was dieser armen Familie passiert ist, aber dann beiße ich mir auf die Zunge. Ich muss jetzt nach oben laufen und mich umsehen, bevor der Krankenwagen kommt, außerdem habe ich eine gute Idee: Ich werde Kates Handy anrufen, das irgendwo hier im Haus sein muss. Sicher ist Guys Nummer darin gespeichert.

Ich stehe in Kates Badezimmer, rufe ihr Handy mit meinem an und lausche, kann aber im ganzen Haus kein Klingeln hören. Ich suche alle Zimmer ab, so schnell ich kann, denn gleich wird der Krankenwagen hier sein. Mir bleibt nicht viel Zeit.

Ich reiße den Badezimmerschrank auf und bekomme einen unangenehmen Einblick in das Leben der Rivertys. Neben den Antidepressiva hortet Kate auch noch einen Vorrat an Canesten Duo für Vaginalpilz sowie Glycerinzäpfchen – einmal musste ich Sam eines geben, als er unter wirklich schlimmer Verstopfung litt – und drei Flaschen Regaine gegen Haarausfall.

Schuldbewusst wühle ich in den Verpackungen, um nichts zu übersehen. Ich bin sprachlos über das Regaine, schließlich ist Guys Haar alles andere als schütter. Er hat dicke, glänzende, weiche Locken, die er sich gern mit einer Kopfbewegung aus der Stirn wirft. So wie Michael Heseltine zu seinen besten Zeiten.

Wie seltsam, eine Einsicht in das Intimleben fremder Menschen zu bekommen, einen verbotenen Blick auf die Mechanismen einer Familie; aber wahrscheinlich ist das gar nicht ungewöhnlich nach einem so katastrophalen Ereignis wie dem Verschwinden eines Kindes. Oder einem Selbstmordversuch. Die vielen Schichten der Ehrbarkeit werden bei dem Versuch, die Wahrheit herauszufinden, heruntergerissen, bis die Familie vollkommen nackt dasteht und den Blicken der anderen schutzlos ausgesetzt ist.

Ich nehme ein Fläschchen aus dem untersten Regal, ein Läusemittel, wie ich es bei meinen Kindern auch schon verwendet habe, obwohl es leider vollkommen nutzlos ist, und dann …

Und dann zittere ich am ganzen Leib, und meine Finger werden taub.

Fergus.

Kates Sohn. Wo ist er?

Wie konnte ich ihn nur vergessen? Du liebe Güte, was, wenn er hier ist und aufwacht und nach unten geht und seine Mutter in diesem Zustand sieht?

Als ich Kate entdeckte, vergaß ich vollkommen, dass er möglicherweise auch im Haus ist. *Bitte, lass ihn bei seiner Tante Alexa sein,* bete ich, während ich durch den Flur zu seinem Zimmer laufe. *Bitte, lass ihn bei seinem Daddy sein. Bitte …*

Ich knipse das Licht im Flur aus, um das Kinderzimmer nicht hell zu erleuchten und den Jungen zu erschrecken, und öffne die Tür so leise wie möglich. Meine Hand zittert. Ich warte kurz und halte die Luft an, um mich zu sammeln.

Dann öffne ich die Tür ganz langsam.

Fergus liegt schlafend in seinem Bett. Er hat es irgendwie geschafft, die Decke so zu verdrehen, dass seine Füße unbedeckt darunter herausragen. Aber im Raum ist es so warm, dass er davon nicht aufwacht. Ich bleibe auf der Schwelle stehen und weiß nicht, was ich tun soll. Ich könnte hineingehen und ihn wecken, ich könnte versuchen, ihn hier oben festzuhalten und von der Szene unten in der Küche abzulenken. Oder ich könnte die Tür wieder schließen und hoffen, dass er durchschläft, bis sie Kate abgeholt haben.

Ich weiß nicht, was ich tun soll.

Fergus stöhnt ganz leise und dreht sich auf die Seite, weg von mir.

Ich muss mich entscheiden.

Weil mir nichts Besseres einfällt, ziehe ich vorsichtig den Schlüssel aus der Innenseite der Tür und schließe sie von außen ab. Ich weiß, dass das nicht die ideale Lösung ist. Falls der Junge innerhalb der nächsten zehn Minuten aufwacht, wird er in Panik geraten, weil die Tür sich nicht öffnen lässt. Ich mag mir gar nicht vorstellen, wie dieses stille, sensible Kind in Panik gerät.

Auf einmal werde ich wütend auf Kate, weil sie mich in diese Lage gebracht hat. Warum hat sie nicht versucht, sich umzubringen, wenn Fergus in der Schule ist?

Dann reiße ich mich zusammen und sage mir, dass sie wahrscheinlich gar nichts gedacht hat. Wenn man sich umbringen will, ist wohl kein Platz mehr für rationale Gedanken.

Dennoch …

Kate, was zum Teufel hast du dir dabei gedacht?

Ein blaues Licht huscht über die Flurwände, und ich trete ans Fenster. Kate hat in diesem Bereich des Hauses im Erker eine wunderhübsche Leseecke eingerichtet. Hier steht ein dick gepolsterter, mit gestreiftem Stoff bezogener Sessel geschmackvoll schräg in der Ecke, daneben ein Bücherregal. Jemand – wahrscheinlich Fergus – liest gerade *Kampf um die Insel* von Arthur Ransome; das Buch liegt aufgeschlagen und umgedreht auf dem Beistelltischchen. Ich wollte James überreden, das Buch zu lesen, aber er gab nach zwei Seiten auf, weil er *Gregs Tagebücher* bevorzugt. Damals tröstete ich mich mit dem Gedanken, dass die wenigsten Jungs Klassiker mögen. Offenbar hatte ich mich geirrt.

Aus dem Fenster im Obergeschoss beobachte ich, wie die Notärztin über den Gartenpfad trippelt. Ich muss mich beeilen.

Ich stehe am Kopf der Treppe, als sie zur Haustür hereinkommt. Sie schaut zu mir herauf. Sie hat ein wunderhübsches Gesicht, und ich stelle mir vor, wie viele Menschen im Moment der Todesangst in dieses Gesicht sehen und sich sofort getröstet fühlen.

»Sie ist dahinten«, sage ich, steige die Treppe hinunter und zeige zur Küche.

»Ein hübsches Haus«, bemerkt sie abwesend, und ich nicke.

»Nicht wahr?«, sage ich.

Irgendwie haben Notärzte die Fähigkeit, selbst in Krisensituationen eine große Ruhe auszustrahlen. Sie machen sich so gelassen und konzentriert an die Arbeit, dass man für einen Moment vergisst, dass es hier um Leben und Tod geht.

Ich gehe in die Küche und halte mich im Hintergrund, um nicht im Weg zu stehen. Der Sanitäter, der am Boden neben Kate kniet, begrüßt die Notärztin mit den Worten: »Ganz schön glatt auf den Straßen, was, Megan?«

»Ein bisschen. Wie geht es ihr?«

Rasch klärt er sie über den Zustand der Patientin auf, als ein weiterer Sanitäter mit einer Trage hereinkommt. »Es ist viel zu glatt, um den Rollwagen zu nehmen«, sagt er in den Raum hinein.

»Ich bin die Freundin«, erkläre ich, und er nickt mir grimmig zu.

»Haben Sie das Haus nach leeren Medikamentenverpackungen abgesucht?«, fragt er mich, und ich bejahe. Ich habe aber nichts gefunden. Ich will gerade sagen, dass ich mir nicht ganz sicher bin, weil ich nicht genug Zeit für eine gründliche Suche hatte, als wir lautes Hämmern aus dem Obergeschoss hören.

Ich schließe die Augen.

Als ich sie wieder öffne, sehen alle mich an. »Der Sohn«, flüstere ich heiser. »Bestünde die Möglichkeit, sie möglichst schnell von hier wegzuschaffen?«

Als ich den Kopf der Treppe erreiche, hat sich das verzweifelte Hämmern schon zu einem gelangweilten, rhythmischen Klopfen beruhigt.

Der Gedanke, dass Kate ganz allein beim Transport ins Krankenhaus ist, gefällt mir gar nicht, aber es geht nun mal nicht anders. Ich kenne Alexas Telefonnummer nicht auswendig, und da ich Guy nicht erreichen kann ...

Ich schließe die Tür auf und setze mein breitestes Lächeln auf, ein Lächeln, das bei meinen Kindern sofort für größtes Misstrauen sorgen würde.

Ich beschließe, Fergus die halbe Wahrheit zu sagen. Ich habe nicht die Nerven, mir eine komplizierte Lüge auszudenken, um diesem Kind jeden weiteren Schrecken zu ersparen. Deswegen sage ich einfach: »Fergus, ich weiß, dass du nicht damit gerechnet hast, mich heute Morgen hier zu sehen«, und dann lache ich nervös, »aber deiner Mummy geht es nicht so gut. Ehrlich gesagt musste sie ins Krankenhaus ... Sie hat mich gebeten, mich so lange um dich zu kümmern. Ist das in Ordnung? Wie wäre es, wenn wir nach unten gehen und ich Frühstück mache?«

Sein Auge ist wieder entzündet. Das linke. Es ist blutunterlaufen, das Lid geschwollen. Ich muss die Tropfen finden, die Kate ihm immer gibt.

Manchmal finde ich Fergus seltsam. Ein bisschen merkwürdig. Dabei bin ich an Jungs gewöhnt. Ich habe selber zwei, außerdem sind im Laufe der Jahre viele Jungs bei uns zum Spielen gewesen. Ich kenne die hyperaktiven, die nicht stillsitzen können und das Badezimmer verwüsten, sobald man sie auch nur einen Moment aus den Augen lässt. Ich kenne die,

die nichts essen außer Hotdogs oder Keksen oder Haribo. Ich kenne die, die kein Wort reden und, wenn man sie vor eine DVD setzt, in Trance verfallen und erst wieder aufwachen, wenn der Abspann läuft. Ich kenne sogar die, die »Scheiße« und »Kacke« und »Mist« und »Arschloch« sagen. Irgendwie fand ich es immer besonders süß, wenn ein Siebenjähriger solche Worte in den Mund nimmt.

Aber wie ich schon sagte, finde ich Fergus manchmal ein bisschen seltsam. Ich kann nichts mit ihm anfangen.

Es ist, als hätte ich keinen Zugang zu ihm. Je mehr ich mich um ihn bemühe, desto verständnisloser sieht er mich an, so als mache ich alles falsch. Irgendwann habe ich es aufgegeben. Sam und Fergus haben immer nur zwangsweise miteinander gespielt, weil Kate und ich befreundet sind, das muss ich inzwischen einsehen. Es kam uns gerade recht, die beiden zusammen spielen zu lassen. Nun aber, da sie sieben Jahre alt sind, treten die Unterschiede zwischen den Jungen umso klarer zutage – nun ja, ich kann schon verstehen, warum Sam von Fergus eine erhöhte Spielgebühr verlangt hat. Man könnte ihn wirklich als anstrengend bezeichnen.

Als ich ihm erzähle, dass Kate im Krankenhaus ist, sagt er kein Wort. Nichts. Er folgt mir einfach aus dem Zimmer und in die Küche hinunter. Beim Hereinkommen merke ich, dass es immer noch ein bisschen säuerlich nach Kates Erbrochenem riecht, und dann ist da noch dieser andere, unangenehm faulige Geruch, aber Fergus sagt nichts dazu. Er setzt sich an die Kücheninsel, starrt geradeaus und wartet darauf, dass ich ihm etwas vorsetze.

»Was isst du normalerweise zum Frühstück?«, frage ich freundlich. »Weetabix? Rice Krispies?«

»Porridge.«

Ich runzele die Stirn. »Jeden Morgen?«

Er nickt ungerührt.

»Na gut, dann also Porridge.«

Ich öffne und schließe die Küchenschränke. Kates Küche hat ungefähr viermal so viel Lagerraum wie meine. Jeder Schrank ist perfekt aufgeräumt und auch von innen makellos sauber. Ich brauche eine Weile, um die Haferflocken zu finden (ich suche nach einer blauen Schachtel, Quaker Oats oder Scott's, aber stattdessen entdecke ich eine braune Papiertüte, eine erlesene Biomarke, von der ich noch nie gehört habe), und dann muss ich mich zwischen einer verwirrenden Auswahl an Töpfen entscheiden.

»Wie viel Zucker möchtest du?«, frage ich Fergus, während ich im Topf rühre. Das Zeug will partout nicht weich werden.

»Mummy nimmt nur Honig und Blaubeeren.«

Ich lächle Fergus an. Natürlich, wie sollte es anders sein.

»Möchtest du sie aus dem Schrank holen und selbst unterrühren?«

Er springt vom Barhocker herunter und sieht in dieser riesigen Küche auf einmal winzig klein aus. Ich sehe, wie er vor dem Kühlschrank steht und … kennen Sie diese Geschichten, in denen Kinder in Kühlschränken und Backöfen verschwinden und man denkt, das geht doch gar nicht? Jetzt kann ich es mir vorstellen. Er ist so ein kleines, dünnes Kerlchen, er könnte mühelos in den Kühlschrank hineinklettern und sich dort verstecken. Das braune Haar steht ihm vom Schlafen nach allen Seiten ab. Deutlich ist sein flacher Hinterkopf zu sehen, der ihm das Aussehen eines Elfen verleiht. Aus dieser Perspektive wirkt sein Kopf fast spitz.

»Fergus«, frage ich vorsichtig, »ist dein Daddy irgendwo hingefahren?«

Er zuckt die Achseln. »Keine Ahnung.«

»War er gestern Abend hier, als du schlafen gegangen bist?«

»M-hmm.«

»Dann hast du ihn also gesehen?«

»Ja.«

Ich überlege und frage mich, ob ich noch weiter in ihn dringen soll, ob es in Ordnung ist, einen Siebenjährigen so auszuhorchen. »Fergus … haben sich Mummy und Daddy gestern Abend gestritten?«

Er beißt sich auf die Unterlippe, holt die Blaubeeren aus dem Kühlschrank und wirft mir einen verunsicherten Blick zu.

Ich lasse meine Stimme so sanft und mitfühlend wie möglich klingen und hake so beiläufig nach, als wäre mir das Thema eigentlich egal. »Haben sie sich angeschrien?«, frage ich.

»Ein bisschen«, sagt er zögerlich.

Ich verdrehe lächelnd die Augen und mache »tse«, wie um zu sagen: *Diese verrückten Erwachsenen, was?*

Nach einer Weile versuche ich es erneut. »Tut mir leid, dass ich so neugierig bin, Fergus … Es wäre einfach gut, wenn wir deinen Vater jetzt anrufen könnten, aber ich weiß nicht genau, wo er ist. Hat er dir gesagt, wohin er wollte? Musste er gestern Abend irgendwohin?«

Fergus schlägt die Kühlschranktür zu und sagt entschieden: »Nein.«

Außer dem Honig und den Blaubeeren hat Fergus zusätzlich eine Schachtel Schokolinsen von Cadbury auf den Tisch gestellt, die hier zum Frühstück garantiert verboten sind. Er stellt sie neben seinen Platz und legt schuldbewusst eine Hand darüber, als er meine Blicke sieht.

Ich löffele das Porridge in eine Schüssel und trage sie hinüber.

»Es ist noch ein bisschen heiß«, sage ich sanft und beuge mich vor, um auf den Brei zu pusten.

Fergus sieht mich an. »Daddy sagt uns nie, wann er woanders schläft«, sagt er. »Deswegen hat Mummy sich so aufgeregt.«

Ich weiche zurück und merke, dass ich wohl ziemlich schockiert aussehen muss mit meinem offenen Mund. Mir fällt nichts zu sagen ein.

Ich flüstere: »Weißt du, wo er hinfährt, Fergus? Hat er dir das jemals gesagt?«

Und Fergus reißt die Augen auf und will es mir erzählen. Aber im selben Moment fällt die Haustür ins Schloss, und wir hören Schritte. Instinktiv lege ich einen Arm um Fergus' Schultern, und Guy erscheint in der Tür. Er ist unrasiert, seine Augen sehen eingesunken und blutunterlaufen aus. Er wirft mit dramatischer Geste seinen Kopf in den Nacken und mustert mich mit einem eisigen Blick.

»Was machst du denn hier?«, fragt er. »Und wo zum Teufel ist Kate?«

29

»Haben Sie irgendeine Vorstellung, warum Ihre Frau eine Überdosis nehmen wollte, Mr Riverty?«

Joanne ist erst vor einer Minute angekommen, hat aber auf den ersten Blick gesehen, dass alles anders ist als erwartet. Zunächst einmal fragt sie sich, warum Guy Riverty nicht im Krankenhaus bei seiner Frau ist. Zweitens, warum ist Lisa Kallisto um diese Zeit hier und schrubbt einen Topf, als hinge ihr Leben davon ab?

Guy Riverty sitzt am Küchentisch und hat das Gesicht in den Händen vergraben. Er sieht aus, als trage er die Kleider von gestern und hätte seit einer Woche nicht geschlafen. Er reibt sich übers Gesicht, atmet tief durch und beantwortet Joannes Frage: »Sie glaubt, dass unsere Tochter nicht mehr lebt. Sie ist nicht gerade bester Stimmung. Wie würden Sie sich an ihrer Stelle fühlen?«

Lisa kommt vom Spülbecken herüber und trocknet sich die Hände an einem Geschirrtuch ab. Dann beginnt sie, das Tuch nervös zu wringen. Joanne sieht sie an. »Sie haben sie gefunden?«

Lisa nickt. Sie fühlt sich unwohl. Als sei es ihr peinlich, hier zu sein. Sie kneift die Lippen zu einem schmalen Strich zusammen.

»Können wir das Gespräch bitte weiterführen, wenn ich Fergus untergebracht habe? Er weiß von nichts. Er weiß nicht, was seine Mutter getan hat«, sagt Guy.

Joanne fragt: »Gibt es jemanden, der ihn zur Schule bringen kann …«

»Ich mache das«, sagt Lisa schnell.

»Niemand sonst?« Joanne würde Lisa lieber hierbehalten. Die Frau ist immer noch vollkommen aufgelöst, außerdem glaubt Joanne nicht so recht an die Geschichte von der Überdosis. Sie zieht ihren Notizblock heraus.

Guy wirft Lisa einen Blick zu. »Hast du Kates Schwester schon angerufen?«

Lisa schüttelt den Kopf. »Ich habe die Nummer nicht.«

»Die Nummer ist drei-fünf-sechs-vier-acht. Würdest du Alexa bitte anrufen und sie bitten, sofort herzukommen?«

Anstatt zu antworten, marschiert Lisa aus der Küche.

»Also, Mr Riverty«, fängt Joanne an.

»Nennen Sie mich Guy.«

»Wie Sie möchten. Guy.« Sie überlegt kurz. »Sie waren über Nacht außer Haus, oder?«

Er schweigt.

»Wo waren Sie gestern Abend?«

»Hier.«

»Was ist mit halb vier Uhr gestern Nachmittag? Wo waren Sie da?«

»Das habe ich Ihnen doch schon erklärt«, sagt er gereizt, aber Joanne verzieht keine Miene, so als wüsste sie nichts davon. »Wenn Sie wissen möchten, wo ich war, als dieses Mädchen verschwand: Ich war hier. Bei meiner Frau. Sie hat es der Polizei schon gesagt. Sie hat ausgesagt, dass ich hier bei ihr war.«

»Hat Sie sonst noch jemand gesehen?«

»Ja… nein… vielleicht. Hier gehen ständig Leute ein und aus. Falls es Ihnen entgangen sein sollte, unsere Tochter wird vermisst.«

»Tun Sie mir bitte den Gefallen und denken Sie einmal nach. Vielleicht fällt Ihnen noch jemand ein – irgendjemand außer Ihrer Frau, meine ich –, der Sie hier gesehen hat.«

Joanne schreibt das heutige Datum in ihren Notizblock.

»Wird mir irgendwas vorgeworfen?«

Sie sieht ihn lächelnd an. »Noch nicht«, sagt sie.

»Warum stellen Sie mir dann dieselben Fragen wie gestern?«

»Weil die Zeugin, die Ihnen ein Alibi verschafft hat, versucht hat, sich umzubringen, Mr Riverty.« Sie legt den Kopf schief. »Vielleicht möchte sie ihre Aussage ändern, sobald sie aufwacht?«

»Ich war hier«, sagt er bestimmt.

»Haben Sie was dagegen, wenn ich mich einmal umsehe?«

»Bitte sehr – aber regen Sie bitte Fergus nicht auf. Er ist in seinem Zimmer, und er weiß, wie ich schon sagte, nichts von seiner Mutter. Er glaubt, sie ist krank.« Er reibt sich wieder mit der Hand übers Gesicht und murmelt kaum hörbar: »Scheiße.«

»Ich mache das ganz unauffällig«, flüstert Joanne.

Sie tritt in den Flur, wo Lisa Kallisto vor dem Telefontisch steht, als hätte sie ein Gespenst gesehen.

»Alles in Ordnung?«, fragt Joanne.

»Ich bin immer noch ein bisschen nervös«, antwortet sie. »Das war nicht leicht, sie anzurufen … Kates Schwester.«

Joanne nickt mitfühlend. »Sicher nicht. Sie ist auf dem Weg hierher, oder?«

»Ja. Mein Gott, die arme Familie. Sicher fragt sie sich jetzt, was als Nächstes kommt.«

»Wie kommt es, dass Sie sie gefunden haben? Ich habe übrigens Ihre Nachricht abgehört, die wegen des Hundes …«

»Wie bitte?«, fragt Lisa und sieht Joanne verständnislos an. Und dann reißt sie auf einmal die Augen auf. »Oh, ja, Bluey. Verdammt, den hatte ich ganz vergessen. Nur deswegen bin ich ja gekommen – ich wollte Kate von dem Kerl erzählen, der ihn mitgenommen hat. Wissen Sie, vielleicht kommt er ihr bekannt vor. Ich dachte … vielleicht … es könnte ja sein, dass …« Sie holt Luft. »Ich weiß auch nicht, was ich mir gedacht habe«, sagt sie. »Jedenfalls hatte ich nicht damit gerechnet, sie in diesem Zustand vorzufinden. So viel ist sicher.«

»Was glauben Sie, warum sie das getan hat?«

»Kate?«

»M-hm.«

Sie zuckt mit den Achseln. »Wahrscheinlich wurde ihr alles zu viel. Das wäre mein Tipp. Ich meine, wie soll man mit so etwas fertig werden? Die Antwort ist: gar nicht.«

»Sie hat Antidepressiva genommen, stimmt das?«

»Ja.«

»Hat sie auf Sie einen depressiven Eindruck gemacht?«

»Nie. Aber darauf darf man ja nicht viel geben. Anscheinend nimmt das Zeug heutzutage jeder. Na ja, jeder außer mir. Als ich meinem Arzt sagte, dass ich mich so niedergeschlagen fühle, sagte er, ich wäre einfach nur frustriert ... offenbar gibt es da einen Unterschied.«

Joanne lächelt. »Ich glaube, wir haben denselben Hausarzt. Vielleicht erzählen Sie mir jetzt die Geschichte von dem Mann und dem Hund?«

»Inzwischen kommt mir die ganze Sache lächerlich vor, nach alldem hier ...« Lisa holt mit dem Arm aus und zeigt in Richtung Küche.

»Erzählen Sie es mir trotzdem.«

Lisa Kallisto beschreibt, wie der Bedlington-Terrier verschwand. Wie dringend sie ein neues Zuhause für ihn gesucht hatte, wie glücklich sie gewesen war, dass ihre Gebete anscheinend erhört worden waren, sie erzählt von dem Mann in der Nadelstreifenhose, und ...

Joanne hat mitgeschrieben, aber jetzt hält sie inne und hebt den Kopf. »Nadelstreifen, sagen Sie?«

»Ja, seine Kleidung wirkte sehr elegant. Teuer. Er sah nicht aus wie die anderen Tierheimbesucher.«

»Wie alt?«

»Mitte dreißig.«

»War er attraktiv?«

Lisa bläst die Backen auf. »Und wie.«

»Haben Sie nach seinem Namen gefragt?«

»Charles Lafferty.«

»Vermutlich haben Sie keine Adresse? Oder Telefonnummer?«

Lisa lässt den Kopf hängen. »Die wollte ich mir geben lassen, wenn er den Hund zurückbringt. Es hat wahrscheinlich nichts zu bedeuten … aber ich dachte, wenn ich Kate von ihm erzähle, erkennt sie ihn vielleicht wieder. Dafür ist es nun zu spät.«

»Nein, es ist nie zu spät. Jeder Hinweis bringt uns weiter.«

Joanne klappt ihren Notizblock zu und beugt sich zu Lisa herüber. Sie nickt mit dem Kopf in Richtung Küche, wo Guy immer noch sitzt, und flüstert: »Hat er Ihnen gesagt, wo er gestern Abend war?«

»Ich habe ihn nicht gefragt.«

»Was glauben Sie?«

»Keine Ahnung.«

Und dann steigt Joanne die Treppe hinauf, um mit dem Jungen zu sprechen.

DS Ron Quigley trifft Joanne im Krankenhaus. Kate ist noch nicht wieder bei Bewusstsein, aber sie wird überleben.

Ron überreicht Joanne einen Styroporbecher mit starkem schwarzem Tee aus der Krankenhaus-Cafeteria. Joanne hat den Eindruck, dass Ron die beiden alten Damen an der Kasse mit machomäßigen Polizeianekdoten unterhalten hat, denn sie kichern und erröten, wann immer er sich zu ihnen umdreht. Beide sind mindestens achtzig, und die eine hat sich die Perücke ein bisschen zu tief in die Stirn gezogen. Die andere hat einen dicken, weichen Bauch, der unter ihrem Polyesterkleid wackelt, wenn sie spricht.

»Danke, Ladys«, sagt der charmante Ron. »Gut gemacht, weiter so!«

»Machen wir, Detective!«, säuseln sie im Chor.

Ron und Joanne betreten die Krankenhauslobby. Es ist drückend heiß, so wie in allen Krankenhäusern, und Joanne zieht ihren Parka aus und hängt ihn sich über den Arm. Ihr wird bewusst, dass ihre Bluse spannt, deswegen behält sie die Strickjacke an und lässt sie zugeknöpft, auch wenn ihr fast schwindlig wird vor Hitze.

»Was glaubst du?«, fragt er. Er meint den Grund für Kate Rivertys Selbstmordversuch.

Joanne will gerade antworten, als sie eine Reporterin bemerkt, die sie vor dem Haus der Rivertys schon einmal gesehen hat. Als die Frau Joanne entdeckt, springt sie auf, wobei die Absätze ihrer High Heels laut über den Boden scharren, und eilt heran. Joanne hatte schon einmal mit dieser Frau zu tun. Sie ist von der aufdringlichen, unangenehmen Sorte und hat Joanne früher einmal im Zusammenhang mit einem Brandanschlag falsch zitiert. Joanne hat keine Lust, jetzt mit ihr zu sprechen.

Sie gibt Ron mit den Augen ein Zeichen, und eilig entfernen sie sich durch den Flur in Richtung der Aufzüge, wo sie seine Frage beantwortet.

»Ich glaube, sie hat gelogen, um ihm ein Alibi zu geben, und dann kam sie mit dem Gedanken nicht zurecht, er könnte etwas über Lucindas Verschwinden wissen. Nicht er hat sie gefunden, sondern die Freundin. Und er war gestern Abend nicht zu Hause… aber wo sonst? Er wollte es mir nicht sagen. Eigentlich war er ziemlich in der Defensive.«

»Willst du ihn vorladen?«

»Ich denke, das sollten wir.«

»Auf welcher Grundlage? Wir haben ihm nichts vorzuwerfen. Wir haben keine Beweise dafür, dass er für die Entführung seiner eigenen Tochter verantwortlich ist, selbst wenn er ein untreues Arschloch ist…«

»Ich weiß auch nicht, Ron. Irgendwas stinkt hier gewaltig.«

Sie hören ein lautes Sirren, als würde irgendwo ein Gerät angeworfen. Sie bleiben stehen und schauen in den Verbandsraum zu ihrer Rechten. Einem Jungen wird der Gips vom Unterschenkel entfernt, aber er sieht aus, als würde er gleich ohnmächtig vor Angst. Der Pfleger versucht ihm klarzumachen, dass die Gipssäge seine Haut nicht berühren wird, aber das Kind lässt sich nicht überzeugen. Die Mutter auch nicht.

»Hast du mit den Sanitätern gesprochen?«, fragt Joanne Ron, als sie weitergehen.

»Ja. Angeblich wird sie es überstehen. Sie hatte die Tabletten nicht lange genug im Magen, um sich ernstlich zu vergiften.«

»Wann können wir mit ihr reden?«

»Sobald sie aufgewacht ist. Das könnte heute Nachmittag sein. Am besten fahren wir zur Wache zurück, bestellen Guy Riverty ein und reden erst später mit seiner Frau. So herum ist es wahrscheinlich sinnvoller.«

Joannes Teebecher ist leer, und sie sieht sich auf dem Flur nach einem Mülleimer um. »Glaubst du wirklich, sie wollte sterben, Ron, oder haben wir es hier mit einem Hilferuf zu tun?«

Ron zuckt mit den Achseln. »Bei gescheiterten Versuchen gehe ich immer von einem Hilferuf aus. Wer es wirklich vorhat, zieht es auch durch. Die Leute, die es ernst meinen, gehen auf Nummer sicher und hängen sich auf.«

»Sich aufzuhängen kommt für die wenigsten Frauen in Betracht, Ron. Zu gewalttätig.«

»Aber effektiv.«

Joanne schüttelt den Kopf. »Erinnere mich daran, mich bloß nicht an dich zu wenden, sollte ich jemals Kummer haben.«

»Warum?«, fragt Ron in gespielter Gekränktheit. »Man sagt mir nach, dass ich ein guter Zuhörer bin.«

30

Ich stehe zu Hause unter der Dusche und seife mich nach meinem Besuch bei Kate von oben bis unten ein. Meine Klamotten sind in der Kochwäsche, und Joe sitzt auf der Toilette (vollständig bekleidet auf dem heruntergeklappten Deckel) und denkt laut über Kates Motive nach.

Ich bin immer noch nervös und zittrig, und meine Arme und Beine wollen mir noch nicht so recht gehorchen. Als ich mich vorbeuge und meine Unterschenkel einseife, rutsche ich beinahe aus.

Bei uns hängt der Duschkopf über der Badewanne, was sehr praktisch ist, will man die Hunde abduschen, wenn sie sich in Fuchskot gewälzt haben; allerdings fehlen bei uns die Antirutschmatten, wie sie in vielen Duschtassen liegen. In diesem Moment könnte ich gut eine gebrauchen. Die alte habe ich letzten Monat weggeworfen, weil mir aufgefallen war, dass an der Unterseite, im Verborgenen, ein biologisches Experiment vonstatten ging.

»Hat Fergus Kate in dem Zustand gesehen?«, fragt er.

»Ich habe es geschafft, ihn im Obergeschoss festzuhalten, bis die Sanitäter sie mitgenommen haben.«

»Der arme Junge. Nun wird er noch sonderlicher, als er ohnehin schon ist.«

»Joe«, sage ich tadelnd.

»Was denn? Du bist diejenige, die immer sagt, wie verschroben er ist.«

»Ja, das ist er auch … aber trotzdem.« Ich drehe das Wasser ab. »Reich mir bitte mal ein Handtuch, ja?«

Er steht auf und lässt seinen Blick über meinen nackten Körper gleiten. »Gut siehst du aus«, sagt er leise und hält mir das aufgefaltete Handtuch entgegen. Er wickelt mich darin ein und küsst mich auf die nasse Stirn. »Mach das nicht noch mal«, sagt er. »Ich kann ohne dich nicht leben, Lise. Wir alle brauchen dich.«

»Ich habe nichts dergleichen vor«, sage ich und küsse ihn auf den Mund. Sein Körper reagiert sofort, wie immer, und unpassenderweise flüstert er mir ins Ohr: »Und, wie wär's?«

»Wir haben keine Zeit …«

»Doch, haben wir.«

»Es wäre nicht richtig … du und ich treiben es hier im Badezimmer, während Kate der Magen ausgepumpt wird …«

»Wir brauchen es Kate ja nicht zu erzählen«, haucht er in meinen geöffneten Mund. »Außerdem hast du ihr heute Morgen das Leben gerettet. Sicher würde sie uns verzeihen … ehrlich, sie ist dir etwas schuldig, wenn man mal genauer drüber nachdenkt …«

Er schiebt seine Finger unter das Handtuch und lässt sie auf den Grübchen über meinen Pobacken liegen.

»Aber sie hätte die Tabletten gar nicht erst genommen, wenn Lucinda nicht verschwunden wäre, und das ist allein meine Schuld, Joe, und …«

Obwohl ich protestiere, geht mein Atem immer schneller.

»Ich brauche das jetzt, Baby«, sagt er und zieht mich fester an sich, und das Handtuch rutscht zu Boden. Er lässt seine Zunge zwischen meine Lippen gleiten. Ich presse mich an ihn.

»Okay«, sage ich. »Okay, aber wir müssen uns beeilen.«

»In Ordnung«, antwortet er und öffnet seinen Gürtel, »das schaffen wir.«

Er dreht mich um, sodass ich vor der Badewanne stehe. Er hebt mein rechtes Bein an, und ich stütze es auf den Wannenrand, und weil ich weiß, dass ich für diese Stellung eigentlich nicht groß genug bin, schiebe ich meinen linken Fuß auf die verstärkte Kappe seines Arbeitsstiefels.

Ich spüre ihn in mir und seufze. Ich stöhne auf und lasse mich gegen seinen Oberkörper sinken. Die Erleichterung ist überwältigend, und ich wimmere, während er mich festhält. Gott sei Dank will er mich noch. Gott sei Dank will Joe mich noch, trotz allem, was ich ihm angetan habe.

Später kommt mir der Gedanke, dass ich aus einem gewissen Abstand aussehen muss wie ein Kind, ein kleines Kind, das sich zum Tanzen auf die Schuhe eines Erwachsenen gestellt hat.

Na ja, so ähnlich.

Mit zittrigen Knien gehe ich die Treppe hinunter. Ich fühle mich, als hätte ich zwei Stunden Krafttraining im Fitnessstudio hinter mir. Das Telefon klingelt. Ich bin erst am Apparat, als der Anrufbeantworter anspringt: »Hallo, wir sind leider nicht zu Hause, aber wenn Sie …«

»Hallo?«, keuche ich in die Muschel. »Ich bin da …«

»Lisa, ich habe es im Tierheim versucht, aber die sagen, du bist noch nicht da.«

Meine Mutter.

Sie ruft mich nicht auf dem Handy an, weil das zu teuer wäre. Lieber telefoniert sie in der Gegend herum und stöbert mich auf, als zwanzig Pence pro Minute an die British Telecom zu bezahlen.

»Ich bin spät dran, weil …«

»Ist doch nicht so wichtig«, fällt sie mir ins Wort. »Hast du schon gehört? Die haben Guy Riverty verhaftet, und …«

»Wie bitte?«

Sie wiederholt es langsam und betont, als wäre die Verbindung schlecht. »Die … haben …«

»Ja ja, ich habe schon verstanden. Warum? Warum haben sie ihn verhaftet?«

Sie zieht an ihrer Zigarette. Ihre Stimme klingt gepresst, weil sie den Qualm ausatmet und gleichzeitig spricht. »Das weiß ich nicht. Marjorie Clayton hat gerade bei den Nachbarn gegenüber ein Schwein ausgeliefert und gesehen, wie sie ihn abgeführt haben. Wenn ich raten müsste, würde ich sagen, es hat mit dem Verschwinden seiner Tochter zu tun.«

»Nein, das kann nicht sein, ich …«

Wieder unterbricht sie mich, gerade als ich ihr erzählen will, wie ich Kate heute Morgen gefunden habe. »Der Täter ist *immer* der Vater«, sagt sie triumphierend. »Ich verstehe nicht, warum die Polizei ihn nicht von Anfang an im Visier hatte, anstatt wertvolle Zeit zu verschwenden, wo sie doch ihre Arbeit …« Ihre Stimme verliert sich.

Sie hat keine Ahnung, worin die Arbeit der Polizei besteht. Was sie nicht daran hindert, eine Meinung zu haben.

»Du lieber Himmel«, sage ich. Dann höre ich Joe die Treppe herunterkommen.

»Was ist denn passiert?«, flüstert er und knöpft sich die Hose zu. Er hat diesen verträumten Ausdruck tiefster Zufriedenheit, wie man ihn nur nach dem Sex hat. Ich könnte ihn jetzt um alles bitten, er würde nachgeben. Egal, was es ist.

Meine Mutter ist mitten im Satz. »Eine Sekunde, Mum, Joe ist da« – ich lege die Hand über die Muschel. »Guy wurde verhaftet«, sage ich, und Joe zieht die Augenbrauen hoch.

Unterdessen sagt meine Mutter: »Joe? Was macht er um diese Uhrzeit zu Hause? Warum ist er nicht bei der Arbeit?«

»Ist er eben nicht«, sage ich ungeduldig. »Was hat Marjorie gesagt?«

Marjorie betreibt eine Farm in Troutbeck. Sie ist eine jener Frauen, die sich ständig darüber beschweren, wie schwer es die Bauern heutzutage haben, es sich aber gleichzeitig leisten können, einen nagelneuen Land Rover Discovery mit sieben Sitzen zu fahren. Sie und meine Mutter sind schon ein seltsames Paar. Meine Mutter, selbst *wirklich* immer knapp bei Kasse, scheint Marjorie ihre Klagen über das Leben in Armut tatsächlich abzukaufen.

Meine Mutter sagt: »Marjorie meint, Guy Riverty habe ziemlich aufgebracht ausgesehen.«

»Kein Wunder. Du lieber Himmel«, seufze ich kopfschüttelnd.

»Was ist denn?«, flüstert Joe.

Wieder bedecke ich den Hörer mit der Hand. »Er ist sauer«, flüstere ich, und Joe verdreht die Augen. *Ach wirklich, Lise?*

»Seine Frau wird kaum erfreut sein, davon zu erfahren«, sagt meine Mutter.

»Sie hat heute Morgen versucht, sich mit Tabletten umzubringen. Ich habe sie gefunden.«

Meine Mutter schnappt nach Luft. Nach einer Sekunde sagt sie: »Nun ja, dann stimmt es wohl.«

»Was stimmt?«

»Dass er seine eigene Tochter verschleppt hat. Warum würde sie sonst versuchen, sich umzubringen?«

»Vielleicht weil gestern noch ein Kind verschwunden ist? Vielleicht weil sie fürchtet, dass ihre Tochter nicht zurückkommt?« Ich klinge schroff. »Du solltest nicht so schnell dabei sein, über andere zu urteilen, Mum.«

»Sie würde doch ihren Sohn nicht als Halbwaisen zurücklassen«, sagt meine Mutter pikiert.

»Woher willst du das wissen? Woher sollte irgendjemand das wissen?«

»So ist es einfach.«

»Ich weiß, dass *ich* das niemals tun würde, aber ich kann nicht wissen, was *sie* tut, und du auch nicht. Ehrlich gesagt ist Klatsch im Moment das Letzte, was ich gebrauchen kann.«

»Warum hast du sie gefunden und nicht ihr Ehemann?«, fragt sie.

Ich überlege. Zögerlich erzähle ich die Wahrheit. »Weil er nicht da war.«

»Wo war er denn?«

»Das weiß ich nicht.«

Meine Mutter schnauft. »Tja, wenn du meine Meinung hören willst … Ich an deiner Stelle würde mich von dem Haus fernhalten. Und schon gar nicht würde ich mich allein dorthin wagen. Wer weiß, was die zu verbergen haben.« Als ich darauf nichts antworte, fügt sie hinzu: »Marjorie sagt ohnehin, dass dieser Guy Riverty unhöflich und arrogant ist.«

»Marjorie ist unhöflich und arrogant.«

»Ich lege jetzt auf.«

Sie wirft den Hörer auf die Gabel, und ich mache die Augen zu. Ich kann nicht mehr klar denken, kann meine Gedanken nicht mehr in separate, überschaubare Portionen einteilen. Es ist einfach unmöglich.

Kate hat eine Überdosis genommen.

Guy wurde verhaftet.

Lucinda ist immer noch verschwunden.

31

DC Joanne Aspinall nimmt sich einen Moment, um sich zu sammeln. Dann betritt sie den Verhörraum mit ausdrucksloser Miene und professionell-gelassener Haltung. DC Colin Cunningham hat bereits mit Guy Riverty am Tisch Platz genommen, aber Joanne ist diejenige, die das Verhör leiten wird.

Sie setzt sich Guy gegenüber und zupft sich genervt den linken BH-Träger zurecht. Er sitzt direkt über einer bereits aufgescheuerten Stelle und schneidet ihr schmerzhaft in die Schulter.

Sie befürchtet, ihrer beruflichen Autorität damit geschadet zu haben, und tatsächlich: Während sie mit dem rechten Zeigefinger unter dem Stoff nach dem Träger angelt, sieht sie einen Schatten des Ekels über Guy Rivertys Gesicht huschen. Betreten schaut er beiseite.

Joanne ist kurz davor, seine Abneigung persönlich zu nehmen, erinnert sich aber daran, dass Guy Riverty ihren Anblick natürlich abstoßend finden muss. Er mag dünne Mädchen. Dünn und nicht älter als dreizehn Jahre.

Zum ersten Mal seit Beginn der Ermittlungen fragt Joanne sich, ob es Zufall sein kann, dass seine Frau Kate so mager ist und eine knabenhafte Figur hat.

Joanne breitet ihre Unterlagen vor sich aus und muss ein Lächeln unterdrücken. Sie erinnert sich an einen bösen Witz über Victoria Beckham, den sie neulich gehört hat und der ungefähr so ging: »Victoria ist so dünn, dass sie niemals in zu heißes Badewasser steigen darf, sonst läuft sie ein.«

Guy Riverty lehnt sich zurück. Er hat einen Fuß auf das andere Knie gelegt und gibt sein Bestes, gereizt und gelangweilt auszusehen.

Die Mähne hat er sich aus dem Gesicht gestrichen, sodass sie nun zu einer Seite hängt. Eine Schönlingsfrisur, für die er eigentlich zu alt ist, die aber, wie Joanne sich vorstellen kann, auf manche Frauen immer noch anziehend wirkt.

Er trägt dieselben Klamotten, in denen Joanne ihn am Morgen gesehen hat: cremeweiße Cordhose und schwarzer Feinstrick-Rollkragenpullover, dazu schwarze Stiefeletten. Seine Jacke hat er über die Rückenlehne des Stuhls gehängt. Sähe er nicht so zerzaust und übernächtigt aus, würde er glatt als Simon Templar durchgehen. Joannes Blick bleibt an einem roten, klebrigen Fleck an seinem rechten Oberschenkel hängen. Bei dem Anblick wird ihr unwohl.

Noch vor zwei Tagen, als Joanne ihn zum ersten Mal sah, ist Guy vollkommen anders aufgetreten. Da war er ein nervöser, verschreckter, aber hilfsbereiter Familienvater. Der alles darum gegeben hätte, seine Tochter zurückzubekommen. Vor zwei Tagen hatte Joanne das Gefühl, der Mann würde an die Decke fahren wie eine erschreckte Katze, wenn sie zu laut mit ihm sprach. Er wirkte wie unter Strom.

Nun wirft sie ihm einen Blick zu und wundert sich über seine entspannte, dreiste Art, die völlig untypisch ist für einen Zeugen, dem eine Befragung bevorsteht. Es verunsichert Joanne ein bisschen und macht sie umso misstrauischer.

»Nun denn, Mr Riverty. Hallo.«

Er hebt lässig die Hand, um sie zu begrüßen, und verzieht dabei keine Miene.

»Sicher hat man Ihnen schon etwas zu trinken angeboten?«

»Einen Kaffee«, bestätigt er. »Einen grottenschlechten Kaffee habe ich bekommen.«

»Bitte sehen Sie uns das nach«, erklärt sie, »aber der fettarme Latte Macchiato ist gerade aus. Nun, Sie sind nicht verhaftet,

Mr Riverty, aber Sie sollten sich im Klaren darüber sein, dass unser Gespräch aufgezeichnet wird.«

Er nickt und sieht sie verächtlich an. »Warum muss ich bei Ihnen meine Zeit verschwenden, während meine Frau im Krankenhaus mit dem Tod ringt?«

Joanne zieht die Kappe ihres Stiftes ab und blättert betont langsam in den Unterlagen, die vor ihr auf dem Tisch liegen. Ohne den Blick zu heben, sagt sie: »Man hat Ihnen vermutlich schon gesagt, dass Ihre Frau – Mrs Riverty – den Selbstmordversuch unbeschadet überstehen wird und keinesfalls mit dem Tod ringt.« Sie sieht ihm ins Gesicht. »Sicher geht es ihr schon bald wieder gut.« Sie lächelt. »Wenn wir dann also anfangen könnten …«

»Was, wenn ich die Aussage verweigere?«

»Dann werden wir Sie wohl kaum möglichst schnell aus diesem Verhör entlassen, damit Sie Ihre Frau im Krankenhaus besuchen können. Oder nach Hause fahren, um sich um Ihren Sohn zu kümmern. Es wäre doch bedauernswert, wenn er weitere Veränderungen verkraften müsste, oder? Er hat in den letzten Tagen schon genug durchgemacht … ein recht empfindsames Kind, kann das sein?«

Guy lässt seinen Blick langsam an Joanne auf und ab wandern. »Dann lassen Sie uns anfangen.«

Joanne lächelt ihn charmant an: »Hätten Sie etwas dagegen, uns Ihr Handy zu überlassen?«

Er greift in seine Jackentasche, zieht das Handy heraus und schiebt es über den Tisch. »Protokoll«, sagt Joanne, »Mr Riverty übergibt sein Handy an DC Aspinall … Und Sie haben sicher nichts dagegen, wenn wir Ihr Haus durchsuchen?«

Er schüttelt den Kopf. »Nein«, sagt er.

»Gut. Also dann. Fangen wir an.«

Guy legt seine gespreizten Hände auf die Tischplatte. »Fragen Sie.«

Joanne hält den Stift in die Höhe und sagt: »Würden Sie Ihre Ehe als glücklich bezeichnen, Mr Riverty?«

»Wie bitte?«

»Führen Sie eine glückliche Ehe? Sie und Mrs Riverty?«

Er starrt sie an. »Das geht Sie einen feuchten Kehricht an.«

»Lieben Sie Ihre Frau?«

»Warum fragen Sie mich das?«

Joanne schweigt und hält seinem Blick stand.

»Ja, ich liebe sie«, zischt er, »natürlich liebe ich sie.«

»Was glauben Sie, warum Ihre Frau heute Morgen versucht hat, sich umzubringen?«

Er schiebt seinen Stuhl zurück und macht Anstalten aufzustehen. »Auf diesen Unsinn lasse ich mich nicht ein.«

Aber Joanne lässt nicht locker. »Ich vergeude meine Zeit bestimmt nicht mit unwichtigen Fragen, Mr Riverty. Meine Zeit ist ebenso kostbar wie die Ihre. Noch kostbarer, um ehrlich zu sein. Ganz besonders da das Leben zweier junger Mädchen auf dem Spiel steht. Wenn ich Sie also bitten dürfte …«

»Was haben diese Fragen mit dem Verschwinden meiner Tochter zu tun?«

Joanne zieht eine Augenbraue hoch. »Bitte beantworten Sie meine Frage.«

»Ich habe keine Ahnung, warum sie das gemacht hat«, sagt er. »Sie hat keinen Abschiedsbrief hinterlassen. Vermutlich müssen Sie *sie* fragen, was ihre Gründe sind.«

»Das habe ich auch vor. Aber zunächst einmal hätte ich gerne Ihre Meinung gehört. Hatten Sie Streit?«

»Ja, aber das war nicht der Grund.«

»Dann wissen Sie also, was der Grund war?«

»Das habe ich nicht gesagt. Ich habe lediglich gesagt, es hatte mit unserem Streit nichts zu tun. Verheiratete streiten nun einmal. Unsere Tochter ist verschwunden. Wir machen die Hölle durch. Wir kommen um vor Sorge. Es wäre doch komisch, sich in dieser Situation *nicht* zu streiten. Kate ist mit den Nerven am Ende, sie kann nicht mehr …« Er schüttelt den Kopf. »Was sage ich da? Natürlich ist sie mit den Nerven am Ende. Wer wäre das nicht, in ihrer Lage?«

»Was glauben Sie, warum wir Sie vorgeladen haben?«

Er zuckt mit den Achseln. »Weiß ich doch nicht, was die Polizei glaubt. Ich würde mal raten, ihr habt eine Scheißahnung davon, wo meine Tochter ist, und dieses andere Mädchen auch, ihr seid verzweifelt. Nun müsst ihr irgendwas unternehmen …«

Joanne blättert zwei Seiten weiter. Sie versucht zu verbergen, dass sie in der Tat im Dunkeln tappt. »Ihre Frau hat Ihnen für gestern Nachmittag ein Alibi gegeben, ist das richtig?«

»Das wissen Sie doch. Wir haben das schon besprochen … wie oft eigentlich? Ich habe den Überblick verloren.«

»Wo waren Sie gestern Abend?«

»Zu Hause.«

»Sicher?«

»Ja, ganz sicher.«

»Wo waren Sie heute Morgen, als Mrs Kallisto Ihre Frau bewusstlos vorgefunden hat?«

»Ich war unterwegs.«

»Wo?«

»Das ist unwichtig.«

Joanne legt den Kopf schief. »Das finde ich nicht.«

»Muss ich auf diese Frage antworten?«

»Nein, aber …«

»Dann werde ich es auch nicht.«

»Mr Riverty, lassen Sie es mich noch einmal erklären. Im Moment stehen Sie nicht unter Arrest. Aber das kann sich in der Minute ändern, in der Sie beschließen, nicht mit uns zu kooperieren. Es liegt an Ihnen. Ich an Ihrer Stelle würde mir den Ärger ersparen, ganz zu schweigen von der schlechten Presse, und einfach die Fragen beantworten.«

»Um mich zu verhaften, müssen Sie mir erst einmal etwas vorwerfen. Was genau planen Sie denn, mir vorzuwerfen, Detective?«

»Wir dürfen Sie auch ohne Haftbefehl festhalten. Ist Ihnen das klar?«

Er starrt sie unbeeindruckt an. »Ja, natürlich. Und wenn es das ist, was Sie tun möchten, dann sorgen Sie gefälligst dafür, dass mein Sohn versorgt ist. Er wird in Kürze von der Schule abgeholt werden müssen.«

Joanne spürt, dass er ihr das Leben schwermachen will. Er appelliert an ihren Mutterinstinkt. Das ist ungewöhnlich für einen Verdächtigen, wenngleich Joanne es nicht zum ersten Mal erlebt.

Die meisten Leute rasten beim Verhör einfach nur aus. Daran hat sie sich längst gewöhnt. Sie rechnet sogar damit. Sie wurde schon als alles Mögliche beschimpft. Die übelsten Flüche fallen übrigens den Frauen ein. Nie hätte sie gedacht, dass Frauen in der Lage wären, sich anderen Frauen gegenüber so hasserfüllt aufzuführen.

Aber inzwischen kann Joanne nichts mehr überraschen. In ihrem Job bekommt sie es ständig mit dem Abschaum der Gesellschaft zu tun. Immer dieselben Familien, Gesichter, Probleme, wieder und wieder. Nichts davon berührt sie noch. Zumindest tut sie so.

Sie steckt die Kappe auf den Stift zurück und setzt sich aufrecht hin. »Sie sind selbst dafür zuständig, die Betreuung Ihres Sohnes nach der Schule zu organisieren, Mr Riverty. Möchten Sie telefonieren?« Sie hält inne, wartet auf eine Antwort. Als keine kommt, fügt sie hinzu: »Ehrlich gesagt könnte ich einen Kaffee gebrauchen. Vielleicht wäre das jetzt der geeignete Moment für eine Pause.«

Er sagt immer noch nichts, er kneift nur die Augen zusammen, um sich seinen Ärger nicht anmerken zu lassen.

Joanne schiebt ihm das Telefon hin und steht auf. »Lassen Sie sich Zeit«, sagt sie. »Es besteht kein Grund zur Eile, wir haben den ganzen Tag Zeit. Ich gehe dann mal und hole mir einen grottenschlechten Kaffee.« Sie überlegt kurz und sagt: »Ach, und wo wir gerade dabei sind, sollten Sie vielleicht auch gleich Ihren Anwalt anrufen. Sie wissen schon, zwei Fliegen mit einer Klappe …«

Sie sammelt ihre Unterlagen zusammen, wirft DC Cunningham einen kurzen Blick zu und eilt hinaus in den Korridor, wo sie beinahe mit Cynthia Spence zusammenstößt. Cynthia arbeitet eigentlich in der Verwaltung und wurde nur an die Kripo ausgeliehen, um die Kollegen zu entlasten. Früher war sie selbst Ermittlerin gewesen, deswegen nimmt sie der Schutzpolizei manchmal die routinemäßigen Befragungen ab.

Joanne hat schon mehrfach mit Cynthia zusammengearbeitet. Eine fähige Mitarbeiterin.

Cynthia deutet mit dem Kopf in Guy Rivertys Richtung und fragt: »Redet er schon?«

Joanne tritt einen Schritt zur Seite, weg von dem kleinen Glasrechteck in der Feuerschutztür und aus Rivertys Sichtfeld. »Er ist ganz schön gerissen«, sagt sie. »Ich bekomme nichts aus ihm heraus.«

»Und nun lässt du ihn im eigenen Saft schmoren?«

»Meine besten Tricks habe ich von dir, Cynthia.«

Cynthia wirft einen Blick zu Guy hinein. »Du solltest ihn mindestens für eine halbe Stunde da sitzen lassen.«

»So lange?«

»Sein Auge zuckt schon wie wild. Ich vermute mal, er ist es nicht gewohnt zu warten. Auf keinen Fall gehört er zu der Sorte derer, die einfach den Kopf auf den Tisch legen und so tun, als würden sie schlafen. So einen hatte ich neulich. Wenn du ihn lange genug zappeln lässt, wird er dir sagen, was du hören willst.«

Am hinteren Ende des Korridors erschallt lautes Gelächter, und Joanne und Cynthia drehen sich zu zwei jungen Sekretärinnen um, die den Eingang zu ihrem Büro mit Weihnachtsgirlanden schmücken. Die eine steht auf halber Höhe auf einer Leiter und muss so sehr lachen, dass sie eine Hand zwischen ihre Beine pressen muss. Die andere hält sich zwei Christbaumkugeln vor die Brust. Cynthia schüttelt nachsichtig den Kopf und verabschiedet sich von Joanne.

Nachdem sie sich einen Kaffee geholt hat, nimmt Joanne sich einen Moment Zeit, um bei Ron Quigley vorbeizuschauen, nur um zu hören, ob es Neuigkeiten gibt.

Ron hat das Telefon am Ohr und wirkt gehetzt. Er hebt die Hand, damit Joanne nicht den Mund aufmacht, bittet sie aber gleichzeitig mit einer Geste zu warten. Irgendetwas ist passiert. Etwas von Bedeutung. Ron notiert sich eine Adresse und nickt, während er weiter zuhört.

»Wann war das?«, fragt er. »Ja, ja ... ich verstehe. Ich komme sofort rüber.«

Mit dem Zeigefinger macht er eine rollende Bewegung in der Luft, um Joanne zu signalisieren, dass er gleich auflegen wird. Ron Quigley lässt sich so leicht durch nichts aus der Ruhe bringen, und Joanne spürt ein aufgeregtes Kribbeln in der Magengegend. Und eine Art Furcht. Neuigkeiten, die zu einem so späten Zeitpunkt hereinflattern, bedeuten selten etwas Gutes. Hoffentlich ist nicht noch ein Kind verschwunden. Erstens wäre das natürlich schrecklich. Aber zweitens hätte sie dann keine andere Wahl, als Guy Riverty laufen zu lassen, der diesmal ein wirklich wasserdichtes Alibi hätte: Er sitzt in ihrem Verhörraum.

Ron legt auf und reißt den Zettel, auf dem er sich die Adresse notiert hat, vom Block.

Er holt tief Luft, bevor er spricht. »Mädchen Nummer drei ist wieder da. Derselbe Täter. Er hat sie in Bowness ausgesetzt.

Sie ist vollkommen orientierungslos und wurde wahrscheinlich vergewaltigt. Vermutlich mehr als einmal. Sie ist in keinem guten Zustand.« Er spannt die Kiefermuskeln an. Die letzten Worte spuckt er aus, als fiele ihm das Sprechen schwer.

»Was ist mit Mädchen Nummer zwei?«, fragt Joanne, »Lucinda Riverty? Wenn Mädchen eins und Mädchen drei wieder aufgetaucht sind, was ist dann mit ihr?«

»Das ist ein großes Rätsel«, sagt Ron grimmig. »In fünf Minuten treffen wir uns mit dem Detective Inspector. Vielleicht hat er eine Idee.«

»Und was mache ich jetzt mit Riverty?«

»Sitzt er immer noch im Verhörraum?«

Joanne nickt.

»Wo war er heute Morgen?«

»Er hat gesagt, das sei unwichtig für unsere Ermittlungen.«

»Unwichtig?« Ron legt den Kopf schief. »Dann lass das Schwein warten.«

32

Ich parke auf der Straße, gleich vor einem Parkscheinautomaten.

Auf der anderen Straßenseite ziehen sie gerade eine Trage aus einem Rettungshubschrauber. Ich bleibe für einen Moment im Auto sitzen.

Als Patient und Sanitäter durch die Türen der Notaufnahme verschwunden sind, steige ich aus dem Auto und laufe zum Haupteingang des Krankenhauses. Ich frage mich, ob Kate wieder bei Bewusstsein ist, ob sie sich überhaupt daran erinnern kann, die Tabletten genommen zu haben. Ich habe Geschichten gehört von Leuten, die sich danach nicht mehr erinnern konnten, die aufwachten und ehrlich schockiert waren zu hören, dass sie sich angeblich das Leben nehmen wollten. Wird es Kate ähnlich ergehen?

Die Sonne hat das Eis an einzelnen Stellen zum Schmelzen gebracht. An manchen Stellen kommt man tatsächlich voran, ohne sich den Hals zu brechen. Oder auch nicht, denke ich, als mir der Rettungshubschrauber wieder einfällt.

Ich traue dem Frieden nicht so recht, mache winzige, langsame Schritte und halte beide Arme ausgestreckt, um mich notfalls abzufangen. Den Parkplatz hat irgendjemand auf planlose, willkürliche Art gestreut. An manchen Stellen ist überhaupt kein Sand zu sehen, hier muss ich mich auf mein Glück verlassen.

Auf dem Weg zum Krankenhaus habe ich im Autoradio gehört, dass die Rettungsdienste nach dem Eisregen gestern am Ende ihrer Kapazitäten angelangt sind. Wenn ich Kate nur ein bisschen später gefunden hätte, wären sie vielleicht gar nicht mehr rechtzeitig zur Stelle gewesen.

Wenn ich sie später gefunden hätte, wäre sie vielleicht schon tot gewesen.

Vor dem Haupteingang bleibe ich in einer Menschentraube stehen. Manche Leute tragen Morgenmantel und Slipper und rauchen. Ich sehe einen Teenager auf Krücken, der an der Straße steht und sich den Hals verrenkt. Wahrscheinlich wartet er darauf, abgeholt zu werden.

Ein armer Tropf von Anfang fünfzig führt eine Umfrage durch. Mit mutig erhobenem Klemmbrett und freundlichem Gesicht spricht er einzelne Patienten an. Er hat das verstörte Aussehen eines kürzlich arbeitslos gewordenen Mannes.

Als ich auf den Eingang zugehe, öffnet sich die Tür automatisch, und einen Moment später stehe ich am Empfang. Eine füllige Dame schaut von ihrem Computermonitor auf. »Was kann ich für Sie tun?«, fragt sie freundlich. Sie hat die kräftigen Unterarme einer Dartspielerin und kurze stahlgraue Locken.

»Ich suche eine Mrs Kate Riverty, sie wurde heute Morgen eingeliefert.«

Die Empfangsdame tippt etwas ein und schaut auf den Bildschirm, der so gedreht ist, dass ich ihn nicht einsehen kann. »Ah, wie ich sehe, wurde sie gerade auf die Station verlegt.«

»Bedeutet das etwas Gutes?«, frage ich nervös. Ich habe Angst, Kates Zustand könnte sich verschlechtert haben.

»Normalerweise bedeutet es, dass ein Patient auf dem Weg der Besserung ist«, sagt die Dame nüchtern und zeigt über meine Schulter. »Gehen Sie einfach durch diese Tür wieder hinaus, über den Parkplatz – bitte brechen Sie sich dabei keine Knochen – und rüber zu dem braunen Gebäude. Im zweiten Stock finden Sie Station vier.«

»Danke«, sage ich und mache mich auf den Weg.

Auf Station vier gibt es sechs Betten. Alle sind belegt.

Ich sehe Alexa am hintersten Ende des Raumes an Kates Bett sitzen, und mein Magen krampft sich zusammen. Ich fange zu zittern an, und der kalte Schweiß fließt an meinen Achseln herunter. Alexa dreht den Kopf und sieht mich, ohne eine Miene zu verziehen. Ihr Gesicht ist eine steinerne Maske.

Kate schläft, oder sie ist immer noch bewusstlos. In ihrem rechten Handrücken steckt eine Braunüle, und sie trägt ein weißes Krankenhausnachthemd. Sie sieht aus wie eine Psychiatriepatientin. Was vielleicht daran liegt, dass alle anderen Patientinnen auf der Station ihre eigenen Nachthemden mitgebracht haben und sie deswegen ein wenig deplatziert wirkt.

»Wie geht es ihr?«, frage ich, aber Alexa wendet sich ab. Sie hat sich noch nicht entschieden, ob sie noch mit mir redet.

Schließlich zischt sie mich an: »Musstest du unbedingt herkommen?«, und ich sage, ja, natürlich musste ich herkommen. Ich bin diejenige, die sie gefunden hat.

Was Alexa zu besänftigen scheint. Ich kann sie förmlich denken sehen: *Was, wenn Kate sie nicht gefunden hätte …*

Sie spricht, ohne mich anzusehen. »Angeblich«, sagt sie, »wird sie sich körperlich recht schnell erholen. Die Pillen konnten nicht lange genug wirken, um wirklichen Schaden anzurichten. Was die Psyche angeht, nun ja, da werden wir wohl abwarten müssen.«

Alexas Ton ist eiskalt. Sie spuckt die Worte eines nach dem anderen aus, und es ist offensichtlich, dass sie für Kates Zustand mich allein verantwortlich macht – und dafür, dass ich mit ihrem Mann geschlafen habe und dass Lucinda immer noch nicht wieder da ist. Hätte ich Kate nicht gefunden und ihr das Leben gerettet, würde Alexa mich eigenhändig von der Station werfen.

Ich ziehe mir einen Stuhl aus der Ecke heran und setze mich neben Alexa. Angewidert macht sie mir Platz. Ich spüre, dass sie nicht mit mir reden will, deswegen richte ich meine Aufmerksamkeit auf Kate.

Ihr feines blondes Haar liegt auf dem Kissen ausgebreitet und verleiht ihr ein unwirkliches Aussehen. Die Haut an ihrer Stirn glänzt bläulich, so als hätte man sie mit Gelee eingerieben. Ich ertrage den Anblick kaum. Ich senke meinen Blick, und sofort fallen mir ihre Lippen auf. Sie sind so schmal. Sie scheinen gar nicht in ihr Gesicht zu gehören. In den Mundwinkeln hängen letzte Spuren von schwarzer Kohle, die es so aussehen lassen, als ziehe Kate die Mundwinkel herunter.

»Hat sie schon etwas gesagt?«

Alexa schüttelt den Kopf. »Sie hat ein paarmal die Augen aufgemacht, das war alles. Die Schwestern haben gesagt, sie müsse sich jetzt erst einmal ausschlafen. Wir sollen uns keine Sorgen machen, wenn sie nicht mit uns kommunizieren will.«

»Die arme Kate«, sage ich, und auf einmal tut mir das Ganze unendlich leid. Ich bin hergekommen wie auf Autopilot. Die Nachricht von Guys Verhaftung hat mich so verwirrt, dass ich nicht einmal wüsste, was ich zu Kate sagen sollte, wenn sie wach wäre. Ich bete stumm und bedanke mich dafür, dass sie noch bei uns ist.

Alexa klappt ihre Zeitschrift – *Vanity Fair* – zu, nimmt ein Taschentuch aus ihrer Handtasche und tupft sich die Haut unter den Unterlidern ab. Ihre Wimpern sehen aus wie frisch getuscht, kein bisschen wie gestern Abend.

»Wann hast du zum letzten Mal mit ihr gesprochen?«, fragt sie.

»Gestern hatte ich Guy am Telefon, aber ich bin mir nicht sicher, wann …« Ich halte inne. Wann habe ich eigentlich zum letzten Mal mit Kate gesprochen? Plötzlich weiß ich nicht mehr, welcher Tag heute ist.

»Was ist heute für ein Tag?«, sage ich zu Alexa, und sie sieht mich an, als wäre ich verrückt geworden. »Ich habe die Orientierung verloren«, erkläre ich. »Es ist zu viel passiert.«

»Donnerstag«, murmelt sie.

»Entschuldige. Irgendwie gerät alles durcheinander.«

Wir sitzen schweigend da, und Alexa streichelt Kates Hand. Ich beuge mich zu ihr hinüber und spreche mit gedämpfter Stimme. »Müssen wir ihr von Guy erzählen, wenn sie aufgewacht ist, oder hältst du es für besser, das Ganze gar nicht zu erwähnen?«

Sie sieht mich streng an. »Was ist denn mit Guy? Ich habe versucht, ihn anzurufen, aber er geht nicht ans Telefon.«

Ich reiße unwillkürlich die Augen auf. »Er wurde verhaftet«, flüstere ich. Ich lehne mich zurück, beiße mir auf die Lippe und frage mich, was ich davon halten soll. Warum hat er sie nicht längst angerufen? Warum hat er niemandem gesagt, wo er steckt?

Alexa dreht sich zu mir um. »Du lieber Himmel«, sagt sie. »Verhaftet? Weswegen?«

Ich zucke beschämt die Achseln. »Das weiß ich nicht genau.«

Sie erwidert nichts darauf und starrt geradeaus, aber ich kann sehen, dass ihr Hirn auf Hochtouren arbeitet. Ihre Schläfe pulsiert, und die Ader an ihrer Stirn schwillt an, bis es so aussieht, als wäre ihr ein Regenwurm unter die Haut gekrochen. Nach einer Minute des angestrengten Schweigens schiebt sie ihren Stuhl zurück und steht auf.

»Ich muss telefonieren. Würdest du bitte kurz bei Kate bleiben?«

Ich nicke.

»Geh bloß nicht weg«, sagt sie schroff.

»Natürlich nicht.«

Sichtlich geschockt greift Alexa zu ihrer Handtasche. »Ich werde mich beeilen«, sagt sie und hastet davon. Ihre Absätze klackern über den harten Linoleumboden, und ihr platter, formloser Muttihintern ist in der Designerjeans kaum zu sehen. Als sie endlich durch die Stationstür verschwunden ist, atme ich auf.

Was für ein Chaos.

Ich kann nicht ermessen, was in Alexa vorgehen muss.

Deine Schwester versucht sich umzubringen, du kommst um vor Sorge und bist gleichzeitig unendlich erleichtert, dass sie es nicht geschafft hat. Du fragst dich, warum sie das getan hat.

Wahrscheinlich war Alexa wie ich auch zu dem Schluss gekommen, Kate käme mit der Nachricht vom Verschwinden des dritten Mädchens nicht zurecht. Denn das bedeutet mit an Sicherheit grenzender Wahrscheinlichkeit, dass Lucinda nicht mehr zurückkommen wird. Es haben sich schon Menschen aus geringerem Anlass umgebracht.

Aber nun muss sie mit der Erkenntnis fertig werden, dass Kate sich womöglich umbringen wollte, weil sie eine Entdeckung gemacht hat, die Guy mit den entführten Mädchen in Verbindung bringt.

Zum ersten Mal seit meiner Ankunft lasse ich den Blick durch die Station schweifen.

Die Wände sind in einem hässlichen Lachston gestrichen, die Farbe von Putzmittel. Die Betten werden durch Vorhänge aus türkis gestreiftem Stoff voneinander getrennt, die bei Bedarf zugezogen werden können. Wahrscheinlich hat irgendein alter Knacker gedacht, der Stoff würde Frauen gefallen. Die Station erinnert mich an einen geschmacklos dekorierten Festsaal.

Die Besucher der Frau im Nachbarbett verabschieden sich und versprechen, morgen noch mehr Zeitschriften und mehr Lucozade zu bringen. Für einen Moment sehne ich mich nach den Lucozadeflaschen von früher, die in ein Netz eingewickelt waren und aller Welt sofort klarmachten, dass man wirklich arm dran war.

Weil außer Kate und den anderen Patientinnen nichts auf der Station mein Interesse erregt, greife ich zu Alexas *Vanity Fair*. Normalerweise nicht gerade die Zeitschrift, die ich kaufen würde, aber meine Gedanken rasen, und ich muss mich irgendwie ablenken. Nach einem kurzen Blick hinein beschließe ich, dass *Vanity Fair* Müll ist. Viel zu viel Text. Ich hätte jetzt lieber eine *Now!* oder das *OK Magazine*.

Ich lese einen Artikel über eine gefeierte Schauspielerin, die auf den Bermudas lebt. Ich habe ihren Namen noch nie gehört, dabei ist sie eine entfernte Verwandte der königlichen Familie. Sie hat blondes Haar und lange Beine, ist Ende dreißig und hat gerade ihr erstes Kind bekommen. »Ein wunderbares Gefühl«, schwärmt sie. »Es ist einfach nur unglaublich. Es ist so wunderschön, es ist ein Wunder. Ich spüre so viel Liebe.«

Ich klappe die Zeitschrift angewidert zu und wische mir in Gedanken die Hände ab.

Nur einmal – ein einziges Mal – möchte ich in einer Zeitschrift von einer frischgebackenen Mutter lesen, die sagt: »Das Ganze ist wirklich anstrengend. Es ist gar nicht so, wie ich es mir erträumt hatte. Ich glaube, ein zweites Kind schaffe ich nicht… und…« – bei diesen Worten schnäuzt sie sich in ihr Taschentuch – »mein Ehemann ist mir gar keine Hilfe. Ich hatte ihn mir immer als wunderbaren Vater vorgestellt, aber, um ehrlich zu sein, bleibt die ganze Arbeit an mir hängen. Er ist eine Riesenenttäuschung.«

Gedankenverloren werfe ich Kate einen Blick zu und komme mit einem Ruck in die Wirklichkeit zurück. Fast falle ich vom Stuhl.

Sie sieht mich aus weit geöffneten Augen an.

»Wie geht es dir?«, frage ich hastig und versuche, mich zu fangen. Meine Stimme klingt verzweifelt und aufgesetzt.

Ihre Augen sind glasig und entzündet. Sie versucht zu lächeln. »Was machst du denn hier?«, fragt sie.

»Ich wollte dich besuchen.«

»Danke.«

»Keine Ursache«, sage ich schnell. »Alexa ist auch hier, aber sie musste mal eben nach draußen, um zu telefonieren. Sie kommt gleich zurück.« Kate schließt die Augen, und ich greife nach ihrer Hand und drücke sie sanft. »Wir sind froh, dass du es geschafft hast, Kate.«

Ich werfe einen Blick zum Stationseingang und wünsche mir, Alexa käme schnell zurück. Ich bin mit der Situation ein bisschen überfordert und weiß nicht genau, was ich tun soll.

Von Alexa keine Spur.

Mit geschlossenen Augen flüstert Kate: »Wo bin ich?«, und das erschreckt mich.

Vor einem Augenblick noch dachte ich, sie wäre bei vollem Bewusstsein. Dass sie weiß, was passiert ist, und es nur deswegen nicht erwähnt, weil es ihr peinlich ist. Oder weil sie mit mir nicht darüber reden will.

Auf einmal komme ich mir total unfähig vor. Ich bin tatsächlich nicht der Mensch, mit dem sie reden sollte. Auch wenn *ich* sie gefunden habe.

»Du bist im Krankenhaus«, sage ich vorsichtig. »Lancaster Infirmary.«

»Oh.«

»Weißt du, warum du hier bist?«

»Eigentlich nicht.«

»Das macht nichts. Ruh dich einfach aus«, sage ich, und ihre Augenlider beginnen zu flattern. Sie sieht aus wie auf einem dieser fiesen Schnappschüsse von Prominenten, die im Morgengrauen aus irgendwelchen Clubs torkeln. Mit hängenden Lidern und sturzbetrunken.

»Lisa«, fragt sie, »ist Guy hier?«

»Noch nicht.«

»Kommt er noch?«

Betreten sage ich: »Bestimmt«, weil mir jetzt, wo ich so direkt gefragt werde, nichts Besseres einfällt.

Wird er kommen?

Wahrscheinlich nicht.

Er sitzt in einer Zelle oder wird gerade zu seiner vermissten Tochter befragt.

Da fällt mir ein, dass Kate sich noch gar nicht nach Lucinda erkundigt hat. *Ist sie wieder da? Gibt es Neuigkeiten?* Das würde man doch erwarten … oder?

Dass sie nicht nachfragt, zementiert meinen heimlichen Verdacht, dass Kate insgeheim Guy für den Schuldigen hält. Ich bin mir sicher, egal, wie zugedröhnt ich wäre, meine erste Frage wäre: »Wo ist mein Kind?« Ich würde es schon beim Aufwachen rufen. »Wo ist mein …«

Auf einmal und wie aus dem Nichts fängt Kate heftig zu zittern an. Ich springe auf. »Kate? Kate? Ist alles in Ordnung?«

Sie nickt, ist offenbar unfähig zu sprechen, und ich weiß nicht, was ich tun soll. Soll ich auf den Notknopf drücken? Soll ich loslaufen und eine Schwester holen?

Ich will gerade Alarm schlagen, als eine Träne über Kates Wange kullert. Sie öffnet den Mund, aber kein Laut kommt heraus. Und erst da begreife ich, dass sie zu erschüttert ist, um mit mir zu sprechen. Sie hat nicht gezittert. Es sind Schluchzer, die sie schütteln.

»Oh, Kate«, sage ich und nehme sie in den Arm. Wieder fällt mir auf, wie dünn sie ist. Ich spüre die Rippen an ihrem Rücken. Es ist, als drückten sie von innen direkt gegen das Nachthemd, als wären kein Fleisch und keine Haut dazwischen.

Ich lege meine Wange an ihren Kopf und küsse sanft ihr Haar. Es riecht leicht säuerlich nach Erbrochenem, aber nicht völlig unangenehm, fast so wie eine vielbenutzte Thermoskanne. Ich weiche nicht zurück. Irgendwo in der Ferne höre ich das schnelle, harte Klacken von Alexas Absätzen, aber ich nehme ihre Anwesenheit erst wahr, als sie den Mund aufmacht.

»Hast du es ihr gesagt?«, fragt sie vom Fußende des Bettes aus. »Hast du ihr die Wahrheit über Guy gesagt?«

Schnell drehe ich mich um. »Nein«, forme ich mit dem Mund und mache große Augen.

Dabei muss Kate es geahnt haben. Es kann gar nicht anders sein. Wenn Kate ihren Mann verdächtigt, muss sie gewusst haben, dass die Polizei ihm bald auf die Schliche kommen würde.

»Was ist mit Guy?«, jammert Kate. »Ist er verletzt?«

Alexa wirft ihrer Schwester einen eindringlichen Blick zu. »Er wurde verhaftet.«

Instinktiv schlägt Kate sich eine Hand vor den Mund, spürt aber sofort den stechenden Schmerz der Braunüle. Sie wimmert leise. Sie verzieht das Gesicht, und ich bin verwirrter denn je. Wieder will sie den Mund aufmachen, bringt aber kein Wort heraus. Flehentlich sieht sie mich an und flüstert: »Warum?«, und ich denke: *Ich dachte, du wüsstest, warum.*

Ich dachte, du hättest entdeckt, dass Guy dich anlügt. Dass du dich deswegen umbringen wolltest. Wenn nicht deswegen, warum dann?

Ich höre auf zu spekulieren, als ich merke, dass Kates flehentlicher Blick immer noch auf mir ruht. »Warum?«, wiederholen ihre Lippen stumm, aber ich weiß keine Antwort.

Was, um alles in der Welt, soll ich nur sagen?

33

Im Krankenhaus musste ich mein Handy ausschalten. Überall hingen Schilder, auf denen steht, dass Mobiltelefone die Defibrillatoren und andere Apparate stören – oder so ähnlich, was vermutlich Unsinn ist, wofür ich aber dennoch Verständnis habe. Das Letzte, was man gebrauchen kann, wenn man im Krankenhaus liegt, sind irgendwelche lärmenden Besucher, die ihrer Umwelt beweisen müssen, wie wichtig und unentbehrlich sie sind.

Als ich wieder im Auto sitze, schalte ich das Handy ein und sehe eine neue SMS. Sie stammt von Lorna, einer der Pflegerinnen im Tierheim. Da steht nur:

Bluey wieder da.

Erleichtert stoße ich einen leisen Schrei aus und lasse den Motor an, ich drehe die Heizung auf und rufe sofort zurück. Sobald Lorna sich meldet, frage ich: »Wo war er?«

»Jemand hat ihn neben Booths festgebunden, gleich hinter den Glascontainern«, sagt Lorna atemlos. Wahrscheinlich habe ich sie beim Putzen gestört. »Mad Jackie Wagstaff hat ihn um sieben Uhr heute Morgen gefunden, als sie ihr Leergut wegbringen wollte. Sie hat ihn zurückgebracht und meinte, jemand muss ihn ausgesetzt haben, denn auf dem Parkplatz war kein einziges Auto zu sehen. Sie entschuldigt sich übrigens vielmals dafür, uns einen weiteren Hund aufzudrücken, aber sie sagt, sie hätte ihn ja schlecht dort sitzen lassen können.«

»Was meinst du, wie lange er dort gewartet hat?«, frage ich.

»Keine Ahnung. Sie sagt, er habe jämmerlich ausgesehen. Das arme Kerlchen hat den Kopf hängen lassen wie immer und darauf gewartet, dass es endlich abgeholt wird. Er hätte eine ganze Woche so ausgeharrt.«

Ich spüre, wie ein Schluchzen in meiner Kehle aufsteigt, und muss ein paarmal schlucken, um es zu unterdrücken.

»Lisa«, fragt Lorna, »bist du noch da?«

»Ja«, sage ich, »ich bin so froh, dass es ihm gut geht .... es geht ihm doch gut?«

»Es hat den Anschein. Er hat noch nichts gefressen, aber das ist ja bei ihm nicht ungewöhnlich. Vielleicht mische ich ein bisschen Katzenfutter unter, mal sehen, ob er das mag. Was glaubst du, wozu der Kerl ihn gebraucht hat? Warum klaut er ihn und setzt ihn dann aus? Ich habe schon zu Shelley gesagt, das ergibt doch keinen Sinn.«

»Ich habe da eine Theorie … ich erzähle es dir später, wenn ich da bin. Ich werde nicht lange brauchen. Kommt auf die Straßenverhältnisse an.«

»Es ist schon viel besser als gestern.« Dann verändert sich ihre Stimme. »Lisa?«

»Ja?«

»Joe hat uns von deiner Freundin erzählt, die im Krankenhaus liegt. Kommt sie durch?«

Ich hatte Joe gebeten, alle Telefonate für mich zu erledigen, mich bis auf Weiteres abzumelden und Lorna von Kate zu erzählen, damit ich direkt ins Krankenhaus fahren konnte.

»Sie wird überleben«, sage ich. »Ich komme gerade von ihr, sie ist in der Lage, aufrecht zu sitzen und zu sprechen. Ihre Schwester ist bei ihr, ich habe die beiden nun allein gelassen.«

»Hat sie persönliche Probleme?«

»Sie ist diejenige, deren Tochter entführt wurde.«

»Oh«, sagt Lorna mitfühlend, »oh, das ist ja furchtbar.«

»Ich weiß«, sage ich und verspreche, in einer halben Stunde da zu sein.

Während der Fahrt überschlagen sich meine Gedanken. Ich

möchte Radio hören, empfange in dieser Gegend aber keinen anderen Sender als *Radio 2*. Aber weil ich das dumme Gequatsche der Zuhörer nicht ertragen kann, die Jeremy Vine im Studio anrufen, schalte ich bald ab.

Mein Auspuff röhrt lauter als je zuvor, und als ich aufs Gaspedal trete, erschrecke ich eine junge Mutter fast zu Tode, die mit einem Kinderwagen an der Ampel steht und wartet. Beim Blick in den Rückspiegel sehe ich, dass sie mir wütend hinterherschimpft. Hoffentlich habe ich ihr Baby nicht geweckt.

Warum nur hat Kate versucht, sich umzubringen?

Ich finde einfach keine Antwort auf diese Frage.

Ich wollte sie anschreien. Ich wollte sie schütteln, damit sie wieder zu Bewusstsein kommt und mir erklärt, was zum Teufel das sollte.

Aber ich kann nicht mehr klar denken. Mein Kopf fühlt sich an, als würde jemand Gummigeschosse darauf abfeuern, und wann immer ich einen klaren Gedanken fassen, wann immer ich ihn von Anfang bis Ende verfolgen möchte, zerplatzt er, noch bevor ich zu einem Schluss komme.

Warum hat sie nicht nach Lucinda gefragt, als sie aufgewacht ist?

Warum war sie so außer sich, als sie von Guys Verhaftung erfuhr?

Und dann kommt mir noch ein Gedanke, ein unwichtiger Gedanke, aber weil ich so wütend bin, denke ich ihn trotzdem zu Ende. Ich denke: *Warum haben sich weder Kate noch Alexa oder Guy bei mir dafür bedankt, Kate das Leben gerettet zu haben?*

Ich weiß, dass sie im Moment wirklich andere Sorgen haben. Trotzdem hätte ich mir gewünscht, dass wenigstens einer von ihnen sagt: »Gott sei Dank warst du da, Lisa.«

Aber nein. Nichts dergleichen.

Meine Knöchel sind schneeweiß, und meine Finger spannen

sich um das Lenkrad, und ich sage zu mir selbst: *Okay, hör auf. Sei einfach froh, dass Bluey wieder da ist. Immerhin das hat der heutige Tag gebracht.*

Bluey ist wieder da, und ich habe beschlossen, ihn mit nach Hause zu nehmen. Er soll bei uns leben.

34

Joanne sitzt mit vier anderen Detectives im Besprechungsraum und wartet auf DI McAleese. Das Zimmer mit der verglasten Längsseite wurde letztes Jahr eingerichtet, kurz nachdem einer der dienstältesten Polizisten in Cumbria, DS Russ Holloway, an Bauchspeicheldrüsenkrebs gestorben war.

In einer Ecke hängt ein Foto von Russ, das ihn an seinem ersten Tag im Dienst zeigt, und darunter eine kleine Plakette. Joanne betrachtet sie und erinnert sich daran, wie sie auf die Bremse getreten war, weil Russ sich über Bauchschmerzen beklagt hatte, zum dritten Mal innerhalb von einer Woche. Joanne hatte sich geweigert weiterzufahren, solange er nicht seinen Hausarzt anrief und einen Termin vereinbarte. Und dann war es zu spät gewesen. Unglaublicherweise war er keine drei Wochen später tot.

McAleese tritt ein und zieht die Tür hinter sich zu. Er trägt ein dunkelrotes Hemd und dazu eine Krawatte in Kontrastfarben; das Hemd ist voller Schweißflecken, was Joanne an McAleese nie zuvor gesehen hat. Er ist ein sehr gepflegter Mann und verfügt über einen höheren Bildungsgrad als jeder andere im Raum. Er war studierter Versicherungsstatistiker und hat als Seiteneinsteiger eine Blitzkarriere bei der Kripo hingelegt. Den Rang des Detective Inspector hatte er in Rekordzeit inne.

McAleese wirkt gehetzt, was für den verantwortlichen Leiter einer Ermittlung typisch ist, für ihn selbst aber ganz und gar untypisch.

»Ich gehe also davon aus, dass die Nachricht sich schnell verbreitet hat und Sie alle erfahren haben, dass das dritte Mädchen wieder da ist?« Schnell lässt er den Blick durch den Raum schweifen, und gedämpftes Gemurmel ertönt. »Ja, Sir.« Ja, alle wissen Bescheid. »Francesca Clarke ist wieder bei ihrer Familie, wir können sie in Kürze in ihrem Elternhaus befragen. Sie ist nicht in der Lage, auf die Wache zu kommen. Sie wurde ärztlich untersucht, und wir haben, was wir brauchen.«

Bevor er weiterspricht, muss er sich räuspern. Er lockert sich die Krawatte.

»Diesmal ist unser Mann brutaler vorgegangen.« Er sagt das, als wäre es zu erwarten gewesen. »Ich erspare Ihnen fürs Erste die ekelhaften Details. Lassen Sie mich nur sagen, sie wird eine Weile brauchen, um darüber hinwegzukommen. Wir haben jemanden vom Opferschutz hingeschickt, und eine Psychologin aus Preston ist auch unterwegs. Eine Frau, die viel Erfahrung mit Vergewaltigungsopfern hat.« Er atmet resigniert aus und fügt hinzu: »Sie hat einen exzellenten Ruf«, und dann denkt er so wie die anderen im Raum, dass es egal ist, wie exzellent ihr Ruf ist. Ein weiteres Leben liegt in Trümmern.

McAleese kaut an der Spitze seines Stifts, und alle schweigen, weil er im Kopf eine Liste abhakt. Er nagt von innen an seiner Wange und sagt schließlich: »Der Vater von Francesca Clarke ist kurz vorm Durchdrehen, er ist unzufrieden mit dem Verlauf der Ermittlungen und so weiter und so fort. Ich brauche einen Freiwilligen ... wer meldet sich?«

Als sich niemand meldet, um den undankbaren Job zu übernehmen, hebt Joanne die Hand. Mit derlei Situationen kommt sie besser zurecht als ihre männlichen Kollegen; sie ist in der Lage, einem unzufriedenen Bürger glaubhaft zu versichern, dass den Einsatzkräften jegliches Fehlverhalten aufrichtig leidtue, wie auch immer das ausgesehen haben mag – ohne die Kollegen für irgendetwas haftbar zu machen.

Diese Fähigkeit hatte Joanne sich schon als Teenager angeeignet, als sie in einem der schickeren Hotels der Gegend als Zimmermädchen arbeitete. Wenn wütende Gäste sich beschwerten, weil sie ein Haar in den Laken gefunden hatten oder Rost an der Teekanne, fiel es ihr unglaublich leicht, sich zu entschuldigen und dem Gast darin beizupflichten, wie unerträglich dieser Missstand doch sei. Denn im Grunde wollten sie alle nur das eine: eine Entschuldigung. Niemanden interessierte es, ob sie aufrichtig gemeint war. Und doch sind zu Joannes großer Verwunderung viele Leute nicht in der Lage, eine Entschuldigung auszusprechen.

DI McAleese lehnt dankend ab. Er möchte Joanne nicht vom Fall Riverty abziehen, noch nicht. Sie soll den Mann ausquetschen, so gut es geht. »Die Frau von diesem Arsch hat nicht grundlos versucht, sich umzubringen.«

Es soll Joanne recht sein. Sie hat ohnehin große Lust, die Befragung weiterzuführen. Sie ist überzeugt, dass sie ihn früher oder später wieder vorladen werden, und dann wird sie ihn wieder fragen, wo er gestern Abend war. Irgendetwas sagt ihr, dass die Antwort auf diese Frage ganz und gar nicht unwichtig für ihre Ermittlung ist, auch wenn Guy Riverty das Gegenteil behauptet.

McAleese führt weiter durch das Meeting und stellt Kollegen zu Haustürbefragungen ab oder dazu, stundenlang grobkörniges Videomaterial aus den Überwachungskameras zu sichten. Als sich eine kurze Diskussion darüber entspinnt, wie die Presseerklärung aussehen soll, vibriert das Handy in Joannes Tasche zweimal. Sie zieht es heraus und liest eine SMS von Lisa Kallisto.

Sorry für die Störung. Vermisster Hund wieder da. Viel Lärm um nichts!

Joanne liest die SMS wieder und wieder, bevor sie ihren Chef unterbricht. »Sir, weiß die Öffentlichkeit schon, dass Mädchen Nummer drei gefunden wurde?«

»Nein, noch nicht. Wir haben noch nichts verlauten lassen. Warum?«

»Eben schreibt mir die Frau vom Tierheim. Sie hatte mich gestern angerufen, um einen Hundediebstahl zu melden. Der alte graue Hund, erinnern Sie sich?«

»Derselbe Hund, den der Typ dabeihatte, der in der Nähe der Schule herumlungerte?«

Joanne nickt. »Nun, der Hund ist wieder da. Halten Sie das für einen Zufall?«

»Kann sein«, sagt er, »aber Sie sollten sich die Sache genauer ansehen.«

Joanne dreht sich zu Ron um. »Haben wir jemals einem Hund eine DNS-Probe abgenommen, Ron?«

Ron lächelt. »Nicht dass ich wüsste.«

Auf dem Rückweg zum Verhörraum ruft Joanne Lisa Kallisto an.

Lisa meldet sich und sagt: »Mein Gott, es tut mir so leid. Sie müssen mich für völlig verrückt halten. Nun ist Bluey wieder da, und es geht ihm gut, alles ist in Ordnung.«

»Ist der Hund jetzt bei Ihnen?«

»Wie bitte? Nein. Ich sitze im Büro und erledige den lästigen Papierkram. Er ist drüben im Zwinger.«

»Bitte waschen Sie das Tier nicht. Auch nicht bürsten. Und halten Sie ihn von anderen Hunden und von Ihren Mitarbeitern fern, bis wir da sind.«

Lisa wundert sich. »Was hat er denn verbrochen?«

»Gar nichts.« Joanne muss lächeln. »Es geht darum, wo er war. Wir werden ihm Fellproben entnehmen, weil …«

»Mein Gott«, sagt Lisa. »Sie wollen damit sagen, Bluey ist ein *Beweisstück*?«

Joanne hätte es weniger dramatisch formuliert, aber dann antwortet sie: »Ja. Wir brauchen ihn als Beweisstück.«

»Was soll ich tun?«, fragt Lisa.

»Sie brauchen gar nichts zu tun. Wie ich schon sagte, bitte sorgen Sie nur dafür, dass niemand ihn wäscht oder bürstet. Am besten, Sie gehen auch nicht mit ihm spazieren.« Letzteres schiebt Joanne noch nach, sie weiß selbst nicht genau, ob es nötig ist. »Ich werde in der Rechtsmedizin anrufen und fragen, ob die sofort einen Kollegen zu Ihnen rüberschicken können. Möglicherweise dauert es jedoch eine Weile … bis wann sind Sie da?«

»Rechtsmedizin?«, keucht Lisa.

»Ja.«

»Ich werde warten, solange es sein muss. Mein Ehemann passt heute auf die Kinder auf, weil ich so einiges aufzuarbeiten habe, und …«

»Ich rufe Sie an, falls ich noch etwas wissen muss, ansonsten wäre es das fürs Erste.«

»Detective?«

»Hmm?«

»Ist Guy Riverty immer noch bei Ihnen?«

Joanne will sagen, ja, wir verhören ihn noch, aber stattdessen fragt sie: »Warum fragen Sie?«

»Es ist so …«, und dann bricht Lisa ab, als wollte sie eigentlich nicht weitersprechen. Schließlich sagt sie: »Da stimmt etwas nicht.«

»Mit wem?«

»Mit allen«, platzt sie heraus. »Ich habe da wirklich ein ungutes Gefühl. Ich habe das Gefühl, dass sie etwas zu verbergen haben. Alle miteinander – Kate, Guy und Kates Schwester Alexa. Die benehmen sich seltsam, gar nicht so, wie es unter diesen Umständen zu erwarten wäre.«

»Wie meinen Sie das?«

»Ich kann es nicht erklären. Aber heute Morgen hat Fergus mir etwas erzählt. Er sagte, seine Mutter würde sich aufregen, wenn sein Vater nicht nach Hause kommt, und ich hatte den Eindruck, das ist keine Ausnahme. Das kommt regelmäßig vor. Ist doch seltsam, oder?«

Beim Auflegen denkt Joanne: *Ja, das ist tatsächlich seltsam.* Sie würde ihrem Mann den Kopf abreißen, wenn er einfach so über Nacht verschwinden würde. Andererseits ist sie nicht einmal verheiratet und kann gar nicht wissen, was sie tun würde. Frauen lassen sich alles Mögliche gefallen, was sie zu Anfang einer Beziehung nie geduldet hätten. Warum sollte sie da eine Ausnahme bilden?

Joanne stößt die Tür zum Verhörraum auf. Sie hat sich schon gefasst gemacht auf den Schwall von Beleidigungen, den Guy Riverty ihr zweifellos entgegenschleudern wird. Er sitzt seit über einer Stunde hier fest und kocht wahrscheinlich vor Wut.

Aber als sie eintritt, zuckt sie erst einmal zusammen, so sehr erschreckt sie der Anblick.

Guy sitzt zusammengesackt am Tisch. Er hat die Körperhaltung eines Mannes, der sich aufgegeben hat. Joanne räuspert sich, um etwas zu sagen, und er hebt den Kopf. Rotze und Speichel laufen ihm über das Kinn.

Er weint wie ein kleines Kind. Er schämt sich nicht, seine Gefühle zu zeigen. Er sieht sie traurig an und sagt: »Ich habe eine Frau.«

»Ich weiß«, sagt Joanne betreten. »Sie wird wieder gesund, Mr Riverty. Ihre Frau wird es überstehen.«

Da schüttelt er den Kopf. Er wischt sich die Nase am Ärmel ab und hinterlässt eine silbrige Schleimspur auf dem edlen schwarzen Feinstrick.

»Ich habe *noch eine* Frau«, sagt er, ohne den Blick von Joanne abzuwenden. »Eine zweite Frau – und einen Sohn. Einen kleinen Jungen.«

Joanne sieht ihn ungläubig an. Mit so etwas hätte sie nie und nimmer gerechnet.

35

Weiß Mrs Riverty darüber Bescheid?« Dann fügt sie schnell hinzu: »Kate Riverty, meine ich natürlich.«

»Ja.«

»Eine vertrackte Lage.«

Er seufzt.

»Warum bleibt sie trotzdem bei Ihnen?« Eine höchst unprofessionelle Frage, die nichts mit dem zu tun hat, was Joanne jetzt eigentlich fragen sollte, die sich aber keine Frau in diesem Moment verkneifen könnte.

»Ehrlich gesagt habe ich keine Ahnung. Ich wünschte, sie würde in die Scheidung einwilligen, aber sie weigert sich beharrlich. Ich habe unzählige Male versucht, sie davon zu überzeugen, dass eine Trennung das Beste wäre.«

Joanne ist sprachlos.

»Lieber will sie teilen?« Sie klingt fassungsloser, als sie wollte. Irgendwie ist sie weniger irritiert davon, dass Kate Riverty bereit ist, sich einen Mann mit einer anderen Frau zu teilen, als davon, sich einen Mann *wie ihn* zu teilen. Als wäre Guy Riverty ein Hauptgewinn, dessen Qualitäten sich Joanne partout nicht erschließen wollen.

Die Kränkung ist ihm vom Gesicht abzulesen.

Er sagt: »Es ist noch viel komplizierter, als Sie denken«, und Joanne, die jetzt erst bemerkt, dass sie immer noch steht, zieht sich einen Stuhl heran und setzt sich.

Instinktiv wendet sie den Blick nicht mehr von Guy Riverty ab. Sie versucht zu ergründen, warum eine vernünftige Frau sich selbst und ihrer Familie so etwas zumutet.

Warum jagt sie ihn nicht einfach zum Teufel? Oder zu seiner neuen Frau?

Warum tut sie nicht, was jede normale Frau tun würde? Warum setzt sie ihn nicht einfach vor die Tür, wirft seine Klamotten aus dem Fenster, redet ihn überall im Ort schlecht, legt sich eine schicke Frisur zu, kauft sich neue Unterwäsche, schläft mit einem attraktiveren Mann und lebt ihr eigenes Leben? Denn genau das ist es, was Joanne an ihrer Stelle tun würde.

Sie lächelt Guy mitfühlend an. »Sie muss Sie wirklich sehr lieben.«

»Das ist es ja gerade«, seufzt er, »sie liebt mich nicht.«

»Warum will sie sich dann nicht scheiden lassen?«

»Sagen Sie es mir«, klagt er, und dann fügt er hinzu: »Nein, das stimmt nicht ganz. Ehrlich gesagt kenne ich den Grund. Kate hat, was Ehe und Familie angeht, sehr festgefahrene Vorstellungen. Wenn man sich festlegt, dann für immer; man mutet seinen Kindern keine Trennung zu nur wegen einer Laune, oder weil die Liebe nachlässt. Die Kinder stehen an erster Stelle.«

Joanne sieht an Guy vorbei und wendet die Situation in Gedanken hin und her. Nach einer Weile sagt sie: »Warum ziehen Sie nicht einfach aus? Warum ziehen Sie nicht zu Ihrer anderen Frau?« Noch bevor er antworten kann, wird ihr klar: »Sie sind ein Bigamist, wie er im Buche steht, nicht wahr? Sie sind tatsächlich doppelt verheiratet?«

Er nickt. »Ich habe Nino …«

»Nino?«

»Meine georgische Frau. Ich habe sie in Georgien geheiratet, als …«

»Warten Sie. Ich verstehe nicht …«

»Nino kam her, um Arbeit zu suchen. Ich habe sie als Putzfrau für meine Ferienhäuser eingestellt, und dann habe ich irgendwie immer mehr Zeit mit ihr verbracht. Und irgendwann habe ich dann gemerkt, dass das zwischen uns etwas ganz Besonderes ist... deswegen habe ich, bevor wir, Sie wissen schon...«

»Bevor Sie mit ihr geschlafen haben?«

»Ja, bevor ich eine Beziehung mit ihr eingegangen bin, habe ich Kate um die Scheidung gebeten. Ich habe ihr erzählt, dass ich ausziehen und mit Nino einen Neuanfang wagen will... Werden Sie mich jetzt wegen Bigamie verhaften?«

»Später vielleicht. Erklären Sie mir, warum Sie Kate nicht einfach verlassen haben.«

»Weil sie mir mehrfach mit Selbstmord gedroht hat.«

»Ich verstehe. Wie kam es dazu, dass Sie zum zweiten Mal heirateten?«

Er seufzt. »Im Laufe der folgenden Monate ging ich eine Beziehung mit Nino ein... ich hatte mir wirklich vorgenommen, mich von ihr fernzuhalten, aber ich schaffte es einfach nicht. Das Ganze macht Kate schwer zu schaffen. Mehr, als ich vermutet hätte.«

»Und so fanden Sie sich zwischen allen Stühlen wieder.«

Guy wirft ihr einen traurigen Blick zu. »Sagen wir es so: Mein Leben ist nicht ganz so gelaufen, wie ich es mir erhofft hatte«, und Joanne denkt: *Mister, willkommen im Club.*

»Nino wurde schwanger. Es war ein Unfall. Wieder flehte ich Kate um die Scheidung an, und wieder beharrte sie darauf, dass sie sich eher umbringen als einwilligen würde. Und ich glaubte ihr. Ich kann Ihnen gar nicht deutlich machen, wie sehr ich ihr glaubte. Andernfalls hätte ich es nicht mehr ausgehalten. Aber nun standen wir vor dem Problem, dass Nino ein uneheliches Kind zur Welt bringen und von ihrer Familie verstoßen werden würde. Und das hatte sie, so verständnisvoll sie Kate gegenüber immer gewesen war, einfach nicht verdient. Sie hatte es nicht verdient, mit leeren Händen dazustehen. Mit nichts abgespeist zu werden. Nino hatte eine schreckliche Angst davor, dass ich zu Kate zurückgehe und sie auf sich gestellt ist, ohne Sicherheiten und ganz allein. Also wählte ich den Weg des geringsten Widerstandes und heiratete sie in Georgien. Im Beisein ihrer Familie und ihrer Freunde.«

»Wer weiß noch davon?«

»Die Kinder wissen, dass wir Probleme haben, aber das ganze Ausmaß kennen sie nicht. Kates Schwester Alexa weiß von Nino.«

»Dann waren Sie letzte Nacht also …«

»Bei Nino – ja«, nickt er. »Wir haben eine Wohnung in einem ehemaligen Klostergebäude in Bowness. In guter Lage. Nino hat keinen Führerschein, und von dort kann sie zu Fuß in die Stadt gehen. Sie kann selbst einkaufen und ist nicht vollkommen abhängig von mir.«

»Und so kam es, dass Lisa Kallisto Ihre Frau Kate heute Morgen gefunden hat. Sie waren dort.«

Er nickt.

Joanne erinnert sich daran, wie sie Guy Riverty vor zwei Tagen gefolgt ist. Wie er nach dem Arztbesuch nach links in die Brantfell Road abbog, anstatt nach Hause zu fahren.

Die Brantfell Road mündet in die Helm Road. Die Medikamente, die er aus der Apotheke abgeholt hatte, waren also für seinen Sohn. Für Ninos Sohn.

In Gedanken ist Joanne wieder bei Kate. »Warum hat sie ausgerechnet jetzt versucht, sich das Leben zu nehmen, wo das Ganze doch schon … wie lange vor sich geht?«

»Ich bin seit vier Jahren mit Nino zusammen.«

»Warum also jetzt?«

Zögerlich sagt er: »Weil sie es nicht ertragen hat, dass ich sie allein ließ, obwohl Lucinda vermisst wird.«

Joanne schnappt nach Luft. Das ist wirklich eine beschissene Situation.

Guy sagt: »Ich weiß, was Sie jetzt denken«, und Joanne legt nachdenklich den Kopf schief. »Bestimmt fragen Sie sich jetzt, was für ein Mann seiner Frau so etwas antun würde.«

Eigentlich hatte Joanne gerade gedacht, dass sie als Polizistin in einem Krimi an dieser Stelle sagen müsste: »Was ich denke, ist egal. Es ist mein Job, das Verschwinden Ihrer Tochter aufzuklären und den Schuldigen der Justiz zuzuführen.« Weil sie aber im richtigen Leben sind, sagt Joanne: »Was für eine miese Nummer. Wer hat Ihnen beigebracht, Frauen so zu behandeln?«

Er sieht sie kühl an. »Sie können das nicht verstehen. Kate hat … Kate hat Probleme. Sehr große Probleme.« Und Joanne wirft ihm einen Blick zu, der ihm sagen soll: *Ja, du Schwein. Du bist ihr Problem.*

»Lassen Sie mich raten«, sagt sie und lehnt sich zurück, »Ihre russische Frau hat ja so viel mehr Verständnis für Sie.«

»Georgisch«, korrigiert er sie.

»Verzeihung.«

Guy atmet tief ein.

»Kate ist seit mehreren Jahren in psychotherapeutischer Behandlung. Als ich ihr zum ersten Mal von Nino erzählte, hat sie es nicht gut aufgenommen. Sie ist voll und ganz in der Mutterrolle aufgegangen.«

Joanne wartet, dass Guy weiterspricht, aber er hat keine Kraft mehr. Was er sagen möchte, ist zu schmerzlich; er braucht eine Weile, die nötige Energie aufzubringen.

»Zur selben Zeit bekam Fergus Probleme mit den Augen. Wir haben alles Mögliche versucht«, sagt er. »Sind mit ihm zu Fachärzten gefahren. Das Auge war furchtbar angeschwollen und verkrustet, er litt unter einer chronischen Entzündung, die wir nie richtig in den Griff bekamen. Irgendwann befürchteten wir sogar, er könnte erblinden. Kate hat sich aufopferungsvoll um ihn gekümmert, sie ist sogar nach London in die Augenklinik mit ihm gefahren, immer wieder. Aber auch die Ärzte dort hatten keine Erklärung ...« – Guy hält inne und bläst die Backen auf in trauriger Resignation –, »bis ein neuer Arzt aus Kanada irgendwann meinte, die Lösung gefunden zu haben.«

Joanne sieht Guy erwartungsvoll an.

»Er rief mich an und wollte wissen, ob ich gerade allein sei. Dann sagte er mir, er habe Fasern auf Fergus' Hornhaut gefunden.«

Joanne schüttelt den Kopf. »Was für Fasern? Wie kommen die da hin?«

»Das war Kate.«

Joanne fällt die Kinnlade herunter.

»Kate hat mit ihrem Pashmina-Schal in Fergus' Auge herumgerieben.«

»Warum?«

»Gute Frage. Ich wusste ja, dass sie mit meiner Beziehung zu Nino nicht zurechtkam, aber das bestürzte mich wirklich. Kurze Zeit später wurde bei ihr das Münchhausen-Stellvertretersyndrom diagnostiziert. Wir erfuhren auch, dass sie eine Pipette benutzt hatte, um ihm Bleiche in die Augen zu tropfen. Was aber, wie sie beteuerte, nur ganz selten vorgekommen war. Nur, wenn ihr Leben vollkommen aus den Fugen zu geraten drohte.«

»Bleiche? Du lieber Himmel«, sagt Joanne und denkt, dass sie die ganze Geschichte schnellstmöglich überprüfen muss.

»Gilt sie als geheilt?«, fragt Joanne.

»Natürlich nicht«, sagt Guy traurig, »sonst läge sie jetzt nicht im Krankenhaus.«

Er ist auf dem Rückweg und gratuliert sich zu seinem Geschick. Er wird immer besser, er wird immer besser darin, seine Spuren zu verwischen und sich unsichtbar zu machen.

Er fährt durch Windermere und spielt mit dem Gedanken, kurz bei der Windermere Academy zu halten. Nur um einen Blick auf das Mädchen zu werfen, das er sich als Nächstes ausgesucht hat. Vielleicht ergibt sich sogar eine Gelegenheit, mit ihr zu reden. Er weiß, dass er ihr aufgefallen ist. Sie mag ihn. Er hat beobachtet, wie sie ihn beobachtet.

Er sieht ein, dass er mit zwei an einem Tag womöglich sein Schicksal herausfordert. Also fährt er nach Hause. Er sollte sich ein wenig zurückhalten, um den Gefallen daran nicht zu verlieren. Falls er weitermachen will. Morgen ist auch noch ein Tag, denkt er. Vielleicht kann er ihre Aufmerksamkeit auf sich lenken, wenn sie aus dem Schulbus steigt.

Er stellt sich vor, wie sie auf sein Auto zukommt, und seine Haut kribbelt vor Vorfreude. Ihre dunkle Haut, die schwarzen Haare, die schokoladenbraunen Augen …

Vierter Tag

FREITAG

36

Es ist früh am Morgen. Sechsunddreißig Stunden sind vergangen, seit Alexa in der Küche stand und mich eine Hure nannte. Joe ist schon wach. Natürlich gibt er sich in meinem Beisein still und verletzt, so als hätten wir einen Trauerfall in der Familie; ich bete zu Gott, dass er es sich nicht anders überlegt und mich Hals über Kopf verlässt.

Auch das Wetter steht auf der Kippe. Der Wetterbericht sagt für den Nordwesten Großbritanniens dicke Wolken und grauen Himmel voraus. Der hohe Luftdruck war verantwortlich für die niedrigen Temperaturen, aber die trockene, kalte Luft aus dem Norden wird bald abziehen. Tauwetter ist angesagt. Am Ende werden wir doch keine weißen Weihnachten erleben.

Ich höre, wie Joe in der Küche die Schubladen öffnet und schließt.

»Lise?«

Er steht unten an der Treppe und ruft nach mir. Ich murmele eine Antwort, keinen Satz, nur ein leises Stöhnen, um ihn wissen zu lassen, dass ich wach bin und ihn gehört habe. »Einer der Hunde hat gelben Schleim gekotzt«, ruft er.

Todmüde rufe ich: »Komme gleich«, und dann ziehe ich mir wieder die Decke über den Kopf.

Joe will mir nichts heimzahlen. Niemals würde er sagen: »Du hast mit einem anderen geschlafen, deswegen überlasse ich dir von nun an alle unangenehmen Arbeiten im Haus.« So ist er nicht. Nein, er weiß, dass ich derlei Aufgaben lieber selbst übernehme, weil alles, was er zum Aufwischen benutzt –

Stofflappen, Wischmopp, Stahlwolle aus der Spüle –, letztendlich in der Mülltonne landet.

Er schafft es, Küchenhandtücher braun und grün zu beschmieren (Reinigung von Golfschuhen), den Wischmopp pechschwarz einzufärben (Reinigung des Taxis) und so weiter.

Ich drehe mich noch einmal um und versuche, den kommenden Tag zu planen. Der Gedanke an Kate bedrückt mich, aber nun muss ich mich zuerst einmal um Bluey kümmern.

Gestern Abend fuhr eine junge Frau in einem unauffälligen weißen Lieferwagen vor, um Bluey abzuholen. Vor ihrer Ankunft war ich ein bisschen nervös bei dem Gedanken, Bluey an die Rechtsmedizin zu übergeben. Die Vorstellung, er könnte das fehlende Glied in der Kette sein, der fehlende Hinweis bei der Suche nach dem Entführer der drei Mädchen … ja, keine Frage, ich war aufgeregt.

Aber als sie die Rückklappe des Vans öffnete und ich den Käfig auf der Ladefläche sah, wurde ich von einer Panik gepackt, sie könnten irgendwelche Experimente mit ihm anstellen. Dafür bestand überhaupt kein Grund, und die junge Frau war mehr als verwirrt, als ich hysterisch wurde. Aber als ich merkte, dass ich ihr Angst machte, hielt ich den Mund und riss mich zusammen. Betreten überreichte ich ihr die Leine und erklärte ihr, ich hätte eine anstrengende Woche hinter mir. Ich entschuldigte mich für meinen Ausbruch. »Normalerweise werde ich nicht so schnell hysterisch«, sagte ich, aber sie verschwand, so schnell sie konnte. Armes Ding.

Ich frage mich, wie es Bluey geht. Ich frage mich, ob er in Ordnung ist. Sie versicherte mir, sie würde sich gut um ihn kümmern und ihn vielleicht schon am nächsten Tag zurückbringen. »Vielleicht?«, fragte ich besorgt, und sie antwortete: »Nein, ganz bestimmt.«

Ich bete zu Gott, dass er heute zurückkommt. Ich würde

mir große Vorwürfe machen, sollte dem alten Köter etwas zustoßen. Ich würde es mir nicht verzeihen.

Joe ruft, ich müsse nun wirklich herunterkommen und mich um die Sauerei kümmern, bevor die anderen Hunde sie auflecken. Also schwinge ich meine Beine aus dem Bett und schiebe meine Füße in die Hausschuhe, und als ich unten in die Küche komme, hat er schon Kaffee gekocht und heißes Wasser in den Putzeimer gefüllt.

»Hast du Bleiche hineingegossen?«, frage ich und hebe den Eimer aus der Spüle, und Joe sagt: »Ja, ein bisschen.«

Er trägt schon seine Arbeitskleidung: Jeans, weißes Hemd, Wollpullunder und auf Hochglanz polierte Stiefel. »Gut siehst du aus«, sage ich, aber dann bleibe ich an seinem Gesichtsausdruck hängen. »Alles in Ordnung?«, frage ich, und er sagt: »Klar«, aber ganz offensichtlich ist nicht alles klar. »Du siehst heute so anders aus«, sage ich, aber er zuckt mit den Achseln. Er sieht aus, als wären seine Falten verrutscht. So wie jemand, dessen Runzeln rechts und links des Mundes mit Restylane aufgespritzt wurden und der deswegen völlig fremd aussieht.

»Ganz sicher?«, frage ich, und für einen kurzen Moment wird er sauer.

»Ist doch kein Wunder, dass ich keine Luftsprünge vor Freude mache, oder?«

»Natürlich nicht. Entschuldigung. Ich liebe dich«, sage ich. »Sehe ich furchtbar aus?«

»Du bist wunderschön«, antwortet er, kommt heran und küsst mich auf den Mund, »aber du hast schrecklichen Mundgeruch.«

Ich schaue zu, wie er sich die Jacke überwirft, sich mit den Fingern durch das immer noch feuchte und ein bisschen zu lange Haar fährt und seinen Kragen hochschlägt.

»Was möchtest du zu Abend essen?«, fragt er, und ich schlage ihm vor, Steak einzukaufen.

»Heute ist Freitag«, sage ich. »Lass uns einen Film sehen, uns betrinken und ins Bett gehen, sobald die Kinder schlafen. Wir tun einfach so, als wäre die Woche nie passiert.«

»Ein Traum«, sagt er und küsst mich auf die Stirn. Dann schnappt er sich seine Schlüssel und verschwindet.

Ich wische die Schweinerei im Hauswirtschaftsraum auf. Unmöglich zu sagen, welcher Hund sich übergeben hat, da alle drei ihr Frühstück gleich gierig verschlingen. Ich mache mir keine Gedanken um Dinge, die ich ohnehin nicht ändern kann, und setze mich mit einem Kaffee an den Tisch. Seit gestern habe ich mir die Haltung zugelegt, dass es immer einen Grund gibt für alles, dass nichts ohne Grund geschieht. Obwohl ich weiß, dass das Blödsinn ist, hilft es mir irgendwie weiter.

Ich nippe an meinem Kaffee. Das Radio in der Ecke spielt David Bowie und Bing Crosby: »Little Drummer Boy«. Ich beschließe, spätestens an diesem Wochenende den Weihnachtsbaum aufzubauen, damit die Kinder mich nicht pausenlos damit nerven.

Ich kann sie im Obergeschoss hören. Die Wecker haben geklingelt, und ich höre Gepolter und schnelle Schritte. Seit Sam laufen kann – was er seit seinem zehnten Lebensmonat tut –, kann er nicht anders, als zu rennen.

Ich höre, wie das Licht im Badezimmer ein- und wieder ausgeschaltet wird, ich höre ihn zurückflitzen, weil er die Toilettenspülung vergessen hat, und zehn Sekunden später sitzt er unten bei mir am Tisch.

»Morgen, Mum«, sagt er fröhlich. Sein morgendlicher Enthusiasmus ist ansteckend, und er bringt mich zum Lächeln. Ich weiß, es dauert nur wenige Jahre, und er wird mich morgens so wie seine älteren Geschwister nur noch grunzend und maulend begrüßen.

»Hast du gut geschlafen, Sam?«

»Ich hatte einen extraschlimmen Traum«, sagt er theatralisch. »Ich habe geträumt, Mario und Luigi wären auf dieser riesigen, total großen Achterbahn und…«

Ich nicke abwesend und verziehe in Sorge um die Super-Mario-Brüder das Gesicht, wann immer es angebracht scheint, während Sams Traum sich entfaltet (oder vielmehr spontan erdacht wird).

Seit Jahren nehmen Mario und Luigi einen großen Raum in unserer Familie ein. Neben zahlreichen Spielen besitzt Sam die beiden als Plüschfiguren, mit denen er oft spielt. »Ich geh mal kacken«, hörte ich Luigi letzte Woche zu Mario sagen, und für einen Moment fragte ich mich, ob Barbie das jemals zu Ken gesagt hätte.

Ich gieße Milch über Sams Cornflakes und stelle die Schüssel an seinen Platz. Beim Essen redet er einfach weiter. Am Montag veranstaltet seine Schule den Weihnachtsbasar, und ich habe noch keine Spende für die Tombola abgegeben. Die Lehrerin lässt fragen, ob ich Tee ausschenken oder lieber eine der Verkaufsbuden betreuen möchte.

Ich nicke abwesend und sage ihm, dass ich mit der Lehrerin reden werde, aber eigentlich höre ich schon nicht mehr zu. Sam reibt sich am Auge herum und zupft sich Reste von Schlaf aus den Wimpern. Auf einmal taucht ein vager Gedanke in meinem Hinterkopf auf, den ich nicht festhalten kann.

Ein Gedanke, der mich seit gestern Abend verfolgt, der mich im Traum beschäftigt hat und immer zum Greifen nah erschien. Könnte ich mich doch nur konzentrieren, dann würde ich ihn zu fassen kriegen.

Aber es ist hoffnungslos. Je mehr ich mich bemühe, desto schneller zerrinnt das Bild zwischen meinen Fingern. Ich beschließe, es fürs Erste zu vergessen.

37

Es ist halb neun Uhr am Morgen, und Joanne schreibt mit, während DI McAleese sie auf den neuesten Stand bringt.

Er verkündet dem Team, dass die Rechtsmediziner es geschafft haben, eine ausreichend große Probe unter den Fingernägeln von Francesca Clarke, dem dritten Opfer, sicherzustellen. Sie gehen nicht davon aus, Hautzellen des Täters zu finden, der bislang viel zu sorgsam vorgegangen ist. Aber sie haben es ohnehin auf tierische DNS abgesehen – auf Zellen des Bedlington-Terriers.

Wenn sie das Tier mit Francesca Clarke in Zusammenhang bringen können und Lisa Kallisto anschließend Charles Lafferty, den Mann, der den Hund gestohlen hat, eindeutig identifiziert, haben sie genug gegen ihn in der Hand. Möglicherweise reicht es für eine Verurteilung.

Sie müssen ihn nur noch finden.

Wobei sie nicht mehr haben als den Namen Charles Lafferty, und der ist erst ein Mal aufgetaucht, im Zusammenhang mit einem tätlichen Angriff auf eine vierzigjährige Immobilienmaklerin aus Windermere. Abgesehen davon gibt es keine weiteren Informationen und auch keine Einträge in der ViSOR-Datenbank.

McAleese will das Ganze aber nicht einfach aussitzen. Er will nicht abwarten, bis der Vergewaltiger erneut zuschlägt. Sie brauchen einen Augenzeugen, ein Nummernschild – sie brauchen eine Spur.

Also sind sie wieder dabei, Klinken zu putzen und stundenlanges Videomaterial zu überprüfen, das sie in einem Umkreis von drei Meilen von jeder Schule der Umgebung eingesammelt haben. Sie wissen, sie suchen einen gut aussehenden, elegant gekleideten Mann von Mitte dreißig. »Der dürfte nicht allzu schwer zu finden sein«, sagt McAleese, woraufhin alle im Raum stöhnen. »Behalten Sie jeden im Auge, der mehr als einmal auf den Bändern auftaucht«, weist er sie an und beschließt das Meeting.

Ron wendet sich an Joanne: »Das wird ein langer, langer Tag«, und sie pflichtet ihm bei und denkt dabei an Guy Riverty, den sie gestern Nachmittag laufen ließ.

Letztendlich hatten sie keinen Grund, ihn noch länger festzuhalten, und da beinahe so gut wie feststand, dass er mit dem Verschwinden seiner Tochter nichts zu tun hatte, tat der arme Kerl Joanne irgendwann sogar ein bisschen leid.

Zwei Stunden, vier Becher Tee und ein halbes Paket Kekse später kann Joanne mit Gewissheit sagen, dass die Videobänder keinerlei Hinweis liefern – außer ein paar Bildern von Joe le Taxi und von einem weißen Geländewagen mit Allradantrieb, über den sie sich gerade Gedanken macht, als es plötzlich an die Tür klopft. Draußen steht der Beamte vom Empfang. »Es tut mir wirklich leid, Sie stören zu müssen, Joanne, aber da unten steht eine Frau, die wegen des entführten Kindes mit einer Ermittlerin sprechen will. Sie sagt, es müsse unbedingt eine Frau sein. Würde es Ihnen etwas ausmachen, runterzukommen?«

»Haben Sie die Personalien überprüft? Hoffentlich ist das nicht eine von diesen Trittbrettfahrerinnen, die meine Zeit verschwenden, von denen hatte ich nämlich schon genug. Ich bin gerade sehr beschäftigt.«

Er öffnet die Tür ein Stückchen weiter. »Sie ist wirklich hartnäckig. Sie sagt, sie hätte wichtige Informationen. Sie macht einen ganz vernünftigen Eindruck.«

»Alles klar. Ich bin gleich unten.«

Joanne nähert sich der Frau, die auf einem der Plastikstühle am Fenster sitzt. Sie starrt auf ihre Füße hinunter und vermeidet jeden Blickkontakt zu den anderen Wartenden. Von der Decke hat sich eine Papiergirlande gelöst, ein Geschenk der benachbarten Grundschule. Sie baumelt einen Meter vom Kopf der Frau entfernt in der Luft.

»Sie wollten mit einer Polizistin sprechen?«, fragt Joanne, als die Frau den Kopf hebt. »Ich bin Detective Constable Aspinall und bearbeite den Fall.«

Eine unauffällige, kleine Person um die vierzig mit dunkelblondem Haar und zierlicher Figur. Sie trägt die Mutti-Uniform: Jogginghose, Turnschuhe und hellblaue Windjacke.

»Können wir irgendwo ungestört sprechen?«, fragt die Frau, und Joanne antwortet: »Natürlich. Geben Sie mir eine Minute, dann suche ich uns einen freien Besprechungsraum.«

Fünf Minuten später gibt die unscheinbare Frau ihren Namen mit Teresa Peterson an.

»Und worüber möchten Sie mit mir sprechen?«

»Über die Mädchen.«

Joanne wartet, dass die Frau weiterspricht, aber zunächst scheint Teresa Peterson nichts weiter sagen zu wollen.

»Sie verfügen also über Informationen zu den Mädchen, die entführt worden sind, ist es das?«

Teresa blinzelt und starrt angestrengt auf den Fußboden. »Ja«, sagt sie.

Joanne atmet ein paarmal tief durch und denkt: *Das führt zu nichts.* Aber sie wartet. Als sie fürchtet, die Frau könnte für den Rest des Tages stumm vor ihr sitzen, hakt sie sanft nach: »Was beschäftigt Sie denn so, Miss Peterson?«

»Mrs«, korrigiert sie Joanne, und dann fügt sie hinzu: »Mrs Peterson. Hören Sie, ich stamme nicht aus der Gegend. Ich wohne noch nicht lange hier, deswegen bin ich mir nicht hundertprozentig sicher …«

Joanne schießt durch den Kopf, dass sie dieses Gespräch an Cynthia Spence hätte delegieren sollen. »Was immer Sie mir anvertrauen, bleibt unter uns. Fürchten Sie, Ärger zu bekommen, wenn Sie mit mir reden?«

»Was, wenn ich mich irre?«

»Sie meinen, wenn Sie mir falsche Informationen geben?«

»Wenn ich *die falsche Person* beschuldige.«

Joanne lässt entspannt die Schultern fallen und erklärt: »Wir haben eine Zeugin, die den Verdächtigen identifizieren wird, sobald wir ihn festgenommen haben. Falls der von Ihnen Beschuldigte nicht unser Verdächtiger ist, werden wir das sofort merken.«

Joanne streckt den Arm aus und berührt ganz flüchtig Teresa Petersons Handgelenk. »Sie haben nichts zu befürchten. Wirklich, wir werden keinen Unschuldigen verhaften. Warum erzählen Sie mir nicht einfach, wie Sie darauf kommen, diese bestimmte Person zu verdächtigen?«

Teresa Peterson greift in die Tasche ihrer wasserdichten Jacke und zieht ein zerfleddertes Taschentuch heraus. Sie schnäuzt sich und kneift die Augen zu. Ihre Lippen bewegen sich, aber kein Ton kommt heraus. Joanne begreift, dass sie entweder betet oder ein Mantra aufsagt, um sich zu beruhigen.

Dann öffnet sie die Augen wieder. »Ich wollte ein Foto machen«, flüstert sie, »ein Foto von meinen Schuhen. Sie sind von Kurt Geiger und viel zu hoch, mir jedenfalls, denn eigentlich kann ich auf Stilettos nicht laufen. Ich sehe darin lächerlich aus. Ich hätte sie gar nicht erst kaufen sollen, aber das war so eine Laune von mir, und … jetzt stehen sie unnütz im Schrank herum.«

Sie sieht Joanne an, wie um zu fragen: *Soll ich weitersprechen?* Und Joanne nickt.

»Und dann habe ich unsere Kamera gefunden. Sie lag nicht dort, wo wir sie normalerweise aufbewahren.«

Sie ringt verzweifelt die Hände, und Joanne wirft einen verstohlenen Blick auf ihre Armbanduhr.

»Wie dem auch sei«, sagt sie. »Ich habe sie gefunden. Aber als ich das Foto schießen wollte … Oh, sorry, ich habe ganz vergessen, Ihnen zu erzählen, dass ich die Schuhe bei eBay einstellen wollte, dazu brauche ich das Foto …«

»Das habe ich mir schon gedacht …«

»Als ich das Foto schießen wollte, funktionierte die Kamera nicht. Die Speicherkarte war verschwunden, und ich dachte, wie seltsam. Es gab keinen Grund dafür. Und da fiel es mir wie Schuppen von den Augen.«

»Was fiel Ihnen wie Schuppen von den Augen?«

»Dass mein Mann der Täter ist. Mein Mann ist derjenige, der diese Mädchen verschleppt hat.«

Joanne lächelt die Frau an und seufzt.

»Mrs Peterson, meinen Sie nicht, dass Sie hier voreilige Schlüsse ziehen?«

Sie schüttelt den Kopf. »Nein. Ich habe die Speicherkarte in der Innentasche seines Mantels gefunden.«

Joanne zieht die Augenbrauen hoch.

»Deswegen sind wir hierhergezogen«, sagt Teresa Peterson hastig. »Wir mussten unsere Heimat verlassen, weil er es schon einmal getan hat. Man konnte ihm zwar nichts nachweisen. Aber Merv hat immer gesagt, jetzt haben wir Dreck am Stecken. Deswegen haben wir uns hier oben auf die Stelle beworben, als in der Zeitung nach einem Ehepaar gesucht wurde, das die Geschäftsleitung des Hotels übernimmt.«

»Welches Hotel?«

»Das *George* in Grasmere.«

»Woher stammen Sie denn ursprünglich, Mrs Peterson?«

»Aus Ipswich. Suffolk.«

»Und Ihr Mann heißt Merv?«

»Mervyn Peterson. Wenn Sie es überprüfen, werden Sie

feststellen, dass er zur Vernehmung vorgeladen wurde, weil die Freundin unserer Tochter behauptet hat, er hätte sie fotografiert.«

»Wie alt war sie damals?«

»Zwölf.«

Joanne gibt sich größte Mühe, keine Miene zu verziehen.

»Er hat alles abgestritten und mir geschworen, dass nichts davon stimmt, und ich habe ihm geglaubt. Aber jetzt habe ich das hier gefunden.« Sie zieht eine digitale Speicherkarte aus ihrer Handtasche – eine SanDisk 4GB – und reicht sie Joanne.

Joanne nimmt die Karte ungerührt entgegen. »Was ist darauf, Mrs Peterson?«

Die Frau fängt zu zittern an. »Fotos. Fotos von Mädchen… pornografische Fotos von Heranwachsenden… und auch ein paar von seiner Mutter. Sie wurde letzten Monat siebzig, und wir sind zur Familienfeier gefahren.«

»Und Sie sind sicher, dass die Fotos nicht von Ihrer Tochter stammen? Das sind keine Bilder, die Ihre Tochter gemacht hat und vielleicht niemandem zeigen wollte?«

Teresa schüttelt den Kopf. »Nein, sie ist es nicht«, antwortet sie. »Da bin ich mir ganz sicher.«

38

Ich setze Sam bei der Schule ab und spreche kurz mit Mrs Corrie, seiner Lehrerin, über den Weihnachtsbasar. Ich lasse mich überreden, die einzige Leckerei beizutragen, die ich einigermaßen hinkriege: Zucchinitorte. Wir wissen beide, dass ich nicht kochen kann. Im Grunde handelt es sich um das gleiche Rezept wie für Bananenkuchen, außer dass die Leute aus irgendeinem Grund von dieser Version sehr beeindruckt sind.

Leise flüstert Sams Lehrerin: »Wie geht es Kate?«, und ich flüstere zurück: »Ganz gut.«

Als ich gestern Abend im Krankenhaus anrief, erzählte man mir, dass alles in Ordnung sei und Kate im Laufe des Tages entlassen würde. Als ich meiner Sorge um ihre Verfassung Ausdruck verlieh, sagte man mir, sie sei in besten Händen und würde nach ihrer Rückkehr von einer psychiatrisch geschulten Krankenschwester versorgt.

Mrs Corrie möchte wissen, wann Kate meiner Meinung nach wieder auf den Beinen sein wird, was ich interpretiere als: *Kann sie uns beim Weihnachtsbasar helfen?* Was angesichts von Kates Zustand und der Tatsache, dass Lucinda immer noch verschwunden ist, eine lächerliche Frage ist. Ich weiß aber auch, dass die Lehrerin nur fragt, weil sie ohne Kate vollkommen aufgeschmissen ist.

Kate ist unsere eifrigste Spendensammlerin, von ihr hängt alles ab. Ohne sie wird der Weihnachtsbasar eine Katastrophe. Keiner wird machen, was er versprochen hat. Niemand wird die Spenden abliefern, den Wein, die Torten, die Spiele. Ohne Kates sanftes Drängen wird nichts rechtzeitig fertig sein. Nach allem, wie es jetzt aussieht, wird die Schule am Ende noch Geld verlieren, wenn sie die Party trotzdem ausrichtet.

Der Tag ist so grau wie versprochen. Und genauso mild. Die Temperaturen sind merklich in die Höhe geklettert, und ich brauche meine Handschuhe und die Mütze nicht mehr. Mein Auspuff ist immer noch furchtbar laut, was ich aber ignoriere. Das wird warten müssen.

Als ich im Tierheim ankomme, erzählt Lorna mir, dass sie unsere Webseite aktualisiert hat. Wir haben eine Nachricht auf dem Anrufbeantworter, wonach Bluey später am Vormittag zurückgebracht wird. Sie haben alle nötigen Proben bekommen. Und dann ist da noch eine zweite, recht wirre Nachricht von einer panischen Frau, die ziemlich angetrunken klingt und aus Grasmere anruft. Sie bittet uns, dringend einen Hund abzuholen, den sie aufgrund ihrer veränderten Lebensumstände nicht mehr versorgen könne; sie kann ihn leider nicht persönlich vorbeibringen, weil ihr Auto angeblich abgeschleppt wurde. Bei dem Hund handelt es sich um einen Dobermann.

»Hast du sie zurückgerufen?«, frage ich Lorna.

»Sie geht nicht ans Telefon. Wahrscheinlich hat sie sich ins Koma gesoffen. Sie hat aber eine Adresse genannt. Willst du hinfahren?«

»Mal sehen, wie der Vormittag so läuft.«

»Du siehst müde aus, wenn ich das sagen darf.«

»Das war nicht gerade die schönste Woche meines Lebens.«

»Soll ich die Fahrt übernehmen?«, fragt Lorna.

»Ist schon okay«, sage ich lächelnd. »Lieber bin ich im Auto unterwegs, als dass ich Zwinger putze … sorry.«

»Man kann es ja mal versuchen.«

Lorna hat sich die Haare frisch mit Henna gefärbt, und die Farbe hat Flecken hinter ihren Ohren und an ihrem Nacken hinterlassen. Ich sage nichts. Auch ihre Finger sind braun verfärbt.

»Wie geht es deiner Freundin?«, fragt sie. »Ist ihre Tochter inzwischen aufgetaucht?«, und ich schüttele den Kopf. »Wie schrecklich«, sagt sie, und ich spüre ein Kribbeln in der Magengrube.

Gedankenverloren starre ich zum Eingang. Besorgt fragt Lorna: »Lisa, ist alles in Ordnung?«

»Wie bitte? Ja«, sage ich schnell. »Ich muss jetzt anfangen. Was machen die Kätzchen?«

»Nur eins hat überlebt. Ich habe es Buster genannt.«

»Buster ist gut«, sage ich und gehe nach hinten ins Büro. Vielleicht kann ich dem Kleinen etwas Futter mit der Spritze einflößen.

Beim Hereinkommen sehe ich, dass Lorna die letzten beiden Kätzchen, die in der Nacht verstorben sind, schon in Tüten gepackt hat. Ich höre Buster leise miauen.

Ich greife in den Käfig und hole ihn heraus. Er ist rabenschwarz mit weißer Brust und weißem Bauch und einem kleinen schwarzen Felldreieck am Kinn. Er sieht aus, als trage er einen Smoking. Ein winziger James Bond. Er fängt zu schnurren an. Ich untersuche ihn auf Flöhe und werde gleich doppelt fündig. Ich greife zum Kamm und entferne sie aus seinem Fell, bevor ich ihn zu füttern versuche. Ich bin fest entschlossen, ihn zu retten.

Ich untersuche sein Zahnfleisch, das von einem gesunden, kräftigen Rosa ist, und seine klaren Augen. »Du darfst nicht aufgeben«, sage ich, und er sieht mich mit großen Augen keck an.

Das Handy in meiner Tasche vibriert, und ich werfe einen Blick auf das Display. Mein Herz pocht wie wild, als ich die SMS von Kate sehe.

Vielen Dank, du bist eine Lebensretterin!, steht da schlicht und einfach.

Und ich antworte: *Gern geschehen*, und seufze erleichtert. Sicher ist sie schon auf dem Heimweg.

39

Drei Polizeiautos sind unterwegs zum Hotel George in Grasmere, um Mervyn Peterson festzunehmen. Joanne sitzt in einem davon. Sie fährt selbst und folgt der gewundenen Landstraße östlich des Lake Windermere, hängt aber leider hinter einem fünfzehn Jahre alten Ford Escort mit Fischaufkleber an der Stoßstange fest. »Ein besonders schlimmer Fall von Fahren unter Religionseinfluss«, sagt sie zu Ron und trommelt mit den Fingern aufs Lenkrad.

Für solche Einsätze lebt sie. Endlich hat sie die Gelegenheit, das Schwein bei den Eiern zu packen und vor Gericht zu zerren, damit er bestraft wird.

Sie weiß, er ist es. Sie kann es spüren. Teresa Peterson hat alle Verdachtsmomente bestätigen können und außerdem ausgesagt, dass er für Mittwochabend, als Francesca Clarke entführt wurde, kein Alibi hat. Joanne hegt keine Zweifel mehr. Sie kann es gar nicht erwarten, ihn in den Verhörraum zu schleifen.

Ron sitzt auf dem Beifahrersitz und wirft sich Rennies in den Mund, als wären es Smarties. Sein rechtes Knie wippt aufgeregt.

»Woran denkst du gerade?«, fragt er.

»Ich stelle mir vor, wie ich dem Schwein Handschellen anlege und ihm mein Knie in den Rücken ramme.«

Leichter Nieselregen hat eingesetzt, und Joanne lässt ihren Blick über den See schweifen. Am anderen Ufer haben Wolken die Gipfel der Langdale Pikes verhüllt. Das Wasser schimmert granitgrau. Am Ufer liegt immer noch jede Menge Schnee, aber der wird bald schmelzen. Die Landschaft ist von einem eintönigen Braungrau.

»Das Beste wäre es, ihn noch vor Weihnachten hinter Gitter zu bringen«, überlegt Ron, und Joanne pflichtet ihm bei.

Sie hat versucht, aus Teresa Peterson herauszubekommen, was ihnen an Informationen noch fehlte. »Wo könnte er die Mädchen hingebracht haben? Könnte er sie verstecken, ohne bemerkt zu werden?«

Teresa hatte mit den Achseln gezuckt. Sie wisse es nicht. Joanne erzählte ihr von Molly Rigg. »Molly hat gesagt, die Laken hätten frisch gemangelt gerochen, und das Zimmer sei in einem hellen Farbton gestrichen gewesen. Sie hat von kahlen Wänden gesprochen.«

Und da war Teresa Peterson bleich geworden. »Auf dem Gelände des Hotels stehen ein paar Ferienhäuser. Sie wurden seit einer ganzen Weile nicht vermietet, wir benutzen sie nur, wenn wir überbucht sind.«

»Kann man die Häuser vom Hotel aus sehen?«, fragte Joanne, und Teresa hatte den Kopf geschüttelt.

»Nicht so richtig. Sie liegen seitlich vom Hauptgebäude. Niemand hat einen Grund, sich dort aufzuhalten, solange die Häuser nicht belegt sind.«

Joanne hatte die neuen Erkenntnisse DI McAleese mitgeteilt, und der schickte das Einsatzkommando auf den Weg.

Nun durchqueren sie Ambleside. Joanne versucht es mit der Lichthupe, um den Escort an die Seite zu drängen – er ist mit weniger als zwanzig Meilen unterwegs –, aber die Frau am Steuer scheint völlig unbeeindruckt.

Joanne drückt mehrmals auf die Hupe und rudert wie verrückt mit den Armen, bis die Frau endlich rechts auf die Straße nach Rydal Mount abbiegt. Dort steht Wordsworths Haus, in dem er *Narzissen* schrieb. Endlich kann Joanne das Gaspedal durchtreten.

Zehn Minuten später knirscht der Kies, und Steinchen hämmern gegen die stählernen Radläufe des Mondeo, als sie vor dem Hotel George vorfahren, gefolgt von zwei Streifenwagen. »Dann wollen wir mal hoffen, dass der liebe Merv zu Hause ist«, sagt Ron und steigt aus.

Sie betreten die Lobby. Es handelt sich um einen riesigen, holzvertäfelten Saal mit einer breiten Eichentreppe und einem Geweih über der Rezeption.

Joanne nähert sich dem jungen, dünnen Mädchen mit blauschwarzem Haar, das hinter dem Tresen steht. Der Durchsuchungsbefehl wird vorgezeigt und das Mädchen im Flüsterton informiert. Sie sagt mit spanischem Akzent, Mr Peterson sei mit dem Brandschutzbeauftragten oben im dritten Stock. »Sie möchten, ich rufe ihn an«, sagt sie tonlos, aber Joanne winkt ab. Nein danke, sie werden hinaufsteigen und ihn selber suchen.

DI McAleese geht voran, und Joanne direkt hinter ihm, während Ron und ein paar uniformierte Beamte in einigem Abstand folgen. Die Luft im Hotel ist überheizt und zum Schneiden dick, es riecht nach neuem Teppichboden und nach Möbelpolitur. Die Treppe knickt im rechten Winkel ab, und ein glatzköpfiger Mann mit Aktenkoffer tritt beiseite, um sie durchzulassen. »Ist etwas passiert?«, fragt er McAleese, der zunächst weitergehen will, es sich dann aber anders überlegt.

»Sind Sie ein Hotelgast?«, fragt er den Mann.

»Nein, ich bin der Brandschutzbeauftragte.«

»Hatten Sie einen Termin bei Mervyn Peterson?«

Er nickt. »Jetzt bin ich auf dem Weg zum Schwimmbad. Peterson ist noch in Zimmer elf, um sich Notizen zu machen. Steigen Sie die Treppe bis zum Ende hoch, und dann geht es rechts ab bis zum Ende des Flurs.«

McAleese nimmt immer zwei Stufen auf einmal. Das Adrenalin durchflutet Joannes Körper, und sie tut es ihm gleich.

Jetzt sind sie ganz dicht dran. Sie hört die anderen hinter sich rumoren. Als sie das Obergeschoss erreicht hat, schnappt sie nach Luft. Sie würde gern den Parka ausziehen, aber dafür ist jetzt keine Zeit. McAleese eilt mit langen Schritten voraus.

Zimmer elf. Die Tür ist geschlossen. McAleese legt ein Ohr daran und verzieht das Gesicht, um ihr zu bedeuten, dass er nichts hören kann, und dann hämmert er gegen das Holz. »Hier spricht die Polizei. Mr Peterson, öffnen Sie bitte die Tür.«

Nichts.

»Los«, flüstert McAleese.

Joanne klopft das Herz bis zum Hals.

McAleese signalisiert ihr, die Türklinke herunterzudrücken. Er zählt die Sekunden lautlos an den Fingern ab: drei, zwei, eins.

Sie stürmen hinein, McAleese springt ins Schlafzimmer und Joanne ins Bad. Und dann in den begehbaren Kleiderschrank.

»Hier ist niemand, Chef«, sagt sie.

»Nächstes Zimmer.«

Ron ist auf dem Weg zur Feuerleiter, während er einen der uniformierten Beamten anweist, im Erdgeschoss alle Ausgänge zu bewachen. Wie seltsam. Joanne hätte niemals damit gerechnet, dass der Kerl zu flüchten versucht. Sie hatte ihn sich als vorlautes Arschloch vorgestellt, das sich bis zuletzt zu verteidigen und rauszureden versucht. Nie im Leben hätte sie ihm einen Fluchtversuch zugetraut.

Sie klopft an die Tür von Zimmer neun. »Polizei«, ruft sie, wartet aber nicht auf Antwort.

Das Erste, was sie sieht, ist das Paar Kalbslederslipper, die seitlich vom Bett herunterhängen.

Joanne geht vier Schritte vorwärts und sieht ihm ins Gesicht. »Mervyn Peterson?«

Joanne versteht sofort, wie er es schaffte, die Mädchen in

sein Auto zu locken. Er hat wirklich ein nettes Gesicht, auch wenn sie sich nicht lange darauf konzentrieren kann.

Lächelnd stützt er sich auf die Ellbogen. »Nun haben Sie mich aber erwischt«, gähnt er. »Ich habe nur versucht, heimlich… ein Nickerchen zu machen.«

»Chef, er ist hier«, ruft Joanne in den Flur. »Zimmer neun.«

Sie hört Schritte, und Mervyn sieht verdutzt aus.

»Verflixt«, sagt er besorgt, »was ist denn los? Ist etwas passiert?« Seine Augen funkeln, und er grinst so schelmisch wie Terry-Thomas, der wieder einmal mit dem Gesetz in Konflikt geraten ist.

»Sparen Sie sich das«, sagt Joanne, und im selben Moment kommt DI McAleese herein.

Er mustert Mervyn und verliert kurz die Fassung.

Mervyns Hose ist bis an die Knöchel heruntergezogen, und sein halb erigierter Penis liegt auf seinem Bauch. Er hustet und beobachtet Joannes Reaktion, als sein Schwanz zweimal auf seinem flachen, straffen Bauch herumhüpft.

»Mervyn Peterson, ich verhafte Sie wegen des Verdachts auf…«

Sekunden später bittet Joanne Peterson, das Ding wieder einzupacken und sich anzukleiden, damit sie ihm Handschellen anlegen kann. Sie fixiert die Schellen enger als nötig und führt Mervyn am Ellenbogen hinaus. Als sie durch den Flur zur Treppe laufen, mehrere Schutzpolizisten vor und hinter sich, beugt Mervyn sich dicht heran.

»Ich habe deinen Blick gesehen«, flüsterte er Joanne mit verzerrter Stimme ins Ohr. »Ich habe deinen Blick gesehen, als du reingekommen bist.«

Und Joanne antwortet trocken: »Ach, wirklich?«

40

Kein Kommentar«, antwortet Mervyn selbstgefällig. Er sieht seinen Anwalt an, der zustimmend nickt. Mervyn trägt ein frisches italienisches Hemd aus schwerem Baumwollstoff, das er unbedingt auf die Wache mitbringen wollte, ebenso wie saubere Socken und Unterwäsche. »Nur für den Fall, dass man mich durchsucht«, sagte er.

Joanne rutscht auf ihrem Sitz herum.

Sie hat McAleese angebettelt, ihr die Chance zu geben, dieses Verhör durchzuführen. Sie will ihn knacken. Aber nun ist sie seit über zwanzig Minuten dabei, und Merv der Perv schweigt.

Sie beschließt, das mit den Fragen zu lassen und einfach nur dazusitzen. Sie müsste sich dringend einmal die Achseln und die Haut unter den drahtverstärkten Rändern ihres BH mit einem Taschentuch trocknen. Es wird nicht mehr lange dauern, dann hat der Schweiß ihre Bluse durchweicht. Im Raum ist es drückend heiß.

Mervyn grinst sie an.

»Was ist denn?«, sagt er in die Stille hinein. »Wird das ein Wettbewerb, Detective? Sind Ihnen die Fragen ausgegangen?«

»Ihre Frau hat ausgesagt, dass Sie heranwachsende Mädchen fotografiert haben, Mervyn. Dass Sie auf meine Fragen nicht antworten möchten, kann ich verstehen. Sie glauben, Sie würden sich nur noch mehr Ärger einhandeln, wenn Sie reden, deswegen verstehe ich Ihr Schweigen. Ich an Ihrer Stelle würde dasselbe tun.«

»Meine Frau leidet unter Wahnvorstellungen.«

»Auf mich hat sie einen ganz vernünftigen Eindruck gemacht. Sie wirkte klar und besonnen.«

Er schnaubt. »Kein Kommentar.«

»Obwohl ich schon sagen muss, dass ich mir Sie beide nicht als Paar vorstellen kann.«

Er zieht fragend die Augenbrauen hoch.

»Ein seltsames Paar geben Sie ab«, erklärt sie.

»Wenn Sie das sagen«, antwortet er.

»Wo haben Sie sich kennengelernt?«

»Kein Kommentar.«

»Was ist mit Ihrer Tochter? Wie alt ist die, elf?«

»Zwölf.«

»Nur noch ein Jahr von Ihrem Lieblingsalter entfernt, was? Wo haben Sie Lucinda versteckt?«

Er beugt sich vor und wirft ihr einen eiskalten Blick zu. »Ich habe mit dem Verschwinden dieser Kinder nichts zu tun. Ich bin Familienvater. Ich bin Ehemann. Ich bin, anders als Sie meinen, kein Pädophiler. Sie haben keine Beweise dafür, dass ich etwas mit der Sache zu tun habe, und wenn Sie jetzt auf ein tränenreiches Geständnis hoffen, können Sie lange warten. Ich habe es Ihnen schon gesagt. Ich habe mit der Sache nichts zu tun.«

»Was sagt Ihnen der Name Charles Lafferty?«

Er zuckt mit den Achseln. »Den kenne ich nicht.«

»Das glaube ich aber doch.«

Mervyn verdreht die Augen.

»Sie benutzen diesen Namen, nicht wahr, Mervyn?«

»Das ist doch lächerlich.«

»Das ist Ihr Pseudonym, wenn Sie sich als ein anderer ausgeben.«

»Wozu sollte ich das tun?«

»Vielleicht schämen Sie sich wegen sich selbst«, antwortet Joanne.

Mervyn lacht verächtlich. »Ich schäme mich kein bisschen *für* mich, Detective«, korrigiert er ihre Grammatik. »Vielleicht sprechen Sie für sich. Vielleicht schämen *Sie* sich für das, was Sie sind?« Er hält inne und mustert sie von oben bis unten. »Sicher sind Sie unverheiratet.«

Joanne starrt ihn ausdruckslos an. Sie sagt nichts.

»Warum wohl?«, fragt er.

»Die guten Männer sind die Ausnahme, würden Sie das nicht auch sagen?«

»Vielleicht liegt es eher daran, dass ein Trampel wie Sie nun mal ein Ladenhüter ist.«

Joanne beugt sich vor und sagt mit leiser Stimme: »Wir wissen, dass Sie es sind, Mervyn. Wir haben DNS-Spuren gefunden.«

Er sagt kein Wort, aber für den Bruchteil einer Sekunde sieht sie eine Regung über sein Gesicht huschen.

Sie redet weiter. »Warum tun Sie sich nicht den Gefallen und erzählen uns, warum Sie das getan haben? Möglicherweise kann Ihr Verteidiger es verwenden. Wenn Sie darauf beharren, die Aussage zu verweigern, bringt uns das auch nicht weiter. Niemand wird mit einem Typen wie Ihnen mitfühlen, der nicht einmal zu seinen Taten stehen kann. Schon gar nicht Ihre zukünftigen Mitgefangenen. Erzählen Sie mir, was Sie antreibt, dann können wir vielleicht einen psychiatrischen Gutachter einschalten. Wie ich gehört habe, sind die manchmal sehr hilfreich, wenn das Strafmaß festgelegt wird.«

»Was für DNS-Spuren?«, fragt er.

»Ach, Mervyn, ich werde doch nicht alle meine Geheimnisse ausplaudern.«

»Sie bluffen.«

»Es ist mir nicht gestattet zu bluffen.«

Er lehnt sich zurück. Er atmet tief ein und langsam wieder aus.

»Ich glaube Ihnen kein Wort«, sagt er.

»Ich lüge nicht, Mervyn. Wir können Sie mit einem der Opfer in Verbindung bringen. Und nun, da Sie hier sind, werden wir eine Gegenüberstellung veranlassen. Die Chancen stehen gut, dass die Mädchen Sie wiedererkennen, sobald Sie vor ihnen stehen.«

Mervyn Peterson wirft seinem Anwalt einen fragenden Blick zu. Joanne beobachtet ihn genau. Die Miene des Anwalts ist reglos. Er senkt den Blick und schüttelt den Kopf.

»Kein Kommentar«, sagt Mervyn entschieden.

Joanne schiebt die Hand über den Tisch, als wolle sie ihm entgegenkommen. »Mervyn«, sagt sie sanft, fast traurig, »wir haben den Hund. Den Hund, den Sie benutzt haben, um das letzte Opfer anzulocken. Wir haben ihn gefunden. Und raten Sie mal … er ist das süßeste Beweisstück, das man sich vorstellen kann.«

Joanne hält die Handgelenke unter kaltes Wasser und wäscht sich das Gesicht. Ihre Wangen sind dunkelrot, die Bluse klebt ihr am Leib. Sie zieht ein paar Papiertücher aus dem Spender an der Wand und befeuchtet sie, um sich Nacken und Dekolleté abzuwischen. Bald ist es geschafft, sagt sie sich. Bald.

McAleese, der das Verhör im Nebenraum auf einem Bildschirm verfolgt, hat eine Pause angeordnet. Mervyn hat um ein Gespräch unter vier Augen mit seinem Anwalt gebeten, und McAleese hat es ihm gestattet. Er hat das Gefühl, dass Mervyn nach der Pause einen anderen Ton anschlagen wird, aber Joanne ist sich da nicht so sicher. Ihrer Meinung nach wird er das Theater durchziehen bis zum bitteren Ende. Er ist der geborene Lügner. Sie kann sich nicht erinnern, einem wie ihm schon jemals begegnet zu sein. Er scheint selber zu glauben, was er sagt. Er ist vermutlich einer von diesen Leuten, von denen sie gerüchteweise gehört hat, die einen Lügendetektortest überstehen.

Das Team kommt noch einmal kurz im Besprechungsraum zusammen, bevor Joanne und McAleese wieder in den Zellentrakt gehen, um Mervyn für Runde zwei abzuholen.

Der wachhabende Polizist öffnet die Tür, und Joannes erster Blick fällt auf Mervyns Nadelstreifenhose. Und seinen nackten Oberkörper. Sein aschfahles Gesicht ist ihnen zugekehrt, denn er hängt an seinem Hemd von den Gitterstäben des Zellenfensters.

Joanne stürzt in den Raum.

Er ist schon blau angelaufen, aber sie packt ihn, sie umschlingt seine Hüfte und stemmt ihn mit aller Kraft in die Höhe.

»Scheiße«, hört sie jemanden sagen, aber sie achtet nicht darauf, denn sie hat nur ein Ziel: dieses Schwein in die Luft zu heben, so lange sie kann.

Joanne wird nicht zulassen, dass er stirbt. Sie denkt an Molly Riggs verzweifeltes Gesicht und schickt all ihre Kraft in ihre Arme. Sie wird es nicht zulassen.

Sein Gewicht hat den Knoten zugezogen. Sein Körper fängt an zu zucken, als McAleese den Stoff bearbeitet im verzweifelten Versuch, ihn loszuschneiden. Joanne spürt ein zweites Paar Arme, das sich um ihre legt, und Petersons Gewicht halbiert sich schlagartig.

Sein Oberkörper klappt vor, als das Hemd von den Gitterstäben abgetrennt ist.

Sein Oberkörper kippt, und Joanne torkelt rückwärts, zusammen mit dem Polizisten, und dann versuchen sie, Peterson nicht einfach fallen zu lassen, sondern vorsichtig am Boden abzulegen. »Rufen Sie einen Krankenwagen!«, schreit McAleese in den Flur hinaus.

Joanne kniet nieder und legt ihre Finger an seinen Hals. »Er hat noch einen schwachen Puls, wir müssen den Stoff entfernen.« Der Rest des Hemdärmels sitzt immer noch fest an

Mervyns Hals. Er hat die Schlinge mit seinem Körpergewicht zugezogen. Joanne versucht, ihre Finger darunterzuschieben, aber es passt nur einer durch.

»Du liebe Güte«, sagt McAleese. »Wir werden das Dreckschwein verlieren. Joanne, beatmen Sie ihn!«

Sie starrt McAleese entsetzt an und zögert, aber dann tut sie, was er befiehlt. Sie haben jetzt keine Zeit, eine Beatmungsmaske zu holen. Während sie Mervyn beatmet, säbelt McAleese mit seinem Schweizer Taschenmesser an der Stoffschlinge herum.

Joanne wird übel, als sie Petersons Nase zuhält und ihren Mund auf seine Lippen drückt. Er schmeckt nach Kaffee. Süßlich. Die Erinnerung an die Fotos auf der Speicherkarte, die seine Frau ihr gegeben hat, kommen mit aller Wucht zurück.

Einatmen. Ausatmen. Nackte Mädchenkörper. Einatmen. Ausatmen.

Verdammt, sie sollte ihre Finger in seine Augenhöhle rammen und sein Gehirn zerstechen, anstatt Erste Hilfe zu leisten.

Einatmen. Ausatmen.

Einatmen.

McAleese hat den Baumwollstoff durchschnitten und bittet Joanne aufzuhören. Die Farbe kehrt in Petersons Gesicht zurück.

»Mal sehen, ob er Luft kriegt«, sagt McAleese, und dann sehen sie, wie Mervyns Brustkorb sich hebt und senkt.

Sekunden später fangen seine Lider zu flattern an.

McAleese signalisiert Joanne mit einem Blick, wachsam zu bleiben nur für den Fall, dass der Kerl auf sie losgeht.

Er sagt: »Da haben wir doch tatsächlich kurz gedacht, Sie wären uns entwischt, Peterson.«

Mervyn reißt die Augen auf. Er hat die Orientierung verloren. Vielleicht, denkt Joanne kurz, glaubt er sich im Himmel.

»Wir dürfen doch nicht einfach zulassen, dass Sie hier einen Abgang machen, wo Sie doch drei junge Mädchen vergewaltigt haben, oder?«, sagt McAleese.

Mervyn sieht ihn verwirrt an. »Drei?«, fragt er.

41

Ich stehe auf der Schwelle eines bildhübschen Häuschens in der Nähe von Grasmere und denke über Welpen nach. Warum ziehen die meisten Leute einen Welpen einem erwachsenen Hund vor? Warum, wenn sie der Aufgabe kein bisschen gewachsen sind?

Ich habe auf die Klingel gedrückt, aber alle Vorhänge sind zugezogen. Im Haus regt sich nichts. Wahrscheinlich ist der Dobermann hinten im Garten. Doch dann wiederum hätte ich ihn längst bellen hören müssen.

Welpen sind anstrengend. Sie machen überall hin, sie kauen alles an, sie kosten Geld. Die erwachsenen Hunde, die wir weitervermitteln, sind kastriert, geimpft und gechipt. Allein damit hat der neue Besitzer schon hundertsechzig Pfund gespart. Aber nein, jeder will einen Welpen. Man will sich ja schließlich keinen *Problemhund* ins Haus holen.

Und keiner merkt, dass er gerade dabei ist, einen weiteren Problemhund zu schaffen.

Beim Warten schaue ich mich um. Das Häuschen gehört zu einem Ensemble von vieren. Die Lage ist angenehm, ein wenig zurückgesetzt von der Straße. Ein guter Platz, um ein Haus zu bauen. Um die Türen herum wächst Clematis, deren Stängel jetzt braun und knorrig aussehen, die im Sommer aber bestimmt ganz wunderhübsch blüht. Auch in den anderen Häusern ist kein Leben, nur vor einem parkt der Ford Transit eines Elektrikers. Die Häuser strahlen die saubere Seelenlosigkeit von Feriendomizilen aus.

Ich klingele noch einmal, und eine Gestalt erscheint hinter

der Milchglasscheibe. Die Tür schwingt auf, und ich weiche instinktiv zurück, denn was ich sehe, gibt Anlass zur Sorge. Es ist schon Viertel nach eins, aber die Frau trägt einen Morgenmantel. Das gelbblonde Haar steht ihr nach allen Seiten vom Kopf ab, und ihr Lippenstift ist über ihrer linken Wange verschmiert, fast bis zum Ohr. Ich würde sie auf Mitte vierzig schätzen. Attraktiv, aber ausgemergelt.

»Ich bin gekommen, den Hund abzuholen. Den Dobermann.«

»Kommen Sie herein.«

Es gibt keinen Flur; wir stehen direkt im Wohnzimmer. »Wurde bei Ihnen eingebrochen?«, frage ich erstaunt, denn überall auf dem Fußboden liegen Kleider verstreut.

»Was?«, fragt sie und sieht sich im Zimmer um. »Oh, nein, ich hatte einfach nur noch keine Zeit aufzuräumen.«

Neben dem Sofa steht ein überquellender Aschenbecher auf dem Fußboden. Der Teppich drum herum ist mit grauen Flecken übersät, weil der Ascher offenbar mehr als einmal umgekippt ist. Auf dem Wohnzimmertisch haben sich getragene Kleidungsstücke, Kaffeebecher, Dokumente, leere Weinflaschen, DVDs und Unterwäsche angesammelt.

Im Fernsehen läuft *Loose Women*, aber der Ton ist abgedreht. Wahrscheinlich war die Frau auf dem Sofa eingeschlafen, denn von der Sitzfläche hängt eine Daunendecke herunter.

»Entschuldigen Sie die Unordnung«, sagt sie und räumt die Kleider vom Sofa, damit ich mich setzen kann. »Ich habe eine schlimme Woche hinter mir.«

»Ist der Hund draußen?«

»Im Gartenschuppen.«

»Bevor ich ihn mitnehmen kann, brauche ich ein paar Informationen über ihn. Oder handelt es sich um eine Sie?«

»Er. Diesel«, antwortet die Frau.

»Sind Sie befugt, den Hund abzugeben? Gehört er Ihnen?«, frage ich.

»Nein, er gehört meinem Mann... meinem zukünftigen Exmann.«

Ich lächle matt.

»Dann brauche ich eine Einverständniserklärung Ihres Mannes«, sage ich, und sie lässt den Kopf gegen die Sofalehne fallen, als wäre das ein Problem.

Ich beschließe, das Formular auszufüllen, so weit es geht, und mich um den Rest später zu kümmern.

Sie sagt, ihr Name sei Mel Frain. Ihr Mann heiße Dominic.

»Ist der Hund kastriert?«

»Nein.«

»Wie alt ist er?«

»Achtzehn Monate. Am Anfang war er ganz lieb, aber dann hat er angefangen, im Haus alles kaputt zu machen. Deswegen mussten wir ihn da draußen einsperren.« Mit einer Geste verweist sie auf den Garten.

»Irgendwelche Krankheiten?«

»Nein. Hören Sie«, sagt sie und steht auf, wobei ihr Morgenmantel vorne aufklafft. »Ich brauche was zu trinken, möchten Sie auch etwas?«

»Einen Tee, bitte.«

»Ich meine einen richtigen Drink. Ich nehme Wein.«

»Dafür ist es für mich noch ein bisschen zu früh.«

»Wie Sie meinen. Wenn Sie mich kurz entschuldigen würden, ich hole mir ein Glas.«

Sie geht hinaus, und ich höre, wie der Kühlschrank geöffnet wird. Kurz darauf kommt sie mit einer Magnumflasche Pinot Grigio und zwei Gläsern zurück, deren Ränder mit Lippenstift und deren Stiele mit Fingerabdrücken beschmiert sind.

»Ich habe Ihnen ein Glas mitgebracht nur für den Fall, dass Sie es sich anders überlegen. Ich habe keinen Tee im Haus.«

Sie beugt sich vor, um einzuschenken. Verwirrt sehe ich, dass ihre Brüste seltsam in die Höhe stehen, obwohl sie keinen BH trägt, und ich frage mich, ob sie eine dieser armen Frauen ist, denen unwissentlich Industriesilikon implantiert wurde. Wahrscheinlich wird sie sich die Dinger kurz nach Weihnachten herausoperieren lassen müssen.

Mel Frain trinkt einen großen Schluck Weißwein, seufzt und lehnt sich zurück. »Verzeihen Sie. Im Moment fällt es mir schwer, den Tag zu überstehen.«

Ich nicke, obwohl ich keine Lust habe, mir die Ehebruchsgeschichte anzuhören, die mich hier ganz offensichtlich erwartet.

»Letzte Woche kam ich nach Hause«, sagt sie tonlos. »Mein Mann lag oben im Bett … mit meinem Vater.«

»Oh je«, sage ich. »Was haben Sie getan?«

»Mich übergeben.«

»Verständlich.«

Sie nickt.

»Wo sind sie jetzt?«, frage ich.

»Haben sich über Weihnachten nach Sitges an der Costa Dorada abgesetzt.«

»Was ist mit Ihrer Mutter?«

»Die tut so, als wäre nichts passiert.«

Ich atme mit gespitzten Lippen aus.

»Tut mir leid, dass ich den Hund nicht behalten kann«, sagt sie, »aber ich habe einen Vollzeitjob. Und so ein Hund braucht Auslauf, dazu habe ich keine Kraft – nicht in meiner momentanen Lage.«

»Wir suchen ihm ein gutes Zuhause«, antworte ich und denke, dass es wahrscheinlich zwecklos ist, den Ehemann kontaktieren zu wollen. »In Ordnung«, sage ich und reiche ihr das Formular. »Unterschreiben Sie bitte ganz unten auf der gestrichelten Linie, und dann kann ich mir Diesel einmal ansehen.«

Wir verfrachten den Hund in den Käfig auf der Ladefläche meines Kombis. Seine Krallen müssten gekürzt werden, aber abgesehen davon ist er in einem guten Zustand. Ein hübsches Tier mit glänzendem Fell. Es sieht gut aus für ihn.

Als ich die Heckklappe schließe, fährt der Lieferwagen des Elektrikers davon, und ich sehe, dass dahinter ein zweites Auto geparkt steht. Ich drehe mich zu Mel Frain um. Sie weint ein bisschen, weil sie sich von Diesel verabschieden muss.

»Sehen Sie das Auto da drüben?«, sage ich. »Haben Sie das schon mal gesehen?«

»Es steht immer mal wieder da«, antwortet sie. »Das ist ein Ferienhaus. Ich glaube, das Auto gehört dem Besitzer.«

»Wann haben Sie es zuletzt gesehen?«

»Vor ein paar Tagen, glaube ich.«

Wieder spüre ich dieses Kribbeln, diesen Gedanken, der sich nicht fassen lässt. Nur dass ich ihn diesmal festhalten kann.

Ich sehe mir das Nummernschild an.

Das Auto gehört Kate.

42

Ich weiß nicht mehr, seit wann ich hier stehe. Es kann sich nur um Minuten handeln, fühlt sich aber viel länger an. Mel Frain ist wieder im Haus verschwunden, um noch mehr Wein zu trinken, und die Heckscheibe meines Autos beschlägt, weil Diesel hechelt. Ich öffne die Fahrertür, stecke den Schlüssel ins Zündschloss und fahre die hinteren Seitenscheiben ein paar Zentimeter herunter. Es sind schon Hunde in Autos erstickt, denke ich wohl.

Ich kann den Blick nicht vom Haus abwenden. Von dem letzten Haus in der Reihe.

Warum steht Kates Auto davor? Sie war doch eben noch im Krankenhaus.

Ich gehe hin und bleibe vor der Haustür stehen. Ein seltsames Gefühl beschleicht mich. Die Ruhe vor dem Sturm. Ich könnte mich einfach umdrehen und gehen. Ich könnte in mein Auto steigen, zum Tierheim zurückfahren und so tun, als hätte ich nichts gesehen. Und der Mensch, der ich früher war, hätte sicher genau das getan. Früher bin ich jeder Konfrontation aus dem Weg gegangen und habe Autoritäten nicht hinterfragt.

Ich will anklopfen, überlege es mir aber in letzter Sekunde anders. Ich trete ein paar Schritte nach rechts, beuge mich vor und spähe durchs Fenster ins Haus.

Ich sehe Kate und Lucinda vor einem riesigen Pappkarton am Boden knien. Sie packen die Dekoration für den Weihnachtsbaum aus. Für einen Moment denke ich, dass Kate und Guy das Haus über Weihnachten vermieten wollen – um diese

Jahreszeit kommen die Gäste nicht gern in ein ungeschmücktes Haus.

Und dann durchflutet mich die Erleichterung, sie reißt mich fast von den Füßen. Lucinda ist wieder da. Sie ist am Leben. Ich unterdrücke ein Schluchzen. Sie ist in Sicherheit. Gott sei Dank, Lucinda ist in Sicherheit.

Dann beobachte ich Kate, und das Blut gefriert mir in den Adern.

Ich weiche vom Fenster zurück und stelle mich wieder vor die Tür. Vorsichtig drücke ich auf die Klinke.

Abgeschlossen.

Mein Atem geht stoßweise. Ich versuche, mich zu beruhigen, aber als ich die letzten vier Tage Revue passieren lasse, wächst meine Wut. Ich fühle mich wie die Idiotin, zu der Kate mich gemacht hat. Ich sollte endlich zu denken aufhören und irgendetwas *tun*.

Ich gehe um das Haus herum und versuche die Gartenpforte. Sie ist nicht verschlossen. Langsam und lautlos öffne ich sie.

Jetzt stehe ich im Garten. Er ist größtenteils gepflastert, weil das pflegeleichter ist, nur hier und da steht ein Blumentopf. Der Grill in der Ecke ist für den Winter abgedeckt, daneben steht eine Gartenbank in jener albernen Eierschalenfarbe, die so typisch für Kate ist. Das ist ihr Markenzeichen. Wenn sie könnte, würde sie einfach alles in dieser Farbe streichen.

Die Hintertür des Hauses ist in der Mitte horizontal geteilt wie eine Stalltür. Sie ist nicht abgeschlossen, also trete ich langsam ein und sehe mich staunend in der Küche um. Auf der Arbeitsplatte liegt ein frisch gekauftes Baguette. Kate muss es auf dem Weg hierher bei der Bäckerei geholt haben. Der Duft erfüllt die ganze Küche. Das ist ihr Mittagessen für später, wenn sie den Weihnachtsbaum geschmückt haben, und ich sehe vor mir, wie sie beide, Mutter und Tochter, *die besten Freundinnen*, wie Kate immer betont hat, einträchtig beisammensitzen und essen.

Ich höre Stimmen. Ich kann die Worte nicht verstehen, aber der Tonfall ist beschwingt, glücklich, normal. Der Hass, den ich auf einmal empfinde, lähmt mich fast.

Neben dem Baguette liegt ein Brotmesser. Ich nehme es in die Hand. Es fühlt sich ganz leicht an. Es ist billig. Ein Messer von der Art, wie man sie bei Poundstretcher oder im B&M-Schnäppchenmarkt kaufen kann, wenn man zu geizig ist, Geld auszugeben für Gegenstände, die man selber nicht benutzt. Ich fuchtele damit in der Luft herum. Für einen Moment bin ich hier die Irre. Die Verrückte, die gekommen ist, um Rache zu üben.

Für eine Sekunde schließe ich die Augen und fasse mich, dann höre ich, wie sich hinter der Tür zum Wohnzimmer etwas regt. Ich durchschreite die Küche und stoße sie auf.

Kate steht am anderen Ende des Raumes. Sie sagt kein Wort, als sie mich entdeckt. Sie starrt mir nur ins Gesicht.

Sie hat nichts mehr mit der geisterhaften Erscheinung der letzten Tage gemein. Sie wirkt so gesund und munter wie immer, und ich frage mich, wie das sein kann. Wie kann man diese Art von Kummer schauspielern?

Als sie das Messer in meiner Hand entdeckt, fängt sie an zu blinzeln.

Lucinda hat immer noch nichts gemerkt. Sie steht mit dem Rücken zu uns, hängt Weihnachtskugeln in den Baum und plaudert dabei mit ihrer Mutter. Ihre Bewegungen wirken irgendwie träge, ihre Sprechweise ist schleppend.

Sie trägt einen Kapuzenpullover und eine rosa Jogginghose. Ihr akkurat geschnittenes, kinnlanges Haar schwingt um ihr Gesicht, wenn sie sich vorbeugt.

Kate spricht, ohne sich zu ihrer Tochter umzudrehen. Sie nimmt den Blick nicht vom Messer. »Lucinda, setz dich aufs Sofa, Schätzchen.«

Lucinda dreht sich um, und als sie mich in der Tür stehen sieht, klappt ihr die Kinnlade herunter.

Ich funkle sie böse an.

»Hat deine Mutter dir erzählt, dass man *mir* die Schuld an deinem Verschwinden gibt?«

Anstatt zu antworten, wirft Lucinda ihrer Mutter einen unsicheren Blick zu.

»Hat sie es dir erzählt?«, frage ich.

Lucinda nickt. Ihr Gesichtsausdruck verrät ihre Angst, aber ihre Augen sind leer und glasig. Offenbar ist sie nicht ganz da.

Kate versucht, einen Schritt auf mich zuzumachen, aber ich hebe das Messer. »Vergiss es«, warne ich sie, und sie weicht zurück.

Ich zittere am ganzen Leib. Ich merke, dass ich zittere, aber ich kann nicht anders. Eines ist mir klar: Wenn ich diese Frau nicht aufhalte, wird sie noch andere Leben zerstören. Ich strecke den Arm vor und schwenke das Messer wie eine Machete.

»Lisa«, sagt Kate, »was tust du da?«

Ich lache. »Warum ich?«, frage ich. »Warum tust du ausgerechnet mir das an?«

Sie schweigt. Starrt immer noch auf das Messer.

»Antworte mir!«

»Weil ich wusste, du würdest dir die Schuld geben. Ich wusste, du würdest dir die Schuld geben, und ich …« Sie bricht ab und lächelt verträumt in meine Richtung.

»Und?«

»Jede andere hätte sich gewehrt«, sagt sie. »Jede andere hätte meine Geschichte angezweifelt, aber nicht du. Ich wusste, du würdest sofort alle Schuld auf dich nehmen … du mit deiner ständigen Zeitnot, wo du es doch kaum schaffst, dich auf deine täglichen Aufgaben zu konzentrieren.«

Ich sehe an ihr vorbei zu Lucinda hinüber, die am Saum ihres Kapuzenpullovers nestelt. »Du weißt hoffentlich, dass deine Mutter gestört ist?«

»Lisa«, sagt Kate in strengem Ton. »Achte bitte auf deine Wortwahl.«

»Du weißt, dass sie verrückt ist?«

Lucinda schaut angestrengt beiseite.

»Wer ist irre genug, sein eigenes Kind zu entführen?«, schreie ich die beiden an.

Kate hebt ihre Hände. »Eine Frau, die verzweifelt versucht, ihre Ehe zu retten«, antwortet sie ernst.

»Und du hast mitgespielt?«, keife ich Lucinda an. »Du hast einfach mitgemacht!«

»Ich habe es gemacht, damit Daddy wieder nach Hause kommt.«

»Wo war er denn?«

»Daddy hat eine andere Familie«, sagt Lucinda, »wir sind alle so traurig deswegen. Wir dachten, wenn wir ihm nur zeigen, was er an uns hat, kommt er zurück.«

»Was für eine Familie?«, frage ich bestürzt. »Eine andere Familie?«

Keine der beiden antwortet, deswegen wende ich mich an Kate. »Das hier fällt unter Kindesmissbrauch. Sieh dir mal an, was du ihr angetan hast. Sie hält das für normal.«

»Sie will, dass ihr Vater nach Hause zurückkommt – was ist daran falsch?«

»Was daran falsch sein soll? Sie werden dich dafür einsperren, sodass sie am Ende *weder* Mutter *noch* Vater hat. Und warum redet sie so komisch? So langsam? Hast du ihr irgendwelche Tabletten gegeben?«

»Lisa, beruhige dich. Ich sehe, wie wütend du bist. Ich kann das verstehen, ich an deiner Stelle wäre auch wütend. Aber wir hatten einfach keine Wahl. Wir wollten ihn überzeugen, bei uns zu bleiben, und er wollte nicht.«

Ich kann nicht fassen, was sie da sagt. Ich kann nicht glauben, dass sie es wirklich inszeniert hat.

»Wie konntest du nur?«, frage ich verwirrt. »Wie konntest du weinend vor mir stehen und zulassen, dass ich dich um Vergebung anflehe, wo du doch wusstest, dass alles ganz anders ist?«

Sie zuckt mit den Achseln, als hätte sie keine andere Wahl gehabt. Sie hat nur getan, was sie tun musste.

»Wir waren Freundinnen«, sage ich, aber sie wendet sich ab.

Ich muss an Sally denken, die durch die Hölle ging, weil sie sich für Lucindas Verschwinden verantwortlich fühlte.

Ich muss an die Schuldgefühle denken, die sie und mich gequält haben, weil wir dachten, einen riesigen Fehler begangen zu haben. Einen Fehler, den es gar nicht gab. Wir beide haben uns gefühlt wie die letzten Versagerinnen – ich als Mutter, Sally als beste Freundin.

Auf einmal sehe ich mich mit ihren Augen. Ich sehe, wie leicht es ihr gefallen sein muss, mir die Sache anzuhängen. Denn natürlich hat sie recht. *Natürlich* habe ich nichts hinterfragt. Natürlich habe ich die Schuld allein bei mir gesucht. Die Frau, die immer unter Zeitdruck steht, die sich nie gut genug fühlt, immer ein wenig hinter den Erwartungen zurückbleibt. Diese Frau ist leichte Beute.

Ich sehe Kate an, voller Verbitterung darüber, meine Familie nicht besser geschützt zu haben. Auf einmal kommt mir ein Gedanke: »Und wie hättest du ihre Rückkehr organisiert?«, frage ich. »Da draußen sind immer noch die Suchtrupps der Polizei unterwegs. Wie hättest du es angestellt? Hättest du sie ins Haus geschmuggelt und so getan, als wäre nichts passiert?«

»Lisa, warum legst du nicht das Messer weg, damit wir in Ruhe reden können?«

»Du kannst mich mal.«

Auf einmal meldet sich Lucinda vom Sofa aus zu Wort. »Ich hätte einfach gesagt, ich wäre von zu Hause ausgerissen.«

»Und wohin?«

»Hierher«, sagt Kate. »Lucinda kennt dieses Haus. Sie war oft mit Guy und mir hier, wenn wir nach den Immobilien sehen. Sie hätte in den Bus springen und unbemerkt herkommen können … wenn sie gewusst hätte, wo wir die Schlüssel zu den Häusern aufbewahren. Was sie natürlich weiß. Sie hängen an Haken in Guys Büro. Zurzeit stehen mehr als zehn Häuser leer; zu dieser Jahreszeit würde er es nicht einmal bemerken, wenn ein Schlüsselbund fehlt.«

»Ja, sicher war er mit anderen Dingen abgelenkt«, sage ich in sarkastischem Tonfall, »zum Beispiel, dass seine Tochter vermisst wird, und dass seine Frau …« Ich spreche den Satz nicht zu Ende.

Ich studiere Kates Gesicht und frage: »Was war mit den Tabletten? Warum hast du das getan? Welche Mutter würde ihre Kinder im Stich lassen – egal, ob ihr Ehemann sie verlässt oder nicht …«

»Ich wusste, du würdest mich finden.«

»Wie bitte?«

»Ich wusste, du würdest mich finden«, wiederholt sie, und ich reiße ungläubig den Mund auf.

»Woher?«

»Du hast mir eine SMS geschickt«, sagt sie knapp. »Du hast mir geschrieben, du wärst auf dem Weg. Und da dachte ich, jetzt oder nie … Ich habe nicht so viele Tabletten geschluckt, wie ihr alle dachtet. Es war längst nicht so knapp, wie die im Krankenhaus es dargestellt haben …«

»Und all das hast du nur getan, um Guy zurückzugewinnen?«

Ich bin fassungslos, als sie nickt, wie um zu sagen: *Das hätte doch jede getan, Lisa. Im Ernst.*

»Du bist ja verrückt.«

»Wir alle haben unsere Geheimnisse, Lisa.«

Ich muss schlucken.

»Wir alle haben etwas zu verbergen, das die Welt nicht sehen soll. Erinnerst du dich? Wir wollen, dass alle denken, wir hätten die perfekte Familie und würden immer alles richtig machen. Nun ja, *ich* habe tatsächlich immer alles richtig gemacht. Einfach alles. Aber nicht einmal das hat gereicht. Und es tut mir leid, Lisa, aber ich wollte mich einfach nicht damit abfinden. Ich habe um meine Familie gekämpft. Ich habe getan, was nötig war.«

»Du gehörst eingesperrt.«

»Ist das wirklich deine Meinung?«

»Natürlich … findest du dich normal?«

Sie seufzt, so als fände sie es schwer zu glauben, dass ich ihren Standpunkt nicht nachvollziehen kann.

»Warum hast du Joe nicht die Wahrheit über deine Affäre erzählt?«, fragt sie.

»Was hat das denn damit zu tun?«

»Warum nicht?«, bohrt sie nach.

»Weil du mir mehr oder weniger davon abgeraten hast.«

»Ich bin nicht deine Mutter. Ich bin nicht dein Gewissen. Du hast Joe nicht die Wahrheit erzählt, weil du dein Leben betrachtet hast und wusstest, dass du zwar im Unrecht warst, aber alles tun würdest, um deine Familie zusammenzuhalten.«

»Ja, aber nun ist es kein Geheimnis mehr, deswegen …«

»Ja«, sagt Kate ernst, »das tut mir sehr leid.«

»Was tut dir leid?«

»Ich habe Adam den dringend benötigten Schubs gegeben. Ich habe ihm gesagt, wenn er Alexa nicht die Wahrheit beichtet, tue ich es. Wie hat Joe es übrigens aufgenommen? Ich bin nicht stolz darauf. Ich habe Joe immer gemocht.«

»*Du* steckst dahinter?«

Sie seufzt. »Ich musste euch doch irgendwie von Lucinda ablenken. Ich wollte nur Zeit gewinnen.«

Ich stehe sprachlos da. Ich will etwas sagen, aber ich bringe kein Wort heraus.

Und in dem Moment springt sie auf mich zu. Sie greift so blitzschnell nach dem Messer, dass ihre Hand in der nächsten Sekunde an der Klinge ist.

Ich reiße den Arm zurück und spüre den Widerstand ihrer Finger an der geriffelten Klinge. Ich habe sie geschnitten. Die Klinge schneidet ihr in die Hand, aber sie lässt nicht los.

»Kate, hör auf!«, schreie ich zu Tode erschreckt. Aber sie hört nicht auf.

Ich reiße wieder am Messer, um es ihr zu entwinden, aber sie lässt einfach nicht locker.

»Um Gottes willen, Kate!«

Ich starre sie an und kann nicht glauben, was hier passiert, aber sie starrt ungerührt zurück. Ihre weit aufgerissenen Augen scheinen aus ihrem Schädel herauszuquellen.

»Ich werde nicht zulassen, dass du sie mitnimmst!«, kreischt sie. »Ich werde nicht zulassen, dass du sie mitnimmst!«

»Das will ich gar nicht, du verrückte Schlampe! Lass das Messer los!«

Sie blutet. Natürlich blutet sie.

»Mummy!«, weint Lucinda, »Mummy, bitte hör auf, du tust dir weh. Bitte …«

Ohne die Augen von mir abzuwenden, ruft Kate: »Mummy ist gleich fertig, gib Mummy noch einen Moment.«

Sie ist stark. So stark. Woher nimmt sie nur diese Kraft?

Ich bin völlig aufgebracht, reiße am Messer und schreie sie an: »Kannst du nicht damit aufhören? Kannst du nicht einfach damit aufhören, in der dritten Person von dir zu sprechen? Sie ist dreizehn Jahre alt, Kate. Sie ist kein Baby mehr! Hör auf, sie wie ein verdammtes Baby zu behandeln, sie wird dich dafür *nicht* mehr lieben!«

Und ich kann nicht sagen, was genau daran sie so getroffen

hat, aber auf einmal schießen ihr die Tränen in die Augen, und sie lässt los. Es ist, als würde sie nur für den Bruchteil einer Sekunde an sich zweifeln. Als könnte sie sich kurz aus einigem Abstand betrachten, woraufhin ihre Kraft sofort schwindet.

Und dann trete ich zu. Ich trete ihr vors Schienbein, so fest ich kann.

Ich trage meine schweren Winterstiefel und trete mit aller Gewalt, ich trete, als wollte ich sie ernstlich verletzen. Sie jault auf.

Sie taumelt rückwärts und fällt. Sie versucht, auf blutenden Händen davonzukriechen, und auf einmal fühle ich mich wie in jenem Winter, als ich acht Jahre alt war. Als die Frau meines Vaters sich die Pulsadern aufschnitt. Die Ironie des Schicksals entgeht mir nicht. *Die andere Familie.* Noch eine Zweitfamilie, die eine Ehefrau in den Wahnsinn treibt.

Kate schaut zu mir herauf und macht sich auf einen weiteren Tritt gefasst. Lucinda zieht sich den Kapuzenpullover aus, um die Hände ihrer Mutter darin einzuwickeln.

In dem Moment klingelt mein Handy.

Wir starren einander an, wissen nicht, was wir jetzt tun sollen.

»Keine Bewegung«, warne ich sie. »Wenn ihr euch bewegt, steche ich zu.«

Ich ziehe das Handy aus meiner Hosentasche und trete ein paar Schritte zurück.

»Mrs Kallisto?«

»Ja.«

»Hier spricht die Polizei«, sagt die Stimme. »Ich muss Ihnen leider mitteilen, dass es einen Unfall gegeben hat…«

HEILIGABEND

43

Der Schnee ist wieder da, gerade noch rechtzeitig. In der Innenstadt von Windermere tummeln sich die Menschen, und Joanne ist auf dem Weg zur Metzgerei, um die Pute abzuholen.

Jackie musste heute Morgen zur Arbeit, aber weil Weihnachten dieses Jahr auf einen Sonntag fällt, hat Joanne einen Tag frei. Und auf einmal hat sie dieses Weihnachtsgefühl. In diesem Jahr wird Weihnachten mehr sein als ein ganz gewöhnlicher Tag. In diesem Jahr freut sie sich auf ein richtiges Weihnachtsessen mit Jackie, mit allem Drum und Dran, und nach der Ansprache der Queen werden sie beide sich den Bauch mit brasilianischen Schokonüssen vollschlagen und auf dem Sofa einschlafen.

Sie geht beim Gemüsehändler vorbei und kauft Pastinaken – dieses Jahr wird sie Wurzelgemüse als Beilage servieren –, dann schaut sie für die letzten Besorgungen noch kurz bei Booths vorbei.

Große Geschenke haben weder sie noch Jackie zu erwarten. Jackies Sohn schickt schon seit Jahren nichts mehr, und so sind sie dazu übergegangen, sich an Weihnachten etwas zu gönnen. Joanne legt eine Dose überteuerte Körperbutter in ihren Einkaufswagen und fügt nach kurzem Überlegen noch ein Fußbad hinzu.

Sie studiert die Packung und sieht auf einmal Jackie, wie sie in ihrer Pflegerinnenuniform und mit einem Likörglas in der Hand im Sessel sitzt und der Dampf des Fußbades an ihren Unterschenkeln aufsteigt. Ja, denkt Joanne, das ist genau das richtige Geschenk für sie.

Als sie den Supermarkt verlässt, hängen die dunklen Wolken tief am Himmel. Für heute Nachmittag wurde erneuter Schneefall angesagt, und ein aufgeregter Schauder geht durch die ganze Stadt; alle wollen nach Hause, alle wollen die Tür hinter sich schließen und die Welt aussperren. Alle warten auf Weihnachten.

Neben der Abbey Bank haben sich drei Straßenmusiker mit Tuba, Posaune und Trompete in eine Nische gestellt. Sie spielen die letzten Takte von »Joy to the World«, als Joanne auf dem Weg zum Metzger um die Ecke kommt.

Drinnen hat sich eine Warteschlange gebildet, aber es geht zügig voran. Die Leute haben vorbestellt und ihr Geflügel schon bezahlt, sodass die meisten nur zum Abholen gekommen sind. Joanne wollte Putenbrustfilets kaufen, schließlich sind sie nur zu zweit, aber davon wollte Jackie nichts hören. »Die Keulen sind doch das Beste«, meinte sie.

Joanne will gerade die Straße überqueren und sich auf den Heimweg machen, als sie ein Auto in eine Parklücke zurücksetzen sieht. Sie bleibt stehen, denn sie erkennt die Fahrerin. Sie kann nicht in den Wagen hineinsehen, denn das Auto ist voller Menschen, deren Atem die Scheiben beschlagen lässt, aber sie weiß, wer das ist.

Sie tritt an den Wagen heran und klopft an die Seitenscheibe. Lisa Kallisto schaltet den Motor aus und öffnet die Fahrertür. Joanne beugt sich herunter und sieht Lisas Kinder auf der Rückbank sitzen, dicht zusammengequetscht und die Vorfreude auf Weihnachten im Gesicht.

Joe sitzt vorne auf dem Beifahrersitz, und der Terrier, der als Beweisstück in der Rechtsmedizin war, liegt im Fußraum zwischen seinen Knien. Beide Unterschenkel von Joe sind eingegipst.

»Hallo, Lisa«, sagt Joanne, »wie geht es Ihnen?«

»Gut. Und Ihnen?«

»Wunderbar, danke.« Joanne schaut an Lisa vorbei zu Joe. »Dann wurden Sie über Weihnachten aus dem Krankenhaus entlassen?«

Joanne hat gerüchteweise gehört, Joes Taxi sei auf der Autobahn ins Schleudern geraten und im Graben gelandet. Er hat überlebt, sich aber beide Füße gebrochen.

»Ich bin am Mittwoch rausgekommen«, sagt Joe. »Die haben mir einen Rollstuhl mitgegeben«, und damit zeigt er nach hinten in den Kofferraum.

Joanne lächelt. »Wissen Sie inzwischen, was den Ohnmachtsanfall verursacht hat?«

Joe rutscht auf seinem Sitz herum.

Als er nichts sagt, verdreht Lisa die Augen. Sie beugt sich herüber und spricht mit gedämpfter Stimme, der Kinder wegen: »Er hatte eine transitorische ischämische Attacke, das ist eine Art Mini-Schlaganfall.« Sie wirft einen Blick zu Joe hinüber. »Und aus wenig nachvollziehbaren Gründen hat er beschlossen, diese klitzekleine Information vor mir und den Kindern geheimzuhalten.«

Er zieht die Augenbrauen hoch.

»Er dachte, es wäre das Beste, uns nichts davon zu sagen«, sagt Lisa, und Joe zieht ein reumütiges Gesicht.

»Du weißt doch, warum«, sagt er leise.

Lisa knufft ihn sanft in die Rippen. »Der Dummkopf hat doch tatsächlich geglaubt, ich würde ihn deswegen verlassen. Jedenfalls nimmt er jetzt Warfarin ein, sodass es ihm bald besser gehen sollte.« Sie greift hinter den Beifahrersitz und zieht ihre Handtasche heraus. »Was macht Kate? Gibt es Neuigkeiten?«

»Sie wird angeklagt.«

»Weswegen?«

»Kindesentführung, Freiheitsberaubung und Vereitelung polizeilicher Ermittlungen.«

Lisa atmet tief ein. »So ein Mist«, sagt sie. »Verdammt, es ist schlimmer, als ich dachte.«

»Sie haben alles richtig gemacht, Lisa.«

»Wirklich?«

»Sie hatten keine Wahl. Kate hat ihren Kindern geschadet, das konnten Sie unmöglich länger mitansehen. Das wissen Sie selbst.«

Lisa schwingt die Beine auf die Straße und klettert aus dem Auto. »Warum geht es mir, wenn ich doch das Richtige getan habe, so verdammt schlecht damit? Meinen Sie, man wird ihr die Kinder wegnehmen?«

»Höchstwahrscheinlich muss sie ins Gefängnis.«

Lisa überlegt und seufzt betrübt.

»Sollte sie sich nicht lieber auf … auf Unzurechnungsfähigkeit berufen, oder wie immer man das nennt?«

»Das könnte sie, aber wenn sie diesen Weg geht, wird man ihr das Sorgerecht auf lange Sicht erst recht absprechen. Wir können jetzt nur abwarten.«

»Was für ein Chaos«, sagt Lisa und drückt die Autotür zu.

Über Joannes Schulter hinweg betrachtet sie die Weihnachtsbeleuchtung, die tief über der Fahrbahn hängt. Joanne merkt, dass Lisa versucht, die neuen Informationen sofort zu verdrängen. Es ist Weihnachten, scheint sie zu denken, jetzt dreht sich alles um die Kinder.

Lisa dreht sich zu Joanne um. »Aber Sie haben den Täter, richtig?«, fragt sie, und ihre Stimmung hellt sich auf. »Sie haben den Mann, der die anderen Mädchen entführt hat?«

»Das stimmt.«

»Das ist gut. War es derselbe, der Lucinda nach der Schule angesprochen hat? War er das?«

»Er hat es nicht zugegeben, aber ja, wir sind überzeugt davon. Nach allem, was wir wissen, hat Lucinda ihrer Mutter einmal nach der Schule davon erzählt, woraufhin Kate überhaupt erst auf die Idee kam, eine Entführung zu inszenieren. Sie hat einfach nur auf eine günstige Gelegenheit gewartet …«

»Auf mich«, unterbricht Lisa sie enttäuscht. »Kate hat gewartet, bis ich einen Fehler mache, um mir Lucindas Verschwinden unterzuschieben.«

Joanne kann sehen, wie verletzt Lisa immer noch ist.

Nach einer Weile fragt Lisa: »Aber den Kindern geht es doch hoffentlich gut? Ich weiß, dass ich sie einmal anrufen sollte, aber ich bringe es einfach nicht über mich.«

»Die Kinder sind bei ihrem Vater.« Joanne berührt flüchtig Lisas Ellbogen. »Den Kindern geht es gut … seien Sie bitte nicht zu streng mit sich, Lisa. Wer weiß, was Kate als Nächstes getan hätte.«

44

Ich wünsche DC Aspinall fröhliche Weihnachten und lasse Joe, die Kinder und Bluey im Auto sitzen, um schnell beim Metzger hineinzuspringen. Unser letzter Einkauf für diesen Vormittag. Sobald wir die Pute haben, können wir nach Hause fahren, das Kaminfeuer anzünden, es uns vor dem Fernseher gemütlich machen und einen Film schauen. Darauf warten, dass Weihnachten in Troutbeck beginnt.

In der Auslage des Fleischers liegen lauter Leckereien. Fasane, Perlhühner und gefüllte Rebhühner liegen links im Fenster, rechts stapeln sich die Wildpasteten, Terrinen und Pâtés.

Ich stehe staunend davor, bevor ich endlich hineingehe.

Die Neuigkeiten über Kate machen mir schwerer zu schaffen, als ich gedacht hätte. Ja, ich weiß, dass sie vollkommen verrückt geworden ist. Und ja, ich weiß, dass jemand in ihrem Zustand keine Familie versorgen kann. Und verstehen Sie mich nicht falsch, ich bin immer noch wütend. Seit letzter Woche trage ich diese glühend heiße Wut in meiner Magengegend mit mir herum, ich könnte platzen vor Zorn. Aber gleichzeitig bin ich ihretwegen so unendlich traurig.

Die Tatsache, dass sie so weit gegangen ist, um ihre Familie zu retten, und am Ende doch alles verloren hat, bricht mir das Herz. Nun hat sie nichts und niemanden mehr.

Ich drehe mich zum Auto um. Mein ganzes Leben befindet sich darin. Ich kann mir nicht ansatzweise vorstellen, wie es wäre, das zu verlieren.

Ich öffne die Ladentür und reihe mich in die Warteschlange ein, die sich einmal an der Rückwand des Ladens entlangzieht.

Ich lasse den Blick über die Wartenden schweifen, und auf einmal entdecke ich Alexa. Sie ist als Nächste dran. Sie steht mit dem Rücken zu mir, aber ich habe sie wiedererkannt.

Ich schließe die Augen und lehne mich an die kühlen Wandkacheln. Für einen Moment spiele ich mit dem Gedanken, mich vor ihr zu verstecken, aber wozu wäre das gut? Wir leben in einer Kleinstadt. Früher oder später werde ich ihr über den Weg laufen.

Heute hilft der Sohn des Metzgers aus. Er ist erst fünfzehn, ein stiller Junge. Er lässt sich den Namen des Kunden sagen und läuft dann nach hinten ins Kühlhaus, um die bestellte Ware zu holen.

Gerade reicht er einer älteren Dame das in Wachspapier eingeschlagene Fleisch, und sie drückt ihm zum Dank eine Flasche Johnnie Walker Black Label in die Hand. »Für deinen Vater«, sagt sie, und schüchtern nimmt der Junge die Flasche entgegen und bedankt sich höflich.

Alexa tritt vor und räuspert sich. »Mrs Willard«, verkündet sie. »Ich habe eine große Pute aus Freilandhaltung bestellt.«

Der Junge erbleicht und schlägt die Augen nieder. Nach einer gefühlten Ewigkeit stammelt er: »Es tut mir leid, aber wir haben keine Pute für Sie, Mrs Willard.«

»Was soll das heißen?«, lacht sie. »Ich habe schon im November bestellt. Natürlich haben Sie sie.«

Er schüttelt den Kopf. »Ich soll Ihnen sagen, wir haben keine.«

Er fühlt sich sichtlich unwohl. Er tritt von einem Bein aufs andere. Im Laden wird es totenstill, und alle Blicke ruhen auf ihm. Ich richte mich auf. Fast kann ich Alexas Wut bis hier hinten spüren.

»Geh und hol deinen Vater!«, keift sie. »Das lasse ich mir nicht bieten.«

Er nickt, schluckt und verschwindet. Sekunden später erscheint seine Mutter Kath hinter dem Verkaufstresen. Sie ist eine vollbusige Frauen mit drallen Armen, blutverschmierter Schürze und einem gesunden Menschenverstand. In der Schule war sie eine Klasse über mir. Wir waren zusammen in der Hockeymannschaft. Ich als Rechtsaußen, sie als Torhüterin.

»Mrs Willard«, sagt sie emotionslos.

»Was ist hier los?«, fragt Alexa empört. »Ihr Sohn sagt, Sie hätten meine Bestellung vergessen.«

»Nein, nicht vergessen. Storniert.«

»Storniert? Warum? Ich habe nichts storniert.«

»Nein, aber ich.«

Ich trete einen kleinen Schritt zur Seite, um Alexas Gesicht im Spiegel hinter dem Verkaufstresen sehen zu können.

Ihr Mund steht offen. »Ich verstehe nicht«, sagt sie.

»Da gibt es nichts zu verstehen. Ich habe die Bestellung storniert.«

»Warum?«

»Ich werde es Ihnen erklären«, sagt die Metzgersfrau nüchtern, »aber ehrlich gesagt finde ich es ganz schön unverfroren von Ihnen, hier zu erscheinen. Sich hier zu zeigen nach allem, was Sie und Ihre durchgeknallte Schwester unserer Stadt zugemutet haben. Unsere Ehemänner haben ihr Leben riskiert, um da draußen in Schnee und Eis nach dem Mädchen zu suchen. Wir Ladenbetreiber haben Kunden verloren Ihretwegen – kein Mensch wollte zum Einkaufen noch herkommen –, dabei kämpfen wir ohnehin schon ums Überleben. Ich an Ihrer Stelle würde gut über einen Umzug nachdenken. Kein Mensch hier hat noch Lust, sich mit Ihnen abzugeben ...«

»Aber ich habe nichts damit zu tun«, sagt Alexa. »Ich kann doch nichts für das, was meine Schwester tut, ich wusste doch nicht ...«

»Angeblich wussten Sie es sehr wohl.«

»Nein«, sagt Alexa schwach, »ehrlich, ich wusste nichts.«

Hilflos sieht sie sich im Geschäft um in der Hoffnung, jemand möge einschreiten und ihr helfen, aber alle wenden die Augen ab.

Die Metzgersfrau wischt sich die Hände an dem Handtuch ab, das am Gürtel ihrer Schürze hängt. »Wenn Sie mich bitte entschuldigen würden«, sagt sie, »aber ich muss nun weitermachen. Wir haben heute noch viel zu tun.« Und dann bleibt sie reglos stehen, wo sie ist.

Alexa dreht sich auf dem Absatz um, und dann treffen sich unsere Blicke.

Für eine lange Sekunde stiert sie mir böse ins Gesicht, und ich kann sehen, wie ihr die Beschimpfungen einfallen. Aber alle Blicke im Raum sind auf sie gerichtet. Als sie das bemerkt, eilt sie hinaus.

Als sie verschwunden ist, sehe ich, dass der Blick der Metzgersfrau auf mir ruht. Sie nickt knapp und verschwindet im hinteren Teil des Ladens.

Fünf Minuten später steige ich wieder ins Auto und werfe Joe die Pute auf den Schoß. »Gut festhalten«, sage ich, und dann drehe ich mich zu den Kindern um. Sam sitzt in der Mitte mit geröteten, vor Kälte schuppigen Wangen, Sally sitzt rechts, James links von ihm. Sie platzen beinahe vor Aufregung und können gar nicht schnell genug nach Hause kommen.

»Eben habe ich Alexa gesehen«, sagt Joe. »Sie sah nicht gerade glücklich aus.«

»Das ist sie auch nicht«, sage ich und lege den Sicherheitsgurt an. »Sie wurde nicht bedient. Die haben sie rausgeschmissen und ihr gesagt, sie solle woanders einkaufen.«

Joe fängt unbändig zu kichern an.

»Was ist denn?«, frage ich.

»Nichts«, antwortete er, grinst aber breit.

Als ich den Gang einlegen will, beugt er sich hinunter und fährt mit der Hand durch das wuschelige Fell auf Blueys Kopf.

Seit Joe am Mittwoch aus dem Krankenhaus entlassen wurde, sind die beiden unzertrennlich.

Ich werfe einen Blick in den Seitenspiegel und fahre los, und genau in dem Moment fängt es zu schneien an.

Ich werfe Joe einen Seitenblick zu.

Glauben Sie mir, er wird mich noch vor dem Ende dieser Woche überzeugt haben, den verdammten Hund am Fußende unseres Betts schlafen zu lassen.

Anmerkung der Autorin

Die Idee zu diesem Buch kam mir, nachdem ich eine Ausgabe der Oprah-Winfrey-Show gesehen hatte. Bei Oprah geht es immer wieder um die Frage, wie man Leben und Arbeit ins Gleichgewicht bringt, und nachdem ich es in meiner physiotherapeutischen Praxis jahrelang mit erschöpften berufstätigen Müttern zu tun hatte, kannte ich mich mit dem Thema bestens aus.

In der Sendung wurde die Schulsekretärin Brenda Slaby vorgestellt. Brenda hatte zwei ihrer Kinder um sechs Uhr morgens zu den jeweiligen Tagesmüttern gebracht, bevor sie sich auf den Weg zur Arbeit machte. Es ist der erste Tag nach den Sommerferien, der für sie immer besonders anstrengend wird. Acht Stunden später stürmt eine Kollegin in Brendas Büro, um ihr zu sagen, ihr kleines Baby liege immer noch im Auto. Brenda hatte so viel im Kopf gehabt, dass sie vergessen hatte, ihr jüngstes Kind abzugeben. Die kleine Cecilia starb in der heißen Augustsonne an einem Hitzschlag.

Die Geschichte dieser Frau erschütterte mich zutiefst. Seinerzeit beschrieb Brenda sich als die meistgehasste Frau in ganz Amerika. Sie erhielt Morddrohungen, und empörte Mütter wollten sie wegen Mordes vor Gericht stellen.

Ich sah die Sendung und dachte nur eins: *Das hätte auch mir passieren können.*

Auch ich war eine Zeitlang völlig überfordert damit gewesen, Kindererziehung und Vollzeitarbeit unter einen Hut zu bekommen. So überfordert, dass auch ich den einen Menschen aus dem Blick hätte verlieren können, der meine Liebe und meinen Schutz am meisten brauchte.

Der Fall ging mir nicht mehr aus dem Kopf, aber ich war mir nicht sicher, ob ich darüber schreiben könnte. Ich schreibe Thriller. Ich wusste, ich würde Brenda und ihrer Geschichte niemals gerecht werden.

Die Zeit verging, und ich konnte nicht aufhören, über jene Frauen nachzudenken, die sich zu viel abverlangen. Die sich dazu antreiben, perfekte Mütter und perfekte Angestellte zu sein, auf Kosten ihrer Gesundheit und ihrer Beziehungen. Und andere Frauen, die weniger gut funktionieren, werden von ihnen kleingeredet.

Ein paar Wochen später fuhr ich zum Supermarkt und traf auf dem Parkplatz eine Bekannte, die ich eine ganze Weile nicht gesehen hatte. Nachdem ich mich von ihr verabschiedet hatte, schämte ich mich für mein Leben, denn sie war eine jener Frauen, die andere Frauen und deren Kinder auf subtile Weise schlechtmachen, sobald sie nur den Hauch einer Chance dazu bekommen. Ich saß in meinem Auto und fragte mich, wer mit so einer Frau befreundet sein will. Denn Freundinnen hatte sie zweifellos. Doch ich konnte mir nicht vorstellen, dass jemand sich freiwillig mit ihr zusammentun würde.

Und auf einmal fiel es mir wie Schuppen von den Augen: Was, wenn man ausgerechnet *ihr Kind* aus den Augen verlieren würde? Wenn man so überfordert wäre mit der Arbeit und dem Leben, dass man für einen Moment nicht hinsieht und ausgerechnet ihr Kind verliert?

Der Gedanke war entsetzlich.

Nur eines kann so schlimm sein, wie das eigene Kind zu verlieren: das Kind einer Freundin zu verlieren.

Angetrieben von dieser Angst, machte ich mich sofort ans Werk. Heraus kam dieses Buch.

Paula Daly, im Januar 2013

Danksagung

Ich möchte mich bei den folgenden Menschen bedanken:

Ich danke meiner Schwester Debbie Leatherbarrow und ihrer Freundin Zoë Lea für die unendliche Unterstützung, Hilfe und Ermutigung, die sie mir von Anfang an geschenkt haben. Danke euch *für alles.*

Bei meiner wunderbaren Agentin Jane Gregory und dem Team von Gregory & Co.: Claire Morris, Stephanie Glencross und Linden Sherriff.

Bei meiner hochbegabten Lektorin Rachel Rayner, ebenso bei Corinna Barsan, Nita Pronovost, Jenny Parrott, Kate Samano und Sarah Day.

Bei Allison Barrow, Claire Ward und allen von *Transworld.* Bei Ste Lea, Katharine Langley-Hamel, Dr. Jacqueline Christodoulou, D. Anderson, Tony und Babs Daly, Christine Long, Amanda Gregson, Jackie und Iain Garside, Paula Hemmings und Adrian Stewart. Bei *We Should Be Writing* und *YouWriteOn.* Und bei den wunderbaren Damen von der Stadtbücherei in Windermere.

Und mein größter Dank und all meine Liebe gilt James, Grace, Harvey und Patrick. Ich bin ein Glückskind.